维视野下的中日文学研究

Iti-perspective Study
on Chinese and Japanese Literature

社会科学院文学研究所 编

社会科学文献出版社
SOCIAL SCIENCES ACADEMIC PRESS (CHINA)

致　辞

田中典彦（日本·佛教大学）

去年，为加强学术和教育方面的交流，中国社会科学院文学研究所和日本佛教大学签署了学术交流协议。能够与作为中国智库的文学所开展共同研究，对于我校是一件非常有意义的事情，我为此感到非常高兴。基于学术交流协议，此次在北京召开第一场国际学术研讨会（北京会议），作为双方签署协议的纪念，我无比欣慰。在此，我谨向长时间以来理解并为此次学术会议热心奔忙的双方人士致以诚挚的谢忱。特别要向第一时间将我们的交流设想变为现实的中国社会科学院的各位表达我由衷的敬意。

我们佛教大学，如校名所示，以佛教作为建校理念。我们秉承的是在印度开创佛教的释迦牟尼和在镰仓时代创立日本佛教净土宗的法然上人这两位共通的教义和精神。2012 年迎来建校 100 周年，为开展与当今时代相称的教育和研究，我们根据佛教精神将学校方针重新定为"转识得智"（将知识转化为智慧）。换言之，我们认为，将所得的知识转换成在人生的各种场合判断自己该何去何从并付诸实践的力量、生命的力量，这才是人应该做的。知识只有转化为生命的力量才有价值。

学问也是如此。只是为了寻求真实所得到的将仅仅是知识，不能对人类的福祉有所贡献。将探索所得的知识用于生存在社会上的人类，使其变成人类生存的力量，这才能被称作人的学问。学术会议的意义就在于，它将每位学者探明的真知加以理解，相互讨论并返还给社会，或许应该将其称作布施。

根据我国佛教史研究者的说法，佛教在公元纪年之初方从印度传入中国。之后由印度语翻译成汉语，至隋唐时期翻译十分盛行。此后，佛教得到中国式的解读和发展，并传播到日本。这其中无论哪个国家都经历了翻译→理解→发展的过程，并构筑起各国自己的文化。现在，我们的合作就是为了从不同的视角重新彰显这些文化。

此次学术会议的主题是"全球化时代的人文学科诸项研究"，这一主题可谓恰逢其时。这是文学研究所与佛教大学学术交流的第一步，因此，为加深对双方学者研究内容的理解，此次会议不特别限定在中国研究及日本研究方面，而是希望通过更广泛研究领域的发言相互启发，作为今后研究交流的基础。

鉴于此，此次我校参会的是从事中国研究、日本研究及英美文学研究的精英学者。贵研究所方面将要在会上发言的各位也都是出色的人文学研究者。期待大家从各自的领域发出有价值的声音。

在世界日益混沌不堪的当下，人类必须谋求新的生存之道的时代正逐渐到来。我相信，通过实现超越国家的相互理解和共生，我们能够向新时代提倡人类的生存之道。

我由衷地希望这一成果能够对生存于现代社会的人们有所启示。最后，祝愿此次会议取得圆满成功。我的致辞到此结束，谨致衷心感谢！

（颜淑兰译）

佛教与中国文学结缘的启示（致辞）

刘跃进（中国社会科学院文学研究所）

尊敬的各位来宾，尊敬的田中校长、中原副校长、佛教大学的各位老师：

早上好！

佛教大学与中国社会科学院文学研究所联合举办的第二次学术研讨会今天在历史古城京都，在百年名校佛教大学如期举行，我感到非常高兴。

"缘"是佛教文化的核心理念，借此机会，我想谈谈佛教与中国文学的结缘，当作我的致辞。

佛教与中国文学结缘，肇自两汉之际。自兹以降，佛教对于中国文学的影响既广且深；若作概括，荦荦大者至少有如下数端：第一，佛教改变了中国文学的发展方向；第二，佛教拓宽了中国文学的思维空间；第三，佛教丰富了中国文学的体裁题材。譬如长沙马王堆一号汉墓出土的T形帛画所表现出来的上天、人间和地狱观念还比较简单，甚至还有一种幽暗的美。而王琰《冥祥记》及大足石刻所表现的地狱就非常恐怖，令人不寒而栗。过去，我们的文学作品里常常有《大言赋》《小言赋》之类的题材，极尽夸张之能事，然而与志怪小说中幻化情节相比，实乃小巫见大巫，不足论列。至于文学体裁及题材方面的例证，如近体诗的出现，如魏晋志怪小说的繁荣，更是举不胜举。

过去往往将汉唐文学并称，其实汉唐很不相同。汉代融汇中原各个地区文明的精华，铸成中华文明外儒内霸的特质；而唐代则融汇周边少数民族文化，特别是西域文明的精华，涵养中华文明有容乃大的胸襟。作为一种外来文明，佛教与中国文学的结缘，可以给我们很多启示。

第一，佛教进入中国，是一种双向选择：佛教选择了中国，中国也选择了佛教，并使之融入中华文明的血脉，与儒家学说、道家思想一起，为民族亲和力的形成起到了深刻的润滑作用。在改朝换代、民族冲突转剧之际，多元文化成为中华民族精神生生不息的黏合剂，互借所长，融合再生。

第二，中国文化吸收了印度佛教，同时又改造了印度佛教，吸收外来文化，不仅不会使原来的文化传统中断，而且还会大大促进自身文化传统更快、更丰富、更健康地发展。魏晋玄学实现了儒道的合流，李唐王朝，三教并重，宋代则真正完成了儒、佛、道三教的融合。逐渐成为官方意识形态的程朱理学，"出入于释、老，反求诸六经"，受到过佛学的启发，甚至吸收和改造了佛学的某些因素，这是人所共知的事实。尤其在当今民族冲突、宗教冲突、文化冲突日益成为困扰世界的焦点问题时，这种兼容精神显得更加难能可贵。

第三，佛教是一种外来文化，进入中国以后，迅速大众化与本土化，转化成为中国文化的重要资源。成为明清时代标志性文体的小说，在晚唐五代接受了佛教俗讲的影响，于宋元时期流行于民间，在明代由富于创造力的文人参与，才有了《三国演义》《水浒传》《西游记》和《金瓶梅》等"四大奇书"。

我看到此次的会议发言中不仅有关于佛教与中国文学的话题，还有从历史、民俗、神话、近代化等不同角度对中日文化与思想碰撞的探讨。期待各位的发言能对当下的中日研究、中日文化交流带来更多的启示。最后，预祝研讨会取得圆满成功！

一　宗教与文学

二　历史与神话

三　近代以来的文学与文化

四　中日比较研究

一　宗教与文学

佛教文化影响下的中古文学思潮

刘跃进（中国社会科学院文学研究所）

一 "中古"的概念及佛教传入背景

这里所说的"中古文学"，与日本学术界常用的"中世纪"有点相近。中国学术界一般认同刘师培的《中国中古文学史》，把中古文学理解为魏晋南北朝文学。曹魏文学最辉煌的时代是汉末建安二十五年间；而建安文学的兴盛又不仅仅是在建安年间突然出现，而是东汉以来渐渐演变而成的。所以，研究中古文学至少应当从东汉做起。陆侃如先生认为魏晋时期最突出的特征就是玄学思潮，而扬雄堪称玄学思想的集大成者，所以他编《中古文学系年》从公元前53年扬雄生开始。其实，刘师培心目中的中古文学，范围可能还要广泛一些。尹炎武在《刘师培外传》中称："其为文章则宗阮文达文笔对之说，考型六代而断至初唐，雅好蔡中郎，兼嗜洪适《隶释》、《隶续》所录汉人碑版之文。"① 这段话比较准确地概括了刘师培的中古文学史观念，实际是指秦汉魏晋南北朝文学，他另外一部专著就叫《汉魏六朝专家文研究》。今天所说的"汉魏六朝文学"，包括北方十六国、北魏、东魏、西魏、北齐、北周、隋代文学。我赞同这种观点，但是，我的中古文学概念，下限可能要到晚唐。我划分中古文学的重要依据，就是文字载体纸张的发明、运用、抄写。通常认为，纸张的发现，至少可以上溯到西汉，这可以作为中古文学的开端，是纸质钞本时代的开端。② 雕版

---

① 《刘师培全集》第一册，中共中央党校出版社，1997，第17页。
② 关于纸张的发明及其对学术文化的影响，我在《纸张的广泛应用与汉魏经学的兴衰》一文中作了论述，刊发在《学术论坛》2008年第9期。又佐佐木聪先生翻译成日文，刊发在《东亚出版文化研究》2010年3月。

印刷的发明，约在晚唐五代时期，[①] 文学转入新的形态，标志着中古文学的结束。

通常认为，佛教的传入，始于东汉明帝时期。[②]《后汉书·西域传》汉明帝夜梦金人飞空而至，于是召集大臣以占卜所梦。或曰："西方有神，名曰佛，其形长丈六尺而黄金色。"梁代高僧慧皎《高僧传》将此事系于永平十年（67），[③] "或曰"，坐实为傅毅。于是，明帝派遣郎中蔡愔、秦景等十八人前往天竺寻访佛法，邀请天竺法师摄摩腾及竺法兰等到中土传法。他们携带梵本经六十万言，经过千辛万苦，终于抵达洛阳，并创建白马寺，在此翻译《十地断结》《佛本生》《法海藏》《佛本行》《四十二章》等五部。他们一致认为，这是"佛教流通东土之始"。慧皎认为前"四部失本，不传江左，唯《四十二章经》今见在，可二千余言。汉地见存诸经，唯此为始也。"

我们知道，佛教发源于古印度，进入中国，大约有四条途径：一条在云南西部边境，经缅甸接壤地区传入，主要影响于西南地区；一条经过尼泊尔传入西藏地区；一条经过中亚西亚，传入新疆，并辐射到中原地区；一条是海上弘法之路，由南海到达广州，登岸后进入东南地区。如求那跋摩、求那跋陀罗等就从南海到广州。[④] 昙无竭从罽宾国取经回来，也是从南天竺随舶泛海达广州，回到内地的。

四条线路中，经过中亚、西亚进入新疆的这条传播路径涉及范围最广，影响也最大。这条路径的西南端往往是天竺和罽宾，而东端则是由中国的西北地区向中原、关中和东南地区辐射。天竺在今印度境内。[⑤] 罽宾，

---

① 宿白：《唐宋时期的雕版印刷》，文物出版社，1999。

② 印度著名佛教史专家觉月《中印佛教交流史》根据《淮南子》记载的一个故事与梵文故事相近，认为佛教在西汉即已传入中土。不同地区流传相近的故事，这在早期文明发展史上很常见，不能据此一定说中国的故事源于佛教。但是，佛教的传入，应当早于汉明帝。有学者说，张骞凿空西域，那个时候，佛教很可能就传入中国。只是现在还找不到直接的证据。所以学术界通常以《后汉书》的记载为准。

③ 宋代高僧志磐《佛祖统纪》、元代高僧觉岸《释氏稽古略》并系于永平七年，十年返回。而元代另一高僧念常《佛祖通载》则将此事系于永平四年。可能的情况，永平十年为回到东土的时间。

④ 《高僧传·宋京师祇洹寺求那跋摩》、《宋京师中兴寺阿求那跋陀罗》。

⑤ 《续高僧传·隋东都上林园翻经馆沙门释彦琮传》载，隋代大业二年，裴炬与彦琮等修缀《天竺记》。

在今印控克什米尔地区。史载，佛图澄、竺法兰、竺佛朔、康僧会、维祇难、鸠摩罗什、真谛等著名高僧均为天竺人。佛图澄由陆路进入中原，[①]而真谛则由海路抵达建康。[②] 由陆路通常先要涉辛头河，越过葱岭（现称帕米尔高原），进入新疆，往北沿着葱岭河到达龟兹。

这里应当特别注意以龟兹为中心的西域地区。《北史》卷九十七《西域传》："国有八城，皆有华人。"可见两晋、南北朝时这里居住的华人之多。《西域传》又说："文字亦同华夏，兼用胡书。有《毛诗》《论语》《孝经》，置学官弟子，以相教授。虽习读之，而皆为胡语。"可见汉文化渗透之深，而龟兹又是西域文化中心之一。唐代慧超《往五天竺国传》有龟兹国，古书又有作归兹、丘兹、屈兹、屈茨等名。慧超称："即是安西大都护府，汉国兵马大都集处。此龟兹国，足寺、足僧。行小乘法。食肉及葱韭等也。汉僧行大乘法。"张毅先生《往五天竺国传笺释》指出，龟兹人对佛教的传播与佛典的翻译有杰出贡献。佛教传入龟兹可能早于汉地。在魏晋南北朝时期西域各国佛教就很昌盛，尤其是龟兹。《晋书·四夷传》："龟兹国有城郭，其城三重，中有佛塔庙千所。"而汉地的统治者，无论是北方的苻坚、姚兴，或是南朝的梁武帝，都大力提倡佛教。于是在这个时期，佛教遂以空前的规模从西域向汉地传播。不少龟兹人也相继东来传法或译经。从龟兹一直往东，第一站就是河西走廊西端的第一大郡敦煌。沿河西走廊向东，以凉州为中转站，分张两路：一则南下巴郡，沿着长江，抵达荆州、扬州等地。僧伽提婆即从此弘法长安。[③] 二是东进关陇。求那跋摩、佛驮什多、昙摩蜜多则由此弘法江南。[④] 此外，西亚的安息国、月支国等也成为弘法高僧的聚集地。早期传法的安世高，原本安息国人，汉桓帝初年即抵达中原，后来振锡江南，到达广州。[⑤] 支娄迦谶、释昙迁等为月支人。

除上述弘法高僧来自异域外，还有许多中土高僧西天取经，最著名者莫过于法显、宝云、智猛、勇法、昙无竭、法献等人。法显从隆安三年

---

① 《高僧传》《晋书》记载佛图澄事，多诞妄难信。然佛图澄乃释道安之师，道安又慧远之师，则其于佛学之传播，实有功绩。

② 《续高僧传·陈南海郡西天竺沙门拘那罗陀传》。

③ 《高僧传·晋庐山僧伽提婆》。

④ 《高僧传·宋京师瓦棺寺求那跋摩传》《宋上定林寺昙摩蜜多》《宋建康龙光寺佛驮什》等。

⑤ 《高僧传·汉雒阳安清》。

（399）与同学慧景等发自长安，西度流沙，到高昌郡，经历龟兹、沙勒诸国，攀登葱岭，越过雪山，进罽宾国。抵达天竺，经历三十余国求得经书，他把自己的经历记录下来，这就是流传至今的《法显传》。①法献回来后也著有《别记》，可惜已经失传。而智猛从弘始六年（404）发迹长安，西天取经，整整经历 20 年的时间。

在南北分裂时期，六朝僧侣往返于各个文化区域之间，纵横南北，往来东西，在传播佛教文化、加速佛教本土化进程的同时，也在传递着丰富的文化信息，拓宽了中国人的思维空间，丰富了中国文学的体裁题材。更重要的是，佛教文化在很大程度上改变了中国文化的发展方向。

二 佛教文化与中古文学思潮

苏轼《潮州韩文公庙碑》云："自东汉以来，道丧文弊，异端并起。"所谓异端并起，言下之意是指传统儒学式微，而道教兴起，佛教传入。三种思潮的兴衰更替，促成了三种文化的冲突与融合：第一是外来文化（如佛教）与中原文化的冲突与融合；第二是传统文化与新兴文化（如道教）的冲突与融合；第三是官方文化与民间文化的冲突与融合。

季羡林先生为《饶宗颐史学论著选》作序时写道："中印文化交流关系头绪万端。过去中外学者对此已有很多论述。但是，现在看来，还远远未能周详，还有很多空白点有待于填补。特别是在三国至南北朝时期，中印文化交流之频繁、之密切、之深入、之广泛，远远超出我们的想象。"②中古时期中印文化交流一个重要表现，就是佛教的传入对中古文学界的巨大影响。

鲁迅《汉文学史纲要》以及计划撰写的中国文学史的有关章目，用"药、酒、女、佛"四字概括魏晋六朝文学现象。药与酒，主要是"竹林七贤"的选择。鲁迅在《魏晋风度及文章与药及酒之关系》的讲演中作了精湛的阐释，而"女"与"佛"是指弥漫于齐梁的宫体诗和崇尚佛教以及佛教翻译文学的流行。鲁迅没有来得及展开论述，却指明了研究的方向。台静农先生《中国文学史》专辟有《佛典翻译文学》，论后汉魏六朝的佛

① 《法显传校注》，章巽注，中华书局，1982。其他几人传记见《出三藏记集》及《高僧传》等。
② 《饶宗颐史学论著选》，上海古籍出版社，1993。

典翻译以及译经的文体问题。作者认为,马鸣的《佛本行赞》就是一首三万多字的长篇诗歌,戏剧性很强。译本虽然没有用韵,但是阅读起来,那感觉就像是读《孔雀东南飞》等古代乐府诗歌。佛经《大乘庄严论》,类似于《儒林外史》。① 20 世纪以来的重要学者,如郭绍虞先生、罗根泽先生、饶宗颐先生对中古文论的研究,钱锺书先生、季羡林先生、王瑶先生等对中古诗文的阐释,都论及佛学对于中古文学的深刻影响。

佛教的影响,最重要的是潜移默化地改变着人们的思想观念。王晓平《佛典·志怪·物语》②,蒋述卓《佛经传译与中古文学思潮》③,普慧《南朝佛教与文学》④,吴海勇《中古汉译佛经叙事文学研究》⑤,陈允吉《佛经文学研究论集》⑥,孙昌武《佛教与中国文学》⑦、《汉译佛典翻译文学选》⑧、《中国佛教文化史》⑨,李小荣《敦煌佛教音乐文学研究》⑩ 等为近年有代表性的论著。蒋述卓具体辨析了志怪小说与佛教故事、玄佛并用与山水诗兴起、四声与佛经转读、齐梁浮艳文风与佛经传译等对应关系。吴海勇的著作从佛教文学题材入手,进而揭示佛教文学的民间成分及其宗教特性,阐释了佛教翻译对于中国古代文学叙事理论与实践的重大影响。孙昌武《汉译佛典翻译文学选》按照佛传、本生故事、譬喻故事、因缘经、法句经等方面选择了 34 部佛典,辑录或者节录,为我们提供了一部全面反映这类佛典概貌的基本选本。《中国佛教文化史》凡五巨册,180 万字,按照时代先后论述了印度佛教对于中国的巨大影响,主要有六个方面:其一,佛教向中国输入一种新的社会组织——僧团;其二,佛教向中国输入一种新的信仰;其三,佛教的教理、教义包含复杂而细致的学理论证,其核心部分是宗教(佛学)哲学;其四,佛教教化以提升人的精神品质为主旨,目的在塑造理想的人格(当然是按宗教的标准);其五,佛教向中国

---

① 上海古籍出版社,2012。
② 江西人民出版社,1990。
③ 江西人民出版社,1990。
④ 中华书局,2002。
⑤ 学苑出版社,2004。
⑥ 复旦大学出版社,2004。
⑦ 上海人民出版社,1988。
⑧ 南开大学出版社,2005。
⑨ 中华书局,2010。
⑩ 福建人民出版社,2007。

传播了外来的文学艺术，为中国的艺术、文学、工艺、建筑等领域提供了丰富的借鉴，外来的滋养与本土传统相结合，促进了中土这些领域的进展，取得了极其辉煌的成果；其六，佛教乃是历史上中华民族各民族间文化交流的津梁，对于促进和巩固中华民族的团结与融合起了极其巨大的、不可替代的作用。陈允吉《佛经文学研究论集》是一部论文集，收录34篇论文，广泛地探讨了汉译佛典经、律、论三藏中与文学相关的论题。

中古时期两部最重要的文学理论巨著，《文心雕龙》和《诗品》均与佛教思想的传播有着重要关系。《文心雕龙》既是一部齐梁以前的文学史著作，更是一部体大思精的理论专著，体被文质，空前绝后。对这一特异现象的解释，我们无法绕过佛学影响这一重要环节。《诗品》不仅品评诗僧的作品，而且，在品评标准、理论命题等方面，也无不渗透着佛教的影响。我过去曾撰写《一桩未了的学术公案——对锺嵘〈诗品〉"滋味"说理论来源的一个推测》① 对此试作探讨，但还只是推测性的意见。

北魏造像艺术是中古艺术的高峰。北魏造像艺术的传世之作集中在三个地区，一是北魏前期的云冈石窟，二是北魏后期的龙门石窟，三是自北魏以迄隋唐的敦煌千佛洞和天水麦积山。北魏前期，即自和平初年昙曜奏请建室起至太和十八年孝文帝迁都洛阳止（460～494），以云冈昙曜五窟为代表，充分反映出当时北魏君权从原始公社向封建社会转化时期的无上权威，强调"佛就是皇帝，皇帝就是佛"，不论立像、坐像，都具有刚毅不拔、挺然大丈夫的风度，有压倒宇宙一切的威力之感和昂扬气势。北魏后期，即孝文帝迁都洛阳，龙门石窟修建到北魏末年（495～533），龙门石窟反映出那个时代北方民族在迁移到汉民族文化中心洛阳之后，一切都汉化了的风格，不论坐佛、立像，都是秀骨清姿、宽袍大衲，具有六朝名士风度。② 西部的敦煌千佛洞和天水麦积山则更发展了泥塑的艺术，这在北方佛教艺术史上，是中国自己的创造。③ 这一观点，已经得到学术界的普遍赞同。

---

① 《一桩未了的学术公案——对锺嵘〈诗品〉"滋味"说理论来源的一个推测》，刊于《许昌师专学报》2001年第4期。

② 参见罗尗（叔）子《北朝石窟艺术》，上海出版公司，1958。又见龙门文物保管所编《龙门石窟》，文物出版社，1980。

③ 姜亮夫：《敦煌造型艺术》，收入作者《敦煌学论文集》，上海古籍出版社，1987。又参见常任侠《甘肃省麦积山石窟艺术》，文物出版社，1984。敦煌文物研究所编《中国石窟·敦煌莫高窟》，文物出版社，1982。

三 佛教文化与中古文学创作

（一）中古文学体裁与题材

中古时期的主要文体如辞赋赞颂及诗文小说等，无不打上佛教文化的烙印。而佛教文化对于中古文学题材的渗透更是广泛而深入。

譬如长沙马王堆一号汉墓出土的 T 形帛画所表现出来的上天、人间和地狱观念还比较简单，甚至还有一种幽暗的美。而王琰《冥祥记》及大足石刻所表现的地狱就非常恐怖，令人不寒而栗。过去，我们的文学作品里常常有《大言赋》《小言赋》之类的题材，极尽夸张之能事，然而与志怪小说中幻化情节相比，实乃小巫见大巫，不足论列。

又譬如陶渊明的创作，很多学者认为与佛教无关，而是深受道家与道教思想影响。陈寅恪《陶渊明之思想与清谈之关系》就认为陶渊明的思想实承袭魏晋清谈之旨，"外儒而内道，舍释迦而宗天师者也"，"于同时同地慧远诸佛教之学说竟若充耳不闻"，"绝对未受远公佛教之影响"。[1] 逯钦立《〈形影神〉诗与东晋之佛道思想》不仅认为陶渊明思想与佛学无关，而且"渊明之见解宗旨，与慧远适得其反，《形影神》诗，实此反佛论之代表作品"。[2] 这种看法已为学术界广泛接受。甚至有的学者论及《文心雕龙》不提陶渊明的原因，是因为刘勰与陶渊明在思想上对立，刘勰信佛，而陶渊明反佛。

但问题并不那么简单。日本学者吉冈义丰据敦煌文书《金刚般若经》纸背抄录的佛曲《归极氏赞》题下附注"皈去来，皈去来"，结合日本《圣武天宝宸翰杂集》卷末存释僧亮佛曲《归去来》《隐去来》五首考证，僧亮为晋末宋初僧人，与陶渊明同时。两人所写《归去来》反映了东晋佛教的净土信仰。东晋时，庐山是南方佛教新知识的中心，慧远与刘遗民、陶渊明均有交谊。陶渊明作为思想广泛的人物，又生活在这样的环境中，接受佛教的"新思想"也是必然之事。若结合陶渊明本人经历及家庭背

---

① 陈寅恪：《陶渊明之思想与清谈之关系》，收入作者《金明馆丛稿初编》，上海古籍出版社，1980。

② 逯钦立：《〈形影神〉诗与东晋之佛道思想》，收入作者《汉魏六朝论集》，陕西人民出版社，1984。

景，他与佛教的关系可以找到许多例证。① 国内学者丁永忠也发表了好几篇文章证成此说，特别是他的《〈归去来兮辞〉与〈归去来〉佛曲》一文，从任半塘《敦煌佛曲初探》中辑出有关《归去来》佛曲，并综合各家之说，认为陶渊明的思想不能简单地视为纯正的老庄玄理的翻版，而是"佛玄合流"。② 中古时期盛行一种发愿文，虽然是告地文，陶渊明《闲情赋》中"十愿"或许受此影响。

再譬如宫体诗问题，过去学术界多持批判的态度。近年，又出现另外一种较为极端的评价，即从审美意识的新变到艺术技巧的考究等多方面给予肯定。强烈要求重新评价宫体诗的呼声日益见诸报端。当然，最稳妥的办法是各打五十大板，说它功过参半。文学研究则要透过现象窥探本质，深入地开掘某种文学现象出现的深层原因，客观地展现其发展演变的清晰轨迹。研究宫体诗，似乎也应当首先关注其兴起的时间和背景，这一点至关重要。《梁书·徐摛传》《庾肩吾传》都谈到徐、庾等人"属文好新变，不拘旧体""至是（指萧纲入主东宫）转拘声韵，弥尚丽靡，复逾于往时"。在姚察看来，宫体诗在永明体基础上，形式更加丽靡，声韵更加考究。《隋书·经籍志》说："简文帝之在东宫，亦好篇什，清辞巧制，至乎衽席之间，雕琢蔓藻，思极闺闱之内。后生好事，递相放习，朝野纷纷，号为'宫体'。"刘肃《大唐新语·方正》载曰："梁简文帝为太子，好作艳诗，境内化之，浸以成俗，谓之宫体。"在唐人看来，宫体即艳诗，即以女人为内容的诗。《梁书·徐摛传》载："王（指萧纲）入为皇太子，兼掌管记，寻带领直。摛文体既别，春坊尽学之，'宫体'之号，自斯而起。"根据这段记载，从唐代开始，多认为宫体诗的形成时间是在萧纲为太子的中大通三年，亦即公元 531 年。其实，从庾肩吾、萧纲所存诗作可以考知，萧纲有不少类似于宫体之作早在入主东宫之前即已完成，只是随着萧纲的被继立为皇太子才正式获得"宫体"这一名称。这个过程似乎并不很长。再从永明重要作家沈约的创作变化也可以印证这个结论。在南齐永明年间，沈约、谢朓、王融等人的创作表现这方面题材并不是很多。但在齐梁之际，沈约开始染指这个题材。那时，沈约已经是六十开外的老人

---

① 〔日〕吉冈义丰：《〈归去来兮〉与佛教》，《东洋学论丛》"石滨先生古稀纪念"号。
② 丁永忠：《陶诗佛音辨》，四川大学出版社，1997。

了。依据常情，似不合逻辑。因此，不能简单地从沈约个人身上找原因。再说萧纲，他也曾明确说："立身先须谨重，文章且须放荡"，① 也是把作人和写诗分别开来。因此，萧纲醉心于宫体诗也不是个人品性使然。从齐梁换代到萧纲继立为皇太子，前后不过30年；就在这30年间，众多文人似乎不约而同地对此一题材抱有浓郁兴趣，这显然不是哪一个人所能倡导决定的，一定是有某种外在的影响，推动了这一思潮的形成。我认为，当时文人突然热衷于这种题材的创作，还是得从佛教思想的影响上寻找答案。根据传统的看法，僧侣本来不准观看一切娱乐性的节目。《四分律》卷三十四就明确记载佛教戒律，其中之一就是"不得歌舞倡伎及往观听"。隋代智顗《童蒙止观》也说，凡欲坐禅修习，必须诃责五欲，即色、声、香、味、触。声欲排在第二，"所谓箜篌、筝、笛、丝竹、金石音乐之声及男女歌咏赞诵等声"，均谓之声欲。《摩诃僧祇律》《十诵律》等都有相近内容。在佛教看来，声欲足以使人心醉狂乱。但是，我们对这些戒律也不能过分绝对化。佛教传入中国以后，为了让更多的人理解教义、接近教义，往往利用变文、宝卷等民间说唱手段以及雕塑绘画等艺术吸引大众。英国学者约翰·马歇尔的名著《犍陀罗佛教艺术》有几组彩女睡眠浮雕，雕出的女像体态匀称丰满，薄薄的紧身外衣能很好地透出她们苗条的身段，极富韵味。这种描写女性睡眠的艺术，我们在《玉台新咏》中经常看到。需要说明的是，梁武帝时期，犍陀罗艺术已经衰落，梁武帝直接接触到的是继犍陀罗艺术之后属于印度本土的笈多艺术范式。但笈多艺术与犍陀罗关系密切，可以说没有犍陀罗艺术就没有笈多艺术。由此可以推断，印度传来的佛教文化与梁代中期盛行的宫体诗创作，应当有着某种内在联系。

（二）中古辨声意识

清人钱大昕《论三十字母》《论西域四十七字》，近人刘复《论守温字母与梵文字母》并认为："守温的方法，是从梵文中得来的。"这时已经是宋元时代的事了。事实上，在汉末，西域辨声之法即为中土士人所掌握，最有趣的事例莫过于"反切"之说。《颜氏家训·音辞篇》说：郑玄

---

① 萧纲：《诫当阳公大心书》。

以前，全不解反语。"孙叔然创《尔雅音义》，是汉末人独知反语。至于魏世，此事大行"。陆德明《经典释文序录》说："古人音书，止为譬况之说。孙炎始为反语，魏朝以降，蔓衍实繁。"颜师古注《汉书》颇引服虔、应劭反语，这两人均卒于汉末建安中，与郑玄不相先后，说明汉末以来已经流传反切之说。但是为什么要用"反切"，历代的研究者均语焉未详。宋人沈括《梦溪笔谈》卷十五说："切韵之学本出西域，汉人训字止曰读如某字，未用反切。然古语已有二声合为一字者，如'不可'为'叵'，'何不'为'盍'，'如是'为'尔'，'而已'为'耳'，'之乎'为'诸'之类是也。西域二合之音。"清代学者顾炎武《音学五书》、陈澧《切韵考》等对于反切的考辨既深且细。近世著名学者吴承仕《经籍旧音序录》《经籍旧音辨证》、王力《汉语音韵学》、魏建功《古音系研究》也对此作了钩沉索隐的工作，但是，他们均没有回答"反切"为什么会在汉末突然兴起这个基本问题。

宋代著名学者郑樵在《通志·六书略》"论华梵下"中写道："切韵之学，自汉以前，人皆不识。实自西域流入中土。所以韵图之类，释子多能言之，而儒者皆不识起例，以其源流出于彼耳。"宋代著名目录学家陈振孙《直斋书录解题》卷三也明确写道："反切之学，自西域入中国，至齐梁间盛行，然后声病之说详焉。"这段话说明了反切自西域传入中国的事实，同时指出了它与声病之学兴起的重要关系，确实具有相当的价值。现代著名学者罗常培《汉语音韵学导论》也指出："惟象教东来，始自后汉。释子移译梵策，兼理'声明'，影响所及，遂启反切之法。"周祖谟《颜氏家训音辞篇补注》也说："至若反切之所以兴于汉末者，当与佛教东来有关。清人乃谓反切之语，自汉以上即已有之，近人又谓郑玄以前已有反语，皆不足信也。"大的框架确定之后，需要作具体的论证。而要论证这样一个棘手的问题，就必须论证印度原始语言与反切到底有什么具体的关系。为此，美国著名学者梅维恒（VICTOR. H. MAIR）撰写了《关于反切源起的一个假设》（A HYPOTHESIS CONCERNING THE ORIGIN OF THE TERM FANJQIE）认为"反切"与梵文"varna – bheda – vidhi"有直接的关系。这三术语的组合在语义学的意义是"字母切读的原则"（Letter – Cutting – Rules）。其中最有意思的是"bheda"恰恰与汉语"切"字的意思相符；而"varna"不仅仅声音与汉语"反"字相近，而且在意义上也非常接近。"Varna"有覆盖、隐蔽、隐藏、围绕、阻塞之意，可以被译成"覆"。而环绕等义，在汉语中又可以写成"复"，它的同义词便是"反"。因此，不论是从语义学还是从语音学的角度看，在梵义"varna"和汉语"反"字之间具有相当多的重叠之处。① 这篇文章认为，当时了解梵语"varna - bheda - vidhi"意义的僧侣和学者受到这组术语的启发而发明了"反切"之说，这是很有启发意义的推论。

魏晋以来反切概念的提出，说明当时人对于声音的辨析意识日益明确。这可能与转读佛经有内在联系。慧皎《高僧传》卷十三"经师传"及后面的《经师论》，多次论及善声沙门诵读时的音乐之美。如《释昙智传》："既有高亮之声，雅好转读，虽依拟前宗，而独拔新异，高调清澈，写送有余。"又如《释道慧传》："禀自然之声，故偏好转读，发响含奇，制无定准，条章折句，绮丽分明。"再如《释昙迁传》："巧于转读，有无穷之韵。梵制新奇，特拔终古。"同卷末附有善声沙门名单："释法邻，平调牒句，殊有宫商。释昙辩，一往无奇，弥久弥胜。释慧念，少气调，殊有细美。释昙幹，爽快碎磕，传写有法。释昙进，亦入能流，偏善还国品。释慧超，善于三契，后不能称。释道首，怯于一往，长道可观。释昙调，写送清雅，恨功夫未足。凡此诸人，并齐代知名。其浙左、江西、荆陕、庸蜀亦颇有转读，然止是当时咏歌，乃无高誉，故不足而传也。"特别值得注意的是《高僧传·鸠摩罗什传》中的一段记载：

> 初沙门僧睿，才识高明，常随什传写。什每为睿论西方辞体，商略同异云：天竺国俗，甚重文制，其宫商体韵，以入弦为善。凡觐国王，必有赞德，见佛之仪，以歌叹为贵。经中偈颂，皆其式也。但改梵为秦，失其藻蔚，虽得大意，殊隔文体。有似嚼饭与人，非徒失味，乃令呕秽也。

这里，鸠摩罗什所谓"西方辞体"，多数学者认为就是指印度诗律。因为要想写出梵赞歌颂如来，当然需要一定的诗律知识。可见鸠摩罗什对于印度古典诗律是有深入研究的。

据《高僧传》记载，鸠摩罗什（344～413）是龟兹人，父亲鸠摩炎系

① 该文刊于《SINO - PLATONI PAPERS》34，1992年10月。

印度贵族，他的母亲是龟兹王妹，幼时随母至天竺学习大乘经典及四《吠陀》以及五明诸论，深受当时罽宾、龟兹佛教学风的影响，同时精通外书，深明梵文修辞学。后来又在于阗学习大乘。回龟兹时已名震西域，苻坚派遣吕光伐龟兹的动机之一就是争取这位高僧。经过长达15年的周折，他终于在姚兴弘始三年（401）底到达长安，从事讲经与传译。他先后共译出经论三百余卷，所译数量既多，范围也广，而且译文流畅。东汉至西晋期间所译经典崇尚直译，颇为生硬难读，鸠摩罗什弟子僧肇就批判过这种旧译本："支（谦）竺（法兰）所出，理滞于文。而罗什'转能汉言，音译流便，既览旧经，义多纰缪，皆由先译失旨，不与梵本相应。"由此来看，鸠摩罗什的译文往往能改正旧译本的谬误，这与他深通印度标准的诗律或有直接的关系。

鸠摩罗什在讲经传道的同时，为译经的需要，也一定会向弟子传授印度标准的诗歌理论。敦煌写卷《鸠摩罗什师赞》云："草堂青眼，葱岭白眉。瓶藏一镜，针吞数匙。生肇受业，融睿为资。四方游化，两国人师。"这里提到了鸠摩罗什四大弟子：道生、僧肇、僧融和慧睿。元释决岸《释氏稽古略》云："师之弟子曰生、肇、融、睿，谓之什门四圣。"《高僧传》卷七《慧睿传》："元嘉中，陈郡谢灵运谘睿以经中诸字并众音异旨。著《十四音训叙》，条例梵汉，昭然可了。"据此知谢灵运《十四音训叙》，实论梵音之作。这部书在中土早已失传，而在日本安然《悉昙藏》中多所摘录。日本学者平田昌司《谢灵运〈十四音训叙〉的系谱》、中国学者王邦维《谢灵运〈十四音训叙〉辑考》有过深细论述和考证。《高僧传·慧睿传》载："至南天竺界，音译诂训，殊方异义，无不必晓。俄又入关从什公谘禀。复适京师（建康），止乌衣寺讲说众经。"说明慧睿的梵文知识一部分得于他在印度，尤其在南印度的经历，还有一部分得于鸠摩罗什的传授。谢灵运曾从慧睿问学，应当是鸠摩罗什的再传弟子。作为文学家的谢灵运对于西域传入的印度文化是有所了解的，这对于他的诗歌创作、文学思想产生了哪些方面的影响？为什么沈约阐述他的声律理论要放在《宋书·谢灵运传》中详加论述？这些都是非常有意义的论题。再从慧皎《高僧传·释道猷传》所载看，释道猷"初为生公弟子，随师之庐山"。则他也是鸠摩罗什的再传弟子。钟嵘《诗品》将他与释宝月并列，称他们"亦有清句"。这至少说明，像释道猷这样的人，不仅从鸠摩罗什那里学到了印度古典诗律，而且对汉诗创作也时有染指，颇有造诣。从这些线索来看，鸠摩罗什的学说（当然包括诗学理论之类的学问）已经由于他的弟子而传至江南，并且与中国传统的诗歌创作结合起来，别开新的天地。

（三）四声的提出

《高僧传》多次论及"小缓、击切、侧调、飞声"之说，与《文心雕龙·声律篇》中的"声有飞沉"、"响有双叠"的说法不无相通之处。他们都把汉语的声音分为两类，即平声与仄声。这与"四声"只有一步之遥。

锺嵘《诗品序》中说："至平上去入，则余病未能；蜂腰鹤膝，闾里已具。""四声"之说刚刚兴起，很多人还没有掌握，就连竟陵八友之一的梁武帝也要向周舍询问四声的问题。而据阳松玠《谈薮》载："重公尝谒高祖，问曰：'弟子闻在外有四声，何者为是?'重公应声答曰：'天保寺刹'。及出，逢刘孝绰，说以为能。绰曰：'何如道天子万福'。"这说明，"四声"在当时还很不普及。四声是平仄的细化。陆厥用魏晋以来诗人论音的只言片语来论证所谓"四声"古已有之，其实是很牵强的。其实，这些概念，是在齐梁时期才被正式提出的。如前所述，齐梁人在辨析梵文与汉字语音方面的差异曾投下极深的功夫，目的是转读佛经，翻译佛教经典。梵文是拼音文字，梵文字母称为"悉昙"。将梵文经典翻译成汉语，难免要涉及声调抑扬搭配问题。慧皎《高僧传》就指出："能精达经旨，洞晓音律，三位七声，次而无乱，五言四句，契而莫爽，其间起掷荡举，平折放杀，游飞却转，反叠娇哢，动韵则流靡弗穷，张喉则变态无尽。"永明年间，竟陵王萧子良、文惠太子萧长懋多次召集善声沙门，造经呗新声。特别是在永明七年的二月和十月，有两次集会，参加人数众多，《四声切韵》的作者周颙、《四声谱》的作者沈约、《四声论》的作者王斌更是其中的活跃人物。所有这些，在《高僧传》《续〈高僧传〉》及僧祐《略成实论记》中有明确记载。这些文士都生长在"佛化文学环境陶冶之中，都熟知转读佛经的三声。我国声韵学中的四声发明于此时，并在此时运用，是自然之理"。①

---

① 参见陈寅恪《四声三问》，收入作者《金明馆丛稿初编》，上海古籍出版社，1980。又见万绳楠先生整理《陈寅恪魏晋南北朝史讲演录》，黄山书社，1987。

（四）八病的辨析

前引锺嵘《诗品序》中最值得我们注意的是锺嵘所说的后半句："蜂腰鹤膝，闾里已具。"所谓"蜂腰、鹤膝"，就是"八病"之中的两种，而锺嵘认为已经深入人心，并非沈约等人独得胸襟。

1985 年，日本学者清水凯夫发表《沈约声律论考——探讨平头上尾蜂腰鹤膝》，翌年又发表《沈约韵纽四病考——考察大韵小韵傍纽正纽》，清水的结论依据在这样几个原则基础之上：

第一，沈约的诗是忠实遵守其理论的，以此见解为立足点，从沈诗中归纳声律谐和论。

第二，以《宋书·谢灵运传论》的原则和《文镜秘府论》中的声病说为基础，在这个范围内探究以"八病"为中心的声律谐和论的实际状况。这时不将"八病"看作是一成不变的，而将它看作是变迁的。

第三，考察沈诗的音韵时，视情况亦从古音上加以考察。

结论是："八病为沈约创始是不言自明的事实。"[1]

对此，我在 1988 年撰写了《八病四问》提出异议。我的四问是：第一，永明诗人、特别是沈约何以不言"八病"？第二，关于"八病"的文献记载何以越来越详？第三，沈约所推崇的作家作品何以多犯"八病"？第四，沈约自己的创作何以多不拘"八病"？[2]

现在来看，拙文尚有不少问题。最根本的问题是，我所依据的声韵主要是《广韵》；《广韵》虽然隶属于《切韵》系统，但是，毕竟已经过去数百年，音韵的变化颇为明显，只要我们将《切韵》《唐韵》和《广韵》稍加比较就可以明了这一点。而且退一步说，我们所用的确实反映了真实的《切韵》音系，那么问题来了：《切韵》系统反映的是哪一种音系？是江南音，还是南渡洛阳音，抑或是长安音？音韵学家和历史学家对这些问题是有很多争论的。如果没有较有力的根据，在引用《切韵》系统的韵书来说明某一时代、某一地域的用韵情况，其立论的根据是颇可怀疑的。另一方面的问题是，我所依据的材料主要是大家耳熟能详的正史和各家诗文

① 〔日〕清水凯夫诸文并载《六朝文学论文集》，重庆出版社，1989。
② 刘跃进：《门阀士族与永明文学》附录，三联书店，1996。

集，没有条件关注更新的研究成果。

譬如说，关于声病的概念，成书于公元纪元初叶的印度著名的文艺理论专著《舞论》（又译作《戏剧论》）第十七章就专门论述过三十六种诗相、四种诗的庄严、十种诗病和十种诗德。这是梵语诗学的雏形。后来的梵语诗学普遍运用庄严、诗病和诗德三种概念而淘汰了诗相概念。"病"（dosa），在梵文中，其原义是错误或缺点。在汉译佛经中，一般译作"过失"，有时也译作"病"。黄宝生先生《印度古典诗学》对此有过详尽的论述。① 锺嵘《诗品》也常用病的概念品评诗人。如上品"晋黄门郎张协诗：其源出于王粲。文体华净，少病累。又巧构形似之言"。有时又单称"累"，如序称："若专用比兴，患在意深，意深则词踬。若但用赋体，患在意浮，意浮则文散，嬉成流移，文无止泊，有芜漫之累矣。"中品称何晏、孙楚、王赞："平叔鸿鹄之篇，风规见矣。子荆零雨之外，正长朔风之后，虽有累札，良亦无闻。"在齐梁时期，诗病也是一个重要的概念。

问题是，中土士人所倡导的声病之说，与印度是否有某种关联？美国学者梅维恒、梅祖麟教授撰写了《近体诗源于梵文考论》（THE SANSKRIT ORIGINS OFRECENT STYLE PROSODY）对此给予了确切肯定的回答。这篇文章主要讨论了三个问题：第一，印度古典诗歌理论中的"病"（dosa）的概念问题，也就是前面已经介绍过的《舞论》的记载。第二，关于沈约在《谢灵运传论》中提到的"一简之内，音韵尽殊；两句之中，轻重悉异"，结合谢灵运、鲍照、王融、萧纲、庾肩吾、庾信、徐陵等人的作品探讨了"轻"与"重"的问题，从而详细描述了中国古典诗歌从元嘉体、到永明体、到宫体、再到近体的嬗变轨迹。第三，详细论证了佛经翻译过程中经常用到的"首卢"（sloka）概念问题。这里的中心问题是，是什么原因刺激了中土文士对于声律问题突然发生浓郁的兴趣？作者特别注意到了前引《高僧传·鸠摩罗什传》中的那段话，认为沈约等人提出的"病"的概念即源于印度《舞论》中的 dosa，传入的时间最有可能是在公元450~550 年之间。而传播这种观念的核心人物是鸠摩罗什等人。②

在此基础上，日本学者平田昌司根据德国《德国所藏敦煌吐鲁番出土

① 黄宝生：《印度古典美学》，北京大学出版社，1993。
② 该文载于《哈佛亚洲研究》1991 年第 2 期，总 51 卷。

梵文文献》（*SANSKRITHANDSCHRIFTEN AUS DEN TURFANFUNDEN*）收录《诗律考辨》（chandoviciti）残叶，认为印度的诗律知识很有可能是通过外国精通音韵的僧侣传入中土的，同时由于《诗律考辨》有许多内容与《舞论》中的观点相一致，那么也应该有理由相信，沈约及其追随者除了接触到"首卢"之外，也一定接触到《舞论》方面的有关资料。永明声病说以四句为单位规定病犯，跟首卢相像。首卢的诗律只管一偈四句，不考虑粘法。拙著《门阀士族与永明文学》曾指出"律句大量涌现，平仄相对的观念已经十分明确。十字之中，'颠倒相配'，联与联之间同样强调平仄相对；'粘'的原则尚未确立"。这个结论似乎可以和梅维恒、梅祖麟、平田昌司等先生的论证相互印证。

（五）传记文学

传记文学在中国有着悠久的传统。[①] 梁慧皎《高僧传》十四卷是我国现存佛教传记中最早的一部，记叙了自汉明帝永平十年（67）至梁初天监十八年（519）间的高僧二百五十七人，另附见二百余人。由于当时南北对峙，所记南北朝部分多为江南诸僧，北方高僧只有僧渊、昙度、昙始、玄高、法羽和附见者四人。全书分为十门，即：译经、义解、神异、习禅、明律、亡身、诵经、兴福、经师、唱导。每门之后系以评论。本书的史料价值主要有：（1）补充新的史料，如《世说新语》涉及晋僧二十人，见于《晋书·艺术传》者仅有《佛图澄传》，而绝大多数都在本书中有记载。比如支遁在当时负有重名，《世说新语》有四五十处记载，而《晋书》却无传。本书则有长传。又竺法深亦名重一时，刘孝标注《世说新语》却说："法深不知其俗姓，盖衣冠之胤也。"而本书亦有详载，知其名潜，晋丞相王敦弟，年十八出家。又庾法畅，见于《世说新语·言语》。刘注："法畅氏族所出未详。"本书有记载，可以考知姓康，不是庾姓。（2）对于考订作家行年与作品系年有重要参考价值，因为自晋以来，上自帝王贵胄，下至平民百姓，与僧徒交往日益频繁，许多作家行年及作品系年都可以据本书考订出来。（3）有助于文学背景的考释，如陈寅恪《四声三问》

---

① 参见朱东润《中国传叙文学之变迁》，复旦大学出版社，2016；〔日〕川合康三《中国的自传文学》，中央编译出版社，1999。

这篇著名文章，很多材料取自本书。又如天监初年梁武帝宣布舍道事佛，并广泛译经，组织礼佛活动，舍身同泰寺等，正史记载非常简略，而在本书中多有具体的记述，这对于研究梁代文学背景有重要参考价值。此外，梁代释宝唱《比丘尼传》为现存最早的一部记述东晋、宋、齐、梁四代出家女性传记。

与佛教传记密切相关的是佛教目录。梁释僧祐《出三藏记集》十五卷是我国现存最早的佛教目录。正文由四部分组成：（1）《撰缘记》一卷，缘记即佛经及译经的起源；（2）《铨名录》四卷，名录即历代出经名目；（3）《总经序》七卷，经序即各经之前序与后记，为文一百二十篇；（4）《述列传》三卷，即记叙译经人的生平事迹。在中古文学研究方面，本书的价值至少体现在三个方面：一是保存了大量的原始资料，特别是经序及后记，都是六朝人的著作，严可均辑南北朝文将此书七卷全部采入。二是考订史实，如经序及列传，涉及各朝帝王及士庶，如孙权、刘义隆、刘义康、刘义宣、萧子良等，书中多有叙及。三是有助于研究刘勰及《文心雕龙》。刘勰与僧祐居处十余年，协助撰著经录。此书之成，恐刘勰之力为多。因此该书与《文心雕龙》在语汇与成句方面颇多相通之处，结合此书可以更进一步探讨刘勰的思想及《文心雕龙》的价值。①

四　佛教文化与中古文学结缘的启示

过去往往将汉唐文学并称，其实汉唐很不相同。汉代融汇中原各个地区文明的精华，铸成中华文明外儒内霸的特质；而唐代则融汇周边少数民族文化、特别是西域文明的精华，涵养中华文明有容乃大的胸襟。作为一种外来文明，佛教与中国文学的结缘，可以给我们很多启示。

（一）创新性发展，增强中华民族的亲和力

佛教进入中国，其实也是一种双向选择：佛教选择了中国，中国也选择了佛教，并使之融入中华文明的血脉，与儒家学说、道家思想一起，展

---

① 兴膳宏：《〈文心雕龙〉与〈出三藏记集〉》，载《兴膳宏〈文心雕龙〉论文集》，齐鲁书社，1984。

现出中华文化深厚的底蕴和博大的风采。唐代初年，玄奘西天取经，为中印文化交流做出重要贡献。元代开国，采纳耶律楚材的主张，"以儒治国，以佛治心"。忽必烈的周围形成儒士幕僚集团，甚至他本人也被尊为"儒教大宗师"。在每一次的时代转换中，中华民族总是凭借着综合文化的创造力，凝神聚气，保持强大的民族向心力。这在世界文化史上也是很难看到的奇观。

（二）创造性转化，展现中华文化的兼容性

佛教是一种外来文化，进入中国以后，中国文化吸收了印度佛教，同时又改造了印度佛教，并迅速大众化与本土化，转化成为中国文化的重要资源。这说明，吸收外来文化，不仅不会使自己原来的文化传统中断，而且还会大大促进自身文化传统更快、更丰富、更健康地发展。这是由于中华文化具有和合偕习、兼容并蓄的品格，在各种文化流派的共存和冲突中，取长补短，寻找和重释相互可以沟通的精神脉络，长期共存。

（三）文学的创新，同样需要外来文化的滋润

一种文体发展到极致而转向僵化、衰落的时候，往往有一批敏锐的、有才华的文人把目光投向新的领域，尝试新的文体创作，开创新的天地。正如鲁迅所说："旧文学衰颓时，因为摄取民间文学或外国文学而起一个新的转变，这例子是常见于文学史上的。"中古文学在继承传统文化的同时，勇于接受佛教文化的洗礼，创造出具有时代特征的文学样式。这说明，中国文化最有创造性的部分不是封闭的，而是开放的，向不同的文化层面开放。这一点与"五四"新文化运动以后，中国文化向外国文化开放，从而推动自身的现代化进程，可以互相辉映。

吴越王金涂塔与阿育王塔形制关系考辨

王敏庆（中国社会科学院文学研究所）

在佛教历史上，帝王造塔分舍利的事件，著名的约有三次：第一次也是首创者，是印度孔雀王朝第三代国王——阿育王分舍利造八万四千塔之事；第二次是中国的隋文帝杨坚，他于仁寿年间分舍利于全国三十州建塔之事；第三次是中国五代时的吴越王钱俶造八万四千金涂塔之事。吴越王钱俶仿效阿育王造八万四千金涂塔，人们将这种塔称为阿育王塔本也无可厚非，但是将吴越王所造之塔的形制与阿育王所造之塔的形制进行对应则存在问题。将二者所造之塔的形制相对应的，最早见于明代史料，近人观点则见于《敦煌文献 P·2977 所见早期舍利塔考——兼论阿育王塔的原型》等文。该文根据 P·2977 号敦煌文献，结合《集神州三宝感通录》等其他文献及现代考古发掘，详细梳理了被认为是阿育王所造塔中，建于中土的 19 处古塔的地点及兴废情况，并在文末考察了阿育王塔的原型问题，认为五代时吴越国王钱俶仿仿阿育王事迹所造的八万四千金涂塔，是阿育王所造之塔的原型。其主要证据有二，最重要的一条是，2008 年南京长干寺（大报恩寺）出土的北宋大中祥符四年（1011）的舍利塔（图 1），此塔形制与金涂塔一致，与塔同出的《金陵长干寺真身塔藏舍利石函记》的铭文上明确写着"……内用金棺，周以银椁，并七宝造成阿育王塔",[1] 如此便坐实了阿育王塔形制即为金涂塔形制的事实。另一条间接一些的证据是明州鄞县（浙江宁波）在西晋时被刘萨诃发现于地下的阿育王所造之塔，原

---

① 南京市考古研究所：《南京大报恩寺遗址塔基与地宫发掘简报》，《文物》2015 年第 5 期，第 14 页。

塔于北宋初不知所踪，该文认为现存于阿育王寺舍利殿中的金涂塔形制的木质舍利塔，是宋代仿原塔形制而制作的（图2），理由是"西晋时代的郓县阿育王寺舍利殿中的阿育王塔即属于小型宝箧印塔（即金涂塔，笔者注）。该小木塔（宋代仿制品）之形制与佛典所载之塔有些相似。塔身系印度风格，与钱俶所造八万四千宝箧印塔极为相似。南京北宋长干寺地宫发现的鎏金七宝阿育王塔宝也属于小型宝箧印塔"。①

图 1　北宋长干寺地宫出土佛塔　　　2　宁波阿育王寺舍利殿小木塔

图 3　金华万佛塔地宫　　图 4　绍兴大善塔附近　　图 5　雷峰塔出土
　　　　金涂塔　　　　　　　　出土金涂塔　　　　　　　金涂塔

（图片引自黎毓馨《阿育王塔实物的发现与初步整理》，《东方文博》第三十一辑，第35页。）

---

① 杨富学、王书庆：《敦煌文献 P·2977 所见早期舍利塔考——兼论阿育王塔的原型》，《敦煌学辑刊》2010 年第 1 期，第 85～86 页。

金涂塔是一种塔身方形，顶部带有四个高大受花的单层小塔，其比较重要的发现有三次：1957 年金华万佛塔地宫出土了钱俶所造之塔 15 座，其中铜塔 11 座、铁塔 4 座，是历年阿育王塔发现数量最多的一次。铜塔的塔身内壁铸"吴越国王/钱弘俶敬造/八万四千宝/塔乙卯岁记" 4 行题记；铁塔的底板上铸"吴越国王俶/敬造宝塔八万/四千所永充供/养时乙丑岁记" 4 行题记（参见图 3）。1971 年绍兴市区物资公司工地（现大善塔附近）出土的铁塔，底板上铸"吴越国王俶/敬造宝塔八万/四千所永充供/养时乙丑岁记"（参见图 4）。2000～2001 年对杭州雷峰塔遗址进行考古发掘，从废墟天宫及塔基地宫中各出土银制此种小塔 1 座，这两座银塔是钱俶专为雷峰塔特制（参见图 5）。① 这三批出土的吴越王钱俶所造之塔是比较有代表性的，且均有铭文，材料可靠。通过图片不难看出，宁波阿育王寺舍利殿内的小木塔，以及北宋长干寺地宫出土的舍利塔，的确与钱俶所造之金涂塔形制相同，更加有长干寺地宫碑记铭文为证，认为阿育王寺舍利殿小木塔是对刘萨诃所发现之阿育王原塔的仿制便顺理成章。尽管表面看来证据充分，但其中仍有不少疑问。首先，阿育王所造之塔究竟为何样，何以仅凭塔名就认为吴越王金涂塔样式就是阿育王所造之塔的样式？其次，吴越王早在五代便开始造金涂塔，而不论是长干寺塔还是阿育王寺的小木塔制作的时间均晚于吴越王，焉知它们不是对金涂塔的模仿？再次，刘萨诃所发现的阿育王塔究竟是什么样子？除了一些模糊的文字记载，并无其他证据，而认为小木塔是对刘萨诃发现之阿育王塔的模仿，其最终依据也是长干寺出土碑记上的"七宝阿育王塔"铭文，因而长干寺宋塔成为其最关键的证据。也就是说，人们认为这种塔身方形、塔顶四角有形似马耳的高受花的佛塔是阿育王所造之塔的原型，原因就在于长干寺塔的碑记铭文。再加上这种塔式，异域色彩鲜明，所以便认为当年阿育王所造之塔的样式即是此塔的样式。然而考古证据表明，阿育王所造之塔并非这种方塔，而且这种方形小塔即金涂塔的形制也不源于印度，它是在外来文化影响下形成于中土，有一个自身发展演变的过程。以下本文共分四部分，前三部分围绕以上三点质疑逐一讨论，最后一部分则从金涂塔铭文入手，探讨人们为何会将

---

① 参见黎毓馨《阿育王塔实物的发现与初步整理》，《东方博物》，第三十一辑。

金涂塔称为阿育王塔，并将二者形制混淆。

一 关于阿育王所造之塔的形制

阿育王所造之塔究竟为何种形制，本文以为不当在中国寻找答案而当在印度。阿育王（Ashoka，音译阿输迦，意译无忧，故又称无忧王，约前304～前232）是古印度孔雀王朝的第三任国王，最大功绩是除迈索尔地区外基本统一了整个印度。由于目睹了战争的残酷屠杀，心生悔意从而皈依佛教，并将佛教推向印度全境，成为其王朝的国教。由于阿育王强调宽容和非暴力，在他的文治武功下，孔雀王朝达到了鼎盛，在民众的欢呼声中阿育王统治了这个王朝达 41 年之久，成为人们心中理想君主的楷模，佛教中的转轮圣王。

在佛教界，阿育王最著名的事迹当属其分舍利造八万四千宝塔之事。据西晋安息三藏安法钦译《阿育王传》记载，阿育王取出当年阿阇世王所埋之舍利，造八万四千宝箧、宝瓮一一盛之，一舍利付一夜叉使遍阎浮提造塔供养。[1] 在这八万四千塔中，据佛教史料记载中国有 19 处，志磐《佛祖统纪》卷 34 载："阿育王塔震旦有十九处。大士告刘萨诃。洛阳（圣冢）、建邺（长干）、鄮阴（玉几）、临淄、成都五处有阿育王塔。今十九处不可备知。而考之五处，独鄮阴之塔显示世间可获瞻礼。信乎海濒群生末代值佛之幸也。"[2] 不过在敦煌文献以及《集神州三宝感通录》《法苑珠林》《广弘明集》中也记载了这 19 处塔，详见杨富学、王书庆在《敦煌文献 P·2977 所见早期舍利塔考——兼论阿育王塔的原型》一文对该 19 处佛塔的整理表。[3] 根据道宣《集神州三宝感通录》记载，这 19 处阿育王塔 14 座始建于北周和隋，其余 5 座分别建于西晋、东晋、姚秦、石赵和北齐。[4] 时间最早的西晋也与

---

① （西晋）安息三藏安法钦译《阿育王传》卷 1，T50，No.2042，p.0101c。
② （宋）志磐：《佛祖统纪》卷 34，T49，No.2034，p.0327c。
③ 杨富学、王书庆在：《敦煌文献 P·2977 所见早期舍利塔考——兼论阿育王塔的原型》，《敦煌学辑刊》2010 年第 1 期，第 69～70 页。
④ 杨富学的考证基本与《集神州三宝感通录》相同，个别考证，如白马寺，汉时已有塔。

阿育王的时代相差几百年，不难看出其中附会之处。①

南北朝时期，阿育王信仰曾经十分流行，所以在中国多建有阿育王寺，四川成都还出土了南朝梁的阿育王造像。不仅如此，南北朝时期一些著名的画家还画过阿育王像，如张僧繇的高足弟子郑法士，就曾画过一卷阿育王像。② 在《集神州三宝感通录》的记载中，这些传说中的阿育王塔绝大多数已经倾颓，原貌无从得知。虽然在中国的阿育王所建之塔无法得见，但在古印度，在阿育王的治下，却保存着大量的古代佛塔，这些塔才最应该是阿育王所造之塔的原型。

印度桑奇（Sanchi）1 号大塔，是与阿育王时代最为接近的佛塔。这种塔形似一个倒扣着的碗（覆钵），所以一般也被称为覆钵塔（图6）。不过这种塔在印度并非一成不变，后来其塔身主体即覆钵部分，逐渐向高耸方向发展，不再像桑奇塔那样塔身低平。但不管怎样变，覆钵特征始终没有变过。例如印度东部9世纪的一尊佛像背面的线刻佛塔，高耸的覆钵图7，时间与金涂塔相去不远。不仅是在印度本土，包括深受印度文化影响的斯里兰卡以及东南亚等佛教国家，其佛塔到后来虽有了不少变化，但覆钵式塔的基本特征均保留着（图8、图9）。至少它们的形制与金涂塔没有关系。

图6　桑奇大塔1号塔　印度
公元前3～公元1世纪

图7　线刻佛塔　印度东部
9世纪大英博物馆藏

---

① 在其表中，我们注意到前三栏所记19塔顺序相同，独最后一栏《广弘明集》所记与前边的顺序差别很大，而且所记寺、塔也多用阿育王之名。《广弘明集》和《集神州三宝感通录》同出道宣之手，比对文字差别较大，且《集神州三宝感通录》要翔实得多，二者细节方面的出入，如郑州超化寺塔，《广弘明集》记此塔在"州南百余里"，而《集神州三宝感通录》则记为"在州西南百余里密县界"，成书时间只相差4年，一人所记内容却差别如此之大，笔者以为原因可能是所依资料不同，《广弘明集》虽比《集神州三宝感通录》晚几年成书，但用的材料可能是比较早的，所以寺、塔之名是原始的阿育王之名。而敦煌文献 P · 2977 所记的寺塔之名，有一些甚至沿用至今，而这份文献的书写时间比《广弘明集》要晚很多年。

② 于安澜编《画品丛书》，上海人民出版社，1982，第39页。

图8　斯里兰卡佛塔　　　　　　图9　泰国佛塔
传公元前3世纪　　　　　　　　15世纪

（引自玛欣德尊者著《图说洁地》，西双版纳法住禅林，2015，第123页、第154页）

　　在印度北面犍陀罗地区的佛塔也多是覆钵较高耸的这类，且在覆钵下部出现了分层（图10）。从中亚进入我国新疆，主要有南北两路，其中南线古称"罽宾道"，尽管有的地域道路险阻，但由于其路途较近，一直为人们所沿用。若从我国出发，则其具体路线"是由现在新疆塔里木盆地西南部的皮山县向西南，经红其拉普山口进入巴基斯坦境内的洪扎河谷，接着是吉尔吉特河谷和印度河谷，最后到达白沙瓦、士（斯）瓦特以及阿富汗喀布尔河中下游地区"。[1] 在这条路线上发现了大量岩画，其中有不少反映的是佛教题材，覆钵塔亦在其中。如约为公元1世纪的契拉斯2号岩礼拜佛塔的岩画（图11）和约为公元6~7世纪的塔尔潘覆钵塔摩崖刻画（图12），若将这两处覆钵塔与犍陀罗佛塔相比，其一脉相承的关系一目了然，同时也可以看到由于时间和地域的不同而呈现的演化痕迹。6~7世纪的塔尔潘覆钵塔塔身下出现的双层带收分的塔基，大约在公元1世纪的呾叉始罗（又译作塔克西拉 Taxira）覆钵塔上出现[2]，可见这种样式延续了近5个世纪。

---

①　晁华山：《佛陀之光——印度与中亚佛教胜迹》，文物出版社，2001，第165页。
②　〔英〕马歇尔：《塔克西拉》第一卷，秦立彦译，云南人民出版社，2003，第334~335页。

图 10　犍陀罗塔

图 11　契拉斯 2 号岩覆钵塔

图 12　塔尔潘覆钵塔摩崖刻画克什米尔地区岩画 6~7 世纪

（图 10 引自田栗功がング~ラ美術 I，图 538，第 259 页；图 11、图 12 引自晁华山《佛陀之光——印度与中亚佛教胜迹》，文物出版社，2001，图 2~28，第 168 页和第 204 页。）

佛教继续向东传播，经新疆进入甘肃敦煌，由此算正式进入汉地。甘肃酒泉、敦煌等地出土的北凉小石塔，可以说是受犍陀罗佛塔影响且在中国出现时间也较早的覆钵塔。这种覆钵塔从印度本土到犍陀罗，再到中国，其大体发展演变过程如图 13 所示，最后一图为北凉小石塔。

图 13　印度——中国佛塔演变示意图（笔者绘）

以上所列是覆钵式塔从印度到中国的一个演变过程，再结合斯里兰卡以及东南亚佛塔的情况，可知覆钵佛塔始终是印度佛塔的主要形式（这里需要注意印度古代庙宇建筑与佛塔的区别），所以从印度本土的佛塔背景上看，阿育王所造之塔的样式不会超出覆钵塔式之外，也不可能造出金涂塔那种方形小塔，因为那不是古印度人对于塔的概念。佛教典籍称阿育王一日夜间役使鬼神造八万四千塔，中国有 19 处。当然这里的神话色彩不言而喻，但作为佛教忠实信徒的阿育王遣人四处造塔是可能的。但根据考古发掘，阿育王所立石柱以及其他碑刻铭文主要分布在印度次大陆，著名的阿育王石柱，最北端不超过坎大哈（kandahar），而最北端的一处碑铭石刻遗迹则在拉格曼（laghman）地区。从已发现的阿育王铭文碑刻遗迹上看，阿育王的势力从未越过兴都库什山脉。① 所以，在中国的 19 处阿育王塔，实为附会之说，多数是随着阿育王信仰在中国的流行而出现，而阿育王所造之塔的原型也应是类似桑奇塔的那种覆钵塔。

二　吴越王金涂塔形制源流

吴越王钱俶（929~988）本名钱弘俶，为避父讳改名钱俶，是五代十国时期吴越国的第三代君主，太平兴国三年（978）降宋，死后谥"忠懿王"。钱俶信奉佛教，五代十国战争频仍，局势动荡，然吴越之地偏安江南，在钱氏祖孙三代的经营下社会相对稳定，佛教兴盛。钱俶效法阿育王造八万四千佛塔之事，亦造八万四千金涂小塔（八万四千为佛教成数，实际造塔未必如其数，但这说明钱俶造塔数量不少）安奉舍利、经卷等。钱俶分两次集中造八万四千阿育王塔，相隔 10 年。第一次乙卯岁，即显德二年（955），周世宗灭佛之当年，钱弘俶造八万四千金涂塔。第二次乙丑岁，即宋太祖乾德三年（965）。② 之所以名为金涂塔是因为此种小塔表层涂金，而实际的材质则有铜、铁、银等。此外，它还有两个名字，一个是阿育王塔，一个是宝箧印（经）塔。1971 年绍兴市区物资公司工地（现大善塔附近）出土了乙丑年制作的这种金涂小塔，而塔内藏有纸质写经，全卷长 182.8 厘米、高 8.5 厘米，共 220 行，楷书。卷首题刊"吴越国王钱俶敬造宝/箧印经八万四千卷永/充供养时乙丑岁记"，制塔时间与制《宝箧印经》③ 的时间对应。因塔内藏宝箧印经，所以此类小塔也被称为宝

① Upinder Singh, *A History of Ancient and Early Medieval India*: *from the stone age to the 12 the century*, New Delhi: Dorling Kindersley Pvt. Ltd, 2009. , pp. 326 – 328.

② 参见黎毓馨《阿育王塔实物的发现与初步整理》，《东方博物》第三十一辑，36 页。

③ 全称《一切如来心秘密全身舍利宝箧印陀罗尼》，即积聚一切如来全身舍利功德之陀罗尼，出自唐代不空译《一切如来心秘密全身舍利宝箧印陀罗尼经》（略称《宝箧印陀罗尼经》），收在《大正藏》第十九册）。

篋印（经）塔。①

这种塔由基座、方形塔身、塔顶四角突出似马耳的受花，及带有相轮的塔刹组成，具有明显的异域色彩。关于这种塔的形制渊源，杨富学和金申两位先生都将其追溯到北魏云冈石窟的单层塔。

北魏的单层塔大致可分为两种：一种是纯覆钵式，这种塔与印度和犍陀罗覆钵塔有着明显的关联。图14－1中云冈第6窟上层塔柱，其四角的小佛塔都是这种单层纯覆钵塔的形式。此外，南禅寺北魏石塔四角的小塔也属此类。这种塔式在敦煌的发展更为清楚，图14－2、3、4、5、6是从北魏一直到盛唐的这种单层纯覆钵塔的情况，其中最早的两例是北魏塔，这种覆钵小塔以塔刹的形式出现在中国式屋宇建筑上，两种文化结合的痕迹清晰可见。直到盛唐，这种单层纯覆钵小塔一直都存在。

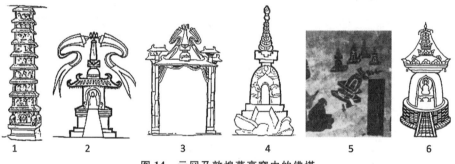

图14　云冈及敦煌莫高窟中的佛塔

1 云冈第6窟上层塔柱；2 莫高窟257窟北魏塔；3 莫高窟257窟北魏塔；4 莫高窟301窟北周塔；5 莫高窟第323窟北壁佛塔（初唐）；6 莫高窟217窟佛塔（盛唐）

另一种是上有覆钵顶，但主体塔身则是正方体或纵长方体形式的佛塔，也就是说这种单层塔是由覆钵塔顶和方形塔身两部分构成，或可将其暂命名为单层方形覆钵塔。这种塔在云冈和龙门比较多见，但在敦煌北魏石窟中则尚未发现。由于这种单层方形覆钵塔的塔顶也有一个半圆形覆钵顶，所以有的研究者也称其为覆钵塔，当然这并无不可，只需注意其与纯覆钵塔在形制上属于不同类型。以下为云冈及龙门单层方形覆钵佛塔表。

---

① 黎毓馨：《阿育王塔实物的发现与初步整理》，《东方博物》第三十一辑，第37页。

云冈及龙门单层覆钵塔表

云冈二期、三期单层覆钵塔	   1　　　　2　　　　3 图1、2 云冈第13、11（二期）窟佛塔，图3 云冈14窟（三期）西壁南侧佛龛群单层覆钵式塔（笔者绘）
龙门北魏晚期（494年迁洛后）单层覆钵塔	   4　　　　5　　　　6 图4 龙门石窟21号塔（726龛）页51；图5 龙门石窟37号塔（1034窟南壁）页51，图6 龙门石窟普泰洞南壁小龛
备注	图片出处：图1至3，唐仲明《晋豫及其以东地区北朝晚期石窟寺研究——以响唐山石窟为中心》，图26，页53～61；图4至5，杨超杰、严辉《龙门石窟雕刻精粹·佛塔》，第51页；图6，陈亦恺《略论北魏时期云冈石窟龙门石窟浮雕塔形》，图11，页230。

　　从单层方形覆钵塔时间的发展序列上可以看出，云冈覆钵塔覆钵较高，塔檐单层，而到了龙门，覆钵虽略显底平但仍较为明显，塔檐为三层或多层，叠涩层层向下收分。当然在南方，在南梁约中大通年间也已经出现这种方形小塔，① 南北方各具特色。到了北齐、北周这种单层方形覆钵小塔融南北之特征继续发展，塔檐的变化更多，再加上四角高大的受花，形制越发接近吴越王的金涂塔（图15）。

---

① 张肖马、雷玉华：《成都市商业街南朝石刻造像》，《文物》2001年第10期，第16～17页。

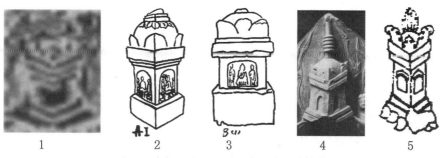

图 15 南梁、北周、北齐单层方形覆钵塔

（1. 为南梁约中大通年间单层覆钵方塔，引自张肖马、雷玉华《成都市商业街南朝石刻造像》，《文物》2001 年第 10 期，图 19，第 13 页。2、3. 覆钵塔为陕西药王山所藏北周石塔，图为笔者所绘。4. 为北魏晚期—东魏方形覆钵塔，引自青州博物馆编《青州青龙寺佛教造像艺术》，山东美术出版社，2014，图 206，第 210 页。5 为南响堂第 7 窟门楣上佛塔，引自唐仲明《晋豫及其以东地区北朝晚期石窟寺研究——以响堂山石窟为中心》，北京大学博士论文，2004，第 56 页，图 31。）

同时我们也注意到，北朝末期政权中特别是北齐，它的单层方形覆钵塔除了沿袭原有发展脉络外，还吸收了外来因素——粟特建筑因素（参见图 16）。关于此，孙机先生在《我国早期单层佛塔建筑中的粟特因素》一文中有详细论述。[①]

图 16 粟特式建筑与南响堂第一窟单层塔

1. 安阳出土北齐石棺床雕刻中所见粟特式建筑；2. 天水隋唐墓出土石棺床雕刻中之粟特建筑；3. 南响堂山第一窟浮雕石塔［引自孙机《我国早期单层佛塔建筑中的粟特因素》，载《宿白先生八秩华诞纪念文集》编辑委员会编《宿白先生八秩华诞纪念文集（下）》，文物出版社，2002，第 429 页］。

---

① 孙机：《我国早期单层佛塔建筑中的粟特因素》，载《宿白先生八秩华诞纪念文集》编辑委员会编《宿白先生八秩华诞纪念文集（下）》，文物出版社，2002。

唐代方形覆钵塔的实物，较集中的一处要数河南登封嵩山大法王寺的三座单层塔（图17），三座塔虽然基本形态一致，但是细节处颇具变化，反映出唐代单层组合式塔的丰富性。

图17 唐代组合式单层塔嵩山大法王寺唐代单层佛塔及塔顶局部

五代时这种单层方形覆钵塔即吴越王金涂塔的形制，同样也受到外来因素影响。造型上最明显的就是出现在塔顶四角的高大受花，而且塔顶的覆钵变得更加低平，以至于最后消失，成为平顶，样子非常接近罗马时代的一些青铜小容器（见图18）。宋代周文璞《尧章金铜佛塔歌》云："白石招我入书斋，使我速礼金涂塔。我疑此塔非世有，白石云是钱王禁中物。上作如来舍身相，饥鹰饿虎纷相向。拈起灵山受记时，龙天帝释应惆怅。形模远自流沙至，铸出今回更精致。"①"形模远自流沙至"是说金涂塔的形式来自西域，与那个罗马时代的青铜容器相类似或者完全相似的器物是可借鉴的一种形式。此外，出土于阿拉伯泰马属纳巴泰文明的两件石香炉的形制，也与金涂塔及罗马容器有相类之处（见图19、图20图像，笔者摄），笔者在考察佛塔受花来源时也曾追溯到纳巴泰文明，②可见这种源自西方的器物形象对中国产生影响并非不可能。另一个来自流沙的证据是金涂塔基座上的一排以柱子间隔的佛像，如雷峰塔出土银塔基座上的图像。此排佛像均是通肩袈裟，禅定印，两佛之间隔以柱头带花叶的柱子，柱身饰有长方形短凹槽。这种形式与犍陀罗佛教石刻如出一辙，见图21中的对比图。柱头上顶着花叶的形式其实是古希腊三大柱式之一的科林斯柱

---

① （宋）周文璞：《方泉诗集》卷二。（文渊阁四库全书版）

② 王敏庆：《佛塔受花形制渊源考略——兼论中国与中亚、西亚的文化艺术交流》，《世界宗教研究》2013年第5期，第59~61页。

式，在犍陀罗佛教雕刻艺术中常常被用来分隔画面。中国早期佛教受犍陀罗影响较多，类似基座的这种图像，在云冈还能看到一些痕迹，但云冈之后鲜见。吴越国能从西域得到这些图样并不奇怪，五代至宋往来中原和西域的僧侣不断，吴越国虽远在东南，但它与中原王朝保持着良好关系，在外交上吴越国还结交契丹与之保持往来，因此嗜好佛教的吴越王，如果想从西域得到一些佛教艺术方面的图像并非不可能。史料就曾记载天台智顗所写的《法华言句》二十卷因五代兵乱而亡失，钱俶听说高丽有本，便以重金由商人从高丽购得，后一直盛行江浙之事。① 尽管金涂塔"形模远自流沙"，但那并不意味着西域有现成的这种单层方形覆钵塔被吴越王直接引进，并且也不一定是吴越王的首创，而是吸收了外来因素，在中国已有这类单层方形覆钵塔的基础上发展而来。所以在吴越王造八万四千塔之前在民间已有这种金涂塔的制造，详见后文。试想，如果中国无此类单层小塔，当时的人们面对的只是一个类似罗马铜容器的箱子，恐怕一时之间也不会想到要把它改造成一座佛塔。所以吴越王金涂塔的样式虽吸收了外来因素，但形成于中国，而阿育王所造之塔的样式，也不会与一千多年后在中国形成的佛塔样式有什么关联。

图 18　罗马时代青铜容器②

图 19　纳巴泰石香炉
公元前 1～公元 1 世纪

---

① （宋）马端临：《文献通考》卷二百二十七，经籍考五十四（文渊阁四库全书版）。
② 图片引自金申《吴越国王造阿育王塔》，《东南文化》2002 年第 2 期，图 12。

图 20　纳巴泰石香炉　　　　图 21　雷峰塔出土银塔
公元前 1～公元 1 世纪　　　　　基座与犍陀罗
　　　　　　　　　　　　　　石板雕刻对比图①

三　关于刘萨诃所见之阿育王塔

传说中的 19 座阿育王塔中，排名第一的是明州鄞县阿育王寺塔，即今宁波阿育王寺中被西晋刘萨诃发现于地下的阿育王塔。唐高宗麟德元年（664）道宣所撰《集神州三宝感通录》关于此塔记载如下：

> ……三日间，忽有宝塔及舍利从地踊出，灵塔相状，青色似石而非石。高一尺四寸，方七寸，五层露盘，似西域于阗所造。面开窗子，四周天铃。中悬铜磬，每有钟声，疑此磬也。绕塔身上，并是诸佛菩萨金刚圣僧杂类等像。状极微细。瞬目注睛，乃有百千像现。面目手足，咸具备焉。斯可谓神功圣迹。非人智所及也。今在大木塔内。②

杨富学先生认为现藏于阿育王寺中舍利殿的那座宋代舍利木塔是仿这座似石非石的阿育王塔制作的。仅凭上面这段文字很难准确勾勒出这座佛塔的样子，但是道宣给了我们一个提示，即这座塔"似西域于阗所造"，于阗即今我国新疆和田。新疆早期的佛教艺术主要受犍陀罗影响，其佛塔的形式也

---

① 雷峰塔银塔图片引自何秋雨《浙江省博物馆藏五代吴越国阿育王塔》，《收藏家》2011 年第 3 期，第 35 页。犍陀罗石板雕刻引自 Shanti Lal Nagar，Buddha in Gandhara Art and Other Buddhist Sites，Delhi：Buddhist World press，2010，p. 257。

② （唐）道宣：《集神州三宝感通录》，T52，No. 2106，P. 404。

主要是覆钵式。图 22 是出土于 Tumshuk（图木舒克）的木塔，时间已在公元 5~6 世纪，还有一件 Kumtura（库木吐拉）出土的木塔，时间在 7~8 世纪，形制与此塔基本一致。另外在新疆克孜尔石窟壁画中也出现了与之类似的佛塔（图 23），时间多在 6、7 世纪之前。克孜尔 205 窟壁画中所呈现的佛塔显然也是覆钵类型，虽然它的覆钵下似乎是个方形塔身，但参照库木吐拉出土的小木塔看，那方形更可能是个佛像靠背，形制与金涂塔相去甚远，尤其是没有高大的受花，而塔顶四角的高受花，正是吴越王所造小佛塔的一个显著特征。不但新疆早期的佛塔中都没有受花，印度以及东南亚的古代佛塔上也都没有受花。受花是佛教传入中国内地后，在中国佛塔上新出现的构件，它形成于中国，主要出现在汉传佛教的佛塔艺术中。形成时间约在公元 5 世纪后半期，即北魏孝文帝时期，约相当于云冈二期。[①] 据道宣《集神州三宝感通录》，刘萨诃发现阿育王塔在西晋太康二年（281），时为 3 世纪末，那时不仅新疆一带流行的是覆钵塔，而且佛塔受花也尚未出现，不可能有金涂塔上四角那种高大的受花。所以，从这一角度而言，现存舍利殿的小木塔也不可能是刘萨诃所发现之塔的仿制品。另外，道宣也说那座塔似为于阗制作，可见不是阿育王所造，而且塔上有佛像，作为常识，我们知道阿育王时代是没有佛像的，此亦可证鄞县阿育王塔乃为附会之说。

图 22　木塔 Tumshuk（图木舒克）
出土 5~6 世纪
（引自 Art of central Asia, P. l420）

图 23　克孜尔 205 窟佛塔
（引自宿白主编《中国美术全集》第 17 卷，文物出版社，2006，第 75 页）

① 参见王敏庆《佛塔受花形制渊源考略——兼论中国与中亚、西亚的文化艺术交流》，《世界宗教研究》2013 年第 5 期，第 65 页。

除《集神州三宝感通录》外，比之稍晚的另一份文献也比较详细地记载了这件刘萨诃发现的阿育王塔。日本光仁天皇宝龟十年（唐代宗大历十四年，779），真人元开（淡海三船）著《唐大和上东征传》，详述了鉴真六次东渡日本传法的非凡经历，文中也描述了鉴真曾寓居的鄮县阿育王寺中阿育王塔的情况：

> 其阿育王塔者，是佛灭度后一百年，时有铁轮王，名曰阿育王，役使鬼神，建八万四千塔之一也。其塔非金、非玉、非石、非土、非铜、非铁，紫乌色，刻缕非常；一面萨埵王子变，一面舍眼变，一面出脑变，一面救鸽变。上无露盘，中有悬钟，埋没地中，无能知者。唯有方基高数仞，草棘蒙茸，罕有寻窥。至晋泰始元年（265），并州西河离石人刘萨诃者，死至阎罗王界，阎罗王教令掘出。自晋、宋、齐、梁至于唐代，时时造塔、造堂，其事甚多。①

之后文中又记载了鉴真带到日本的经像等物，其中涉及一座小塔：

> ……水晶手幡以下皆进内里。又阿育王塔样金铜塔一区。②

两份关于刘萨诃所发现阿育王塔的记载颇有些出入，除了二者时间上的差异，一个是太康二年（281）、一个是泰始元年（265）之外，首先是材质上，道宣只说是似石而非石，而后者关于此塔材质的描述则复杂很多，且一眼看去便知不是石头，可见二者在材质上应有差异。其次是塔身图像内容方面，道宣说塔身"并是诸佛菩萨金刚圣僧杂类等像"而《唐大和上东征传》则记载的是四个佛本生故事。道宣一代名僧，且著有《集神州三宝感通录》《广弘明集》这类佛教史传类著作，应谙熟佛教典籍掌故，不会看不出塔身上的本生故事。如果二者的描述都是事实的话，那只能说明在从道宣的描述到鉴真这期间内，刘萨诃发现的那座塔已经不是同一个了。从《东征传》的记载上看，鉴真他们当时所见的阿育王塔与后来吴越王的金涂塔确实有几分相似，如塔有四面，每面雕刻佛本生故事。但这并不代表鉴真所见之塔与吴越王金涂塔完全相同。上文在梳理单层方形覆钵

---

① 〔日〕真人元开：《唐大和尚东征传》，载《游方记抄》，T51，No. 2089. P989b - c。
② 〔日〕真人元开：《唐大和尚东征传》，载《游方记抄》，T51，No. 2089. P993b。

塔演变过程时谈到北周、北齐以及唐代的这类小塔，它们是单层方塔整个演变过程中的一环，形制当然与吴越王金涂塔相似同属一类。当鉴真所见之塔遗失后，[①] 宋初便以吴越王金涂塔之式重制，所以我们看现存阿育王寺的小木塔与吴越王金涂塔形制是如此的一致，便是这个道理。每个时代制作的器物必然会带有时代的痕迹，且不论阿育王寺的塔是否有阿育王时代那样久远，即便是唐代所制，即便那小木塔是唐代的仿制品，也势必会与五代、宋的金涂塔在形制风格上有所差异。至于阿育王塔之名，黎毓馨举出《东正传》中"又阿育王塔样金铜塔一区"之句，说："所谓'阿育王塔样金铜塔'，应仿自鄞县阿育王塔。可见盛唐时期已有铜阿育王塔制作，其名称即为'阿育王塔'。"[②] 说盛唐时已有这种铜的方形覆钵塔的制作是可能的，它是唐代特征的方形覆钵塔，是五代此种塔的前身，笔者以为，原文并未说这就是"阿育王塔"，而是说"阿育王塔样金铜塔"，明确表述是仿阿育王塔样式制作的。这或许说明在当时人们的观念中，阿育王所造之塔方称得上是"阿育王塔"（明州鄞县阿育王寺的阿育王塔不管是不是史实，但长久以来的传说认为它是阿育王所造之塔），否则直接写做"阿育王金铜塔一区"即可。

四　关于钱俶所造金涂塔的阿育王之名

阿育王为推广佛教，令鬼神造八万四千宝塔，一一盛之舍利广布阎浮提，由于阿育王是此项活动的发起者，所以这些塔也被称为阿育王塔。其丰功伟绩彪炳佛教史册，成为后世崇信佛教之帝王的楷模。分在中国的 19 座塔，尽管是传说，但称之为阿育王塔亦无不可。然而这 19 座塔的原貌早已不可知。

公元 955 年，距阿育王的时代一千多年以后，五代吴越王钱俶仿阿育

---

① 这座阿育王塔并非一直放在宁波阿育王寺，"阿育王塔也几度转移，唐会昌毁佛之际，移往越州官库，宣宗时又移往越州开元寺，后又移回阿育王寺，贞明二年（916）吴越王钱镠及弟钱桦又将此塔迎往杭州罗汉寺，太平兴国三年（978）钱俶降宋，翌年僧统赞宁又奉此塔移往汴京，此后便下落不明。"（〔日〕安藤更生：《鉴真大和尚传之研究》，平凡社昭和三十五年。转引自金申《吴越国王造阿育王塔》，《东南文化》2002 年第 2 期，第46～47 页。）

② 黎毓馨：《阿育王塔实物的发现与初步整理》，《东方博物》第三十一辑，第 46 页。

王事迹，造八万四千宝塔盛放舍利或经咒，五代时便已有称吴越王钱俶所造的金涂塔为阿育王塔的。一些考古资料和古代文献资料表面上似乎也证实了这一说法。既然同是"阿育王塔"，于是人们便将传说中阿育王所造之塔，和吴越王钱俶仿效阿育王事迹所造之塔相联系，认为吴越王所造之塔的样式就是阿育王所造之塔的样式。持这种观点的人不是今天才有，早在明代，著名的高僧憨山德清大师就这样认为，《憨山老人梦游集》卷二十五《钱吴越忠懿国王造铜阿育王舍利塔记》记载：

> 昔世尊入灭，茶毗得舍利八斛四斗，分作三分。天上人间龙宫，各建塔供养。尔时阿育王亲受一分，散阎浮提。震旦国得一十九座，而明州阿育王塔，乃其一也，其式亦出自西域。而舍利灿烂，光明变现，随人各见不同，亦有不见者，盖因障有厚薄耳。二千年后，五代时，钱吴越忠懿国王，承先业，敬事三宝，如式造小铜塔，八万四千座，埋藏国内名山，世未有知者。我明万历初，常熟顾耿光，造其父宪副茔地中，掘出一小铜塔，高五寸许，如阿育王塔式。内刻款云：吴越国王钱弘俶，敬造八万四千宝塔，乙卯年记，一十九字。外四面镂释迦往因本行，示相。前则毗尸王割肉饲鹰救鸽，后则慈力王割耳然灯，左则萨埵太子投崖饲虎，右则月光王捐舍宝首四事。①

再晚一些的资料，如清代悔堂老人的《越中杂识》："吴越钱忠懿王金涂塔凡有二，一藏萧山祇园寺，一藏山阴世袭云骑尉陈广宁家。塔高今工部营造尺四寸三分，其式类阿育王塔。外四面镂释迦往因本行示相，内有题名四行云'吴越国王钱弘俶敬造八万四千宝塔乙卯岁记'十九字。"②

这两条材料说明在明清时人们已认定吴越王钱俶所造塔式即为阿育王所造之塔式。另外两个说明五代、宋时已称吴越王所造之塔为阿育王所造之塔式的出土文物证据，一是前文已提到的2008年长干寺地宫出土的大中祥符四年的"七宝阿育王塔"，其《金陵长干寺真身塔藏舍利石函记》中明确称地宫中的舍利塔为"阿育王塔"。另一个是1984年浙江平阳宝胜寺东塔第二层北面壁龛内出土的宋太祖乾德三年（965）初刻，宋真宗天禧

---

① （明）福　善、通　炯编《憨山老人梦游集》卷25，X73，0641b。
② （清）悔堂老人：《越中杂识》，浙江人民出版社，1983，第185页。

二年（1018）重刻的《清河弟子造塔记录》，文中有"育王铜塔盛贮"的铭文。尽管实物和文字资料都言之凿凿，似乎金涂塔形制就是阿育王塔的形制，但我们却发现，在吴越王造塔的铭文上他从不称自己所造之塔为阿育王塔（或育王塔），而只是写"吴越国王/钱弘俶敬造/八万四千宝/塔"。两个出土实物证据也都是吴越王造塔事件（955）之后的物件，也就是说那些称这种塔式为阿育王塔的，很可能都是仿效吴越王金涂塔样式所造之塔。下面再看钱俶造塔之缘起，更有助于我们理解此事。

日僧道喜于日本康保二年（宋乾德三年，965）所作《宝箧印经记》，记吴越王造塔缘起，因吴越王钱俶杀戮过重，身缠重病数月，病中常诳语刀剑刺胸，猛火缠身，后经一僧指点，要他造塔，写《宝箧印经》安置其中供养。关于钱俶发心造塔一节，《宝箧印经记》原文曰："……随喜感叹云：愿力无极，重病忽差。于时弘俶思阿育王昔事，铸八万四千塔，折此经，每塔入之。"[1] 南宋志磐《佛祖统记》卷四十三《法运通塞志》记载："吴越王钱俶。天性敬佛。慕阿育王造塔之事。用金铜精钢造八万四千塔。中藏宝箧印心咒经（此经咒功云。造像造塔者。奉安此咒者，即成七宝。即是奉藏三世如来全身舍利）布散部内。凡十年而讫功，今僧寺俗合有奉此塔者。"[2] 资料显示，钱俶造塔是因为杀戮太重，与阿育王经历相似，于是"思阿育王昔事，铸八万四千塔"。但造塔本身不是目的，核心在于写《宝箧印心咒经》安放塔中供养，方可消灾增福，核心在经咒。下面看《清河弟子造塔记录》碑的记载：

> ……今特发心舍净财烧造砖瓦，雇/召工匠，于宝胜寺大佛殿前建造宝塔两所，东西二塔之内各请得天台/赤城山塔内岳阳王感应舍利，又备银瓶并育王铜塔盛贮，并铜尊像阖/家眷属共赎宝箧陀罗尼及造功德经等十二卷，诸般珍宝、宝盖、宝镜/金银、随年钱、发愿文口，永充镇塔供养……乾德三年乙丑岁十月八日记。[3]

---

① 转引自陈平《钱（弘）俶造八万四千〈宝箧印陀罗尼经〉（上）——兼谈吴越〈宝箧印陀罗尼经〉与阿育王塔的关系》，《荣宝斋》2012 年第 1 期，第 49～50 页。

② （宋）志磐：《佛祖统纪》卷 43，T49，No. 2035，P. 0394c。

③ 陈余良：《浙江平阳宝胜寺双塔及出土文物》，《东方博物》第 23 辑，浙江大学出版社，2007，第 80 页。

在碑文提及育王铜塔后还有一句"阖/家眷属共赎宝箧陀罗尼及造功德经等十二卷",可见碑文所记造塔赎经之事乃是深受吴越王钱俶的影响,称盛舍利之塔为"育王铜塔"也是与吴越王钱俶有关。碑文题记"乾德三年乙丑岁十月八日",这年正是吴越王钱俶第二次造塔及陀罗尼咒经之时,即公元965年。再看长干寺的"七宝阿育王塔",志磐说吴越王造八万四千塔,塔中藏宝箧印经的功德是"奉安此咒者,即成七宝"。由此便不难明白长干寺地宫出土的北宋佛塔为何被称为"七宝阿育王塔"了,这也与吴越王有关。

除了上面两条材料外,不仅吴越王本人不称金涂小塔为阿育王塔,在民间制造的此类塔也多不称阿育王塔。在黎毓馨《阿育王塔实物的发现与初步整理》一文中,共收录了17座历代制作的这种样式的佛塔,其中有明确纪年且提及塔名的有七座,其中包括长干寺北宋"七宝阿育王塔",除此还有六座,现整理材料如下表:

	出土地点	铭文题记	部分实物图片
1	1987年黄岩灵石寺塔天宫出土铜塔1座,残存须弥座,座壁间铸佛像、菩提树、莲花和璎珞纹等	"陈八娘为亡姊林十娘子女弟子造塔一所永充供养乾祐三年(950)二月十八日记。"	
2	1978年江苏苏州市瑞光寺塔第三层塔心的窖穴内出土铜塔2座。大的1座底板上刻9行63字	"苏州长州县通贤乡清信弟子/顾彦超将亡妇在生衣物敬舍/铸造释迦如/来真身舍利/宝塔壹所/伏用资荐/亡姊胡氏五娘/子生界永充供养/岁次乙卯(955)十月日舍"	
3	1963年东阳中兴寺塔(南寺塔)倒塌时发现铜塔5座。其中鎏金铜塔座面沿塔身四边刻有题记。2座僧人所舍小铜塔上有时间题记	"吴越国龙册寺弥陀会/弟子潘彦温妻王十一娘/男仁大阖家眷属/造此塔永充供养。""丙辰岁"(周世宗显德三年,956年)	

续表

	出土地点	铭文题记	部分实物图片
4	1966年萧山城厢镇祇园寺东西石塔出土"戊午显德五年（958）"铜塔2座。须弥座座面沿塔身四边刻有一圈铭文	"弟子夏承厚并妻林一娘，阖家眷属，舍净财铸真身舍利塔两所，恐有多生罪障业障并愿消除，承兹灵善，愿往西方净土。戊午显德五年（958）十一月三日记。"	
5	1956年江苏苏州虎丘云岩寺塔第三层中间发现用5块绢袱覆盖的铁塔1座。比较完整的一块绢袱上面用毛笔墨书二行字	"□□惠朗舍此袱子一枚裹/迦叶如来真身舍利宝塔。"	—
6	1993年安吉安城灵芝塔天宫发现银塔1座。底部四边镌刻行书铭文	"安吉县永安乡城南保奉佛女弟子裴氏三娘/将妆奁浪银制造塔一所安真身舍利佛骨/舍入永安院塔心内资荐夫主施十二郎庆/历七年（1047）岁次丁亥四月朔日毕工记银匠李宥昌。"	

说明：第二条瑞光寺塔出土乙卯题记铜塔图片引自苏州市文管会、苏州博物馆编《苏州市瑞光寺塔发现一批五代、北宋文物》，《文物》1979年第11期，图19，第30页。余者引自黎毓馨《阿育王塔实物的发现与初步整理》，《东方博物》，第三十一辑。

以上民间所造佛塔的题记中多称这种形制的小塔为"塔"或"真身舍利宝塔"，未称阿育王塔。尤其需要注意的是前三条材料中涉及的小塔，这三处塔的题记时间分别为（后汉）乾祐三年（950）、乙卯（后周显德二年955）十月和"丙辰岁"（周世宗显德三年，956）。乙卯岁，即显德二年（955），是吴越王第一次造塔的时间，在它之前的五年，之后的一年以及乙卯当年都有民间造此类小塔的实物出现，这说明吴越王所造的这种形制的小塔在五代时是比较流行的用来供奉佛舍利的塔式，① 在钱俶造"八万四千塔"之前便已存在，而且此塔在当时并不与特指的"阿育王塔"有何联系，这从大量的此类小塔的题记上可以得到证实。像吴越王自己所造之塔就从未称过"阿育王塔"，大量民间造塔也不这样称呼此种小塔，称这种单层方形覆钵塔为"阿育王塔"是在吴越王钱俶仿阿育王事迹造"八万四千塔"的行为之后才逐渐产生的。那么是什么原因使人们将"阿育王塔"之名与钱俶所造金涂塔联系起来的呢？

吴越王造塔之事，无论在当时还是后来都影响颇大，"今僧寺俗合有奉此塔者"。凡吴越王所造之塔，均有这样的铭文："吴越国王/钱弘俶敬造/八万四千宝/塔乙卯岁记"或"吴越国王俶/敬造宝塔八万/四千所永充供/养时乙丑岁记"。"造八万四千宝塔"是阿育王的典型事迹，看到"造八万四千宝塔"，第一时间让人联想到的是阿育王，古人如此，今人亦如此。这便出现了相应概念的置换，即"八万四千（宝塔）" ＝阿育王，于是吴越王仿效阿育王事迹敬造的"八万四千宝塔"便成了"阿育王塔"。但当时人们这样称呼金涂塔恐怕只是对吴越王仿阿育王事迹所造之塔的一种简略称呼，这种称呼与其他名称并存。这可能就是我们在民间制作的这类小塔上看到，有的称其为"阿育王塔"，但多数还是称其为真身舍利塔或宝塔的原因。南京长干寺塔之所以称阿育王塔，可能还与原长干寺塔本身就是阿育王遣鬼神在中国造的19座塔之一有关，这些事件的核心人物都是阿育王。

综上所述，五代后称这类金涂小塔为阿育王塔，并不是因为在形制上跟阿育王所造之塔有何关系，而是因为钱俶造八万四千塔的事件，及塔上"造八万四千宝塔"的铭文。

五　结语

关于吴越王钱俶所造金涂塔的形制与阿育王所造之塔的形制之关系其实并不复杂，只要我们还原历史情境，根据考古实物的材料证据细心梳

---

① 黄岩灵石寺乾祐三年小塔虽然只残存塔座，但样式与瑞光寺塔出土乙卯题记铜塔、萧山祇园寺石塔出土的"戊午显德五年（958）"铜塔的须弥座相同。由此可知乾祐三年小塔的完整样式与这两尊小塔相同。

理，便不会为史料记载的种种名相所迷。根据考古或实物遗存，本文梳理得出古印度之佛塔主体特征为覆钵式，阿育王所造之塔的原型当为此种样式，与吴越王所造之单层方形覆钵塔，也就是金涂塔在形制上并无关联。这种单层方形覆钵塔是在中国发展出的一种佛塔样式。五代时金涂塔是一种比较流行的塔式，在吴越王造"八万四千塔"之前便已经存在，吴越王仿效阿育王造塔之事加强了这种小塔的流行程度，并使人们将其与阿育王联系起来，逐渐冠以"阿育王"之名。

武则天时期的佛教美术

——以传入日本的劝修寺绣佛为中心

大西磨希子（日本·佛教大学）

前 言

奈良博物馆藏有一幅来自京都劝修寺的大型绣佛，即所谓劝修寺绣佛（图1）。高207cm，宽157cm。这是一幅用彩色丝线以辫子绣和打籽绣两种针法相配合绣成的佛像工艺美术作品。

本图现在名为"刺绣释迦如来说法图"，由于其产生于奈良时代，即中国的唐朝（8世纪），现在被定为日本的国宝。但是关于本图的铭文和文献记载极少，对其主题歧说纷见，迄今尚无定论。

因此本文首先梳理围绕该图主题的前人研究成果，试从与以往不同的观点提出一个新的见解。

一 既往研究与问题所在

这幅图的本尊是倚坐在双树下的赤衣佛像，佛像两侧被相对较大的胁侍菩萨围绕，每侧各有七位，共计十四位。胁侍菩萨上方的左右两侧各有六位奏乐天人，共计十二位。最上方是骑凤、骑鹤的仙人，左右两侧各三位，共计六位。仙人们之间的空隙以彩色飞云填充。图像下边是供养人像，其中以背对观众的女性像为中心，其左右各有五位僧人，共计十位。最外缘左右两侧各有六位俗众，共计十二位。图像最下端绣有土坡与花草。这幅图共绣有五十六位群像，以辫子绣和打籽绣的两种针法绣成，紧密而均匀地呈现在画面中。

图1 劝修寺绣佛

　　我们将这幅图与敦煌莫高窟藏经洞发现的斯坦因收集品中的绣佛（图2）进行比较，后者同样是以辫子绣和打籽绣绣成的绣佛。但是，斯坦因收藏的绣佛，除轮廓线以外并未使用彩线，而是在刺绣的表面以颜料着色，图案复杂的局部以绘图补缀，并且这幅图刺绣技法稚拙，并未考虑所绣物体的形态，只是单纯以刺绣覆盖图案表面。

　　与此相对，劝修寺绣佛刺绣技法高超，肉身部分和衣服等平滑的物体表面以辫子绣绣成，而菩萨的宝冠和颈饰等凸出部分则以打籽绣绣成，两者配合十分巧妙，表现出不同部分的不同质感。特别是走线形成连续线状轨迹的辫子绣部分，沿着物体的形状运针，由此表现出佛和菩萨圆润的面颊，垂坠的衣料形成的圆弧状褶皱，以及莲花座上花瓣的膨胀感，令这些物体具有立体感，与彩线形成的色彩层次相配合，针法极为细致。致密且均匀的针脚形成流畅细腻的画面，呈现出令人惊叹的工艺之美。因此，有

图 2　敦煌藏经洞发现的斯坦因收藏品中的绣佛

些研究者认为本绣像可能为唐代宫廷作坊所作。

关于本图的制作年代，秋山光文根据宝座背部的装饰形式，推测其应为 7 世纪前后在中国制作，这一说法应当是妥当的。① 肥田路美将图像下边人物的服装以及波状唐草纹样与唐墓壁画进行比较，推测该图为初唐后期的 7 世纪后半叶到 8 世纪初，也就是唐高宗后期到武则天时期的作品②，与秋山光文的推断基本一致。

但是对于本图的主题存在许多争议，现在主要有以下四种说法。

---

① 〔日〕秋山光文：《古普塔式背屏装饰的起源与其在中国与日本的传播》，《国华》第 1086 号，1985 年 8 月。

② 〔日〕肥田路美：《劝修寺绣佛再考》，《佛教艺术》第 212 号，1994 年 1 月。此文章一部分进行添改后再收录于〔日〕肥田路美《初唐佛教美术的研究》第三部第三章《奈良国立博物馆所藏刺绣释迦如来说法图》，中央公论美术出版，2011。

（1）释迦如来说法图，或释迦灵山净土变（国宝指定名称，内藤藤一郎等）。①

（2）弥勒龙华树下说法图（福山敏男）。②

（3）弥勒佛或优填王像，以及女人、僧俗众的供养（肥田路美，1994）。③

（4）释迦如来的忉利天说法图（稻本泰生、肥田路美，2011、2013）。④

上述说法中，（1）认为本图主题为表现释迦灵山说法的灵山净土变，是认为图下部的十位僧人是释迦牟尼的十大弟子。但是，肥田路美指出，图中没有山景，因此不能将其看作释迦灵鹫山说法图。

（2）是福山敏男在论文的注释中提出的观点，他在推断本图为贞观末年至高宗前期的作品的基础上，根据初唐时期的倚坐佛多为弥勒佛的说法，认为本图应为弥勒龙华树下说法图。福山进一步指出，图下边中央的俗女为皇后武氏，右侧带冠帽的俗男为高宗，左侧僧众旁边的俗童为皇太子，下方的十位比丘为侍奉中间女性的侍僧。但是这个观点遭到肥田的批评，她认为弥勒下生经中描述的弥勒佛龙华三会和蠰佉王剃度出家等内容，与该图内容并不一致。并且，该图下面中央的女性为武则天也缺乏足够的证据。因此，这一观点此后完全没有受到重视。

（3）为肥田路美的观点。初唐时期的倚坐形如来像，根据铭文记载，仅限于尊名为弥勒佛和优填王像，即优填王所制作的释迦像，因此肥田认

① 〔日〕内务省宗教局编《特别保护建造物及国宝帖》别册解说，审美书院，1910，87页；〔日〕内藤藤一郎：《法隆寺壁画与劝修寺绣帐》，《东洋美术特辑　日本美术史　第三册　奈良时代上》，1932，54·65页；〔日〕白畑よし：《关于劝修寺绣帐的技法》，《美术研究》第48号，1935年12月；亀田孜：《劝修寺的释迦说法图绣帐》，《美术研究》第129号，1943年3月；春山武松：《法隆寺壁画》，朝日新闻社，1947。

② 福山敏男：《法隆寺金堂的装饰纹样》，《法隆寺金堂建筑及壁画の纹样研究》东京文化财研究所美术部（美术研究所），1953，注76。此文章收录于〔日〕福山敏男《寺院建筑的研究》上卷，中央公论美术出版，1992。

③ 同上书。

④ 〔日〕稻本泰生：《优填王像东传考——以中国初唐时期为中心》，《东方学报（京都）》第69册，1997年3月；〔日〕稻本泰生：《奈良国立博物馆藏"刺绣释迦说法图"的主题与图像》，奈良国立博物馆编《从正仓院宝物中学到的》，思文阁出版，2008；〔日〕肥田路美：《奈良国立博物馆所藏刺绣释迦如来说法图》，载前引注②书，427～428页；〔日〕肥田路美：《从七、八世纪的佛教美术观察唐与日本、新罗关系的一断面》，《日本史研究》第615号，2013年11月。

为，本图的主尊可能是弥勒佛或优填王像，但其尊格并不确定。

（4）为稻本泰生的观点，他认为，本图的主尊形状比起初唐的弥勒佛倚坐像，更接近优填王像，因此推断本图主尊与优填王像有关。在此基础上他进而关注优填王像的由来。换言之，释迦牟尼成佛后，为了生母摩耶夫人离开人间界上升到忉利天，九十日之间为她说法，那时优天王思慕释迦而用旃檀制作释迦像，即优填王像。稻本据此认为本图主尊并不是优填王像，而是在忉利天说法的释迦佛，并且与主尊相对峙的女性是忉利天说法的对象摩耶夫人。稻本这一新观点不仅能够解释为何本图主尊的形象更接近优填王像，并且将与主尊对峙的女性看作摩耶夫人，也能够顺畅地解释为何在构图上将主尊与女性放在中轴线上。因此，后来肥田路美也赞同这一观点。但是，稻本本人也指出，这种解释有些缺点，在现存的作品和画史等文献中都不存在忉利天说法图，况且《摩诃摩耶经》中所讲的忉利天说法的场景与本图的画面相去甚远。并且，肥田还指出本图最下端的土坡和花草图样，表现的是否是忉利天的景象尚有疑问。

因此，对于本图主题，有释迦灵山说法图以及弥勒佛龙华树下说法图等多种解释，即便是现在最有说服力的释迦忉利天说法图，也存在本图图样与相关经典描述不一致的问题。这成为本图主题难以确定的根本原因。但是，找不到与本图图像一致的经典，这正是本图的本质，本图本来没有表现特定佛经内容的。换言之，本图并不是一般的经变画。

二 关于本图主题的新观点

初唐时期的倚坐佛像，带有铭文并可确认其尊名的，是弥勒佛（图3）或优填王像（图4）两种。不仅从本图主尊的外貌上看，并且从主尊的宝座看，都难以辨别究竟是弥勒佛还是优填王像。[①] 因此笔者想要关注位于本图下部人物群像中心的女性像和十位比丘像。

关于本图下部围绕中央女性像的十位比丘像（图5），历来有三种解释：

---

① 温玉成：《龙门唐代窟龛的编年》，《中国石窟龙门石窟》第二册，文物出版社，1992，第185页。温玉成指出："优填王像的粉本，似来自印度的笈多式造像。优填王像消失前，它的靠背椅的座式即被移作弥勒佛的座式，如惠简洞。"

图3　龙门石窟　惠简洞本尊　弥勒佛像　咸亨四年（673）造

图4　龙门石窟第231号优填王像龛　显庆元年（656）造

（1）释迦牟尼的十大弟子。

（2）引导供养人的供养僧。

（3）中央女性像的侍僧。

关于（1）的说法，如果这十位是释迦的十大弟子，那么他们应该位于主尊释迦如来的周围，与释迦一起接受敬拜，而本图中这十位显然位于供养人的位置。对于（2）的观点，由于本图中的比丘像并未位于供养人行列之首，而是围绕着中央的女性像而立，因此笔者对这种观点也难以认同。但是将图中的僧人看作中央女性像的侍僧，即（3）的说法是说得通的。但是对于这一说法也没有深入探讨。笔者认为，这十位僧人像可以看作是支持武则天登基的十位僧人。

图5　劝修寺绣佛下部的女性像与十位比丘像

《旧唐书》卷六《则天皇后本纪》载初元年（690）七月条，有对这十位僧人的相关记载："有沙门十人伪撰大云经，表上之，盛言神皇受命之事。制颁于天下，令诸州各置大云寺，总度僧千人。"①

在此记"沙门十人""伪撰"了《大云经》而盛言"神皇受命之事"即武则天的登基，但是，福安敦指出这包含错误。②《大云经》则是玄始六年（417）九月昙无谶翻译的《大方等无想经》③，此时沙门十人撰述的应

---

① 《旧唐书》卷六《则天皇后本纪》，载初元年七月条，中华书局，1975，第121页。
② 〔日〕福安敦（Antonino Forte）：《关于〈大云经疏〉》，《讲座敦煌7 敦煌与中国佛教》，大东出版社，1984。在此被看作《大云经疏》的文献为敦煌文书S. 2658和S. 6502，两卷卷首均已佚失，原题不明。对此矢吹庆辉认为，S. 2658应为《武后登极谶疏》，福安敦则受到汤用彤（《矢吹庆辉〈三阶教研究〉跋》，载《微妙声》第3期，1937年1月。再收录于《魏晋玄学中的社会政治思想略论》上海人民出版社，1956）的影响，推测该文献的原题应是永超（1014～1095）的《东域传灯目录》中著录的《大云经神皇授记义疏一卷》。另外，牧田谛亮也认同这一说法。〔日〕牧田谛亮《中国佛教中的疑教研究序说——以敦煌出土疑经类为中心》，《东方学报（京都）》第35册，1964年3月。
③ 《大正藏》卷一二。

是《（拟）大云经疏》（以下称为《大云经疏》）。值得注意的是，这里记载了武则天打破禁忌登上帝位之时，从佛教方面保证其正当性的就是这部《大云经疏》，并且担当撰述这注疏的就是十位沙门。

类似的记载也见于《旧唐书》卷一八三《薛怀义传》中。① 其曰（〔〕内为笔者注）："自是〔怀义〕与洛阳大德僧法明、处一、惠俨、稜行、感德、感知、静轨、宣政等在内道场念诵。……怀义与法明等造大云经，陈符命，言则天是弥勒下生。作阎浮提主，唐氏合微。故则天革命称周，怀义与法明等九人并封县公，赐物有差，皆赐紫袈裟、银龟袋。其伪大云经，颁于天下，寺各藏一本，令升高座江说。"

这里记载着，薛怀义与法明以下八名僧侣为内道场僧，并伪造《大云经》（应为《大云经疏》）讲述武则天的符谶预言，提出她为下生弥勒并阎浮提主，因此武则天革命建立周朝，"怀义与法明等九人"被封为开国县公。②

这《旧唐书》卷一八三《薛怀义传》记载的沙门数，乍看与《旧唐书》卷六《则天皇后本纪》的记录相比少了一人，而福安敦指出这里还有错误。③ 福安敦阐明，此处列举的自法明以下的八人名字中缺少了若干个字，复原九位僧人的名字如下（数字为笔者添加）：

洛阳大德僧①法明、②处一、③惠俨、④□（慧）稜、⑤行感、⑥德感、⑦知静、⑧□（玄）轨、⑨宣政。④

由此可知，在《薛怀义传》中的"怀义与法明等九人"指的是薛怀义和包括法明在内的另外九人，共计十人，这样就与《则天皇后本纪》中十位沙门撰述《大云经疏》的记载一致了。

① 《旧唐书》卷一八三《薛怀义传》，中华书局，1975，第4741～4742页。
② 开国县公为从二品，参见《旧唐书》卷四二《职官志》（一）。
③ 前引注福安敦论文《关于〈大云经疏〉》。Antonino Forte, *Political Propaganda and Ideology in China at the End of the Seventh Century. Inquiry into the Nature, Authors and Functions of the Tunhuang Document S. 6502, Followed by an Annotated Translation.* Napoli：Instituto Universitario Orientale, 1976 [Second Edition. Kyoto：Italian School of East Asian Studies (Monographs 1), 2005], pp. 87 - 169.
④ 复原名字的第六位僧人德感，在宝庆寺石佛中的铭文和《宋高僧传》卷四（《大正藏》卷五〇，731c）也可以看到。关于其他僧人也根据《宝雨经》诸抄本中的译场列位，可以确认其爵位为某县开国公。关于德感，详论于前引书，129～143页；前引肥田书，262～266页。

关于《大云经疏》的撰述，在《资治通鉴》卷二〇四中也有记载①（〔〕内为笔者注，圆括号内的文字为根据福安敦的论证②进行的补充说明）：

〔载初元年秋七月〕东魏国寺僧法明等，撰大云经（疏）四卷，表上之。言太后乃弥勒佛下生，当代唐为阎浮提主，制颁于天下。……〔天授元年十月〕壬申，敕两京诸州各置大云寺一区，藏大云经，使僧升高座讲解。其撰疏僧（大）云宣（政）等九人皆赐爵县公，仍赐紫袈裟、银龟袋。

福安敦指出，这天授元年十月条云"其撰疏僧"，因此在载初元年七月撰述的并不是《大云经》而是其注疏。③ 而其《大云经疏》中记载了武则天为"弥勒佛下生"，并取代唐朝为"阎浮提主"。

狩野直喜从敦煌文献中发现了未曾入藏而长期不明的《大云经疏》S. 2658，后来矢吹庆辉也翻印 S. 2658 的全文。④ 其后福安敦还发现比 S. 2658 保存较长的 S. 6502，进行了详细的考证。⑤ 也就是说，这些《大云经疏》并不是对《大方等无想经》全文的注疏，只是对卷四与卷六的几行部分给予注释。福安敦还指出，有注释的几行都是对净光天女的授记部分，注释的目的"明明是作者们用净光天女下生的预言来宣传武曌的政治、宗教性角色"。⑥ 也就是说，《大云经疏》主张武则天一下生弥勒登极，其政治性颇强。值得关注的是，负责其撰述的就是薛怀义等十位僧侣这一事实。

除《大云经疏》之外，《宝雨经》也论证武则天登基的正当性而受到重视。现存初唐时期抄本为敦煌文献 S. 2278（卷九），S. 7418（卷三）和吐鲁番文献 MIK III‒113 号（卷二），其中 S. 2278 和 MIK III‒113 中，都

---

① 《资治通鉴》卷二〇四，中华书局，2011，第 6466 页。
② 参见〔日〕福安敦《关于〈大云经疏〉》。
③ 参见〔日〕福安敦《关于〈大云经疏〉》。
④ 参见〔日〕罗福苌《沙洲文录补》，上虞罗氏编印，1924；〔日〕矢吹庆辉《三阶教之研究》第三部附篇，《二、大云经与武周革命》，岩波书店，1927。
⑤ 《讲座敦煌 7 敦煌与中国佛教》，1～85 页，255～419 页以及福安敦论文《关于〈大云经疏〉》。S. 6502 比 S. 2658 多出开头 30 行残存。
⑥ 见前引福安敦论文。

有长寿二年（693）的译场列位（图6）。① 并且，按照以同时期的抄本为底本，在日本抄写的还有一部，即带有日本天平十二年（740）五月一日的跋语的光明皇后御愿经（卷二、卷五、卷八、卷九、卷十②）。这部写本中也含有长寿二年的译场列位（图7）。

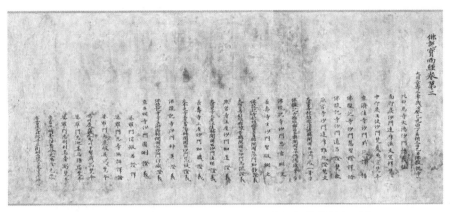

图6　《宝雨经》（MIK III‑113号）末尾记载的译场列位

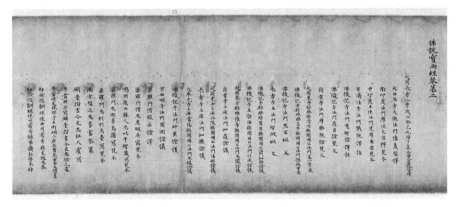

图7　光明皇后御愿经（五月一日经）《宝雨经》卷二的译场列位

有趣的是，在这些译场列位中，可以看到自薛怀义以下，被赐爵位为开国县公的僧侣七人，名单如下（抄出，原文武则天时期的字体改为常用

---

① S. 2278中，在长寿二年的译场列位之后，另外记载了证圣元年（695）检校勘行记。

② 参见〔日〕拙稿《圣语藏〈宝雨经〉——则天文字的一则资料》，《敦煌写本研究年报》第8号，2014年3月；〔日〕拙稿《五月一日经〈宝雨经〉余滴》，《敦煌写本研究年报》第9号，2015年3月。这两篇文章皆收录在拙著《唐代佛教美术史论攷》法藏馆，2017。

字体）：

大白马寺大德沙门怀义监口（译）

大周东寺都维那清源县开国公沙门处一笔受

佛授记寺都维那昌平县开国公沙门德感笔受

佛授记寺都维那赞皇县开国公沙门知静证义

大周东寺都维那豫章县开国公沙门惠俨证义

大周东寺上座江陵县开国公沙门法明证义

大奉先寺上座当阳县开国公沙门慧稜证义

仏授记寺寺主渤海县开国公沙门行感证义

在此，通过武则天的自述重新确认在武周革命中《大云经疏》和《宝雨经》的重要性。圣历二年（699）武则天为《大方广佛华严经》写的序中这样写道："朕曩劫植因，叨承佛记。金仙降旨，大云之偈先彰，玉宸披祥，宝雨之文后及。"① 武则天发抒自己登基之所以，是由于前世的善因从佛授记，及其佛的旨意首先在《大云经疏》的偈中表扬，因此登上宝座，其后《宝雨经》的经文也提到同样佛旨。② 由此可知，《大云经疏》和《宝雨经》对于武则天登基发挥了最大作用。如前文所述，《大云经疏》的撰述和《宝雨经》的汉译皆有薛怀义以及被赐开国县公爵位的僧侣之参与。"开国县公"这一爵位说明，这些功绩使得他们成为武周革命的功臣。

供养人像通常表现为行列，原则上男女分开左右。并且比丘和比丘尼也一般男女分别作导引（图8）。但是本图的供养人像极大违背这些定型，背对观众的女性像位于中央，十位比丘像环绕其周围。只有将中央的背影女性看作为女帝武则天，并将围绕她的视为帮助她登基的十位僧人，才能理解如此特殊的供养人形象。

需要注意的是，为了武则天登基体现出的两重形象。在《大云经疏》注释说："天女授记之征，即以女身当王国土者，所谓圣母神皇是也"，在此解释净光天女的授记，就是以女身当王治国的预言都指武则天。加之，

---

① 《大方广佛华严经》序，载《大正藏》卷一〇，1a。

② 《金石萃编》卷六四，武周大足元年（701）五月贾膺福撰文并书《（河内郡）大云寺皇帝圣祚之碑》中，也有"隆周鼎革……大云发其遐庆。宝雨兆其殊祯"等。

图8　云冈石窟　第16窟　南壁中央东龛供养人部分

作为这条注释的证据，征引了《证明因缘谶》中"弥勒世尊出世时，疗除诸秽恶"①，注释云："谨按，弥勒者即神皇应也"②（图9）。如此《大云经疏》称武则天为弥下生的勒佛，与上述《旧唐书》和《资治通鉴》的记载一致。

而且，经文中"即以女身当王国土，得转轮圣王所统领处四分之一"③，以"今神皇王南阎浮提一天下也"④开篇，以下征引广武铭、天授圣图、瑞石、龙吐图、孔子谶等等，反复阐述武则天登基的正当性。总之，《大云经疏》诉说，武则天的一重形象是转轮圣王的四王（金轮王、银轮王、铜轮王、铁轮王）之一，虽是女身但君临阎浮提作为中国的皇帝，其另一重形象是下生于娑婆世界而实现净土的弥勒佛。

《大云经疏》撰述于武周革命之前，另一方面武则天登基之后译出的《宝雨经》中也有同样的记载。《宝雨经》有四种译本，除了菩提流

---

① S. 6502，第36～37行。
② S. 6502，第41～42行。
③ S. 6502，第24～25行。
④ S. 6502，第69～70行。

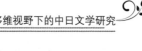

图9　《大云经疏》（S. 6502）"谨按，弥勒者即神皇应也"部分

支译以外，前有梁代曼陀罗仙译《宝云经》七卷，和曼陀罗仙、僧迦婆罗共译的《大乘宝云经》七卷，以及宋代法护译《除盖障菩萨所问经》二十卷。但是滋野井恬指出，这四种译本之中，菩提流支译具有其他三本中完全没有的特殊要素，这是由于这个译本与当时武则天将要即位为女帝的事件密切相关。① 这些特殊要素是释尊对于月光天子所说的如下内容：

（a）佛祖涅槃后的第四五百年中佛法欲灭时，月光天子于赡部洲的东北方摩诃支那国，位居阿鞞跋致，实是菩萨故现女身为自在主，历经多岁正法治化，养育众生犹如赤子。

（b）月光天子当得阿鞞跋致与转轮圣王位。

（c）当月光天子受王位时，国土中有山涌出。

---

① 〔日〕滋野井恬：《对于宝雨经的若干考察》，《印度学佛教学研究》第39号，1971；又见前引注拙稿。

（d）月光天子那时住寿无量，后当往诣睹史多天宫，供养承事慈氏菩萨，当慈氏成佛时受阿耨多罗三藐三菩提记。

自（a）至（c）讲的是佛祖涅槃后第四五百年，有女帝以转轮圣王君临中国，[①]（d）讲的是女帝寿命无限，升兜率天供养弥勒菩萨，当弥勒下生成佛时，接受悟道的授记。[②]

其中《宝雨经》中，关于武则天从弥勒佛授记的记述与《大云经疏》中称武则天为下生弥勒佛的记述不同，此处的表述变得较有节制。但是，援用转轮圣王和弥勒佛，这两位佛教中的救世主这一点，《大云经疏》和《宝雨经》都一致。令人关注的是，武则天本人和其周围人都在现实中共有甚至演出武则天的这两重角色。

首先来看武则天广为人知的尊号。长寿二年（693）九月，魏王武承嗣等五千人联名上表，请求武则天加尊号"金轮圣神皇帝"，武则天于万象神宫受尊号，大赦天下，并制作金轮等七宝（金轮宝、象宝、女宝、马宝、珠宝、兵臣宝、藏臣宝），每次朝会之时陈设于殿庭。[③]"金轮圣神皇帝"的金轮圣神即指转轮圣王四王之首金轮圣王，七宝即指转轮圣王具有的七种之宝。因此，她冠以"金轮圣神皇帝"的名号，并每次朝会时在殿庭陈列七宝，都是无疑显示自己为转轮圣王的行为。这一尊号到延载元年（694）五月改为"越古金轮圣神皇帝"，翌年正月更改为"慈氏越古金轮圣神皇帝"而改元为证圣。[④] 虽然未过多久，尊号中便舍去"慈氏越古"四字，改称"天册金轮大圣皇帝"，她曾使用的两种尊号，已表明武则天塑造的两种形象民——弥勒佛与转轮圣王。[⑤]

另外，武则天自称"慈氏越古金轮圣神皇帝"的证圣元年正月丙申

---

① 滋野井指出，在当时中国的佛教界，一般认为佛祖涅槃后已经过去一千五百年，进入了第四个五百年。在（a）所写的佛祖涅槃后第四个五百年，正指本经的译出时期。另外（c）所说的国土中有山涌出，也有意识地将垂拱二年（686）十月在新丰县东南有山涌出而武则天改名为庆山县的史实。参见前引滋野井论文。

② 《大正藏》卷一六，284b～c。

③ 《资治通鉴》卷二〇五："魏王承嗣等五千人表请加尊号曰金轮圣神皇帝。乙未，太后御万象神宫，受尊号，赦天下。作金轮等七宝，每朝会，陈之殿庭"，中华书局，2011，第6492页。

④ 《旧唐书》卷六。

⑤ 最终久视元年（700）五月，亦废"天册金轮大圣"号。

（十六日）夕，明堂遭遇火灾被焚毁。此四日后的庚子，有人上奏称《弥勒下生经》中有言弥勒得道之时七宝台须臾散坏。① 这表明，有人将明堂焚毁的不吉事件，美化为武则天成佛时的应验。

在此重新回到本图。本图中占最大篇幅的是本尊倚坐佛。由于本图可认为制作于初唐初期，倚坐佛基本限定为优填王像或弥勒佛。然则，这倚坐佛应视为与武则天关系密切的弥勒佛。另外，画面下边的供养人群像中间，与本尊倚坐佛对面的女性背影，可以认为就是武则天。也就是说，本图画面的中轴线上，表现的是作为理想统治者武则天的二重形象；主尊为下生弥勒佛的武则天，被十位比丘环绕的背面女性像是作为转轮圣王的武则天。其中本尊弥勒佛可说是武则天的真容，而背影的女性就是弥勒佛的应身或现身的武则天。

结　语

武则天塑造了自己的二重形象而取得帝位。一重是在这婆娑世界成就净土的弥勒佛，另一重是以正法统治阎浮提的转轮圣王。传入日本的劝修寺绣佛，正可以认为是表现这双重形象的图像。本图乍一看仿佛是常见的佛树下说法图，但实际上，这幅作品与一般的经变画不同，颇具政治信息性。这一点也符合了劝修寺绣佛图像精美、刺绣技术卓越，应为唐代宫廷作坊作品。尽管现存的只剩此一件，但是当时宫廷作坊很有可能大量制作了与劝修寺绣佛相同的作品。劝修寺绣佛，不仅作为武则天时期的佛教美术，还作为日唐交流的遗产，是极其宝贵的实物史料。

---

① 《资治通鉴》卷205："庚子，以明堂火告庙，……通事舍人逢敏奏称，弥勒成道时有天魔烧宫，七宝台须臾散坏"（中华书局，6500页）。同书也称制造此妄言之人为通事舍人逢敏，《旧唐书》卷22礼仪2中则作逢敏。还有，《旧唐书》卷89姚璹传中对此有详细记载如下："此为宰相姚璹言'是岁，明堂灾。则天欲责躬避正殿。璹奏曰，此实人火，非曰天灾。至如成周宣榭，卜代愈隆。汉武建章，盛德弥永。臣又见弥勒下生经云，当弥勒成佛之时，七宝台须臾散坏。睹此无常之相，便成正觉之因，故知圣人之道，随缘示化。方便之利，博济良多。可使由之，义存于此。况今明堂，乃是布政之所，非宗庙之地。陛下若避正殿，于礼未为得也'。"此外，《新唐书》卷102姚思廉传附姚璹传中，也记载着与《旧唐书》相同的姚璹言。

【图版出典】

图1　画像提供　奈良国立博物馆（森村欣司摄影）。

图2　M. A. Stein, *The Thousand Buddhas*, London：Bernard Quaritch, Ltd., 1921, pl. XXXIV.

图3　《中国石窟龙门石窟》2，文物出版社，1992，图88。

图4　刘景龙、杨超杰：《龙门石窟总录》第2卷（图版），中国大百科全书出版社，1999，图131。

图5　画像提供　奈良国立博物馆（森村欣司摄影）。

图6　画像提供 BERLIN - BRANDENBURGISCHE AKADEMIE DER WISSENSCHAFTEN（BBAW）。

图7　宫内厅正仓院事务所所藏编《圣语藏经卷（CD - R）》第二期《天平十二年御愿经》第三回配本，丸善，2003，第121号。

图8　水野清一、长广敏雄：《云冈石窟：公元五世纪中国北方佛教窟院的考古学调查报告东方文化研究所调查昭和十三年～昭和二十年》第11卷，1953，图74（B）。

图9　Antonino Forte, *Political Propaganda and Ideology in China at the End of the Seventh Century. Inquiry into the Nature*, *Authors and Functions of the Tunhuang Document S. 6502*, *Followed by an Annotated Translation.* Napoli：Instituto Universitario Orientale, 1976〔Second Edition. Kyoto：Italian School of East Asian Studies（Monographs 1），2005〕, p. 542, pl. II

（周翔译）

汉译佛典中偈颂的律动

齐藤隆信（日本·佛教大学）

序　言

印度佛教文献的文体类型大致可分为散文（长行）与韵文（偈颂）两类。这些印度佛教文献传到中国以后，不仅意思、内容被翻译成了汉语，文体也被转换成了中国传统的散文及韵文的形态。因此可以说，汉译佛教文献是通过文意的翻译及形态的转换诞生的。

至今为止的汉译佛教文献研究多以散文为主，而对韵文并未给予积极的重视。因此，在今天发表的报告中，我将着眼于以前未被重视的韵文（以下称为"偈"或"偈颂"），以律动为中心，围绕其形态是如何转换这一问题加以考察。这里所说的律动是指"规则地·周期性重复的音乐性的节奏"，具体包含以下三个要素。

律动（节奏）｛ ①音数律（字数→每句字数统一）
②声　律（平仄→调节句中或句间的声调）
③韵　律（押韵→主要考虑偶数句末的押韵）

一　从偈颂到诗

在汉译佛教文献中，偈颂的形态主要是通过调整音节数（字数）在视觉上达到韵文的效果。但是如果不能满足押韵这一韵文的绝对条件，就会出现分裂现象，甚至会出现一些只是把散文（长行）分割成一定音节数的偈颂。因为对于佛经来说，传达真理是首位的，所以不顾文意而优先考虑形式是不合情理的。但是，也有部分翻译者能在兼顾音律（节奏）的同时进行翻译。这要求译者必须具备极高的词汇水平以及汉字音识别能力才能达成，此时也就是说可以实现文体形态的转换了。通过从韵文的角度重新评价这些汉译佛教文献，很多问题都能够得到解决。这就是笔者开展偈颂研究的重要意义之所在。

最初将佛教文献翻译成汉语的是后汉的安世高与支娄迦谶。前者主要翻译小乘佛教的经典，后者则主要翻译大乘佛教的经典。下面笔者将试举几个例子来探讨最初期的汉译经典中偈颂的形式。

（一）后汉安世高翻译的佛教经典

最早汉译佛经的安世高奠定了翻译的规则，但也有其时代局限性。下面列举的《七处三观经》的偈颂则体现了这样的规则："从后说绝"与"佛说如是"这类固定语句之间画线部分的内容都是韵文。然而，这些文句像散文一样，句中音节数（字数）参差不齐，虽然印度语的原文是韵文，但汉译以后在视觉上变成了散文般的形式，所以音声效果并不理想。

《七处三观经》第 2 经（《大正藏》2 ~ 876a）

佛从后说绝：

不守意者　邪疑故亦睡眠故　魔便得自在如是　但当守意　若欲谛行　但当见谛行　亦当知内出已　不堕睡眠　便得断苦本

佛说如是。

《七处三观经》第 7 经（《大正藏》2 ~ 877a）

从后说绝：

善群居依贤者　为知谛愿宿命行　为乐得无有忧　得善自在

佛说如是。佛说是已，诸比丘闻佛所说，欢喜奉行。

《七处三观经》第 12 经（《大正藏》2 ~ 877c）

闻如是。一时佛在舍卫国，行在祇树给孤独园。佛告比丘，若比丘有四行、不自侵、要近无为。何等为四？是间比丘持戒行戒律根，亦闭至自守意。饭食节度、不多食、不喜多食。上夜后夜常守行。是为四行。比丘不自侵、亦近为。从后说绝：

　　　　若比丘立戒根　亦摄食亦知节度　亦不离觉　如是行精进　上夜后夜不中止　要不自侵减要近无为

佛说如是。

（二）后汉支娄迦谶翻译的佛教经典

安世高的偈颂虽然句中字数不统一，但支娄迦谶翻译的佛经偈颂，字数均为四字、五字、六字、七字等，非常均等。这样，偈颂在视觉上变为了韵文的形式，在音声效果上也开始与散文有所不同。自支娄迦谶之后，汉译佛经的偈颂皆以这样的形式进行翻译。另外，还有三字、八字、九字、十二字偈，但最多的还是五字偈。

《慧印三昧经》（《大正藏》15～467a）……四字一句
佛尔时便说偈言：

　　　　已住吾我　便言有世　持想作行　欲脱于世　起是念者　为住二法　是为惑事
　　　　非正法行　法无作者　亦无坏者　不可见知　亦无人所　着于有者　因起想行
　　　　便自说言　我已忍空　起想念空　是为非法　法无所有　便行有法　一切所起

《般舟三昧经》（《大正藏》13～910bc）……五字一句
佛尔时颂偈言：

　　　　有居家菩萨　欲得是三昧　常当学究竟　心无所贪慕　诵是三昧时　思乐作沙门
　　　　不得贪妻子　舍离于财色　常奉持五戒　一月八关斋　斋时于佛寺　学三昧通利
　　　　不得说人恶　无形轻慢行　心无所荣冀　当行是三昧　奉敬诸经法　常当乐于道

《慧印三昧经》（《大正藏》15～462c）……六字一句

佛尔时便说偈言：

无上慧为慧王　慧能散诸欲着　是尊慧入慧门　是印经无量慧
知根行住智地

智无碍智去冥　智消着智说法　经如日照三界　常等行于三昧
一切着谛所断

诸三昧慧印将　诸佛者等是种　欲得宝度无极　愿福相福神足
志所愿从是得

《般舟三昧经》（《大正藏》13～910bc）……七字一句

佛尔时颂偈言：

我念过去有如来　人中尊号私诃末　尔时有王典主人　至于彼佛
闻三昧

至意黠慧听此经　心悦无量奉持法　即以珍宝散其上　供师子意
人中尊

心念如是而叹言　我身于此当来世　奉行佛教不敢缺　亦当逮得
是三昧

（三）后汉昙果·康孟详翻译的佛教经典

昙果与康孟详翻译的《中本起经》中的偈子均为五字一句，而且如下面所列例句所示，虽然还不完善，但偶数句末已开始出现注意押韵的迹象了。（偶数句末标明了《切韵》的韵目及后汉的韵部）

《中本起经》（《大正藏》4～163b）

佛受其施、便为咒愿、而作颂曰：

外道所修事　精勤火为最

学问日益明　众义通为最

人中所归仰　遮迦越为最

江河泉源流　大海深为最

众星列空中　日月明为最

佛出于世间　受施为上最

《中本起经》（《大正藏》4～150b）

时如来而作颂曰：

至道无往返　玄微清妙真（平真·真）

不没不复生　是处为泥洹（平桓·寒）

此要寂无上　毕故不造新（平真·真）

虽天有善处　皆莫如泥洹（平桓·寒）

《中本起经》（《大正藏》4～156b）

佛为须达，而作颂曰：

无忧无喜相　心虚清净安（平寒·寒）

已能无所生　见缔入泥洹（平桓·寒）

觉正念清明　己度五道渊（平先·寒）

恩爱网断坏　永寂悦彼安（平寒·寒）

（四）后汉支曜翻译的佛教经典

支曜翻译的《成具光明定意经》的偈颂都明显地考虑到了音数律及韵律，所以可以说这是中国佛教史上，首部带有强烈的中华韵文形态意识的汉译经典。

《成具光明定意经》（《大正藏》15～452bc）

于是善明因复叹曰：

天尊实神妙　世所希见闻（平文·真）

变改卓挈异　睹者莫不欣（平欣·真）

谛观甚奇雅　现变难等双（平江·冬）

不作而自具　不劳饱满众（平东·东）

不语自然使　不教令自行（平唐·阳）

不为而遇为　是德以可将（平阳·阳）

本行何术法　生而有此荣（平庚·耕）

积何德之本　致斯巍巍尊（平魂・真）

愿哀贫道者　开饶以法财（平咍・之）

决心之结网　放令无馀疑（平之・之）

　　　　　　＊　＊　＊

　　以上，通过安世高，支娄迦谶，昙果与康孟详、支曜的例子，我们了解了最初期的汉译经典中偈子的形式，同时也对最初期的翻译者们经过反复试验，最终使印度韵文逐渐趋向与中华传统韵文形式一致的过程有了一个清晰的认识。

　　也就是说，起初的翻译并无韵文、散文之别，之后逐渐出现五字一句、七字一句等均等齐整的形式并固定下来，接着是译者开始注意到偶数句末的押韵。如此，便完成了印度偈语向中华诗形态的转变。另外，关于音律数，在魏晋时期的偈颂中以四字偈与五字偈占绝大多数，而隋唐以后七字偈则不断增加。这与中华韵文的变迁也相吻合。

二　三国时期吴国的支谦

　　从祖父一代就从大月支国归化中国的支谦，于后汉末期出生于洛阳，自小便深受汉民族的教养。他十三岁开始学习外国书籍，掌握了六国语言，并广泛学习了佛教及世间的文学艺术。后移居于吴，被吴主孙权任用为博士，同时还负责皇太子的教育。他的译经活动是在黄武元年（222）到建兴年间（252～253）大约 30 年间进行的。在中国佛教史上，支谦是一位评价极高的著名翻译家，这一点从下面列举的偈颂的翻译中也能体现出来。

　　《八师经》（《大正藏》14～965c～966a）

醉者为不孝　怨祸从内生（平庚・庚）

迷惑清高士　乱德败淑贞（平清・庚）

吾故不饮酒　慈心济群生（平庚・庚）

净慧度八难　自致觉道成（平清・庚）

念人衰老时　百病同时生（平庚・庚）

水消而火灭　刀风解其形（平青・庚）

骨离筋脉绝　大命要当倾（平清·庚）

吾用畏是故　求道愿不生（平庚·庚）

我惟老病死　三界之大患（平删·寒）

福尽而命终　气绝于黄泉（平声·寒）

身烂还为土　魂魄随因缘（平声·寒）

吾用畏是故　学道升泥洹（平声·寒）

《太子瑞应本起经》（《大正藏》3～480ab）

听我歌十力　弃盖寂定禅（平仙·寒）

光彻照七天　德香逾栴檀（平寒·寒）

上帝神妙来　叹仰欲见尊（平魂·真）

梵释赍敬意　稽首欲受闻（平文·真）

佛所本行愿　精进百劫勤（平欣·真）

四等大布施　十方受弘恩（平痕·真）

持戒净无垢　慈软护众生（平庚·庚）

勇决入禅智　大悲敷度经（平青·庚）

苦行积无数　功勋成于今（平侵·侵）

戒忍定慧力　动地魔已擒（平侵·侵）

德普盖天地　神智过灵皇（平唐·阳）

相好特无比　八声震十方（平阳·阳）

志高于须弥　清妙莫能论（去恩·真）

永离婬怒痴　无复老死患（去谏·寒）

唯哀从定觉　愍伤诸天人（平真·真）

为开法宝藏　敷惠甘露珍（平真·真）

令从忧畏解　危厄得以安（平寒·寒）

迷惑见正道　邪疑睹真言（平元·寒）

一切皆愿乐　欲听受无厌（去艳·谈）→BD.00935 作"令融"（平东·东）

当开无死法　垂化于无穷（平东·东）

这里仅列举了《八师经》《太子瑞应本起经》中的偈颂。此外，他所翻译的《维摩诘经》《长者恩悦经》《黑氏梵志经》《撰集百缘经》《法句经》《般泥洹经》《鹿子经》等的偈颂也都兼顾了韵律。另外，支谦还将梵歌（佛教音乐）引入了中国，这也是他的一大功绩。

三　姚秦的鸠摩罗什

鸠摩罗什与支谦同为盛名远播的著名翻译家。他自弘始元年（399）来中国，到去世之前共翻译了35部294卷佛经。关于鸠摩罗什对偈颂的翻译方针，在《出三藏记集》14的鸠摩罗什传中有所记载。

什每为叡论西方辞体商略同异云、天竺国俗、甚重文制。其宫商体韵、以入弦为善。凡觐国王，必有赞德。见佛之仪，以歌叹为贵。经中偈颂，皆其式也。但改梵为秦，失其藻蔚。虽得大意，殊隔文体。有似嚼饭与人，非徒失味，乃令呕哕也。

意思是说，梵文的偈颂翻译成汉语以后，失去了原有的美感及巧妙的修辞。虽然大致的意涵能够被翻译出来，但是却无法改换文体。这就如同饭（偈颂）被咀嚼后，不仅失去了原有的味道，而且还变成了如催吐物般的东西。由此可见，鸠摩罗什已经意识到汉译偈颂时所产生的瓶颈问题了（即文体对应转换失真的问题）。

（一）鸠摩罗什的汉译佛经中的偈颂

下面来分析已经意识到翻译瓶颈的鸠摩罗什的代表作《妙法莲华经》《维摩诘所说经》《百论》中的偈颂。

《妙法莲华经》化城□品（《大正藏》9~23a）

> 世雄无等伦　百福自庄严（平严·盐）
>
> 得无上智慧　愿为世间说（入薛·屑）
>
> 度脱于我等　及诸众生类（去至·脂）
>
> 为分别显示　令得是智慧（去霁·皆）
>
> 若我等得佛　众生亦复然（平仙·先）
>
> 世尊知众生　深心之所念（去椮·盐）
>
> 亦知所行道　又知智慧力（入职·职）

欲乐及修福　宿命所行业（入业·叶）

世尊悉知己　当转无上轮（平谆·真）

《维摩诘所说经》（《大正藏》14～537c）

目净修广如青莲　心净已度诸禅定（去径·庚）

久积净业称无量　导众以寂故稽首（上有·侯）

既见大圣以神变　普现十方无量土（上姥·鱼）

其中诸佛演说法　于是一切悉见闻（平文·文）

法王法力超群生　常以法财施一切（入屑·屑）

能善分别诸法相　于第一义而不动（上董·东）

已于诸法得自在　是故稽首此法王（平阳·阳）

《百论》（《大正藏》30～168a）

顶礼佛足哀世尊　于无量劫荷众苦（上姥·鱼）

烦恼已尽习亦除　梵释龙神咸恭敬（去映·庚）

亦礼无上照世法　能净瑕秽止戏论（去祠·魂）

诸佛世尊之所说　并及八辈应真僧（平登·登）

上面所举的偈颂中，每句的字数均统一为五字或者七字，但是句末却完全没有考虑押韵。

接着对比一下支谦与鸠摩罗什所翻译的《维摩经》中相同部分的偈颂。

支谦译本（《大正藏》14～519c）

清净金华眼明好　净教灭意度无极（入声职韵·职）

净除欲疑称无量　愿礼沙门寂然迹（入声昔韵·药）

既见大圣三界将　现我佛国特清明（平声庚韵·庚）

说最法言决众疑　虚空神天得闻听（平声青韵·庚）

经道讲授诸法王　以法布施解说人（平声真韵·真）

法鼓导善现上义　稽首法王此极尊（平声魂韵·真）

…（以下省略）…

鸠摩罗什译本（《大正藏》14～537c）

目净修广如青莲　心净已度诸禅定（去声径韵·庚）

久积净业称无量　导众以寂故稽首（上声有韵·侯）

既见大圣以神变　普现十方无量土（上声姥韵·鱼）

其中诸佛演说法　于是一切悉见闻（平声文韵·文）

法王法力超群生　常以法财施一切（入声屑韵·屑）

能善分别诸法相　于第一义而不动（上声董韵·东）

已于诸法得自在　是故稽首此法王（平声阳韵·阳）

从上面的例子可以看出，吴国支谦翻译的《维摩经》全部押韵，而鸠摩罗什的《维摩经》则完全不押韵。鸠摩罗什在翻译《维摩经》时，很显然是参照了支谦的《维摩经》并采用了其部分译文的，但不知为何对偈颂的押韵问题却漠不关心。

（二）《大智度论》中的韵文

同为鸠摩罗什翻译的《大智度论》，100卷中有612首偈颂，其中押韵的有82首（约占全部的14%）。下面举几个例子。

〈卷13〉

闲坐林树间　寂然灭众恶（入铎·药）

恬澹得一心　斯乐非天乐（入铎·药）

人求富贵利　名衣好牀缛（入烛·屋）

斯乐非安稳　求利无厌足（入烛·屋）

纳衣行乞食　动止心常一（入质·质）

自以智慧眼　观知诸法实（入质·质）

种种法门中　皆以等观入（入缉·缉）

解慧心寂然　三界无能及（入缉·缉）

〈卷23〉

大地草木皆磨灭　须弥巨海亦崩竭（入月·屑）

诸天住处皆烧尽　尔时世界何物常（平阳·阳）

十力世尊身光具　　智慧明照亦无量（平阳·阳）

度脱一切诸众生　　名闻普遍满十方（平阳·阳）

今日廓然悉安在　　何有智者不感伤（平阳·阳）

〈卷23〉

骑乘疲极故　　求索住立处（去御·鱼）

住立疲极故　　求索坐息处（去御·鱼）

坐久疲极故　　求索安卧处（去御·鱼）

众极由作生　　初乐后则苦（上姥·鱼）

视眴息出入　　屈伸坐卧起（上止·之）

行立及去来　　此事无不苦（上姥·鱼）

　　如前所述，鸠摩罗什认为只要翻译印度的偈颂就会丧失原文的美感，这是汉译中遇到的瓶颈。而他确实也将其代表作《妙法莲华经》以及《维摩经》中出现的许多偈颂都翻译成了不押韵的文句。但是，另一方面，他将《大智度论》的部分偈颂翻译成了优美的韵文。《大智度论》与佛经不同，它并不是用来唱诵的。尽管如此，鸠摩罗什还是将外来的偈颂翻译成了押韵的韵文，其意图何在，至今仍是个谜。

总　结

　　汉译偈颂的形态主要是通过调整音节数在视觉上达到韵文的效果。但是如果不能满足押韵这一中华韵文的绝对条件，就会出现词汇割裂的现象，甚至还会出现一些只是把散文（长行）分割成一定音节数的偈颂。因为对于佛经来说，传达真理是首位的，不能妥协于文体形式而伤害文意。但是，也有部分翻译者能在兼顾律动（节奏）的同时进行翻译。这需要译者具有极高的词汇水平及汉字音的识别能力。这样就实现了形态的转换。

　　到目前为止的汉译经典研究中，长行（散文）的研究占绝大多数，而积极地对偈颂（韵文）进行的研究却很少。因此，本文的目的在于通过对汉译佛典中的偈颂特别是对其律动的研究，明确以前尚未被发现的事实。

通过这项研究，可以弄清楚以下五个问题。这是本研究的主要意义之所在。

（1）确定无法断定译者的佛经的译者及推断翻译年代。

（2）推断在中国创作的佛经（伪经）的成立年代。

（3）复原翻译当时的原始形态及校订文本。

（4）发现隐藏于散文（长行）中的韵文（偈颂）。

（5）为处于上古音与中古音之间的魏晋南北朝的音韵学研究提供系统完整的资料。

附：本文稿的详细内容请参考齐藤隆信《汉语佛典偈颂的研究》（法藏馆，全703页，2013年11月发行）。

（吕天雯译）

二　历史与神话

漂泊无助的远游

——读《秦州杂诗》二十首及其他

刘跃进（中国社会科学院文学研究所）

乾元二年（759）夏秋之交，杜甫辞华州功曹参军职，避难秦州，作《秦州杂诗》二十首。第一首开篇点明题旨："满目悲生事，因人作远游。"① 悲生事，即战事未断，悲酸不已。在诗人眼中，他半生的期许，至此而尽。离开长安，他又进退失据，无所归属。干戈未息，骨肉流离，个人与国家都处在风雨飘摇之中。所有这一切，都凝聚成一个"悲"字。因人，即依托他人，逃亡陇右。远游，在中国诗歌史上有其特殊涵义，多与求仙相关。如《楚辞》中有《远游》一篇。王逸注："《远游》者，屈原之所作也。屈原履方直之行，不容于世，上为谗佞所譖毁，下为俗人所困极，章皇山泽，无所告诉。乃深惟元一，修执恬漠，思欲济世，则意中愤然，文采铺发，遂叙妙思，托配仙人，与俱游戏，周历天地，无所不到，然犹怀念楚国，思慕旧故，忠信之笃，仁义之厚也。是以君子珍重其志，而玮其辞焉。"② 可见，屈原《远游》有两个主题，一是怀才不遇，二是寻仙求远。两者又有因果关系。后来诗人写作这个题材，也多围绕这两个主题展开。譬如三曹就多有游仙诗（如曹植《远游》），李白更是"五岳寻仙不辞远，一生好入名山游"（《庐山遥寄卢侍御虚舟》）。杜甫"三年饥走荒山道"（《同谷歌》），经历了远游、流浪、流亡等种种苦难，刻骨铭心。但他在这个时期写下的诗歌，几乎看不到任何仙道遁世思想，留给读

---

① （清）钱谦益：《钱注杜诗》，上海古籍出版社，1979，第342页。以下所引杜诗均出自此书，不另注页码。

② （宋）洪兴祖：《楚辞补注》，中华书局，1983，第163页。

者的多是战乱、饥饿、民不聊生、国家败乱的画面。过去三年的远游经历，彻底改变了杜甫的劫后余生。

一　远游

天宝十三载（754），杜甫困居长安已经第九个年头。这年秋天，连续60天秋雨，杜甫一家的生活陷入困境，他只好把妻小送到奉先县寄居。第二年，也就是755年，被任命为河西尉，未就任，改从右卫率府胄曹参军，看守兵甲器杖。虽然官小，毕竟还在京城。他决定履职。这年十一月，杜甫前往奉先县探视家小，写下著名的长诗《自京赴奉先县咏怀五百字》，从"穷年忧黎元，叹息肠内热"写起，写出"朱门酒肉臭，路有冻死骨"的贫富悬殊的现实。他回到家中才知道，未满周岁的幼儿刚刚饿死，邻居都觉得可怜，作为父亲的他哪能不悲哀呢？"入门闻号咷，幼子饥已卒。吾宁舍一哀，里巷亦呜咽。"但是诗人的悲哀还不止此。他想，自己还享有特权，既不交租税，也不必服役，如今世界上还不知有多少穷苦无归与长年远戍的人，他们的苦比自己多千万倍。这首诗写出了山雨欲来风满楼的衰败氛围。诗人不知道，与此同时，在北方，安史之乱已经爆发。

战事进展很快。第二年，也就是天宝十五载（756）五月，奉先县面临叛军威胁，杜甫携老扶幼向北转移，先是逃到白水县，依时任白水县尉的舅父崔顼，作《白水崔少府十九翁高斋三十韵》。六月，潼关失守，白水受敌。杜甫又携家小逃到鄜州，把家小安置在鄜州的羌村。这年七月，他听说太子李亨在灵武即位，便只身投奔行在，中途为叛军所俘，押解长安。这期间，他创作了《悲陈陶》《悲青坂》《哀江头》《哀王孙》《春望》《月夜》等著名诗篇。

至德二年（757）二月，唐肃宗将行在所迁至凤翔。四月，杜甫冒着生命危险逃出长安，抵达肃宗行在凤翔，被任命为左拾遗。他在《自京窜至凤翔喜达行在所》其二中写道："死去凭谁报？归来始自怜。"这个时期，他完全忘记了自身的安危，将家国视为一体，就像葵花一样追随着他心目中的太阳（《自京赴奉先县咏怀五百字》："葵藿倾太阳，物性固难夺"）。房琯因陈涛斜之败而被罢职，杜甫将房琯视为读书人的典范，上疏营救，引起肃宗的不满，诏三司推问，幸得宰相张镐营救，得以获免。这年闰八月，他离开凤翔，到鄜州去看望妻子，作《羌村三首》《北征》。

乾元元年（758）秋天，唐军收复两京，肃宗回到长安，杜甫也从鄜州入京。由于旧怨，作为老臣的房琯、严武等先后被贬。这年六月，杜甫也被赶出京城，出为华州司功参军。这对杜甫是一次很大的打击。他后来在《洗兵马》诗中说"攀龙附凤势莫当，天下尽化为侯王"，对当权者玩弄权术充满憎恨之情。从此，杜甫再也没有机会回到京城。长安，成了他心头不可磨灭的记忆和生命的寄托。

那年冬末，杜甫回到河南洛阳省亲，在往还的路上，杜甫将其所见所感，凝聚成史诗般的作品《三吏》《三别》。诗人描写一系列人物，或详写，或略写，或明写，或暗写，或一笔带过，或暗中带过，即使着墨很少的人物也很感人。从这些描写中，我们看到诗人鲜明的自我形象，有憎，有爱，有同情，有苦闷，有摆不脱的矛盾，有说不清的困惑。这年，杜甫47岁，却常有"老去悲秋强自宽"（《九日蓝田崔氏庄》）的感慨。

乾元二年（759）春夏，关中久旱不雨，出现灾荒。《夏日叹》说："上苍久无雷，无乃号令乖。雨降不濡物，良田起黄埃。飞鸟苦热死，池鱼涸其泥。万人尚流冗，举目惟蒿莱。"他的生活难以为继。加之杜甫所任华州功曹参军，实际是受到房琯等人的牵连被贬于此，处境非常尴尬。立秋次日，杜甫作《立秋后题》，称自己"平生独往愿，惆怅年半百。罢官亦由人，何事拘形役"。"拘形役"三字有所本。陶渊明42岁辞职时作《归去来兮辞》，就说到自己"既自以心为形役，奚惆怅而独悲"。显然，在杜甫的心目中，此时，他想到最多的前贤，可能就是陶渊明了。这年，杜甫已经48岁，比当年辞职的陶渊明还长六岁，故曰"日月不相饶"。他决定要像陶渊明那样，毅然决然地挂冠归隐。

此前，他的侄子杜佐已在秦州东柯驻留。《秦州杂诗》第十三首说："传道东柯谷，深藏数十家。对门藤盖瓦，映竹水穿沙。瘦地翻宜粟，阳坡可种瓜。船人近相报，但恐失桃花。"传道东柯谷，说明杜甫携家眷从华州至秦州，主要是投奔杜佐。此后，他还有《示侄佐》《佐还山后寄三首》，都写到杜佐对他的照顾。赵次公注《秦州杂诗》第十三首说："秦州枕上麓地曰东柯谷，曰西枝村。公侄佐先卜筑东柯谷。"[1] 抵达之前，杜甫

---

[1]　林继中辑校《杜诗赵次公先后解辑校》，上海古籍出版社，1984，第315页。

对那里充满了美好的想象，想象着到桃花源一游，也许是一件赏心乐事。

汉唐时期，每当中原战乱，河西陇右，往往是内地人避难的场所。天下太平，这些人又会回到家乡。杜甫也不例外。他来秦州，只为避一时之难。终究，他还是要回到自己的故乡。说到家乡，在杜甫的心目中，其实有两个影像，一是生他养他的故乡，也就是河南巩县的老宅。还有一个是心灵的故乡，那就是他给予厚望的长安。《秦州杂诗》其二说："清渭无情极，愁时独向东。"显然，后者在他的心目中的位置更加重要。

秦州治所在今甘肃天水，距离长安大约八百余里。《太平寰宇记》载：秦州本秦陇西郡，治所在天水。汉武帝时分陇西置天水郡。王莽末，隗嚣据其地，与占据金城的窦融平分秋色，各自独立。他又串通远在成都的公孙述，想自立为王。显然，这里天高皇帝远。东汉时，天水郡更名为汉阳郡。开元二十二年（734）秦州治所由天水移到成纪。天宝元年（742）还治天水，改为天水郡。乾元元年（758），复改为秦州。杜甫逃亡秦州，最先落脚的就是天水，投奔宗侄杜佐。他事先根本不会想到，自己非但没有回到关中，反而越走越远，最后翻越秦岭，前往蜀中。

从关中入秦蜀，应有七条古道。纵向实际上是四条大道，其中三条是通过汉中前往。从东往西，一是子午道，下接荔枝道；二是傥骆道，下接米仓道；三是褒斜道，下亦接米仓道。另外一条是故道，下接金牛道。杜甫最初应当没有想到蜀地避难。他从华州到秦州，最初的想法，也只是一次短暂的避难。故《发同谷》诗说："始来兹山中，休驾喜地僻。"他一路向西，经眉县、宝鸡、翻越陇板，进入秦州，《青阳峡》诗曰："忆昨逾陇板，高秋视吴岳。"旧志记载，汉阳有大阪，名曰陇坻，亦曰陇山。杜甫西征，必经此地。由此来看，杜甫所走的应当是故道，经过金牛岭。从华州到秦州，绵延八百余里，杜甫没有留下诗歌。

进入秦州之后至离开陇右地区，前后不到半年的时间，杜甫留下了一百多首诗歌，几乎每天一首，比较完整地记录了他行踪和情感的变化。在这半年，他最著名的作品就是《秦州杂诗》二十首、《同谷歌》七首。此外还有大量纪行诗。这些作品，内容丰富，在字里行间贯穿一种无法排解的漂泊无助的情绪，自己漂泊，朋友漂泊，国家也在漂泊。

《秦州杂诗》主要抒写的是自己的漂泊之感。第一首说自己从华州到秦州："迟回度陇怯，浩荡及关愁。水落鱼龙夜，山空鸟鼠秋。"度陇，指翻越陇板。《太平御览》卷五十六引《三秦记》："陇西关其坂九回，不知高几里，欲上者，七日乃越。高处可容百余家，下处数十万户。上有清水四注。俗歌曰：陇头流水，鸣声幽咽。遥望秦川，肝肠断绝。去长安千里，望秦川如带。又，关中人上陇者，还望故乡，悲思而歌，则有绝死者。"[①] 又引《秦州记》曰："陇西郡，东一百六十里，得陇山。南北亘接，不知远近。东西广百八十里。其高处可三四里，登此岭，东望秦川，四五百里，极目茫然，墟宇桑梓，与云霞一色。东人西役，升此而顾瞻者，无不悲思。"[②] 这里提到的悲思而歌，即著名的《陇头歌》。除这首外，还有一首同题之作见《后汉书·郡国志》五汉阳郡李贤注引郭仲产《秦州记》所载："陇山东西百八十里。登山岭，东望秦川四五百里，极目泯然。山东人行役升此而瞻顾者，莫不悲思。故歌曰：陇头流水，分离四下。念我行役，飘然旷野。登高远望，涕零双堕。度汧、陇，无蚕桑，八月乃麦，五月乃冻解。"[③] 这几部书并见唐人征引，至少是唐代或此前的作品，杜甫都应读过。他用一"怯"字，形象地渲染了陇板的艰险。"及关愁"的"关"字，指的是陕西汧县的大震关，亦名陇关。[④] 赵景真《与嵇茂齐书》云："李叟入秦，及关而叹。"老子过此而叹，叹什么？李善注引《列子》："杨朱南之沛，老聃西游于秦，邀于郊，至梁而过老子。老子中道仰天叹曰：始以汝为可教，今不可教也。"[⑤] 杜甫过此而愁，愁什么？诗的最后两句有所交代："西征问烽火，心折此淹留。"逃亡西部时，他最为关心的是广大地区的"烽火"，具体说东有安史之乱，西有吐蕃之警。只有在这里，他以为可以平静地渡过难关，期待着回到故乡的那一天，故曰"心折此淹留"。淹留，就是可能会长久地驻留此地。其第十六首亦表达此意："东柯好崖谷，不与众峰群。落日邀双鸟，晴天养片云。野人矜险绝，水竹会平分。采药吾将老，儿童未遣闻。"一片平静之意，不经意间流出。故赵次公评曰："野人矜险绝，则东柯之人自矜其地险绝，此已含蓄可避世之意，将与野人分水竹之景也。"尽管如此，一个"归"字，一直横亘

① （宋）李昉等编《太平御览》卷56，中华书局，1960，第273页。

② （宋）李昉等编《太平御览》卷56，中华书局，1960，第273页。

③ （刘宋）范晔撰，（唐）李贤等注《后汉书·郡国志五》，中华书局，1965，第3518页。

④ 胡三省注《资治通鉴》："秦地西有陇关，东有函谷关，南有武关，北有临晋关，西南有散关：秦地居其中，故谓之关中。"中华书局，1956，第283页。

⑤ （梁）萧统编，（唐）李善注《文选》卷43，中华书局，1977，第606页。

于他的心中。故第十八首说："地僻秋将尽，山高客未归。"在秦州，他把自己视为过客，仅此而已。

在秦州的最初一段日子里，他的生活稍微安定下来，曾到各处游览。譬如《秦州杂诗》第二首就描写他造访隗嚣避暑宫遗迹的情形。当年，隗嚣据守此地，与东汉开国君主刘秀明争暗斗，据陇为王。在麦积山之北，留有隗嚣避暑宫遗址。当年，山寺犹存，而旧宫已没。故曰"苔藓山门古，丹青野殿空"。第十二首纪游南郭寺，"俯仰悲身世，溪流为飒然"。此外，在秦州，他还写了好几首《遣兴》，想到了嵇康、阮籍，想到了诸葛亮。"嵇康不得死，孔明有知音。大哉霜雪干，岁久为枯林"。嵇康不得善终，而诸葛亮幸逢刘备知己。还想到了全身远害的庞德公、隐居不仕的陶渊明。如论陶："陶潜避俗翁，未必能达道。观其著诗集，颇亦恨枯槁。达生岂是足，默识盖不早。有子贤与愚，何其挂怀抱。"也写到孟浩然："吾怜孟浩然，裋褐即长夜。赋诗何必多，往往凌鲍谢。清江空旧鱼，春雨余甘蔗。每望东南云，令人几悲咤。"成也好，败也罢，终究都成为历史陈迹。

由自己的遭遇，杜甫又想到朋友，如饮中八仙中的郑虔、贺知章、李白。至德二载，郑虔贬台州司户，杜甫有诗送行。乾元元年，杜甫又有《春深逐客》一诗。乾元二年作《有怀台州郑十八司户虔》：

> 天台隔三江，风浪无晨暮。郑公纵得归，老病不识路。
> 昔如水上鸥，今如置中兔。性命由他人，悲辛但狂顾。
> 山鬼独一脚，蝮蛇长如树。呼号傍孤城，岁月谁与度。
> 从来御魑魅，多为才名误。夫子嵇阮流，更被时俗恶。
> 海隅微小吏，眼暗发垂素。黄帽映青袍，非供折腰具。
> 平生一杯酒，见我故人遇。相望无所成，乾坤莽回互。

《遣兴》写贺知章：

> 贺公雅吴语，在位常清狂。上疏乞骸骨，黄冠归故乡。
> 爽气不可致，斯人今则亡。山阴一茅宇，江海日清凉。

这时，他还想到了孟浩然、高适、岑参、贾至、严武等著名诗人。这时的李白更是叫他担心。天宝十五载，李白隐居庐山，永王李璘致书邀请其出山。李璘兵败，李白坐系寻阳狱。乾元元年，终以攀附李璘罪名，被流放夜郎。杜甫在《梦李白》诗中写道：

> 死别已吞声，生别常恻恻。江南瘴疠地，逐客无消息。
> 故人入我梦，明我长相忆。恐非平生魂，路远不可测。
> 魂来枫叶青，魂返关塞黑。君今在罗网，何以有羽翼？
> 落月满屋梁，犹疑照颜色。水深波浪阔，无使蛟龙得。
>
> 浮云终日行，游子久不至。三夜频梦君，情亲见君意。
> 告归常局促，苦道来不易。江湖多风波，舟楫恐失坠。
> 出门搔白首，若负平生志。冠盖满京华，斯人独憔悴！
> 孰云网恢恢，将老身反累。千秋万岁名，寂寞身后事。

天下承平时，杜甫与这些朋友游宴赋诗，快意何如。而今，天各一方，生死不明。《寄彭州高三十五使君适、虢州岑二十七长史参三十韵》述说故人不见，自己身老异乡的悲苦之情："故人何寂寞，今我独凄凉。老去才虽尽，秋来兴甚长。物情尤可见，词客未能忘。海内知名士，云端各异方。"

更叫他寝食难安的，是国家的风雨飘摇。《秦州杂诗》最多的内容是咏叹与战事相关的景物，如降戎、鼓角、天马、防河戍卒，第九首写秦州驿亭，第十首写秦州风雨，由风雨又联想到丧乱，引出第十一首："萧萧古塞冷，漠漠秋云低。黄鹄翅垂雨，苍鹰饥啄泥。蓟门谁自北，汉将独征西。不意书生耳，临衰厌鼓鼙。"第十二首又回到秦州古迹。第十八首又想到吐蕃的侵扰："警急烽常报，传闻檄屡飞。西戎外甥国，何得迕天威。"世乱思良将，故第十九首："风连西极动，月过北庭寒。故老思飞将，何时议筑坛？"国家的安危，与他个人的安危、朋友的安危密切相关。因此，他才会如此密切地关注着中原战事的变化。

在秦州，虽然他常有漂泊无助之感，但幸运的是，在这里，他也遇到很多素心人，特别是帮助落脚的赞公和尚。《西枝村寻置草堂地夜宿赞公土室二首》其一："赞公汤休徒，好静心迹素。"赞公和尚原本是长安大云寺住持，在方外有着较高的声誉。杜甫流落秦州时，得到他的很多帮助，所以他写了好几首诗表达感激之情。此外，还有隐居于此的"幽人"，流落于此的"佳人"。"天高无消息，弃我忽若遗"。(《幽人》)"关中昔丧败，兄弟遭杀戮。官高何足论，不得收骨肉"。(《佳人》)诗人借边缘人和弃妇寄寓身世之感。当然，他也可以效仿他们，终隐于此。但这不是杜甫的性格。在杜甫看来，依靠别人谋生，终究不是办法。

在秦州居住了不到三个月，杜甫几度卜居，希望能够过上相对安定的生活。但就是这点小小的愿望也很难实现。《空囊》诗说："囊空恐羞涩，留得一钱看。"其实这里暗用东汉赵壹的诗句："文籍虽满腹，不如一囊钱。"在秦州继续生活下去，确实已不现实。他不得不另谋出路。《别赞上人》说："百川日东流，客去亦不息。我生苦飘荡，何时有终极。"以江水不息比喻客游不归，然后互道珍重："马嘶思故枥，归鸟尽敛翼。古来聚散地，宿昔长荆棘。相看俱衰年，出处各努力。"

二　流浪

漂泊之感，是一种非常复杂的感情。一个人，在现实生活中漂泊无定，到处流浪。他被边缘化，也可能自认倒霉，心安理得，并没有改变现状的勇气。这是一种流浪者的心态，比较容易理解。还有一种情形就比较复杂。他可能在官场体制中，但他依然感觉到自己是异乡人，很难融入固化的体制中。身处魏阙，心在江湖。他渴望改变体制，却又无能为力。这种心态，可能就是美学意义上的流亡状态。杜甫从最初的远游，到秦州的流浪，深深地体验到人生被边缘化的痛苦。

乾元二年（759）十月，同谷县有位"佳主人"来信相邀，正在走投无路之际的杜甫听说那里物产丰富，便决定离开秦州，前往同谷。《发秦州》说自己准备南下同谷："我衰更懒拙，生事不自谋。无食问乐土，无衣思南州。汉源十月交，天气如凉秋。草木未黄落，况闻山水幽。"他常常说自己"拙""懒"。刚刚进入长安时，他自比宰相，要"致君尧舜上，再使风俗淳"（《奉赠韦左丞丈二十二韵》）。而今，他自叹拙于政事，如《北征》："老大意转拙。"又如《寄张十二山人彪三十韵》："疏懒为名误，驱驰丧我真。"这是多大变化啊。从秦州至同谷，大约有百十来里的路程。诗人从赤谷写起，经铁堂峡、盐井、寒峡、法镜寺、青阳峡、龙门镇、石龛、积草岭、泥功山、凤凰台、万丈潭、飞龙峡，都留下诗作，细腻地描写了自己经历的苦难。从秦州到同谷，这是半年内的第二次远游。如果说从华州到秦州，只是远游的话。从秦州到同谷，他的心态已经有了很大的变化。他深深地感觉到，这不只是一次远游，因为没有目标，没有尽头，是漫无目的的流浪。《发秦州》最后说："磊落星月高，苍茫云雾浮。大哉乾坤内，吾道长悠悠。"这漫长的游历将会是怎样的结果，他不得而知。《万丈潭》这样形容自己的行程："造幽无人境，发兴自我辈。告归遗恨多，将老斯游最。"这时的杜甫，正是将老未老之时，而颠沛流离，可称其一生之最。他离开秦州，先到赤谷。他说："天寒霜雪繁，游子有所之。岂但岁月暮，重来未有期"，是说自己既往同谷，就没有了退路。也就是说，自己离政治中心越来越远。前程会是怎样？他不敢细想了。"贫病转零落，故乡不可思。常恐死道路，永为高人嗤"，为什么会被高人嗤笑？王嗣奭《杜臆》解释说："故乡之乱未息，故不可思，言永无归期也。公弃官而去，意欲寻一隐居，如庞德公之鹿门以终其身，而竟不可得，恐死道路，为高人所嗤。"① 那时因为自己贫病交加，没有依靠，已经回不到过去的生活状态了。而今，只能苟且地活下去，这才是最重要的。经过铁堂峡，他写道："水寒长冰横，我马骨正折""飘蓬逾三年，回首肝肺热。"三年多来，他长途跋涉，人疲马病。但，还是不能停下脚步，还得前行。《凤凰台》："山峻路绝踪，石林气高浮。安得万丈梯，为君上上头。恐有无母雏，饥寒日啾啾。我能剖心出，饮啄慰孤愁。"《寒硖》："寒硖不可度，我实衣裳单。况当仲冬交，泝沿增波澜。"这是怎样的一种艰难啊！翻越山岭，饥寒交迫。就是在这种情况下，他的心胸还是那么的宽广。他想，自己毕竟"免荷殳"，故"未敢辞路难"。但是，道路确实过于艰险。如《石龛》：

> 熊罴咆我东，虎豹号我西。我后鬼长啸，我前狨又啼。
>
> 天寒昏无日，山远道路迷。驱车石龛下，仲冬见虹霓。
>
> 伐竹者谁子，悲歌上云梯。为官采美箭，五岁供梁齐。
>
> 苦云直馘尽，无以充提携。奈何渔阳骑，飒飒惊蒸黎。

开头几句与曹操《苦寒行》"熊罴对我蹲，虎豹夹路啼"如出一

---

① 王嗣奭：《杜臆》卷三，上海古籍出版社，1983，第109页。

辙，描写山行时所见所闻，寄寓身世之感。王嗣奭《杜臆》卷三评曰："起来数语，全是写其道途危苦颠沛之怀，非赋石龛也。"① 又如《积草岭》：

> 连峰积长阴，白日递隐见。飕飕林响交，惨惨石状变。
> 山分积草岭，路异鸣水县。旅泊吾道穷，衰年岁时倦。
> 卜居尚百里，休驾投诸彦。邑有佳主人，情如已会面。
> 来书语绝妙，远客惊深眷。食蕨不厌余，茅茨眼中见。

进入同谷界，诗人首先遭遇到的是积草岭的阴森景象。然而，当他想到佳主人"情如已会面"时，又感到稍许慰藉。诗的最后两句是"食蕨不厌余，茅茨眼中见"，流露出来的是一种喜悦、期盼的情绪。又如《泥功山》：

> 朝行青泥上，暮在青泥中。泥泞非一时，版筑劳人功。
> 不畏道途永，乃将泪没同。白马为铁骊，小儿成老翁。
> 哀猿透却坠，死鹿力所穷。寄语北来人，后来莫匆匆。

正如山名所示，这里到处泥泞，需筑板而行。白马小儿，为泥所污。哀猿死鹿，为泥所陷。尽管如此艰辛，但行路至此，已经没有回头的可能，只能振作精神，不畏道永。从最后一句看，他可能真的有点后悔贸然西行，甚至后悔毅然辞职。白居易曾有一首《中隐》诗，说文人最好的选择应当是中隐，既有固定的俸禄，不至于挨饿，又能不为官场烦冗杂务所拖累。杜甫也许这样想过。因为他怎么也没有想到，同谷的生活竟然如此艰难。那位"佳主人"似乎没有露面。杜甫到了同谷，一下子就跌入了人生的最低谷。《乾元中寓居同谷县作歌七首》这样写道：

> 有客有客字子美，白头乱发垂过耳。岁拾橡栗随狙公，天寒日暮山谷里。
> 中原无书归不得，手脚冻皴皮肉死。呜呼一歌兮歌已哀，悲风为我从天来。

---

① 王嗣奭：《杜臆》卷三，上海古籍出版社，1983，第111页。

长镵长镵白木柄，我生托子以为命。黄精无苗山雪盛，短衣数挽不掩胫。

此时与子空归来，男呻女吟四壁静。呜呼二歌兮歌始放，邻里为我色惆怅。

有弟有弟在远方，三人各瘦何人强。生别辗转不相见，胡尘暗天道路长。

东飞驾鹅后鹙鸧，安得送我置汝旁。呜呼三歌兮歌三发，汝归何处收兄骨。

有妹有妹在钟离，良人早殁诸孤痴。长淮浪高蛟龙怒，十年不见来何时。

扁舟欲往箭满眼，杳杳南国多旌旗。呜呼四歌兮歌四奏，林猿为我啼清昼。

四山多风溪水急，寒雨飒飒枯树湿。黄蒿古城云不开，白狐跳梁黄狐立。

我生何为在穷谷，中夜起坐万感集。呜呼五歌兮歌正长，魂招不来归故乡。

南有龙兮在山湫，古木巃嵷枝相樛。木叶黄落龙正蛰，蝮蛇东来水上游。

我行怪此安敢出，拔剑欲斩且复休。呜呼六歌兮歌思迟，溪壑为我回春姿。

男儿生不成名身已老，三年饥走荒山道。长安卿相多少年，富贵应须致身早。

山中儒生旧相识，但话宿昔伤怀抱。呜呼七歌兮悄终曲，仰视皇天白日速。

组诗的开篇从自我形象写起，形象地描绘出一个衣衫褴褛、骨瘦如柴的诗人形象。作者反复强调一个"客"字，强调自己客居异乡，在荒野采拾橡栗充饥，挖掘野菜中草药，天寒日暮，手皴脚冻，没有衣食。这哪里是客，分明是流浪者的形象。更叫他难以忍受的是，这里与外界隔绝，没有音信，"中原无书归不得"，所以第一首以"悲风为我从天来"收束全篇，让人悲慨叹惋。第二首从他谋生的长镵写起，写到家小因饥饿而卧病，男呻女吟，痛苦不堪。面对着在死亡线上挣扎的孩子，诗人的痛苦可想而知。然而，这里作者用"四壁静"三字将这种愁情轻轻地放在一边，又把自己的笔触写到邻里。《自京赴奉先县咏怀五百字》写到幼儿的饿死，邻里为之叹息。《羌村》三首写他乱世回到家乡，又写到邻里的唏嘘。而在这组诗中，诗人写道"邻里为我色惆怅"，连叹息的声音都没有了。仇兆鳌评曰："上章自叹冻馁，此并痛及妻孥也。命托长镵，一语惨绝。橡栗已空，又掘黄独，直是资生无计。"[1] 人生到此，天地无情。第三首写到了自己的弟弟。《月夜忆舍弟》写道："戍鼓断人行，边秋一雁声。露从今夜白，月是故乡明。有弟皆分散，无家问死生。寄书长不达，况乃未休兵。"根据杜甫的诗歌自述，他有四个弟弟，其中一个随他流浪，另外三个可能流落他乡。"生别辗转不相见，胡尘暗天道路长"。在"共看明月应垂泪，一夜乡心五处同"[2] 的生离死别的岁月里，诗人的内心充满对亲情的牵挂。于是第四首又写到了他的妹妹，"十年不见来何时？"这个时候，在诗人看来，不仅邻里同情，就连林猿也为之悲哀。第五首落到流浪的主题上来。浦起龙说："五歌，悲流寓也。申'天寒山谷'。旧注泛言咏同谷，非也。七诗总是贴身写。上四，确是谷里孤城，惨凄怕人。结语，恰好切合流寓。古曰招魂，今曰：'魂招不来'，翻用更深。"[3] 尤中间两句"我生何为在穷谷，中夜起坐万感集"，是问自己的内心，还是问天？他设法找到答案，于是引出第六首，把所有的怨恨，转到了腐败的朝政上来。浦起龙注曰："六歌，悲值乱也，申'归不得'。"[4] 逢此乱世，诗人深感

---

①　仇兆鳌：《杜诗详注》卷八，中华书局，1979，第694页。
②　白居易：《自河南经乱，关内阻饥，各在一处。因望月有感，聊书所怀，寄上浮梁大兄、於潜七弟、乌江十五兄，兼示符离及下邽弟妹》，《白居易集》卷十三，中华书局，1979，第267页。
③　浦起龙：《读杜心解》卷二，中华书局，1961，第264页。
④　浦起龙：《读杜心解》卷二，中华书局，1961，第264页。

无可奈何。想到自己"三年饥走荒山道",本以为在同谷可以找到栖身之所,没有想到更为艰难。再往前推,他更想到自己长安十年的落拓,那些有权有势的卿相,早得富贵,而自己呢?由此不由得想到屈原《离骚》中的诗句"老冉冉其将至兮,恐修名之不立",故而凝聚成"男儿生不成名身已老",直抒身世之感。从诗的构思看,七歌既终,日色已暮,实际暗喻着生命的凋零与落寞。既然如此,任何感叹、怀想,在这个时候确实没有实际意义。人生的第一要务,是要生存。为此,他还要继续前行,开始了最后的流亡生活。

三　流亡

这年十二月,他应友人相邀,由此入蜀,至成都,开始了"飘零西南天地间"的流亡生活。《发同谷》诗说:

> 贤有不黔突,圣有不暖席。况我饥愚人,焉能尚安宅。
> 始来兹山中,休驾喜地僻。奈何迫物累,一岁四行役。
> 忡忡去绝境,杳杳更远适。停骖龙潭云,回首白崖石。
> 临岐别数子,握手泪再滴。交情无旧深,穷老多惨戚。
> 平生懒拙意,偶值栖遁迹。去住与愿违,仰惭林间翮。

"去住与愿违,仰惭林间翮"。去,是前往成都。住,是留在陇右。无论是去,还是留,都不是他的本意。他还是要回到心灵的故乡。但是现在,他别无选择,只能冒险前往。看到林间自由飞翔的小鸟,他为自己无法选择的颠沛流离而伤感,而惭愧。离别之际,他又写到邻里:"临岐别数子,握手泪再滴。交情无旧深,穷老多惨戚。"是穷老话别,尤其震撼人心。在此后的日子里,他经历了木皮岭、白沙渡、水会渡、飞仙阁、五盘、龙门阁、石柜阁、桔柏渡,最后步入剑门,走进成都。一路上,备尝艰辛,留下深刻印象。《木皮岭》:

> 首路栗亭西,尚想凤皇村。季冬携童稚,辛苦赴蜀门。
> 南登木皮岭,艰险不易论。汗流被我体,祁寒为之暄。
> 远岫争辅佐,千岩自崩奔。始知五岳外,别有他山尊。

"始知五岳外，别有他山尊"。这使我们想到了杜甫全集第一首《望岳》，那时，他是多么的自负："会当凌绝顶，一览众山小。"而今只能"忆观昆仑图，目击悬圃存。对此欲何适，默伤垂老魂"。

个人也好，朋友也好，他们的漂泊，还只是个人的流浪遭遇，而国家的风雨飘摇，则叫他无望。他无力改变现实，甚至连提意见的机会都没有。这是杜甫作为流亡者最大的痛苦。我们知道，杜甫的家族有着高贵的传承。他的祖上杜预和杜审言都是名垂青史的人物。他的母系也有皇族血统，出身不凡。在杜甫的心目中，家与国，实际上都与他有着千丝万缕的联系。他对于自己有着较高期许，他对于家人、对朋友、对国家也有着非同寻常的关注。《前出塞》《后出塞》《遣兴》等组诗主要表现了对国家的关注。如《遣兴》：

> 下马古战场，四顾但茫然。风悲浮云去，黄叶坠我前。
> 朽骨穴蝼蚁，又为蔓草缠。故老行叹息，今人尚开边。
> 汉虏互胜负，封疆不常全。安得廉耻将，三军同晏眠。
>
> 高秋登塞山，南望马邑州。降虏东击胡，壮健尽不留。
> 穹庐莽牢落，上有行云愁。老弱哭道路，愿闻甲兵休。
> 邺中事反复，死人积如丘。诸将已茅土，载驱谁与谋。

"故老行叹息，今人尚开边"，使我们想到了"三吏""三别"中的《垂老别》，"老弱哭道路，愿闻甲兵休"又使我们想到《兵车行》。钱谦益解释前后《出塞行》说："《前出塞》，为征秦陇之兵赴交河而作。《后出塞》，为征东都之兵赴蓟门而作也。前则主上好武，穷兵开边，故以从军苦乐之辞言之。后则禄山逆节既萌，幽燕骚动，而人主不悟，卒有陷没之祸，假征戍者之辞以讥切之也。"《两当县吴十侍御江上宅》写到因谏诤而受到罢黜的吴郁，他又想到自己忠心耿耿，"麻鞋见天子，衣袖露两肘"（《述怀》），最后，还是惨遭贬黜："余时忝净臣，丹陛实咫尺。相看受狼狈，至死难塞责。"本来，唐肃宗即位灵武，给杜甫带来了希望。他认为，在这特殊时期，启用玄宗朝老臣如房琯、严武等人，可以凝聚各种力量。可惜，唐肃宗猜忌过甚，先后疏远这些功臣。杜甫努力谏诤，未曾想也被贬黜。这使杜甫深感委屈，乃至无望。杜甫在这个时期所写的作品，所表达的主要就是这种不计希望于有无的茫然情绪,所以叫人感到格外压抑。

从这年七月到十二月,杜甫在秦陇实际生活了六个月,却是他平生最为艰辛的时期。所以《发同谷》说自己"一岁四行役",即由华州到秦州,由秦州到同谷,由同谷到成都。从秦州到同谷,这是他心态发生重要变化的一个时期。如果说,以前还只是一种远游的心态,在前往同谷以及到达之后,他真正变成了一个流浪者。而从陇右到四川,有秦岭相隔,又远离了政治中心,这已不是流浪,而是流亡。

西北逃难的半年,彻底改变了杜甫的生活,也使他的思想和创作发生重要变化。年轻时漫游南北,中年时困居长安,虽然目睹并经历了种种不幸,但是彼时,他更多的还是从一个旁观者的角度看社会。他的诗歌创作虽然有宏大的体裁,写个人不羁的抱负,写民众的深重苦难,写困居长安的无尽幽怨,也写到国家日益显露出来的巨大忧患,但是体裁和题材还相对单一。从华州到秦州,他最初只是抱着一种远游的心态,想到秦州寻找一个临时寄居的地方。没有想到的是,他自己竟也沦落到社会底层,加入到流浪者的队伍中。他不仅看到了民众的苦难,自己也亲身经历着这种度日如年的生活,每天食不果腹,吃了上顿没下顿,常常野果充饥,还要仰人鼻息,受人接济。人在落难的时候看人生,视野、心态都会发生变化。正是这种流浪的生活,促使他把目光转向自然、转向自我,诗的题材更加广泛,内容也更加深刻。故《杜诗言志》卷五说:"老杜生平诗,自去华适秦以后为之一变。盖前此虽遭遇抑塞,而求进倾阳之志不衰,故每以不遇为悲,虽时作旷达之语,而非其真也。惟至此拜官之后,不能酬其所愿,而绝意弃官,则以山林为乐。虽时作关切君国之想,而亦非从前勃郁不释之忧悃矣。"① 他曾长时间在荒山野岭中跋涉,希望能够寻找到东山再起的机会。《秦州杂诗》第五首说:"哀鸣思战斗,迥立向苍苍。"俨然是一个独立苍茫、充满理想的形象。然而,这样的机会并没有出现。非但没有出现,他反而越发落魄,以致无可奈何地逐渐放弃了他长期以来孜孜以求的理想,背井离乡,踏上不归的流亡之路。

远游秦州,流浪同谷,流亡四川,杜甫从来没有忘记故乡。只不过在最初的时候,他更多的是把自己的思念滞留在政治故乡。越过秦岭之后,

---

① 无名氏:《杜诗言志》卷五,江苏人民出版社,1983,第87页。

到达成都，他知道，从此，他已成为一个真正的流亡者。对他来讲，政治理想已经是一个遥不可及、不可触摸的过去。这个时候，他唯一的目标，就是有朝一日回到生他养他的家乡。他在《五盘》诗中说："成都万事好，岂若归吾乡？"这也就是为什么，他在听到安史之乱平定之后，写下平生第一快诗《闻官军收河南河北》的原因。在诗中，他设计好回乡的路线。当然，杜甫不会想到，从踏上远游之路起，他就注定要在流浪与流亡的路上度过自己的余生。

论生日

——周岁与虚岁

中原健二（日本·佛教大学）

引　言

我从事中国古典文学研究以来，也在重新思考何谓文学研究这个问题。对于文学作品中的语言表达和内容的研究，向来是文学研究的中心，今后也不会有太大变化，但是我本人的兴趣更趋向于以文学作品为资料，探索作品背后的时代、社会以及人的心理活动、对生活的感知，我认为这是一种广义的文学研究。

大约五年前，我写了一篇《论寿词——生日与除夕》（2012 年《中国学志》第 27 号）。文中以 10～13 世纪中国宋代，特别是南宋时期流行的祝寿词为线索，考察与其相关的世相和诗词字面下隐藏的意义。因为在座的可能还有其他领域的专家，所以在这里我还是要作些不必要的说明，词是宋代流行的诗歌体裁，基本上是为既有的曲调填的歌词。对文学作品"寿词"的本体研究，大约从 20 世纪 80 年代以来，中国有若干篇论文，日本也有一两篇论文。但是，在"寿词"流行之前，也就是宋代前半的北宋时期，与祝寿相关的作品是以传统的诗歌形式写成的。也就是说，祝寿作品的体裁不只有词这一种，到了宋代，士大夫之间开始流行为祝寿而创作韵文。拙文（2012）发表后，又得到部分相关新资料及新见解，故今天就相关最新情况做报告。

一

在中国祝寿的传统是何时形成的？首先，出生后满一周岁时有庆祝活动，比如让孩子抓取对未来有预卜意义的物品，这种满岁的庆祝仪式在中国由来已久。日本也有类似的习俗，大概是从中国传入的。但是，每年庆祝生日的活动似乎并没有这么长的历史。如资料1所示，17世纪，清代的顾炎武在《日知录》中以《寿辰》为题论述祝寿活动的沿革，这篇文章很有名。据此可知，祝寿是唐代约7世纪以后才开始盛行的活动。同时，如资料2所示，在南宋赵彦卫的《云麓漫钞》中写到，自唐玄宗将自己的生日命名为"千秋节"以来，开始出现为皇帝祝寿的活动，此后逐渐定型为一种风俗。此外，南宋魏了翁在彭龟年亲笔文末的跋文中写到，为皇帝祝寿始自唐朝，在所谓士大夫的官僚集团中形成祝寿风气是在宋朝（参见资料3）。

宋代士大夫祝寿的形式是赠送礼物，与我们现代人并无二致。例如，惯称其号东坡的苏轼，曾以"黄子木"拐杖作为生日贺礼赠予其弟，在高官张方平的寿辰也以铁制拐杖相赠。并且，从友人处获得绘有松、鹤的古画贺礼时，还以题诗作为答谢。这样的例子在宋代屡见不鲜。以上是为他人祝寿而赠礼、作诗的例子，然而宋代的诗人，开始形成感怀自己的生日而赋诗的习惯。也就是说，他们经常在自己的生日咏叹半生安逸、不觉老矣的喜悦或感慨，以及对于过往及当下境遇的慨叹。这类诗歌的主旨大多归结于对人生来日无多的叹惋。具体的例子请参见前文提到的拙稿，在此不再赘述。

需要注意的是，由于衰老而生发的感慨，会令人想起年龄。中国诗人将自己的年龄嵌入诗句中的情况，在唐代以前并未发现，据我的不完全了解，直至唐代才有杜甫的一首。资料4的《杜位宅守岁》中，有"四十明朝过，飞腾暮景斜"的诗句。但是杜甫以后，很少再有诗人作类似的诗句，只有白居易在咏除夕诗中再咏年龄。除夕是旧年中最后一天的夜晚，到了次日也就是元旦人们就年长一岁。在此仅举两例，如资料5。一首是《除夕感怀兼赠张常侍》，这是除夕咏怀赠予友人的诗，其中有"三百六旬今夜尽，六十四年明日催"的诗句。另一首是《三年除夜》，是开成三年（838），白居易六十七岁时的作品，诗中有"七十期渐近，万缘心已忘"的诗句。虽然这样的例子在唐代还很少见，但到了宋代，在除夕题材的诗文中加入诗人自己的年龄就较为普遍了。详细情况请参见拙稿，不再举例，这样的例子在宋人的韵文作品中相当常见。

但是，在宋代一个重要的现象是，吟诵生日的诗句中会提及年龄。请看资料 6 中的两个例子。首先是苏轼的弟弟苏辙为 65 岁（1103）生日而作的《癸未生日》，其中有"我生本无生，安有六十五。生来逐世法，妄谓得此数"的诗句。其次是南宋洪咨夔的《生日口占》，诗云："霜露刚氏道，侵寻五十翁。""刚氏"是四川南部地名，诗人当时似游历至此，下半句"侵寻五十翁"点出诗人的年龄。尾联"斗杓明建子，芸荔又春风"中"建子"指十一月，由此得知诗人的生日在十一月。"芸荔"指南方的一种草。

二

由此可见，是宋人在自己的生日时开始提及年龄的。以生日为起点和终点的一年是一周岁，但是此时在中国仍然以虚岁计算年龄，周岁的计算方式似乎尚未出现。将周岁作为年龄计算单位，中国与日本一样，是从 20 世纪后半叶开始的。在古代中国，周岁的说法并不普及，因为他们很少采用这种计算年龄的方式。但是，有几个例子需要稍加注意。

首先，资料 7 为南宋诗人姜特立之诗，题为《东坡除夜三十九，遂引乐天行年三十九岁暮日斜时之句赋诗，余亦于生朝有感》。我们看一下诗的内容，诗以"昔人三十九，已叹日斜时。吾今七十六，屈指一倍之。岂唯桑榆晚，正自入崦嵫"起头，接下来说"灰中炭暗尽，岂不心自知"，暗示生命即将走到尽头。最后以"且饮生朝酒，更赋梅山诗"收尾。梅山是他归隐之地。姜特立以"余亦于生朝有感"结束诗题。这首诗的立意在于，苏轼与白居易在除夕之夜抒发对三十九岁这一年快结束时的感慨，而今我在自己的生日也有类似的感慨，因此仿效前人作诗。对于姜特立来说，不仅是除夕，生日也是提示其年龄的日子。这个例子说明，人们开始意识到，除了元旦以外，生日也可以作为一种计算年龄的基点。

资料 8 是宋末元初杨公远的诗例。第一首为《生朝》，诗云"浮生四十自今朝，一味清闲宿分招"。第二首《生朝（己巳）》依然以生日为题，但加了"己巳"的干支纪年。己巳年是 1269 年，宋朝灭亡的前夕。"初度今朝四二年"一句中"初度"指生日，"四二年"指四十二岁那一年，实际上作者当年正是四十二岁。接下来写道"头颅堪笑尚依然"，意为到了这个年龄头上和以前一样，并没有长白发。"浮生四十自今朝"与首句

"初度今朝四二年"中，都将年龄与生日相关联，尤其是后者，体现出诗人将生日作为计算年龄的起点，又或者说作为计算年龄的基点，他对生日和元日不加以区别。

我们再看一首杨公远的诗，请看资料9。这首诗更表明诗人不仅将除夕作为计算年龄的起点，也将自己的生日作为这一起点。诗题《初度》指生日，前文已经进行过说明。在这里附上干支纪年丙戌年，指1286年，此时宋朝已灭亡八年之久，进入元朝。这首诗以"行止由来不自如，八年初度寓僧庐"起头，说明这八年间的生日都是在旅居寺院时度过的。颔联中写道"半生闲逸云无定"，说明诗人并未在元朝为官，但是"两鬓萧骚雪尚疏"，即两鬓已经长出稀疏的白发。接下来诗人感叹"我原本像卫国的鹤，虽然无能但享受着荣耀，但我明白自己只是技拙的黔驴，因此羞愧难当"，最后以"从今天开始就六十岁了，离到七十岁还有一些时间"结尾。原诗的"今朝六十从头起"按字面意思解释，就是从今天开始就六十岁了，但是这里的六十岁实际上并不包含六十岁这一年，而是指从六十一岁到七十岁这段时间。也可以解释成从今天起就六十一岁了。因此笔者认为，诗人确实将生日作为年龄增长的起点。但是有一个问题待考，假如他的生日是元旦，（这里指的是虚岁）所以就不会出现不一致的情况。遗憾的是现在并不知道诗人的生日是哪天。资料8中有一首诗写道"多谢梅花为我寿"，即诗人感谢梅花开放为他祝寿之意，因此无法排除他的生日是元日的可能性。但是上述诗句并不能作为确凿的证据，只是提供了一种阐释的可能性。不管是有意识还是无意识，计算年龄的基点有元日和生日两种，这一习俗可能大约始自宋代。

再举一个例子，如资料10中南宋郭应祥创作的宋词《柳梢青》。如同日本和歌有题词，该词牌下有小题为"乙丑自寿"，可知这首词是为1205年作者的生日所作。开篇写道："遁斋居士。今年今日，又添一岁。鬓雪心灰，十分老懒，十分憔悴。"遁斋居士是郭应祥的号。接下来感叹"休言富贵长年"，于是提出"那（哪）个是生涯活计"的问题。对此的回答是"茗饮一瓯，纹楸一局，沈烟一穗"。这就是全篇内容，我们回到这首词的前半，从"今年今日，又添一岁"这两句来看，只能解读为在作为生日的"今天"又增长了一岁。对于郭应祥来说，存在将生日作为计算年龄基点的可能性。但是，他的生日是哪天也尚未可知。

三

综上所述，首先我们可以得知，生日在士大夫的生活中占有重要地位，这是从宋代开始的。对于这种现象产生的原因，吉川幸次郎在短文《出生之日》（《吉川幸次郎全集》第二卷）中提出一个观点，他认为北宋以后的科举考试中，都需要考生提交身份证明——"家状"，其中应该记载着考生的生日。事实上，宋代以后的士大夫传记中，大多也记载着他们的出生日期。并且，这一记录详细到出生年、月、日、时刻的干支，这一现象与通过"生辰八字"算命的普及也有关联。吉川氏也指出这一点，如资料11所示，南宋的叶茵谈到"五十年前今夜生"，恐怕也证明了这一点。

再进一步考察，中国古代人死之后，有将其生平事迹篆刻在墓碑上的习俗，是为墓志铭。墓志铭上记录该人的卒年、月、日理所应当，但通常不记录其出生年、月、日、时。但是，在墓志铭上记载生日的习俗，恐怕直到宋代，特别是南宋才开始形成风气。以资料12为例，北宋谢逸《吴夫人墓志铭》上写"生于宝元二年二月丙子"，南宋陆游《夫人樊氏墓志铭》上写"夫人生于宣和五年五月某日"，陈亮《方元卿墓志铭》上写"生于宣和癸卯二月二十八日"，更有姚勉《丰城邹君墓志铭》中写"君生于嘉泰甲子七月辛巳"等。这也说明人们开始对生日产生意识。

另外，朝廷每年都会颁订年历。中国的印刷术大约在10世纪前后开始领先于世界。在唐朝以前，若是想要颁布年历，只能全部依靠手抄。到了宋代，由于木版印刷术的发达，身边备放年历的人开始增多。这恐怕也是祝寿的成因之一。

祝寿的习俗，自此至元明清三代，越来越流行。例如，在明代，散文体的《寿序》多如牛毛。资料13中列举17世纪吴乔的《围炉诗话》，文中写道："今世最尚寿诗。不分显晦愚智、莫不堕此胃索"，对这种祝寿诗风潮唱起了反调。

此外，还有一点需要注意。那就是，虽然在传统上都以元旦即一月一日为基准来计算年龄，但是有意识地也将生日作为起点来计算年龄的现象则可能是始于宋代。虽然生日对于个人来说是个特别的日子，这样的认识在人们心中日益加深，但是年龄的计算方法并未从以虚岁为单位变为以周岁为单位。这一现象的存在有其特殊理由。一味觉得按周岁计算年龄更现代更合理，按虚岁计算年龄则很落后这种想法未免过于简单。

杰奎林·德·布尔古安（Jacqueline De Bourgoing）在《历法的历史》（池上俊一监译，创元社）中借用法国哲学家保罗·利科（Paul Ricoeur）的话："历法为宇宙时间与个人经验时间架起一座桥梁，它既不同于宇宙时间亦不同于经验时间，而是创造出了能为全体社会成员理解的社会时间。"虚岁即是以"社会时间"为基础的年龄计算法，周岁则是以个人的"经验时间"为基础的年龄计算法。两者只是角度不同，没有优劣之分。"社会时间"中混入个人的"经验时间"——周岁，导致年龄的计算起点各不相同，反而容易招致混乱。

人是社会性的存在。一方面，从元日开始，大家都增长一岁的虚岁纪年法，从社会存在的角度考虑具有合理性，也是度量公共人生里程的一个单位。另一方面，到了宋代，生日也成为除了除夕和元日以外能够让人意识到年龄的日子。

结　语

综上，本文以宋代士大夫的韵文作品为材料，对生日和年龄的计算方法进行了考察。在此略为讲一下日本的情况。现在，日本人普遍认为生日庆祝方式受到了西方文化的影响。但是，已有学者指出这仅仅是民间的看法，代表性的论文是鹈泽由美的《近世的生日·从将军到庶民·其存在与意识》。[①]

鹈泽的论文中提到，江户时代以来，将军几乎每年都庆祝生日，上至天皇、公家、大名和上级武士，下至下级武士、医生和庶民，对此都有记载。因此，进入明治时代，上流社会依然有庆祝生日的习惯。实际上从江户、明治到大正初期的汉诗诗人的作品看，他们都会以生日为作诗的题材。按旧历纪年时，大家都以"元日"（新年第一天）为年龄计算的起点，每到一个元日看作增长一岁。另外，生日确实是对个人有特殊意义的日子。不论古今东西，知道自己的生日并想要为此庆祝，都是人之常情。但是庆祝生日对个人的经济能力有一定要求。对贫穷的劳动阶层来说，赠以生日祝福，邀请朋友

---

① 《国立历史民俗博物馆研究报告》第141集，2008。

为其庆祝生日，都是无法实现的。那么只有具有一定经济能力的阶层才会想要庆祝生日。因此，庆祝生日始自最高权力者皇帝或天皇，接下来在中国是士大夫阶层，在日本是武士阶层这些所谓的上流阶层。而平民庆祝生日的普及，则必须等到他们经济上具备一定能力，而这还需要很长的时间。

鹈泽还指出，在 19 世纪初，屋代弘贤（やしろ ひろかた）等人编纂了调查了解各国风俗的册子《诸国风俗问状》，及其回答集《诸国风俗问状答》，这二十余种《诸国风俗问状》与《诸国风俗问状答》被收录在《日本庶民生活史料集成第九卷》中。① 其中一个问题为"每年的生日如何度过"，半数以上的答案要么是不回答这一问题，要么回答每年都不庆祝生日。对此，在《诸国风俗问状》平山繁治郎的补注中谈道："作为一种习俗，家庭对于生日的庆祝，并不像对于忌日的祭拜那样普遍。对于幼童生日的庆祝通常仅限于周岁之时。"诚如所言，在《陆奥国白川领风俗问状答》中谈道："市民与村民都会在生日当天备好供奉产土神的神酒，以红豆饭搭配普通的炖菜来进行庆祝。"在《阿波国高河原村风俗问状答》中写道："庆祝生日的方式，是向神供奉神酒、红豆饭，在家中也进行庆祝。"这样看来，少数人已经形成了每年庆祝生日的习惯。

但是，资料 14 应当受到特别关注。其中一条说到在丹后国的峰山领，"市民没有每年庆祝生日的习惯，武士则在神龛供奉红豆饭和神酒来庆祝"。而常陆国水户领的回答为："并没有固定形式，有贵贱、贫富之别。"大和国高取领的回答是："每年庆祝生日的只有贵族和武家，这两者以下的阶层没有庆祝活动。"由此可知，贫民没有庆祝生日的能力。中国早在 10 世纪开始就在士大夫阶层中形成了庆祝生日的风气。宋代是经济飞速发展的时代。在日本，这样的时代出现在 17 世纪以后即江户时代，这应当是令人信服的论断。

最后补充一点，对于这一问题还应考察印度以及欧洲的情形，但遗憾的是仅凭我一人之力无法完成。将东西方的历史文化都纳入研究视野，恐怕需要更多研究者的通力合作。希望文学研究所与佛教大学今后的研究交流，能如此次研讨会的副标题所言，向着"当代中日、东西交流的启发"方向发展。

---

① 三一书房，1969。

【资料】

（1）黄汝成：《日知录集释》卷十三《生日》

生日之礼，古人所无。颜氏家训曰："……是此礼起于齐梁之间。逮唐宋以后，自天子至于庶人，无不崇饰，此日开宴召客，赋诗称寿。"

（2）赵彦卫：《云麓漫钞》卷二

明皇始置千秋节。自是列帝或置或不置，自五季始立为定制。臣下化之，多为歌词以颂赞之。厥后又有献遗，故不得不置酒以复之。

（3）魏了翁：《跋彭忠肃公（彭龟年）真迹后》

盖人主生日为乐，始于唐。士大夫生日之盛，则始于近世。故前辈诗集，唯少陵示宗武生日与东坡为同气之亲或知己偶有所赋，而他集罕有。

（4）杜甫：《杜宅位守岁》

守岁阿戎家，椒盘已颂花。盍簪喧枥马，列炬散林鸦。四十明朝过，飞腾暮景斜。谁能更拘束，烂醉是生涯。

（5）三百六旬今夜尽，六十四年明日催。

（白居易《除夜言怀兼赠张常侍》）

七十期渐近，万缘心已忘。

（白居易《三年除夜》）

（6）我生本无生，安有六十五。生来逐世法，妄谓得此数。

（苏辙《癸未生日》）

霜露刚氏道，侵寻五十翁。……斗杓明建子，芸荔又春风。

（洪咨夔《生日口占》）

（7）姜特立：《东坡除夜三十九、遂引乐天行年三十九、岁暮日斜时之句赋诗、余亦于生朝有感》

昔人三十九，已叹日斜时。吾今七十六，屈指一倍之。岂唯桑榆晚，正自入崦嵫。灰中炭暗尽，岂不心自知。且饮生朝酒，更赋梅山诗。

（8）浮生四十自今朝，一味清闲宿分招。

（杨公远《生朝》）

初度今朝四二年，头颅堪笑尚依然。

（杨公远《生朝己巳》）

（9）杨公远：《初度丙戌》

行止由来不自如，八年初度寓僧庐。半生闲逸云无定，两鬓萧骚雪尚疏。岂愿身荣如卫鹤，只惭技拙类黔驴。今朝六十从头起，数到稀年更有余。

（10）郭应祥：《柳梢青乙丑自寿》

遁斋居士，今年今日，又添一岁。鬓雪心灰，十分老懒，十分憔悴。休言富贵长年，那个是生涯活计。茗饮一瓯，纹楸一局，沉烟一穗。

（11）叶茵：《生日口占》

举室相先起五更，为翁诞日寿金觥。痴儿未识翁年甲，五十年前今夜生。

（12）生于宝元二年二月丙子，死于崇宁四年闰二月己巳

（谢逸《吴夫人墓志铭》）

夫人以宣和五年五月某日生，以开禧二年十一月甲辰卒，享年八十有四

（陆游《夫人樊氏墓志铭》）

生于宣和癸卯之二月二十八日，殁于淳熙六年之十月二十五日

（陈亮《方元卿墓志铭》）

君生于嘉泰甲子之七月辛巳，殁以宝祐乙卯之十有一月甲午，仅年五十有二

（姚勉《丰城邹君墓志铭》）

（13）清·吴乔：《围炉诗话》卷四

今世最尚寿诗。不分显晦愚智，莫不堕此胃索。

（14）『諸國風俗問状』：年々誕生日のいはひ如何様

右、此儀無御座候旨、町年寄共申出候。但御家中にては、小豆飯・神酒等神棚へ供し、祝ひ候儀御座候。（丹後國峯山領風俗問状答）

常式なし。貴賤貧福にて異也。（常陸國水戸領風俗問状答）

年々の祝は貴人其外武家にては祝ひ候、以下は祝ひ不申候。（大和國高取領風俗問状答）

（周翔译）

魏晋南北朝鼓吹乐署考论

许继起（中国社会科学院文学研究所）

魏晋南北朝是乐府鼓吹乐发展的重要时期，鼓吹乐的管理机构、管理模式以及职官设置，虽然对前代多有沿袭，但是魏晋六朝每个朝代亦各相别。鼓吹乐的主要管理机构是鼓吹乐署，在未设立鼓吹专署之前，有黄门职官监掌。黄门鼓吹，主要由黄门职官掌管。在特殊的时期，由于战争频繁、礼乐器物不具、乐人残缺等原因，鼓吹乐与太乐、清商乐，会出现兼掌并管的情况，此时鼓吹署或置或罢。研究魏晋南北朝时期鼓吹乐署建置、职官制度结构、鼓吹仪卫制度、鼓吹乐部制度，对揭示鼓吹乐以及鼓吹乐歌在魏晋南北朝各个时代的发展、流变与传播具有根本性的意义。

一

曹魏时期是否有鼓吹官署，史无明文，但是存在大量的鼓吹之乐。曹魏时缪袭改制汉短箫铙歌，定为十二曲。《晋书·乐志》载："及魏受命，改其十二曲，使缪袭为词，述以功德代汉。改《朱鹭》为《楚之平》，言魏也。改《思悲翁》为《战荥阳》，言曹公也。改《艾如张》为《获吕布》，言曹公东围临淮，擒吕布也。改《上之回》为《克官渡》，言曹公与袁绍战，破之于官渡也。改《雍离》为《旧邦》，言曹公胜袁绍于官渡，还谯收藏死亡士卒也。改《战城南》为《定武功》，言曹公初破邺，武功之定始乎此也。改《巫山高》为《屠柳城》，言曹公越北塞，历白檀，破三郡乌桓于柳城也。改《上陵》为《平南荆》，言曹公平荆州也。改《将进酒》为《平关中》，言曹公征马超，定关中也。改《有所思》为《应帝期》，言文帝以圣德受命，应运期也。改《芳树》为《邕熙》，言魏氏临其国，君臣邕穆，庶绩咸熙也。改《上邪》为《太和》，言明帝继体承统，太和改元，德泽流布也。其余并同旧名。"魏也有给赐鼓吹乐的记录。《三国志·魏书·文帝纪》裴松之注引《魏略》载诏云："若吾临江授诸将方略，则抚军当留许昌，督后诸军，录后台文书事；镇军随车驾，当董督众军，录行尚书事；皆假节鼓吹，给中军兵骑六百人。吾欲去江数里，筑宫室，往来其中，见贼可击之形，便出奇兵击之；若或未可，则当舒六军以游猎，飨赐军士。"《三国志·魏书·鲜卑传》载："帝遣骁骑将军秦朗征之，归泥叛比能，将其部众降，拜归义王，赐幢麾、曲盖、鼓吹，居并州如故。"曹魏有专门的鼓吹乐工。《三国志·魏书·高柔传》载："鼓吹宋金等在合肥亡逃。旧法，军征士亡，考竟其妻子。"

曹魏有长箫、短箫鼓吹，其短箫鼓吹，即为上文所列缪袭改制鼓吹十二曲。其长箫鼓吹，则承袭了汉代食举乐的传统。《宋书·乐志》载："而汉世有黄门鼓吹。汉享宴食举乐十三曲，与魏世鼓吹长箫同。"汉代食举乐有宗庙食举乐六曲、上陵食举乐八曲、殿中食举乐七曲及太乐食举乐十三曲。《宋书·乐志》云："章帝元和二年，宗庙乐，故事，食举有《鹿鸣》、《承元气》二曲。三年，自作诗四篇，一曰《思齐皇姚》，二曰《六骐骦》，三曰《竭肃雍》，四曰《陟叱根》。合前六曲，以为宗庙食举。加宗庙食举《重来》、《上陵》二曲，合八曲为上陵食举。减宗庙食举《承元气》一曲，加《惟天之命》、《天之历数》二曲，合七曲为殿中御食饭举。又汉太乐食举十三曲：一曰《鹿鸣》，二曰《重来》，三曰《初造》，四曰《侠安》，五曰《归来》，六曰《远期》，七曰《有所思》，八曰《明星》，九曰《清凉》，十曰《涉大海》，十一曰《大置酒》，十二曰《承元气》，十三曰《海淡淡》。魏氏及晋荀勖、傅玄并为哥辞。魏时以《远期》、《承元气》、《海淡淡》三曲多不通利，省之。"

魏长箫鼓吹，与汉享宴食举乐十三曲同。汉享宴食举乐十三曲，未见其曲名，唯有汉太乐食举十三曲，曹魏亦用之，后省去《远期》《承元气》《海淡淡》三曲，用十曲。其十三曲中，《有所思》《远期》为汉鼓吹铙歌十八曲中两首曲名，盖二曲为汉太乐食举乐借用。以此来看，汉魏之际太乐食举十三曲部分用乐与鼓吹曲有密切的联系。《宋书·乐志》又云："长箫短箫，《伎录》并云，丝竹合作，执节者哥。"如果短箫指短箫铙歌鼓吹，长箫鼓吹的演奏方式无疑更符合"丝竹合作，执节者哥"的演奏特征。换言之，汉代享宴食举乐十三曲与曹魏长箫鼓吹，从演奏方式看，具有相和歌的特征，即"丝竹更相和，指节者歌"。王运熙先生认为，两汉时期的相和歌是黄门鼓吹乐的重要组成部分。① 因此，我们可以这样认为，如果说曹魏短箫鼓吹承汉代的短箫铙歌鼓吹而来，而长箫鼓吹应是汉代相和音乐在曹魏时期的遗留。据此，曹魏相和乐仍在鼓吹乐的名义下存在，并没有完全独立出来，这说明曹魏鼓吹乐在管理方式上仍然受到汉代黄门鼓吹乐管理模式的影响。

黄门鼓吹乐在汉代是多种音乐品类的总称，大致包括鼓吹乐、横吹乐、短箫铙歌、骑吹乐、黄门鼓吹、掖庭伎乐、黄门散乐等。狭义上的黄门鼓吹乐，专用于皇室各种卤簿礼仪以及殿前宴飨群臣。汉代太常设黄门官令、丞，东汉之后多主要由宦者为之。后汉时黄门职官往往与外戚及朝廷重臣勾结，把持朝廷内政甚至操纵帝王的更废，致使汉末之际诸多叛军以诛杀黄门宦者为名反汉。曹魏时吸取汉末外戚与黄门宦官勾结乱政的教训，禁止皇室后宫人员参政，减少宦官之数，并限制其权力。但是，曹魏宫廷仍设黄门职官，隶属太常。《三国会要·职官》"太常卿"条云："黄门令，丞、从丞各一人。"并引《唐六典》说："魏有此官而非宦者。"又"司徒"条云："汉三公病，遣中黄门问病。魏、晋则有黄门郎，尤重者或侍中也。"曹魏黄门职官依然有汉黄门鼓吹的职能，既兼掌掖庭女伎。《晋书·高祖宣帝纪》载："九年春三月，黄门张当私出掖庭才人石英等十一人，与曹爽为伎人。"曹魏鼓吹与后宫伎乐关系密切。明帝以后，曹爽辅政，多用明帝才人、鼓吹、良家女子以为伎乐。《三国志·魏书·曹爽传》载："爽饮食车服，拟于乘舆；尚方珍玩，充牣其家；妻妾盈后庭，又私取先帝才人七八人，及将吏、师工、鼓吹、良家子女三十三人，皆以为伎乐。诈作诏书，发才人五十七人送邺台，使先帝倢伃教习为伎。擅取太乐乐器，武库禁兵。"曹魏置有黄门鼓吹乐工员。《艺文类聚》卷四十三"乐部""歌"类载魏繁钦《与太子笺》曰："'都尉薛访车子，年始十四，能啭喉引声，与笳同音。'……及与黄门鼓吹温胡，迭唱迭和，喉所发音，

① 王运熙：《说汉代的黄门鼓吹乐》，认为相和歌与杂舞曲是汉代黄门鼓吹乐的主要成分。参见《乐府诗述论》，上海古籍出版社，1994。

无不响应，遗声抑扬，不可胜穷。暨其清激悲吟，杂以怨慕，咏北狄之遐征，奏胡马之长思。是时凉风拂衽，背山临溪，莫不泫泣陨涕，悲怀慷慨。"曹魏黄门职官有掌控祠神礼器的职能。《三国志·魏书·曹爽传》云："（爽）又以黄门张当为都监，专共交关，看察至尊，候伺神器。"由上可见，虽然自汉末以后，黄门职官的政治势力锐灭。曹魏时期为了进一步限制宦者干涉帝王内政，黄门职官也多非宦者担任，但是黄门官仍然掌管宫廷的很多事务，而兼掌部分宫廷伎人及鼓吹乐员。换言之，曹魏时期的鼓吹乐在管理方式上仍然大致沿袭汉代，尤其是黄门官令、丞，是掌管曹魏宫廷鼓吹乐、黄门鼓吹乐、相和乐及掖庭之乐最主要的职官。

西晋至晚泰始九年（273），置鼓吹令、丞。《晋书·乐志上》云："泰始九年，光禄大夫荀勖以杜夔所制律吕，校太乐、总章、鼓吹八音，与律吕乖错，乃制古尺，作新律吕，以调声韵，事具《律历志》。律成，遂班下太常，使太乐、总章、鼓吹、清商施用。"《晋书·礼志》载武帝咸宁间元会仪注云："《咸宁注》：'……太乐令跪奏"奏食举乐"。太官行百官饭案遍。食毕，太乐令跪奏"请进乐"。乐以次作。鼓吹令又前跪奏"请以次进众伎"。'"鼓吹署及属官令丞，隶属太常。《晋书·职官志》云："太常，有博士、协律校尉员，又统太学诸博士、祭酒及太史、太庙、太乐、鼓吹、陵等令，太史又别置灵台丞。"汉末动乱，无暇礼仪，曹魏时王粲、卫觊草创朝仪。晋受魏禅，文帝重视礼仪建设。《晋书·仪卫志》《礼志》中均有详细记载。《晋书·礼志》："魏氏承汉末大乱，旧章殄灭，命侍中王粲、尚书卫觊草创朝仪。及晋国建，文帝（司马昭）又命荀颛因魏代前事，撰为《新礼》，参考今古，更其节文，羊祜、任恺、庾峻、应贞并共刊定，成百六十五篇，奏之。"司马昭受封晋公，后为晋王，既建百官，定朝仪。及晋受禅位，其礼仪制度多依《新礼》所定。

晋武帝时期是西晋礼仪制度建设的重要阶段，作为卤簿礼仪的鼓吹乐也受重视。《晋书·礼志》共三卷，记录西晋礼仪可谓完备。《晋书·舆服志》记录了武帝咸宁年间帝王大驾出行所用卤簿仪注，其所用鼓吹礼仪基本沿汉代制度："象车，汉卤簿最在前。武帝太康中平吴后，南越献驯象，诏作大车驾之，以载黄门鼓吹数十人，使越人骑之。元正大会，驾象入庭。"又记武帝太康中朝大驾仪注云："先象车，鼓吹一部，十三人，中道。……三公骑令史载各八人，鼓吹各一部，七人……各卤簿左右二行，戟楯在外，刀楯在内，鼓吹各一部，七人……各卤簿左右各二行，戟楯在外，刀楯在内，鼓吹各一部，七人。次骁骑将军在左，游击将军在右，并驾一。皆卤簿左右引各二行，戟楯在外，刀楯在内，鼓吹各一部，七人……次左将军在左，前将军在右，并驾一。皆卤簿左右各二行，戟楯在外，刀楯在内，鼓吹各一部，七人。次黄门麾骑，中道。次黄门前部鼓吹，左右各一部，十三人，驾驷……但以神弩二十张夹道，至后部鼓吹，其五张神弩置一将，左右各二将……次黄门后部鼓吹，左右各十三人……卤簿左右各二行，九尺楯在外，弓矢在内，鼓吹如护军……功曹吏、主簿并骑从。伞扇幢麾各一骑，鼓吹一部，七骑。"由上述大驾卤簿礼仪之繁，也可见西晋鼓吹礼仪制度的严格。晋武帝中朝大驾卤簿中有黄门鼓吹一类，至惠帝时仍置黄门鼓吹。《晋书·惠帝纪》载："冬十一月乙未，方请帝谒庙，因劫帝幸长安。方以所乘车入殿中，帝驰避后园竹中。方逼帝升车，左右中黄门鼓吹十二人步从，唯中书监卢志侍侧。"可见，汉、魏之后，黄门鼓吹乐在西晋时期仍然是一类重要的音乐类别，而黄门职官是掌管黄门鼓吹乐的重要职官。西晋置黄门令、丞，是晋宫廷内官，属光禄勋卿。《晋书·职官志》云："光禄勋，统武贲中郎将……黄门、掖庭、清商、华林园、暴室等令。"因此，可以认为晋代的鼓吹乐应由鼓吹乐署及黄门职官兼掌并管，而黄门职官主要掌管帝王、皇后、皇太子出行所用鼓吹之乐。

晋武帝泰始年间，命傅玄制鼓吹二十二曲。《晋书·乐志》云："及武帝受禅，乃令傅玄制为二十二篇，亦述以功德代魏。改《朱鹭》为《灵之祥》，言宣帝之佐魏，犹虞舜之事尧，既有石瑞之征，又能用武以诛孟达之逆命也。改《思悲翁》为《宣受命》，言宣帝御诸葛亮，养威重，运神兵，亮震怖而死也。改《艾如张》为《征辽东》，言宣帝陵大海之表，讨灭公孙氏而枭其首也。改《上之回》为《宣辅政》，言宣帝圣道深远，拨乱反正，网罗文武之才，以定二仪之序也。改《雍离》为《时运多难》，言宣帝致讨吴方，有征无战也。改《战城南》为《景龙飞》，言景帝克明威教，赏顺夷逆，隆无疆，崇洪基也。改《巫山高》为《平玉衡》，言景帝一万国之殊风，齐四海之乖心，礼贤养士，而纂洪业也。改《上陵》为《文皇统百揆》，言文帝始统百揆，用人有序，以敷太平之化也。改《将进酒》为《因时运》，言因时运变，圣谋潜施，解长蛇之交，离群桀之党，以武济文，以迈其德也。改《有所思》为《惟庸蜀》，言文帝既平万乘之蜀，封建万国，复五等之爵也。改《芳树》为《天序》，言圣皇应历受禅，弘济大化，用人各尽其才也。改《上邪》为《大晋承运期》，言圣皇应箓受图，化象神明也。改《君马黄》为《金灵运》，言圣皇践阼，致敬宗庙，而孝道行于天下也。改《雉子班》为《于穆我皇》，言圣皇受禅，德合神明也。改《圣人出》为《仲春振旅》，言大晋申文武之教，畋猎以时也。改《临高台》为《夏苗田》，言大晋畋狩顺时，为苗除害也。改《远如期》为《仲秋狝田》，言大晋虽有文德，不废武事，顺时以杀伐也。改《石留》为《顺天道》，言仲冬大阅，用武修文，大晋之德配天也。改《务成》为《唐尧》，言圣皇陟帝位，德化光四表也。《玄云》依旧名，言圣皇用人，各尽其才也。改《黄爵行》为《伯益》，言赤乌衔书，有周以兴，今圣皇受命，神雀来也。《钓竿》依旧名，言圣皇德配尧舜，又有吕望之佐，济大功，致太平也。"此二十二首鼓吹曲大致继承汉铙歌的传统。鼓吹乐最重要的功能是用于帝王将相道路出行、督领军事、死后给赐、凯歌献俘以及朝会殿庭等礼仪场合。鼓吹乐主要由鼓吹令丞掌管。黄门鼓吹，主要由黄门官令丞掌管，用于帝王、王后、太子出行以及殡丧的卤簿仪卫。

西晋之末，五胡乱华，十六国纷争，晋室南迁，礼乐金石、乐工遂至残阙，因此在东晋职官制度建设中出现了省官并职的情况。在此背景下，东晋鼓吹乐署及鼓吹乐官，随着鼓吹乐的兴衰或置或省或并。元帝时，省太乐并入鼓吹。此后乐人、乐器有所增益。明帝时制礼作乐，重置太乐署，此时鼓吹署、太乐并立。《宋书·乐志一》载："至江左初立宗庙，尚书下太常祭祀所用乐名……于时以无雅乐器及伶人，省太乐并鼓吹令。是后颇得登哥，食举之乐，犹有未备。明帝太宁末，又诏阮孚等增益之。成帝咸和中，乃复置太乐官，鸠集遗逸，而尚未有金石也。"哀帝时，又置太乐废鼓吹。《通典·职官典》"太常卿"之"鼓吹署"条载："晋置鼓吹令、丞，属太常。元帝省太乐并鼓吹，哀帝复省鼓吹而存太乐。"

元帝出现了省太乐入鼓吹署的管理模式，鼓吹乐统管太乐、清商、鼓吹，鼓吹一时成为乐之总名。这对东晋礼仪之乐的管理及发展产生很大影响。成帝咸康八年（342）元会仪注只奏鼓吹乐，就反映了元帝时鼓吹并太乐管理模式的影响。《晋书·乐志下》载："成帝咸康七年，尚书蔡谟奏：'八年正会仪注，惟作鼓吹钟鼓，其余伎乐尽不作。'侍中张澄、给事黄门侍郎陈逵驳，以为'王者观时设教，至于吉凶殊断，不易之道也。今四方观礼，陵有傧吊之位，庭奏宫悬之乐，二礼兼用，哀乐不分，体国经制，莫大于此'。诏曰：'今既以天下体大，礼从权宜，三正之飨，宜尽用吉礼也。至娱耳目之乐，所不忍闻，故阙之耳。事之大者，不过上寿酒，称万岁，已许其大，不足复阙钟鼓鼓吹也。'"鼓吹之乐为哀乐，国家有难，因此不作娱耳目之乐，只奏鼓吹之乐。以此反观元帝省太乐入鼓吹的行为，一方面是因为礼乐之器残阙；另一方面是因为国家动荡。穆帝时期，鼓吹乐亦兼掌太乐，为乐之总名。《晋书·礼志》云："（穆帝）升平八年，台符问'迎皇后大驾应作鼓吹不'。博士胡讷议：'临轩仪注阙，无施安鼓吹处所，又无举麾鸣钟之条。'太常王彪之以为：'婚礼不乐。鼓吹亦乐之总名。仪注所以无者，依婚礼。今宜备设而不作。'时用此议。"由此可以看出，东晋时期由于礼乐器物不具，国力不兴，鼓吹之乐被广泛用于各种礼仪场合，甚至具备了取代其他礼仪之乐的功能。

两晋时期鼓吹用于给赐的远比前代更为广泛，据统计共有47次给赐鼓吹的情况。西晋武帝就有21次，反映了武帝时期是给赐鼓吹较为频繁的时代。据《晋书·礼志》三卷、《舆服志》一卷、《乐志》三卷对鼓吹仪制的记录，也反映西晋武帝时期是晋代鼓吹乐礼仪建制、鼓吹职官制度建设最为完备，也是鼓吹乐发展最为繁盛的时期。从给赐人员的身份看，有司马、将军、侍中、太尉等，品阶不一。西晋尤其武帝时期，政治相对平稳，鼓吹给赐，多是鼓励升迁、奖掖功勋、往来使节等。东晋之后，战争频发，鼓吹给赐更多是用于军事上的激励，但是有时也带有一定的随意性。如谢尚曾与庾翼一起射箭，庾翼就说："卿若破的，当以鼓吹相赏。"谢尚应声中的，翼即以其副鼓吹给之。这种上下属关系，也可以假给鼓吹。此类种种，从总体而言，魏晋之世，鼓吹用于给赐往往是一种荣誉，但并非是绝对的地位和品阶的象征，这与后世尤其刘宋时期给赐鼓吹的性质有所区别。

综上，西晋鼓吹乐署及相关令、丞，是管理鼓吹乐的重要机构及职官。黄门鼓吹乐，主要由黄门官令丞管理，用于帝王、皇后、皇太子以及殡丧行驾卤簿。至东晋，由于连年战争、金石残阙、乐人散落等原因，出现了鼓吹、太乐、清商署兼掌并管的现象。这种兼掌并管的管理模式，曾使鼓吹一时成为乐之总名，用于各种礼仪场合，反映了在礼乐不兴的时代，尤其元、成之后，鼓吹乐成为最重要的一类礼仪之乐。

二

刘宋时期置鼓吹监，并对其鼓吹职所用器服、印绶等有所规定。《宋书·礼志》云："总章监、鼓吹监、司律、司马，铜印，墨绶，朝服。鼓吹监、总章、协律、司马，武冠。"刘宋设黄门鼓吹官，黄门鼓吹史主事、诸官鼓吹职官，以及相关乐员。《宋书·礼志五》载："黄门鼓吹及钉官仆射、黄门鼓吹史主事、诸官鼓吹，尚书廊下都坐门下守阁、殿中威仪驺、虎贲常直殿黄云龙门者，门下左右部虎贲羽林驺，给传事者诸导驺、门下中书守阁，给绛裤，武冠。"刘宋黄门设署令、仆、长等职官。《宋书·礼志》云："黄门诸署令、仆、长，铜印，墨绶。四时朝服，进贤一梁冠。"又云："黄门诸署丞，铜印，黄绶。给四时朝服，进贤一梁冠。""黄门称长、园监，铜印，黄绶。给四时朝服，武冠。"据《宋书·职官志下》，黄门令品阶第四。

刘宋鼓吹监令丞、黄门鼓吹职官、诸官鼓吹等职官协同掌管鼓吹礼仪乐事，其鼓吹职官体系，鼓吹仪卫制度，鼓吹职官品阶、仪卫服饰等建制，较之两晋更为完备。《宋书·礼志》有五卷之多，较为详细地记录了刘宋礼仪制度建设的状况，其中不乏鼓吹卤簿仪仗的记录。刘宋较之魏晋更加重视鼓吹礼仪的建设，由于战事频发，鼓吹卤簿成为品阶地位和荣誉的象征，鼓吹之乐的政治性功能得到加强。《宋书·乐志一》说："魏、晋世，又假诸将帅及牙门曲盖鼓吹，斯则其时谓之鼓吹矣。魏、晋世给鼓吹甚轻，牙门督将五校，悉有鼓吹。"刘宋时期鼓吹给赐制度，反映了这时期对鼓吹仪卫的重视。据统计刘宋共有50次给赐鼓吹的情况，被给赐者多为诸王、太子、刺史、将军。鼓吹乐可以给赐生人，也可给赐死者，被给赐者有多种军政要职，或督领军事，或战前出征，或得胜归来，或生前功勋卓著，均反映了刘宋尤其在武帝、文帝、明帝时期对给赐鼓吹之乐的重视。刘宋鼓吹乐署相应职官制度建设，大致反映了刘宋鼓吹礼仪对鼓吹礼仪制度建设的重视，这在一定程度上促进了刘宋鼓吹乐的发展。

刘宋时代所存的鼓吹乐章，史籍有较详细记载。《宋书·律历志》序载："又案今鼓吹铙歌，虽有章曲，乐人传习，口相师祖，所务者声，不先训以义。今乐府铙歌，校汉、魏旧曲，曲名时同，文字永异，寻文求义，无一可了。不知今之铙章，何代曲也。今志自郊庙以下，凡诸乐章，非淫哇之辞，并皆详载。"《宋书·乐志》保存了前代《上邪》《晚芝》《艾如张》等曲，均为声辞杂写。其下小注云："乐人以音声相传，训诂不可复解。"又云："《圣人制礼乐》一篇，《巾舞歌》一篇，桉《景佑广乐记》言，字讹谬，声辞杂书。宋鼓吹铙歌辞四篇，旧史言，诂不可解。"另外，又载晋何承天义熙末年私造鼓吹乐章《朱路篇》《思悲公篇》《雍离篇》《战城南篇》《巫山高篇》《上陵者篇》《将进酒篇》《君马篇》《芳树篇》《有所思篇》《雉子游原泽篇》《上邪篇》《临高台篇》《远期篇》《石流篇》等十五篇鼓吹曲辞。《乐府诗集·鼓吹曲辞》"宋鼓吹铙歌"题解云："此诸曲皆承天私作，疑未尝被于歌也。虽有汉曲旧名，大抵别增新意，故其义与古辞考之多不合云。"《宋书·乐志》不仅记录刘宋时期的鼓吹曲辞，更重要的也记录了有汉以来各个时代的鼓吹曲辞，这是正史中首次较大规模地记录了汉魏两晋历代鼓吹曲曲名、曲辞，相对完整准确地记录了曲辞字句分节、声辞杂写等情况。《宋书》编者沈约历刘宋、南齐、梁代，他将历代鼓吹乐以及鼓吹曲辞的制作沿革纳入《乐志》，也是刘宋重视鼓吹职官制度、仪卫制度建设这一历史事实的反映。

刘宋时期较完整地继承了东晋宫廷礼乐之器及乐人，在与北方诸族的战争中不断网罗流散各地的曹魏、西晋宫廷礼乐之器及乐人。既定淮汉，刘宋占据了华夏大半壁江山，国力盛极一时。《宋书·礼志》五卷、《乐志》四卷，其卷数之众，内容之多，在前代诸史并无此例，这反映了刘宋对礼乐仪卫制度建设的重视，在此背景下刘宋鼓吹职官制度及鼓吹礼仪制度得到加强。刘宋二十二首鼓吹曲辞对鼓吹诸曲的定名、对曲辞字句的严格限定，还有对鼓吹给赐制度的重视，反映了刘宋时期鼓吹礼仪之乐严格的等级差别。

南齐受宋帝禅位，其职官建设多依从刘宋制度。《南齐书·百官志》说："齐受宋禅，事遵常典，既有司存，无所偏废。"据《乐府诗集·鼓吹曲辞》，南齐随王曾作鼓吹曲，其题解云："齐永明八年，谢朓奉镇西随王教于荆州道中作，一曰《元会曲》，二曰《郊祀曲》，三曰《钧天曲》，四曰《入朝曲》，五曰《出藩曲》，六曰《校猎曲》，七曰《从戎曲》，八曰

《送远曲》，九曰《登山曲》，十曰《泛水曲》。《钧天曲》已上三曲颂帝功，《校猎曲》已上三曲颂藩德。"南齐时代的郊祀、宗庙、明堂等礼仪也多依刘宋制度，梁代制度多依刘宋、南齐，而刘宋及梁代均设鼓吹。因此南齐应设鼓吹乐署，但是其具体职官建置，史籍没有记录。

梁武职官制度，多依宋、齐之旧。《隋书·百官志上》云："梁武受命之初，官班多同宋、齐之旧。"梁代设鼓吹乐署，并置令、丞。《隋书·百官志上》载："诸卿，梁初犹依宋、齐，皆无卿名。天监七年，以太常为太常卿……而太常视金紫光禄大夫，统明堂、二庙、太史、太祝、廪牺、太乐、鼓吹、乘黄、北馆、典客馆等令丞，及陵监、国学等。"史籍还记录了梁代鼓吹职官所配玺印和服饰。《隋书·礼仪志》云："（梁、陈）总章监、鼓吹监，铜印环钮，艾绶，朱服，武冠。"又见《通典·礼典》"嘉礼八"："梁制，乘舆印玺，并如齐制。……黄门后合舍人、主书、斋帅、监食、主食、主客、扶侍、鼓吹、斋帅，墨绶，兽头鞶。殿中司马，铜印环钮，墨绶，兽头鞶。总章监、鼓吹监，铜印环钮，艾绶。"梁武帝制改革前代鼓吹铙歌制度，制鼓吹十二曲。《隋书·音乐志》载："鼓吹，宋、齐并用汉曲，又充庭用十六曲。高祖乃去四曲，留其十二，合四时也。更制新歌，以述功德。其第一，汉曲《朱鹭》改为《木纪谢》，言齐谢梁升也。第二，汉曲《思悲翁》改为《贤首山》，言武帝破魏军于司部，肇王迹也。第三，汉曲《艾如张》改为《桐柏山》，言武帝牧司，王业弥章也。第四，汉曲《上之回》改为《道亡》，言东昏丧道，义师起樊邓也。第五，汉曲《拥离》改为《忧威》，言破加湖元勋也。第六，汉曲《战城南》改为《汉东流》，言义师克鲁山城也。第七，汉曲《巫山高》改为《鹤楼峻》，言平郢城，兵威无敌也。第八，汉曲《上陵》改为《昏主恣淫慝》，言东昏政乱，武帝起义，平九江、姑熟，大破朱雀，伐罪吊人也。第九，汉曲《将进酒》改为《石首局》，言义师平京城，仍废昏，定大事也。第十，汉曲《有所思》改为《期运集》，言武帝应箓受禅，德盛化远也。十一，汉曲《芳树》改为《于穆》，言大梁阐运，君臣和乐，休祚方远也。十二，汉曲《上邪》改为《惟大梁》，言梁德广运，仁化洽也。"另外，三朝元会梁代在宫悬外设鼓吹十二案架，又称"鼓吹熊罴十二案"。鼓吹十二案具有相对固定的音乐组织形式，饰以熊罴之象，案架设在宫悬之外，主要用于元正、朝会礼仪，演奏殿庭宴飨之乐。《文献通考·乐考》

"熊罴架"条云："熊罴架十二，悉高丈余，用木雕之，其状如床，上安版，四旁为栏，其中以登。梁武帝始设十二案鼓吹，在乐悬之外，以施殿庭，宴飨用之，图熊罴以为饰故也。"鼓吹十二案是梁武帝时期乐悬制度改革的结果，也是鼓吹乐发展到一定历史时期的产物。鼓吹十二案的设立是鼓吹制度发展史上的一件大事，反映了这一时期鼓吹乐迅速发展的历史状况。鼓吹十二案之乐也由此成为南朝梁、北周以迄唐宋宫廷音乐中最早独立存在的音乐部类之一，隋至唐宋乐部既单列"熊罴部"。

陈初多沿梁代制度。《隋书·百官志》小序云："梁武受终，多循齐旧。然而定诸卿之位，各配四时，置戎秩之官，百有余号。陈氏继梁，不失旧物。"又云："陈承梁，皆循其制官。"陈武帝永定元年（557），职官所舆服器物制度多依梁代旧制，天嘉初年改均依梁武帝天监年间制度。《隋书·礼仪志六》记其鼓吹、鼓吹监所用器服官印云："（陈代）黄门后合舍人、主书、斋帅、监食、主食、主客、扶侍、鼓吹，朱服，武冠。鼓吹进贤冠，斋帅墨绶，兽头鞶。"据此，梁、陈均设鼓吹乐署及相应鼓吹乐官，并对其所用诸器服制度做了明确规定。陈鼓吹士帅副有武冠、绛服。《通典·礼典》"嘉礼八""君臣服章制度"："陈因之……武冠，绛襦，殿前威仪、武贲威仪、散给使、合将、鼓吹士帅副、太子卤簿戟吏所服。"陈代鼓吹杂伎大致取晋、宋之旧，其不同阶层人员在使用鼓吹之制上也有很大差异。《隋书·音乐志》云："其鼓吹杂伎，取晋、宋之旧，微更附益。旧元会有黄龙变、文鹿、师子之类，太建初定制，皆除之。至是蔡景历奏，悉复设焉。其制，鼓吹一部十六人，则箫十三人，笳二人，鼓一人。东宫一部，降三人，箫减二人，笳减一人。诸王一部，又降一人，减箫一。庶姓一部，又降一人，复减箫一。"[①] 史籍首次明确记录了，陈代帝王、王公、将军、都尉、校尉、曹吏、主簿随行"鼓吹一部"之制人数、乐器以及服饰，这对研究鼓吹乐部制度的形成具有重要意义。

陈代鼓吹又取晋、宋旧制，在使用乐人、乐器与前代"微更附益"。从陈代帝王、太子、诸王、庶姓所用鼓吹一部的记录看，陈代上至帝王、诸侯，下至庶民百姓均可使用鼓吹之制，这反映了陈代鼓吹等级制度的淡

---

① 《晋书·礼仪志》曾记晋大驾卤簿所用鼓吹之礼仪，盖与此不同，说明陈代对前代制度有所改革。

化，而鼓吹乐出现了平民化发展的倾向。

三

北魏建国之前所设职官多依汉、晋制度。《魏书·官氏志》云："昭成之即王位，已命燕凤为右长史，许谦为郎中令矣。余官杂号，多同晋朝。"北魏建国前就重视与魏、晋的交往，不断吸纳中原礼乐。《魏书·乐志》："自始祖内和魏晋，二代更致音伎；穆帝为代王，（晋）愍帝又进以乐物；金石之器虽有未周，而弦管具矣。"可以说北魏建国前，其礼乐制度建设是在与魏、晋的交往中逐渐完成的，尤其是其晋之属国的政治身份，意味着北魏所用礼仪朝仪甚至建官封爵，会多依晋制，这也是促使其加强礼乐制度建设的重要政治因素。北魏建国，正式脱离与西晋的附属关系，并不断南下攻城略地，广泛掠取北方诸族的礼乐器物。《魏书·乐志》："逮太祖定中山，获其乐县，既初拨乱，未遑创改，因时所行而用之。"上述事件，均为北魏建国之初的宫廷礼乐制度建设准备了条件。

北魏之初设鼓吹乐署。天兴六年（403），道武帝下诏鼓吹、太乐、总章诸乐署增修杂伎之事。《魏书·乐志》载："天兴六年冬，（道武帝）诏太乐、总章、鼓吹增修杂伎，造五兵、角抵、麒麟、凤皇、仙人、长蛇、白象、白虎及诸畏兽、鱼龙、辟邪、鹿马仙车、高絙百尺、长趿、缘橦、跳丸、五案以备百戏。大飨设之于殿庭，如汉晋之旧也。"清代馆臣认为："魏收《乐志》载：太祖天兴六年，诏太乐、总章、鼓吹增修杂伎，是三乐并建，与前代相同。"[①] 又说："太和中惟置太乐官，盖当兼领总章、鼓吹也。"[②] 在某些历史时期，由于战争纷起、自然灾害、乐器残阙、乐人散失等原因，乐府音乐官署及其职官会出现兼掌并管的现象。因此馆臣所说，太乐官兼掌总章、鼓吹乐事，大致符合当时事实。

北魏道武帝、明帝、太武帝连年征战，不断获得北方各族的宫廷乐人、乐器，这为北魏的礼乐制度建设提供了基础。北魏随着领土的扩张，至孝文帝太和年间，大量四方夷乐歌舞涌入北魏宫廷。但是，由于礼乐之

---

① （清）纪昀等：《历代职官表》，第265页。

② （清）纪昀等：《历代职官表》，第265页。

官残阙，乐人不全，无法正其制度。《魏书·乐志》载："太和初，高祖垂心雅古，务正音声。时司乐上书，典章有阙，求集中秘群官议定其事，并访吏民，有能体解古乐者，与之修广器数，甄立名品，以谐八音。诏'可'。虽经众议，于时卒无洞晓声律者，乐部不能立，其事弥缺。然方乐之制及四夷歌舞，稍增列于太乐。金石羽旄之饰，为壮丽于往时矣。"太和年间，孝文帝进行一系列的礼乐制度改革和重建。孝文帝提倡古雅，采用古礼旧制，在礼乐建设方面，反映了强烈的汉化倾向。太和十一年（487）文明太后下令乐正雅颂，除不典之曲，诸多鼓吹杂乐列为废除之列。《魏书·乐志》载："十一年春，文明太后令曰：'先王作乐，所以和风改俗，非雅曲正声不宜庭奏。可集新旧乐章，参探音律，除去新声不典之曲，裨增钟县铿锵之韵。'"十五年（491）高祖下诏，正定雅俗，其乐官简置。《魏书·乐志》云："十五年冬，高祖诏曰：'乐者所以动天地，感神祇，调阴阳，通人鬼。故能关山川之风，以播德于无外。由此言之，治用大矣……今置乐官，实须任职，不得仍令滥吹也。'遂简置焉。"由上可知，北魏由太乐并鼓吹乐署，兼掌鼓吹诸乐事的时间，应在太和十五年（491）前后。

宣武帝永平二年（509）召太常卿刘芳造作金石之器，并修治雅乐。永平三年（510），刘芳等人定《文》《武》二舞、登歌及鼓吹诸曲，但是二舞、登歌用新，鼓吹新曲仍依旧制。《魏书·乐志》载："永平三年冬，芳上言：'观古帝王，罔不据功象德而制舞名及诸乐章，今欲教文武二舞，施之郊庙，请参制二舞之名。窃观汉魏已来，鼓吹之曲亦不相缘，今亦须制新曲，以扬皇家之德美。'诏芳与侍中崔光、郭祚，黄门游肇、孙惠蔚等四人参定舞名并鼓吹诸曲。其年冬，芳又上言：'自献春被旨，赐令博采经传，更制金石，并教文武二舞及登歌、鼓吹诸曲。今始校就，谨依前敕，延集公卿并一时儒彦讨论终始，莫之能异。谨以申闻，请与旧者参呈。若臣等所营形合古制，击拊会节，元日大飨，则须陈列……'诏曰：'舞可用新，余且仍旧。'鼓吹杂曲遂寝焉。"北魏是汉魏晋南北朝音乐发展史上一个非常重要的时代，北魏建国后不断吞并北方诸族，并攻占了荆襄、楚汉、淮南、东吴之地。在战争之际，北魏统治者大量掠略所灭诸国、诸族的宫廷礼乐之器物及诸类乐人，搜求流落民间的乐工、乐器及百工技巧。同时，北魏也进行了几次大规模的移民活动，一时之间鼓吹杂曲、诸夷之乐、荆楚之声、江南吴曲等四方歌舞汇集于北魏宫廷。一旦遇到合适的政治、文化环境，诸多音乐品类便会很快崛起。以此来讲，北魏时期的礼乐制度建设，为北齐以及后代鼓吹乐署及相应职官的建立、鼓吹乐类的迅速发展及诸乐部类别的初步形成提供了条件。

北齐神武帝迁都于邺，将北魏洛阳宫廷礼乐之器及大量乐人带入邺都。北齐受东魏禅位，其礼仪之制多遵北魏制度，并在北魏基础上有所完善。① 北齐置鼓吹令丞，掌百戏、鼓吹乐人，并兼领黄户局，掌供乐人衣服。《隋书·百官志》载："太常，掌陵庙群祀、礼乐仪制，天文术数衣冠之属。其属官有博士……鼓吹、（掌百戏、鼓吹乐人等事）……等署令、丞……鼓吹兼领黄户局丞（掌供乐人衣服）。"另外，北齐尚书省置六尚书及相应属官，其五兵尚书之都兵"掌鼓吹、太乐、杂户等事"。《隋书·百官志》云："尚书省，置令、仆射，吏部、殿中、祠部、五兵、都官、度支等六尚书……都兵（掌鼓吹、太乐、杂户等事）。"北齐规定鼓吹令、太乐令品秩为从八品。《通典·职官志》："从八品：飞骑、隼击将军……大乐、武库诸署令……太仓、典客、骅骝、钩盾、鼓吹、守宫、左右尚方、左藏、太官、掖庭、司染、典农、左右龙、左右牝、冶东西、驼牛、司羊诸署令。"由尚书省都兵，兼掌太乐、鼓吹事，反映了这时期鼓吹管理制度的变化。

北齐制鼓吹二十曲，皆依靠汉魏曲名改定。北齐大行傩戏礼仪，由鼓吹令与黄门职官共同完成。《通典·礼志》"军礼三""时傩"："北齐制，季冬晦，选人子弟如汉，合二百四十人。百二十人，赤帻、皂褠衣、执鼗鼓。百二十人，赤布、袴褶、执鞭角。方相氏执戈扬楯。又作穷奇、祖明等十二兽，皆有毛角。鼓吹令率之，中黄门行之，冗从仆射将之，以逐恶鬼于禁中。其日戊夜三唱，开诸里门，傩者各集，被服器仗以待事。戊夜四唱，开诸城门，二卫皆严。上水一刻，皇帝常服，即御座。王公执事官一品以下、从六品以上，陪列观。傩者鼓噪，入殿西门，遍于禁内。分出二上阁，作方相与十二兽傩戏，喧呼周遍，前后鼓噪。出殿南门，分为六道，出于郭外。"北齐鼓吹之乐使用较为普遍，诸王、皇太子、上州刺史、中州以下及诸州镇戍，均给以鼓吹，以器服颜色区分等级。《隋书·音乐

---

① 《隋书·音乐志》云："齐神武霸迹肇创，迁都于邺，犹曰人臣，故咸遵魏典。及文宣初禅，尚未改旧章。"《百官志》又云："后齐制官，多循后魏。"

志》云："诸州镇戍，各给鼓吹乐，多少各以大小等级为差。诸王为州，皆给赤鼓、赤角，皇子则增给吴鼓、长鸣角，上州刺史皆给青鼓、青角，中州已下及诸镇戍，皆给黑鼓、黑角。乐器皆有衣，并同鼓色。"这反映了北齐时代鼓吹之乐的迅速发展。

北齐中书省司进御之乐，下设监、令各一人，侍郎四人，并司伶官西凉部直长、伶官西凉四部、伶官龟兹四部、伶官清商部直长、伶官清商四部。此类西凉部、龟兹部、清商部类专职职官的设立，反映了相关乐部制度在北齐的发展。这也会影响北齐鼓吹乐部制度的产生。五兵尚书之都兵掌鼓吹、太乐的职能，反映北齐鼓吹管理制度的变化，也说明鼓吹之乐成为诸州军事出行时重要的卤簿仪仗。从皇帝、皇子、诸王，下及上州、中州及诸州镇戍，均备以鼓吹，在鼓角、器用、服饰等，各有等差，反映了北齐已经建立起非常完备的鼓吹礼仪制度和管理制度。北齐较完整地继承了北魏洛阳宫廷礼乐之器及乐人，为其鼓吹乐的发展提供了条件。而北齐帝王对胡戎之伎的喜爱与提倡，也是促进北齐鼓吹乐发展的因素之一。

北周太祖迎（西）魏帝入关，其乐声尽留洛阳。至恭帝元年，攻破荆州，得梁代宫廷之器，始依周代制度建六官，初定郊祀、宗庙、五帝、日月星辰、九州岛、社稷、山川等礼乐之仪，但是未及施用。[1] 至周闵帝受禅，在位日短。明帝初革魏氏之乐，周武帝天和元年（566），始定北周礼乐之仪。建德二年（573）礼仪初成。《隋书·音乐志》云："天和元年，武帝初造《山云舞》，以备六代。南北郊、雩坛、太庙、禘祫，俱用六舞。"又云："建德二年十月甲辰，六代乐成，奏于崇信殿。群臣咸观。"周武帝依梁制，制鼓吹十二案，每元正大会列宫悬之间，与正乐合奏。《隋书·音乐志》云："武帝以梁鼓吹熊罴十二案，每元正大会，列于悬间，与正乐合奏。"周宣帝时革前代鼓吹之乐，制为十五曲。《隋书·音乐志》载："宣帝时，革前代鼓吹，制为十五曲。第一，改汉《朱鹭》为《玄精季》，言魏道陵迟，太祖肇开王业也。第二，改汉《思悲翁》为《征陇西》，言太祖起兵，诛侯莫陈悦，扫清陇右也。第三，改汉《艾如张》为《迎魏帝》，言武帝西幸，太祖奉迎，宅关中也。第四，改汉《上

---

① 《隋书·音乐志》载："周太祖迎魏武入关，乐声皆阙。恭帝元年，平荆州，大获梁氏乐器，以属有司。"

之回》为《平窦泰》，言太祖拥兵讨泰，悉擒斩也。第五，改汉《拥离》为《复恒农》，言太祖攻复陕城，关东震肃也。第六，改汉《战城南》为《克沙苑》，言太祖俘斩齐十万众于沙苑，神武脱身至河，单舟走免也。第七，改汉《巫山高》为《战河阴》，言太祖破神武于河上，斩其将高敖曹、莫多娄贷文也。第八，改汉《上陵》为《平汉东》，言太祖命将平随郡安陆，俘馘万计也。第九，改汉《将进酒》为《取巴蜀》，言太祖遣军平定蜀地也。第十，改汉《有所思》为《拔江陵》，言太祖命将擒萧绎，平南土也。第十一，改汉《芳树》为《受魏禅》，言闵帝受终于魏，君临万国也。第十二，改汉《上邪》为《宣重光》，言明帝入承大统，载隆皇道也。第十三，改汉《君马黄》为《哲皇出》，言高祖以圣德继天，天下向风也。第十四，改汉《稚子班》为《平东夏》，言高祖亲率六师破齐，擒齐主于青州，一举而定山东也。第十五，改古《圣人出》为《擒明彻》，言陈将吴明彻，侵轶徐部，高祖遣将，尽俘其众也。"宣帝时广召鼓吹、杂伎、增修百戏，宣帝尤其喜爱胡戎之伎，每次出行均有鼓吹相随。《隋书·音乐志》载："宣帝晨出夜还，恒陈鼓吹。尝幸同州，自应门至赤岸，数十里间，鼓乐俱作。祈雨仲山还，令京城士女，于衢巷奏乐以迎之。公私顿敝，以至于亡。"北周郑译受宣武帝宠幸，曾广泛收集各地散乐，这也是促进北周鼓吹乐发展的一个重要因素。

综上而论，承两汉而下，曹魏武帝统一北方地区，政治上的相对稳定及帝王之好，为鼓吹乐类的发展创造了条件。这期间，隶属于汉代黄门鼓吹所掌的相和歌、清商乐、杂舞曲逐渐从鼓吹乐类中分离出来，并建立了专门的乐署，对相关乐类进行专门的管理。即相和歌、清商乐分属清商乐署管理，杂舞曲为总章乐署管理，鼓吹乐、横吹曲、黄门鼓吹乐主要由黄门职官兼掌。西晋专门设立鼓吹乐署，置令丞职官。西晋前期随着礼仪制度建设的加强，用于卤簿礼仪的鼓吹乐受到重视，鼓吹礼仪建置日渐完备。在此背景下，西晋鼓吹乐署也建立起了较完善的管理机制。西晋之末，礼乐制度趋于瓦解之势。永嘉之后，金石散落、乐工残阙，鼓吹、太乐、总章、清商等乐署及乐官，时而省并，时而分立，时而兼掌，鼓吹诸乐类在此期间的管理、建置等发生了很大的变化。尤其成帝之时，鼓吹监掌太乐，鼓吹一时成为乐之总名，并用于各种礼仪场合的乐类。刘宋时期置鼓吹监令、丞，对鼓吹职官、工员等人的印绶服饰器用，多有明确规定。战争的频发，使得这时期鼓吹给赐制度相比曹魏两晋时期更为严格，鼓吹仪卫制度政治等级性显得更为突出。南齐鼓吹职官多依刘宋制度。梁武帝锐意钟律改制，设鼓吹监令、丞，三朝设鼓吹十二案。陈代鼓吹多依梁代制度，杂取晋宋旧仪。明确记录了陈代鼓吹一部的乐员人数、器用、服饰，以及帝王、太子、诸王、庶姓所用鼓吹之制的等级区分，这为研究隋唐鼓吹乐部的形成提供了参照。

北魏在与魏晋的交往中开始了汉化的礼仪制度建设，军事上不断南下，尽收北方诸族以及中原礼乐器服人物，一时四方歌舞集于宫廷，为其鼓吹制度建设提供了物质条件。但其乐官简置，其鼓吹职官、鼓吹仪卫，史籍记录简略。北魏数次宫廷乐议多有中原人物参与，反映了其礼乐制度建设一直处于不断汉化的过程。北齐集北魏宫廷礼乐器服制度之大成，为其鼓吹职官制度建设准备了充足的条件。北齐置鼓吹署令丞，为太常属官。另外，五兵尚书之都兵，又兼掌太乐、鼓吹乐事，这是鼓吹管理制度的一次变革。陈代上至帝王，下及诸州镇戍，各备鼓吹，器用、服饰等各有等差，反映了北齐建立了较完备的鼓吹礼仪制度和管理制度。北周依《周礼》定制度，灭梁获其宫廷礼乐器用。北周鼓吹制度多依梁代，三朝设鼓吹十二案。

翟门生粟特人身份考

——以萨甫为中心

黑田彰（日本·佛教大学）

关于深圳市金石艺术博物馆所藏、东魏武定元年（543）翟门生石榻的四面围屏，我曾以围屏正反八面全貌的拓本进行了介绍（感谢吴强华先生的好意）。也尝试过对表面描绘的孝子传图（董黯、郭巨（A）（B）、董永三图）进行考证。本石榻是由四面围屏、两面石门等二十一处构成的大型遗物。关于本石榻的研究，在拙文之前，已有中国社会科学院考古研究所的赵超教授题为《介绍胡客翟门生墓门志铭及石屏风》的论文。该论文介绍了石榻的概况，解读了墓门志全文，并以其内容为主要材料，对墓门志的墓主翟门生的出身进行了敏锐的考察。近来中日的粟特学取得了一些令人惊奇的进展，在重新考察这些问题时，关于翟门生的出身，我也发现了一两处事实。于是，我试图在赵超的基础上论述这一问题。

本石榻附带两张石门，在关闭状态下，中心左右各两行、刻有共计四行墓门志。图1是临摹图，图2是部分原石墓门志（图2行首的数字代表行数，字母代表顺序）。翟门生石榻墓门志的全文如下（据赵超的解读）：

翟国使主翟门生之墓志

君讳育，字门生，翟国东天竺人也。胄藉华方，蟠根万叶。树德家邑，为本国萨甫。冠盖崇动，美传弈世，□□二国通好，酬贡往来，因聘使主，遂入皇魏。嘱主上优容，大垂褒赉，纳给都辇，受赏历帝。然昊天不吊，枉歼良哲。以元象元年正月十一日奄致薨背。有心怀痛，凡百含酸。遂使他山之玉，隐质于此乡。亢□□□，灰骨于异土。呜呼哀，以大魏武帝元年十一月廿三日，琼棺方备，玉埏既周，卜兹吉辰，奄葬此土。其词曰：

　　昔在西夏，立德崇虚。冠盖万里，众矢之谟。流美千城，响溢两都。如何昊天，降罚斯儒。玉顷摧峰，碧兰枉枯。悲音竟路，酸声满途。有心含痛，为之鸣呼。龙辒动斾，长旌煌煌。挽歌楚曲，凿哀锵锵。孤窝金棺、独寐泉堂。杳然寂室、埏户无光。永居松□、终归白杨。魂如独往、痛矣可伤。

另外，本石榻围屏男性墓主像下，刻有"胡客翟门生造石床瓶（风并组合字）吉利铭记"。（图 3）

从墓门志的记述可知，翟门生字门生，讳育，东魏孝静帝（元善见。534～550 年在位）时代、即实权者高欢时代的元象元年（538）殁，五年后的武定元年（543）下葬。生年无法获知。另外，从围屏的题记可知他被称为"胡客"。关于翟门生，赵超结论如下：

　　墓志的记载与胡客的称呼，已经充分说明这位墓主人是一个外国人士，而且可能是来自西域的丁零、粟特等民族商旅首领。

赵超特别留意到翟门生是粟特人的可能性，做出了慎重的判断〔丁零、高车、铁勒为土耳其（突厥）系，翟（狄）原本与突厥关系深厚，粟特为伊朗系〕。最近翟姓被确认为粟特姓，乃粟特学的显著进展。本文接受上述赵超的观点，在翟门生为粟特人这一点上进一步挖掘。

关于判断某个人物——例如翟门生是否为粟特人，森安孝夫在其著作《丝绸之路与唐帝国》第二章的"汉文史料中粟特人的发现方法"这一小标题下，有一段颇有意思的见解。现引用如下：

　　在汉文史料中，如何称呼粟特商人？从以前到公元一千年的时间范围内，如果是"商胡、贾胡、客胡、兴生胡、兴胡"或"胡商、胡客"的话，几乎可以被认作伊朗系商人或西域商人。但本书进一步认为这些人多数为粟特商人，尤其唐代的"兴生胡"及其省略形式的"兴胡"几乎百分百为粟特商人，"商胡、贾胡、客胡、胡商、胡客"中十有八九是粟特商人。但对于从后汉到魏晋南北朝时代的"胡"，现在做判断还需慎重。这个时代的"商胡、贾胡、客胡、胡商、胡客"即便确定无疑为西域商人,但从塔里木盆地各绿洲城市国家来的非汉人(包括龟兹人、焉耆人在内的吐噶喇人和和阗人、楼兰人等)的商人也决不少,甚至有时还指代从遥远的印度和波斯来的商人,所以无法轻易判定为粟特商人。例如六世纪的《洛阳伽蓝记》卷三中,载有"自葱岭已西至于大秦,百国千城,莫不欢附,商胡贩客,日奔塞下。"该书中也有"乾陀罗国胡王"、"波斯国胡王"的记录,"胡"未必指代粟特。另一个问题是,如果不是与代表着商业的商、贾、兴生和代表着旅人的客组合,而是与其他词汇组合成"~胡""胡~",例如"诸胡、杂胡、西胡、胡人",以及单纯的"胡",这种情况也存在。汉语的"胡"虽基本含有"虾夷、外国人"的意味,但也有根据时代和地域改变意思的情况。五胡常常指的是以匈奴、鲜卑、氐、羌、羯为代表的中国北部、西北部及其外缘的骑马游牧民族。生活在中国的粟特人,因行政上汉文的必要,应具备汉字名,于是采用出生的城市名作为汉语姓氏。康、安、史、何、曹、石、毕这些姓氏都来源于康国(撒马尔罕)、安国(布哈拉)、米国(梵文 Maymurgh 的对音,《大唐西域记》作弭秣贺国)、史国(竖沙)、何国(贵霜)、曹国(对音为 Kaputana,今名 Gubdan 村,《大唐西域记》作劫布坦那)、石国(塔什干)、毕国(Baykand/Paykand)。另外,城市名并不能作为特别规定,故最近基本也认可罗、穆、翟可列入粟特姓氏。今后这些一概被视为"粟特姓"。但需注意除康、安、米以外的粟特姓在汉人本来的姓氏中也存在。因此在公元后的汉文史料中查找粟特人、粟特商人,注意到"胡"与粟特姓或者粟特的总称粟特、窣利结合的部分,是一种准确的方法。仅凭粟特姓氏,或者与商业用语相关的"胡"来判断就太危险。

森安的建议非常清晰。识别粟特人的基本方法,首要的出发点是人物是否带有胡的词汇,使用~胡(商胡等)或胡~(胡客等)等称呼。森安说的独特之处在于,他认为"'兴胡'几乎百分百为粟特商人,'……胡客'中十有八九是粟特商人"。翟门生明确被叫作"胡客"(墓主像下题记),故"十有八九"可看作粟特人。但十有八九毕竟只是十有八九,并非百分百，将其百分百确定的方法，森安建议：

> 注意到"胡"与粟特姓或者粟特的总称粟特、窣利的结合的部分，是一种准确的方法。

换言之，就是不依赖于"胡"和粟特姓（但是，康、安、米以外的姓氏在汉人姓氏中也存在）、粟特（窣利）等一个称呼，而是找到两个以上。以森安的意见来看翟门生会怎样呢？首先如前所述，翟门生拥有"胡客"的称呼；其次，具有粟特姓氏翟姓，那么在判断翟门生为粟特人这一点上，满足了森安建议的条件。虽然找不到粟特、窣利等语词，但上述二点已确定翟门生为粟特人无疑。另外，关于翟门生，还有一处必须考虑的重要案例。即墓门志载"为本国萨甫"（图4）这一"萨甫"问题。在推断翟门生的民族出身，特别是与粟特的关系时，作为目前值得探讨的案例，能成为课题的，是如前所述的三个事例，翟门生：

（1）拥有胡客的称呼

（2）拥有粟特姓氏翟

（3）拥有萨甫的官称

关于（3）翟门生为萨甫这一点，以下进行讨论。

何谓萨甫（又记作萨宝、萨保）？针对这个问题，森安孝夫以"粟特人聚落的首领——萨宝"为题做了简单的说明：

> 为了让来到东方的粟特人在汉语世界作为集体生活，在北魏~隋期间，当时的政府赋予聚落的首领萨宝（也记作萨保、萨甫）的官称，任其自治。关于萨宝这个一直延续到唐代的称号的语源和含义，国内外有过长期争论，现在这些问题已主要由我国的吉田丰和荒川正晴大致解决。根据他们的研究，①萨宝的原文为来源于巴克特利亚语的粟特语 sartpaw，原义是"队商的首领"，接着派生出单纯的"指导者"的意义；②在北魏~隋代，不管是否为祆教徒，都指代生活在汉人世界的粟特人聚落的首领；③到了唐代，之前的自治聚落被编入唐代的州县制，粟特人同汉人一样都被登记户籍成为州县民的"百姓"；④因此，其自治范围仅限于宗教方面，萨宝的意思就变成单纯的祆教徒集团首领。最初萨宝并不具有祆教徒的首领这一宗教意味，而且已

经明确很多来到中国的琐罗亚斯德教教徒并非波斯人，而是粟特人。每个聚落原则上设萨宝一人，但像凉州这样粟特人众多的地方不止一个聚落，例如安氏聚落的萨宝和康氏聚落的萨宝等，在同一城市也可能有多位。无论如何，任命萨宝的地方一定存在粟特人聚落。

森安所说的"关于萨宝这个一直延续到唐代的称号的语源和含义，国内外有过长期争论，现在这些问题已主要由我国的吉田丰和荒川正晴大致解决"。首先，关于萨甫的语源，吉田丰在平成元年（1989）宣布：

> 据此，确认了羽田明［《中央亚洲史研究》（临川书店，昭和57年。初版昭和46年）第三部第二章］预想的粟特词形的存在，也说明了粟特语的语源。证明了萨宝是粟特语 s̀rtp̀w（"队商的首领"）的音译写法。

接着，荒川正晴在平成十年（1998）证明了萨宝性质的时代变迁："唐代'萨宝'的性质与以前基本不同。"在思考翟门生是萨甫这件事的意义时，荒川的研究非常重要，在此我想重新追溯一下荒川的说法。

荒川在其论著第二章"北朝隋代粟特人聚落和萨宝"中所采取的方法，具有高度的实证性，由此推导出的结论富于说服力。其方法是从萨甫用例的编纂史料，即书籍，和墓志史料即出土遗物两方面展开调查，探讨其内容。首先列出并研究了作为编纂史料的隋书卷二七、二八百官志及新唐书七十五下宰相世系表（元和姓纂四）的正文。其次，作为墓志史料列出七处"被认为记载了'萨宝'的墓志"并予以分析。墓志史料的七（八）处，"以个人浅见，是记载了'萨宝'官职墓志的全部"。如（第三章）所说，荒川广泛搜集了《汉魏南北朝墓志集释》和《唐代墓志汇编》等，抽出了七处用例，由此也必须对他的劳动表达敬意。不过，荒川的论文写于平成十年（1998），距今已有二十年。在此期间，中日的粟特学取得重大进展，也相继发现了新的墓志史料。比如查阅去年公开出版的《粟特人墓志研究》，涉及粟特人墓志的全部十一例中，有三处与荒川重复，其余的八处，有四处存在萨甫的案例，现在加上荒川的七（八）处，已有十一（十二）处墓志中有萨甫案例。虽非墓志本身，加上平成十七年山下将司发表的、文馆词林卷四五五残卷中收录记载的安修仁碑一处，共十二

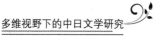

（十三）处，如果排列序号一览的话，如下所示［编号的年代为墓葬年代，
（　）中显示墓志中就任萨甫的人物］。

    1. 606 年，隋、史射勿墓志（曾祖、祖）

    2. 615 年，隋、翟突娑墓志（父）

    3. 647 年，唐、康婆墓志（父）

    4. 627 ~ 649 年，唐、康阿达墓志（祖）

    5. 654 年，唐、安万通砖志（高祖））

    6. 669 年，唐、史阿（诃）耽墓志（曾祖、祖）

    7. 670 年，唐、史铁棒墓志（曾祖）

    8. 673 年，唐、康元敬墓志（父）

    9. 579 年，北周、安伽墓志（本人）

    10. 580 年，北周、史 Wirkak（祖、本人。Wirkak 来自部分粟特语）

    11. 592 年，隋、虞弘墓志（本人）

    12. 658 年，唐、史道洛墓志（祖）

    13. 唐、安修仁碑（祖、父）

1 ~ 7（8）依据荒川的研究，9 ~ 12 来源于《粟特人墓志研究》，13 为
山下（及荒川）的发现。

讨论上述 1 ~ 7（8）的荒川在接下来的第三章"唐朝建国和粟特人聚
落·萨宝"中，做出如下结论：

> 另外，前面所展示的墓志，以个人浅见，是记载了'萨宝'官职
> 墓志的全部。通览这些墓志会发现，在唐代，看不到担任"萨宝"官
> 职的粟特人。

他在列出《唐官品令》《唐祠令复原四六》《通典四〇》《新唐书四十
六》等，以及概述唐代的萨宝、萨宝府后，就到了简短的终章"结语"部
分（后述）。

看一下 1 ~ 13 的墓志会立刻发现，这些全都是粟特人。例如从姓氏来
看，除 11 隋、虞弘墓志外，十二个墓志的姓是：

    史（索格底亚那的坚沙。1、6、7、10、12）

翟（2）

康（撒马尔罕。3、4、8）

安（布哈拉。5、9、13）

关于翟（2）、虞（鱼、11），荣新江曾将翟、贺、鱼（虞）等姓氏也认定为粟特姓。那么这些就都为粟特姓。另外，除开根据《粟特人墓志研究》被认定为粟特人的1、6、7、9、10、11、12七例，在2、3、4、5、8、13六例中，即便看墓主的出身国家：

本康国王之裔也（3）

西域康国人也（4）

其祖本生西域安息国（5）

其先肇康居毕万之后（8）

出自安国（13〈元和姓纂〉）

康居同康国，安息国指安国，除开翟国（2）位置不明的情况，故可知都是索格底亚那的坚沙（3、4、8）或者布哈拉（5、13）出身的人。

由此可以认为，萨甫的就任者是粟特人乃明显的事实。问题在于，在荒川论文（还有森安的著作）中，这一事实在几处均未被明示。荒川论文的终章（第四章）"结语"如下：

> 通过以上研究……可以确认唐代"萨宝"的性质与以前基本不同。也就是说，在北魏～北齐、北周～隋的各个朝代中，（1）设置具有官品的"萨宝"（萨甫、萨宝）官职，委任统治粟特人殖民聚落，（2）可以确认至少在北齐、北周～隋代，在京师和地方各州设置了"萨宝"，（3）"萨宝"的设置，比起为了掌管祆教及祆教徒，更根本的是为了统辖集中生活的粟特人殖民聚落，这一点已经明确。与之相对，唐代的"萨宝"和"萨宝府"，变成了主要管理京师祆祠及聚集在此的祆教徒的职务。作为这种变化的背景，我们可以说，对中国的粟特人的管理方式，在唐以前和以后发生了很大的变化。也就是说，随着以通过律令贯彻统治为目标的唐朝建国，之前的粟特人聚落都被编入唐朝的州县体制，聚落的粟特人也由州县作为良民"百姓"编入户籍。结果，在唐以前被允许自治的粟特人聚落，从京师和地方诸州开始消减，这件事成为"萨宝"官职性质变化的必需因素。

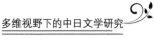

与森安的著作对比，荒川论文最后一章（1）（2）（3）相当于森安著作的②，荒川论文的"与之相对，唐代的'萨宝'和'萨宝府'"以下相当于森安著作的③④。荒川论文中，在谈论担任萨甫官职的民族的内容中，关于萨甫是粟特人这一点只是进行了暗示（森安著作也是如此）：

> 北朝时代，对这样的粟特人聚落赋予一定的自治权，委任"萨宝"管理聚落。（170 页）

关于萨甫的粟特人这一点并未明示。毫无疑问，粟特人聚落的首领是萨甫和萨甫是粟特人，这是完全不同的问题。荒川论文第三章的结论：

> 另外，前面所展示的墓志，以个人浅见，是记载了"薩宝"官职墓志的全部。通览这些墓志会发现，在唐代，看不到担任"萨宝"官职的粟特人。（176 页）

1～8（13）的墓志关于萨甫就任者的情况，隋朝以前都是粟特人，到了唐代，就看不到这些情况了。但是，荒川的论文并没涉及隋以前，只谈到了唐以后。因此，不得不说在区分了隋以前和唐以后的情况下，他的研究只涉及了一半，回避了对剩下一半隋以后的判断。

因荒川论文的重要影响，这一点对后来的研究者造成不少混乱。例如，参考了荒川论文、写于平成十七年（2005）的山下论文中，关于萨甫有以下明显的误解：

> 萨宝：官名。北朝和隋时期，为管辖在各州生活的以粟特人为代表的西方胡人而设置的官职。（3 页下方）
>
> 众所周知，萨宝是在中国内地的粟特人聚落等地中设置的统治机关萨宝府的长官。据墓志等石刻史料的案例显示，担任萨宝者被限定为以粟特人为代表的西方胡人。因此，该墓主并非汉人，而是西方的胡人。（7 页上方）

山下将隋以前萨甫就任者的民族及其职务范围扩展到"以粟特人为代表的西方胡人"，这应该是一种误解。

于是，萨甫与粟特人的问题就交到后来的研究者手中。例如福岛惠在平成十三年（2005）的题为《唐代粟特姓氏墓志的基础考察》的论著中，加上墓主具有粟特姓氏这一条件，在以下三个条件"满足其中任意一个"就可以判定为粟特人：

第一，有能说明索格底亚那地方出身的直接表现，如"其先安国大首领""康国人"等。

第二，祖先就任统治粟特聚落的"萨宝"一职。

第三，有血缘关系的家族满足上述条件可确定为粟特人的情况。（137页，144页）

特别是第二个条件，在藤田丰八、护雅夫、羽田明、吉田丰、荒川正晴等人先行研究的基础上，福岛惠说明"通过这些研究，萨宝这一官职是只赋予粟特人的特殊职位，即只要就任萨宝就可以认定是粟特人（137页，144页）"这一点极其重要。也就是说，根据福岛的见解，担任萨甫并非粟特人的必要条件，而是充分条件。另外，荣新江在2011年（平成23年）的《从新出石刻史料看粟特人研究的动向》中论述的也同样如此：

> 以前，我谈论萨宝问题时，结论都是萨宝基本上全部由粟特人担任，萨宝府的构成人员也基本是粟特人，但唯一对郑行谌一人无法很好地解释。（137页）

人文学科并非是直线型发展的。荒川保留判断的1~8（13）的墓志所揭示的萨甫与粟特人的关系渐渐为学界所认知，是最近的事情（《粟特人墓志研究》140页，可以看到"虞弘墓志的文中出现粟特社会特有的称号'萨宝'"等语句）。虽然不知道荒川为何回避了对1~8（13）的墓志重要案例的判断，但荣新江早在2003年（平成15年）发表的《萨保与萨薄：北朝隋唐胡人聚落首领问题的争论与辨析》中，论述了以下颇有意味的内容：

> 从上表还可以看出，文献材料里的萨保，无论是在北朝、隋唐实际担任萨保或萨保府官职的个人本身，抑或唐人墓志中所记载的曾任萨保的其曾祖、祖、父，绝大多数是来自昭武九姓的粟特人，作为例外的翟姓，可能是高车人，也可能是粟特人；鱼国目前尚不知所在，但为中亚或中亚北部的国家当无疑义；焉耆是塔里木盆地的西域王

国。所有萨保的出身，没有一个跟印度有关。因此、我们不应到梵文里去追寻"萨保"的原语，如此众多的粟特人担任萨保一职，更能说明"萨保"应当来自粟特文的 srtpw。（140 页、141 页）

其中，荣新江所说的"作为例外的翟姓，可能是高车人，也可能是粟特人"，是指隋、翟突娑墓志。论文发表的 2003 年，翟姓还未被认定为粟特姓。所以他并未排除翟突娑为土耳其系的高车的可能。这种说法显示了翟姓问题在当时，对于粟特学进展来说，如鲠在喉一般阻碍着研究的进展。荒川也可能因此回避了判断。

关于翟门生的三个课题：

（1）拥有胡客的称呼

（2）拥有粟特姓氏翟

（3）拥有萨甫的官称

中的（3）翟门生所担任的萨甫官职，以上已经纵观了最新研究成果。福岛惠认为"萨宝这一官职是只赋予粟特人的特殊职位，即只要就任萨宝就可以认定是粟特人"。荣新江也说"萨宝基本上全部由粟特人担任，萨宝府的构成人员也基本是粟特人"。翟门生拥有（3）萨甫官职，可以看作是粟特人的决定性证据。（1）、（2）也明显地提示翟门生是粟特人。

另外，萨甫的研究史也映射出新出的翟门生石榻资料价值的宝贵。例如本石榻的墓门志记有"萨甫"一词，是最古老的资料。1～13 中最古老的是 579 年的（9）北周安伽墓志，但翟门生 539 年殁，543 年造墓，比安伽还早了大约 40 年。一方面，本石榻记可追溯至东魏时代（534～550）的"萨甫"一词，是目前唯一的案例；另一方面墓主本人（翟门生）就任萨甫，也是最古老的例子（虽然 9 安伽，10 史、11 虞弘也同样如此，但已经到了北周和隋朝）。这促进了重新考察东魏（以前）萨甫的官制，对此应该留意。例如，福岛惠在今年（2017）2 月出版的《东部欧亚的粟特人——粟特人汉文墓志研究》第一部第一章中，很早就引入翟门生石榻，在"结语"中指出：

> 粟特人墓志中最早的是"翟育（翟门生）墓志"［北周武定元年（544 年：判定①）］。（注：此处北周应是东魏，544 年应为 543 年）

于是，包含墓门志等一整套的本石榻，就成为目前能确认的最古老的粟特人石榻遗物。据曾布川宽研究，现存最古老的粟特人石榻遗物是北周天和六年（571）的康业墓，东魏的本石榻比康业石榻还早了 30 年左右。而且，本石榻遵循着纯粹的北魏墓葬方式。这意味着外来者，即粟特人翟门生遵从了中国的墓葬方式。因此，本石榻作为准确展示初期中国粟特人墓的资料，具有极高的美术史价值。乍看之下，本石榻只是传统的北魏墓，但从本石榻上蕴含的粟特颜色（西域颜色）这一角度出发也值得重新考察。吴氏收藏的本遗物为今后的粟特学发展带来了种种课题，确实为富于学术价值的优品。

附记：拙文为 2017 年（平成 29 年）5 月在中国社会科学院文学研究所（26 日）、北京大学（27 日）报告、演讲的内容《翟门生笔记——关于吴氏藏东魏武定元年翟门生石榻》的第三章抽出的内容（附上第一章的开头和第二章的末尾）。因篇幅的关系，将此部分作为单篇文章收入本书，拙稿《翟门生笔记》的全文预定在其他刊物公开出版。对于不吝赐教的中国社会科学院考古学研究所的赵超教授，以及让我参观石榻的深圳市金石艺术博物馆理事长吴强华先生，我由衷地表示感谢。另，拙文为平成二十九年（2017）科学研究费辅助金基础研究（B）成果的一部分。

两种时间的交叠

渡边秀一（日本·佛教大学）

引　言

今天，2017 年 12 月 2 日，佛教大学邀请到了中国社会科学院文学研究所的所长刘跃进先生以及诸位专家，作为佛教大学研究生院文学研究科长，我对各位学者的来访表示欢迎。

自 2016 年 11 月达成了学术交流协议，佛教大学与中国社会科学院文学研究所的交流展开了新的局面。新的学术交流的开始，一定会被载入佛教大学与中国社会科学院文学研究所的历史记录中，同时今日莅临现场的各位参与者们，也会通过交流取得全新的知识成果，并将今天深深地保留在记忆里。

一　两种时间

在不同研究领域对时间有不同的理解方式，所谓两种时间的组合绝不是仅有一种。例如，线性时间与环状时间，作为文化的时间与作为经验的时间，太阳历与太阴历等，对时间的划分有许多种不同角度。题目中的两种时间，一个指的是"2016 年 11 月"或"2017 年 12 月 2 日"这样表记的时间；另一个指的是用"今天"来表记的时间。前者是基于现在世界各国通用的西洋历（太阳历）的时间表达。从这个意义上说这是客观性的（间主观性的）时间。但是，它同时也是在历法制度的框架下表示前后关系的时间，是可以表现为"时刻"的时间。与此相对后者为主观性的时间。"今天"这一时间表达是以"现在、当下"这样对时间的把握为基础的，是身体性的、主观性的时间。虽说有过去、现在、未来这样的时间表达，但意识到时间时，通常指的就是现在或者当下这样的时间。

笔者的研究领域为地理学。地理学是以地域、空间等空间性概念为基本概念的学科，对于这些概念的讨论相当活跃而丰富，但可以说将时间作为讨论对象的则相当少。但是，笔者从选择地理学，特别是其分支历史地理学这一研究领域开始，就对时间抱有很强的兴趣。

"历史的现在（historical present）"与 "cross – section（时间的断面）"

距今 100 多年前，英国哲学家麦克塔格特（John Ellis McTaggart）将两种时间分为 A 系列和 B 系列，并对哪一种是时间的本质展开讨论，最终得出时间并非实存的结论。A 系列是以现在、过去、未来来认识的时间，B 系列是以前后关系或顺序关系来认识的时间。麦克塔格特的详细论述在此省略，但是对这一问题的讨论强烈地刺激了笔者对时间的关注。然而，将一种时间看作本质性的，将另一种时间看作非本质性的，这种讨论，其哲学价值姑置勿论，从历史地理学的角度看则没太大意义。因为地理学考察的对象，是在并未意识到被命名为 A 系列和 B 系列的两种时间之差异的状态下，在两种时间的交叠中度过日常生活的人们的各种行为中出现的地理事物与现象。

近 100 年前的 20 世纪 30 年代初，英国的历史地理学家麦金德（Halford Mackinder）将历史地理学研究的时间范畴称为"历史的现在（historical present）"。麦金德是在对《英国埃塞克斯与赫特福德郡的冰河堆积物与其所在地区的农业地理学上、历史地理学上的关系（The glacial drifts of Essex and Hertford shire, and their bearing upon the agricultural and historical geography of the region）》的研究发表和论文的点评中使用这一表述的。麦金德在点评时说："geography proper is a description of things in the present"，这样，他明确指出地理学研究中的时间就是"现在"。在同一段点评中麦金德也谈道："there is a true historical geography, a study of the historical present, an idea and expression familiar to all literary folk"，并且他认为"the geographer has to try and put himself back into the present that existed"。

据我所知的有限范围内，麦金德只有这一次使用过"历史的现在"的表述，此前或此后都未用过同样的表述。当时英国历史地理学研究中，从20世纪初"cross－section（时间的断面）"方法发展而来的"successive cross－sections（连续的时间断面）"方法占据了主流。麦金德所说"历史的现在"似乎湮没在此潮流中。

回顾日本的历史地理学研究，使用过"历史的现在"这一表述的也只有曾执教于立命馆大学、已故谷冈武雄先生一人。谷冈先生在著作《平野的地理》（1963）中这样讲："历史地理学，是一种将历史的现在的景观或地域复原，研究从那一刻起直至现在的景观或者地域的发展史（变迁史）的地理学分支。"他在《历史地理学》（1979）中也这样讲："历史地理学，是把过去的某个时期看作历史的现在，复原其间特定的地表空间组织，以及探求其历史上变化过程为目的的一个地理学分支。"但是，从先生的表述中可以明确看出，谷冈先生的研究方法是"景观变迁史"，其中"历史的现在"只是在对复原景观或地域，表示其间时间先后关系的参考值，所谓"现在"已经失去了原有的时间意义。"景观变迁史"的方法可以说是一种具有日式特色的"the method of successive cross－sections（时间断面的接续法）"。在这个意义上，可以认为"历史的现在"与"cross－section（时间的断面）"几乎被当作了同义语。

历史地理学中"时间的断面"通常可以看作相机胶卷上的一格。胶卷拍下的图像是截取了眼前空间的一部分，因此是时间静止的空间。"时间的断面"的历史地理学与此相似，也因其静态性而受到批判。但是，与其说"时间的断面"表示的是时间的静止或事物的静态，不如说是排除了时间。虽然现在称之为"时间的断面"，但实际上称之为从时间中隔离出来的"空间的切片"更妥当。

在无时间的"cross－section（时间的断面）"向包含时间在内的地理学发展的过程中，正如切割空间的装置从照相机发展到能够拍出连续画面的摄像机一样，历史地理学的研究方法也向着"successive cross－sections"或者说"景观变迁史"的方法发展变化。诚然，投射在屏幕上的影片画面中存在时间（运动）。但是，我们从屏幕上的影像中看到运动的时间，这种运动的动力并非来源于一格一格的胶卷内部，而是来源于放映机等施加的外部力量。即便是电影胶片，实际上与相机胶卷一样，只是将排除了时间的空间切片收集起来而已。同样，如果空间切片（cross - section）是无时间的，那么其自身就不具备运动（时间）的能量，因此收集空间切片的连续时间（successive cross - sections）中也不具备时间的能量。

"历史的现在"长期以来被理解为在日历上指示位置表示时间顺序的标签，与不具备时间的"cross - sections（时间的断面）"同义，这种理解和笔者想要描述的概念是完全不同的。笔者所谓"历史的现在"和麦金德所认为的"历史的现在"也是不同的。其原因在于，麦金德在说"put himself back into the present that existed."时，如果现在是从时间中分割出来的空间切片，那么他应该重返的真正的现在并不存在。

三　文学与历史地理学或历史学的联结点

那些日历上已经过去的时间，对生活在 21 世纪的我们来说就是过去，但这些主观性时间也被当时的人认为是他们的"现在"或"当下"，这种认识方法与我们是一样的。同时他们也体验到作为社会、文化性制度的日历时间，意识到日历上已经过去的时间，他们就在这两种时间的并存中经营着日常生活。并且，那个现在，既不应该被看作是可以无限切割的薄薄的时间切片，也不是无时间，对于我们来说也同样如此。在这种主观性的现在中，我们为了理解现状从而重新构建起过去，以这种过去和现状为基准，立足于现在，将未来作为现在的延长线进行想象。这种想法虽然尚不成熟，但笔者希望以这种方式理解现在。人类一直以来都在不断改变自己的生活空间，但是笔者认为以这样的方式理解现在，在此基础上回顾过去并展望未来，就可以将规划未来的意义与人类不断寻求改变的欲望和意志，以及投入改变的能量都纳入地理学研究的范围中来。

"历史的现在"这一概念，在文学领域甚至比地理学领域用得更多。在以过去时态书写的文章中插入以现在时态表述的对话，这种手法在小说中屡见不鲜，这种叙述方式也被称为"历史的现在"。大约从 20 世纪 90 年代起，"叙事学"在日本的影响逐渐增强，对于历史与作为文学的历史小说之间的相似点和差异点讨论不断，进入 21 世纪后，更出现了超越"叙事学"框架的呼声，历史学与文学之间的复杂关系引人注目。笔者希望构建的"历史的现在"是真实存在的时间，与文学表达手法的"历史的现在"绝不相同。但是，麦金德也提到"历史的现在"与文学的关系，不能否认"历史的现在"具有成为历史地理学和文学的一个连接点，或者说有着作为历史学与文学的另一个连接点的可能性。

结　语

将过去的某个时点作为"现在"，重新构建主客交错的真实时间，并将发生改变的能量纳入生活空间的重建中，这样的目标才是笔者一直以来对"历史的现在"地理学的独特追求，只是现在还并未呈现明确的框架。虽然这只是个人的研究兴趣，但是，我希望能够将"历史的现在"作为真实的时间加以理解和阐发，并期待通过学术交流获得启发和灵感。

（周翔译）

关于时间概念隐喻的分析

濑户贤一（日本·佛教大学）

自亚里士多德在《物理学》中对时间进行考察以来，时间论不仅在哲学、天文学、物理学等理科系领域，也在心理学、人类学、宗教学、社会学、文学等泛文科系领域展开讨论，讨论范围几乎遍及所有学科领域。① 其中在语言学领域的研究近来似乎并未出现特别大的贡献。但是，语言学的潮流以 1980 年前后为界，从以乔姆斯基（Chomsky）为中心的转换—生成语法转向以兰艾克（Langacker）和莱可夫（Lakoff）为核心的认知语言学，对隐喻的研究也逐渐成为语言学研究的核心课题之一。② 认知语言学的成果——特别是对隐喻的研究——以此为基础的时间论有了迅速发展。③

语言学角度的时间论特征为需要在实际的语言应用中进行求证。在具体多样的日常性表达背后起统帅作用的认知结构，对其阐释主要是以隐喻分析为基础进行的——这就是认知语言学的研究目标。那么对隐喻进行分析的必要性何在？

---

① Fraser（1981）具有古典的价值。对于这本厚重的论文集作出极大贡献的渡边慧是物理学家和哲学家。渡边的论文（1973，1974）在文科和理科都有重要的参考价值。

② Ortony（1993），Gibbs（2008），Hanks and Giora（2012）都是重要的隐喻论文集。在日本，楠见（2007）论及的范围更广。Lakoff and Johnson（1980）虽说是小册子却有很大影响力。Lakoff（1987），Lakoff and Johnson（1999）也同样重要。

③ 可以举若干例子，如 Evans（2003，2013），Casad（2012），Moore（2014），濑户（2017a）。

一　隐喻分析的必要性

一般说来，将抽象概念表达为具象概念时会产生隐喻。将抽象概念置换为具象性的语言表达，通过这种方式理解该概念。例如，"人生"原本是一个属于抽象层面的概念，无法直接解释（construal），一种相对具体化且容易理解的表达方案就是将其比喻为"旅行"。"人生是旅行"，或 Life is a journey 都是非常日常化的认识和表达。由于人生是一个抽象概念无法直接描述，因此对其进行解释就必须依赖于各种隐喻。感慨人生漫长或者人生短暂，"漫长"和"短暂"显然是对空间的隐喻，还有应该走过怎样的人生，"走过"是空间的隐喻，也是旅途的隐喻。这是因为"道路"是"走"的必须要素。"人生旅途"难以脱离"人生"的本义。

那么时间又是怎样的呢？与真、善、美相似，时间是抽象概念的代表。因此时间概念——何谓时间——用语言进行表达时，需要用怎样的喻体来描摹时间才能阐释清楚呢？一般情况下，喻体都是以表示空间的词语为基础的。上述"漫长""短暂""走过""道路"等都是表示空间的喻体。那么下面这条关于时间的定义应当如何理解呢——"时间流动的两点之间（的长度）"（《广辞苑》第六版）。在这条定义中，"流动""点""间""长度"都是表示空间的喻体。完全不用表示空间的词语来阐述时间的概念，事实上是不可能实现的。[①]

通常认为世界中大约有五千多种不同的语言，在现在已知范围内，这些语言中的时间都是通过表示空间的词语来表达的。日常表达中也没有相反的表达方式。[②] 不仅是语言表达，比如钟表——这一现代性物件是中国的伟大发明——也是将时间转换为空间进行表达的。此前世界各地的日晷、沙漏、水漏等计时工具，都将时间转化为某种空间表现，让我们的五感——特别是视觉——更加容易理解接受。从这一点看，时间的语言表达

[①]　对用空间概念表达时间概念进行彻底批判的有 Bergson（1889），但其论述中难以避免地使用了 entre（两者之间）、séparation（分离）、succession（连续）、forme（形状）等空间隐喻。参考濑户（2017a）。

[②]　天文学中的"光年"（light year）既是时间用语，也表示空间（距离），是个极少数的例外。

与计时文化装置在认知机制上是相似的。

阐释时间概念时将其空间化,我们必须关注这种语言＝文化装置,这不仅是空间配置的问题,还必须考虑到有物体在空间移动的问题。我们认识到如同钟表指针的转动、日晷上影子的移动,语言表达的时间也是运动的物体。这种运动性,在语言表达中的例子有"光阴如箭"中的箭,还有"川流不息,且一去不返"(《方丈记》)中的河流。无论哪一种表达都捕捉到运动的单向性这一共通点。

二 运动的时间

这些表达中不应忽视的一点是,如果时间是运动的,那么这种运动是向哪个方向进行的。一般被问到这个问题,几乎所有人都会回答说时间是从过去向未来运动的。但是我们收集词语的证据,就会发现时间的流动方向实际是相反的,从未来向过去运动。请见图1。

图1 流动的时间

图1是将我们的头脑中对时间概念的认识机制,以语言学的证据为基础重新整合成的示意图(模式图)。图1表示的并不是全部过程,只是概括性地表示我们对时间本身运动性的认识。本图的关键是,作为认识主体(cognizer)的"我"现在站在河边,从旁观者的角度目送时间如流水般远去。此时时间从上游的未来向下游的过去运动,过去是时间前进的方向。换言之,时间来自还未出现的未来,运动到旁观者的眼前,最终向着过去运动。

由此假定时间从未来向过去流动,在语言上过去就成为流动的前方,未来成为后方。下面将展示能够证明这一点的语言证据。

(1)以前、10年前、这个前(以前、10年前、此前)(中译文为译者

注，下同）

（2）今後、10 年後、この後（今后、10 年后、此后）

（1）的例子中全部将过去看作时间的前进方向，（2）则全部将未来看作时间前进的后方。英语中称"10 年前"为"10 years ago"，其中 ago 是由接头词 a－（完全）与 go（＝gone）组合而成的，整个词的词源是"完全过去"的意思。另外 before（以前）一词中，容易看出 fore（前）的意思。更有 past（过去）一词，与 pass（通过）的过去分词 passed（已经过去）紧密相关。

那么下列事件（event）与时间的关系如何？在此以中国与日本都家喻户晓的桃太郎的传统故事来说明。某日从河流上游漂来一个大桃子，漂到老婆婆面前。如同桃子顺流而下，此后发生的事件（未来的事件）都是乘着时间的长河从未来逐渐接近旁观者所在的位置。事件也就是所谓从顺流漂来的桃子。在头脑中以这个故事的框架来想象事件、时间与旁观者之间的关系结构，就可以通过若干语言表达的实例来系统、具体地说明时间的运动。请看下列例子。

（3）a. もうすぐ夏休みがやって来る。（暑假马上就要到了。）

b. Christmas is coming.

（4）a. もう夏休みは過ぎてしまった。（暑假已经过去了。）

b. Christmas has gone.

（3a，b）表示的是作为事件的"暑假"或"Christmas"顺着时间的河流从未来向现在"赶来"（is coming）。（4a，b）为已经到来的事件"走过"现在，或者说向着过去 has gone（行进）。

例句（1）～（4）都不是特殊的语言表达，而是极其日常的用语，在此不仅时间的运动方向是明确的，事件从出现到过去的方向也非常明确。无论哪个例子中都将过去看作前方，运动指向过去。

三　运动的人

接下来将图 1 反转，构成图 2，图中时间像大地一样保持不动，而人沿着时间轴移动。

运动总要追寻一定的方向。在如同大地一样静止不动的时间上，人从

图 2　运动的人

过去向未来行进。此时未来为人的前方，过去为后方。人的身体自出生以来就是非对称的，眼、鼻等主要的感觉器官在身体上的位置都偏前。因此在正常情况下，人不会像螃蟹那样横向行走，也不会退步走，而是向前行走。人总是把未来或者将来作为前方行进。

将图 2 用语言表达来进行验证。

（5）a. 前途有望

b. look forward to

（6）a. 過去を振り返る（回望过去）

b. look back

这两个例子都是时间保持不动而人在运动，佐证了图 2。（5a）——一个来自汉语的表达——它的意思是人在向着未来前进时，前途是有希望的，未来的方向被看作（运动的人）的前方。（5b）的英文为"期待～"之意，但从 forward（向着前方）一词可以知道表示的是"将～看作前方"，明显具有将未来的事件放在视线前方的姿态。（6）的说法成立的前提也是将未来的事件放在视线的正前方。（6a）的动作"回望"表示朝向后方的过去扭转身体，（6b）的英文词组表示的也是同样的姿势。图 1 与图 2 中由于运动主体的不同，前后关系是完全相反的，这两种关系都构成了我们时间概念的一部分。

四　运动的时间与运动的人的组合

表示【运动的时间】的图 1 与【运动的人】的图 2 可以合成一张图看。两者之间并不矛盾。请参见图 3。

图 3 为图 1 与图 2 的合成图。为了便于理解，我们可以将这张图想象

图 3　【运动的时间】与【运动的人】的合成图

成在机场传送带上逆向行走。运动的人不断向前方的未来行进，来自未来的各种事件则乘着时间的轨道向人靠近。站在传送带之外的人看来，在传送带上逆向行进的人实际上可能一步也没有前进。此时人的所在地通常为现在。事件来自运动的人的前方（未来），不久便按照顺序被传送到后方（过去）。这就是我们在头脑中描绘的综合性时间流逝的隐喻图像。不仅是日语和英语，其他许多语言中也存在实证。①

下面一个例子将证明图 3 不会发生矛盾。

（7）大会が近づいて来たのでそろそろ準備を進めなければならない。（由于大会临近，必须要马上进行准备。）

"大会临近"的部分表示的是【运动的时间】。"大会"是在时间的运动中从未来向现在靠近的事件。另一方面"必须进行准备"体现了【运动的人】。这反映了以人为主体向着未来行进的认识。（7）这句话中并不存在矛盾。这显示了与图 3 相近的情形在我们头脑中的动态。这也许就是相当于所谓将图形（figure）与背景（ground）相互替换的瞬间性思维转换。时间（事件）长河上的前后方与人的行进方向在刹那间发生了转换。

接下来讨论下一个例子。

（8）a. 卒業後の進路を考える。（考虑毕业后的出路。）

b. I am going to graduate this coming spring.（我将在来年春天毕业。）

（8a，b）也体现了图 3 的情形。"毕业后"属于【运动的时间】。首先要有"毕业前"才会出现"毕业后"。时间上早的事件在前，迟的事件

---

① 无论在日语还是汉语中，表示水平的时间概念中，有时可以看到与垂直轴有关的表达方式。例如"上旬、中旬、下旬"。这些概念的表达都使水平轴具有一些梯度。对此本文并未进行论述。

在后。这体现了将过去放在前方，将未来放在后方的【运动的时间】。另一方面，"出路"是体现人的主体性的看法。将未来看作前方的人要摸索前进的道路。对两种看法的解释并没有矛盾，可以和谐地融合在一起。

（8b）的英文句子又体现了什么呢？在世界上有许多种语言都可以确证一点，be going to 以及与其相似的表达，其含义已经从字面意义完成了语法化（grammaticalization）的转变。也就是说，字面看来是"现在要去～"的意思，已经转变为"准备做～，打算做～，将要做～"之意，这个词组已经具有了助动词性质的语法功能（grammatical function）。① 尽管如此，只要当人作主语时，其本意仍然是人以未来为前方并朝这一方向行进。这是【运动的人】的隐喻。（8b）中另一个词组 this coming spring 从字面意思看是"这个即将到来的春天"，这一事件——"春天"的到来可以看作事件——是从未来靠近现在【运动的时间】的隐喻。（8b）中的 going 与 coming 可以没有矛盾地共存。这证明了图 3 的认识本就存在于我们的头脑中。

尽管日语与英语的语言系统不同，与时间相关的基本隐喻很明显是相通的。但是在某些细致表现上，同样的隐喻却并不表达相同的意义。从两种语言的比较来看，下面的例文非常有趣。

（9）a. 水に流そう。（让它随水流走。）

b. Let's put it behind us.

此处体现了日语与英语中产生隐喻的联想是不同的。两个隐喻的意义基本一致，但英语的本意为"让我们放下心结，共同向着新的方向前进"，其中人的主体性意味很强，作为隐喻表达，这个句子通过"将其（＝成为问题的事件）置于我们的后方——或者说丢弃它——向前进"这样的逻辑表现了【运动的人】。日语的表达中，同样是心结，则是让它随着时间流走。这与禊祭的风俗相通，体现了【运动的时间】。文化与隐喻之间关系的课题则有待今后进行更细致的研究。

还剩下一个问题。如前所述，如果被问到时间的运动方向，人们通常会回答"时间是从过去向未来前进的"，这是为何？现在就可以轻松回答

---

① 关于语法化（grammaticalization），请参考 Sweetser（1990），Hopper and Traugott（2003）等论文。

这一问题了。这是因为人们将表示时间运动的图 1 与表示人运动的图 2 相混淆了。人经常会犯类似的错误。这是由于人类对事物的认识通常是以自己为中心构成的。这一根本问题也与下面的例子相关。

（10）a. 太陽は東から昇る。（太阳从东方升起。）

b. The sun rises in the east.

（10）完全反映了人类对事物的观察方法。这表明人类将地球看作静止的大地，而将太阳看作运动的物体。这样的观察方法体现在方方面面。可以说在语言的世界里，现在依然信奉地心说。同样再举一个与太阳相关的例子，我们将"初日の出（元日的日出）"这样的表达看作理所当然，但从不会说"（地球的）元日的沉没"。这也体现了以人类为中心的观察方法。

五　另一种时间的隐喻——"时间就是金钱"

"时间就是金钱"是明治时代作为 Time is money. 的译文固定下来的警句。后者语出美国国父之一本杰明·富兰克林。[①] 将时间比作金钱，与强调时间运动（流逝性）的隐喻，在现在的世界中都是最有影响力的隐喻。在以货币经济为基础的国家或文化圈，无论其政体如何，Time is money. 的隐喻都已经深深浸透在日常思考和语言表达中了。例如下面的表达。

（11）a. 時間を使う（利用时间）

b. 時間を節約する（节约时间）

c. 時間を浪費する（浪费时间）

d. 時間がかかる（耗费时间）

e. 時間が無くなる（没有时间了）

这些表达与此前论述的隐喻类型——将时间比作流逝（运动）的物体——是不同的。例如（11e），这句话并不表示时间的枯竭如同河水断流。（11）中的句子与（12）中的句子是一一对应关系。

（12）a. お金を使う（使用金钱）

b. お金を節約する（节约金钱）

---

① Franklin（1748）。

c. お金を浪費する（浪费金钱）

d. お金がかかる（耗费金钱）

e. お金が無くなる（没有钱了）

形成这种一一对应关系的机制是隐喻【时间就是金钱】，这种将抽象概念比喻为具体概念的隐喻就被称为概念隐喻（conceptual metaphor）。① 对应关系如下图所示。

一般情况下，隐喻是以 A 来代替 B 的形式，A 为比喻本体即目标域（target domain），B 为喻体即来源域（source domain）。Source domain 是为

---

① 本文中将概念隐喻用【】来表示，如【时间就是金钱】。并且下面的（i）中的英语与（ii）的日语的正确对应关系值得注意。英语例文出自 Lakoff and Johnson（1980）。

（i）a. You're *wasting* my time.

b. This gadget will *save* you hours.

c. I don't *have* time to *give* you.

d. How do you *spend* your time these days?

e. That flat tire *cost* me an hour.

f. I've *invested* a lot of time in her.

g. I don't *have enough* time to *spare* for that.

h. You're *running out* of time.

i. You need to *budge* your time.

j. *Put aside* some time for ping pong.

k. Is that *worth your while*？

l. Do you *have* much time *left*？

m. You don't *use* your time *profitably*.

n. I *lost* a lot of time when I got sick.

（ii）a. 君は私の時間を浪費している。（你在浪费我的时间。）

b. この道具を使えば何時間も時間を節約できるよ。（使用这个工具可以节省几个小时的时间。）

c. 君にやる時間は持ち合わせていない。（我没时间接待你。）

d. 最近は時間をどのように使っているのかね。（最近如何利用时间呢？）

e. あのパンクで一時間余分にかかったよ。（那次爆胎耽误了我一个小时。）

f. 彼女にはずいぶん時間をつぎ込んだ。（我在她身上花费了相当多的时间。）

g. それには十分な時間のゆとりがない。（我匀不出来足够多的时间。）

h. もう時間がなくなるよ。（快要没有时间了。）

i. 君は時間配分をきちっとする必要がある。（你必须合理分配时间。）

j. ピンポンのための時間をとっておけよ。（为乒乓球预先腾出时间。）

k. それは時間をかけるだけの価値があるのか。（这值得花费这么多时间吗？）

l. 君はまだ時間をたっぷり残しているのか。（你还有足够的时间吗？）

m. 君は時間を有益に使っていない。（你没有合理利用时间。）

n. 病気でずいぶん時間を失った。（由于生病浪费了很多时间。）

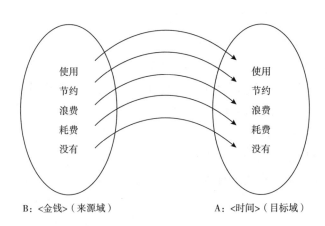

B：<金钱>（来源域）　　　　　　　　A：<时间>（目标域）

图 4　〈时间就是金钱〉隐喻的机制

隐喻表达提供语言素材的一方，也许称为素材域更恰当。典型的 A 是难以直接理解的抽象概念，B 是容易理解的具象概念。隐喻就是发现 A 与 B 之间的相似关系，将 B 的语言素材投射（project）到 A，由此建立比喻。这与数学的函数对应关系有相似之处。

但是人类的语言中，并不完全按照 y = f（x）这样关系对应，自变量 x 未必能找到相应的 y 值。用图 4 来进行说明的话，也就是说与金钱相关的表达未必能够自动投射到 A 中去。虽然在图 4 中来源域中举出的与金钱相关的表达可以自然地投射到时间表达中，但是比如说"储蓄（钱）"或"借（钱）"这样的表达就无法（至少是目前的条件下）平移到时间的表达中去。

当然有一种说法认为现在处于过渡期，这种说法成立的可能性很大。我们对于"储蓄时间"或"借用时间"还有"借到了时间"等表达，可能正在逐渐失去抵抗感。作家米切尔·恩德的架空历史小说《毛毛》中，一方面存在可以储蓄时间的银行，另一方面时间小偷也在暗中活动猖獗。因此人们的时间会在不知不觉中被骗走。存入银行的时间都一去不返。

回到现实世界，美国现在有一句常用的俗语 buy time，比如说高收入者为了避免自己做家务等杂事，就会雇人来做这些事，这样就是买了自己的时间（buy one's own time）。这种做法已经逐渐变成一种习以为常的生活。在日语中，购买了高价票享用高速交通工具时，也会用"购买时间/买到了时间"这样的说法来表达他们的认识。恩德对这些与时间相关的资本主义隐喻观给予了强烈的质疑，并通过大胆想象描绘出这些时间认识导致的结果，他期待引导能够代替具有强烈影响力的 Time is money. 的全新时间隐喻的诞生。

六　探索新的隐喻

现在【时间就是金钱】（Time is money.）的隐喻——更确切地说就是概念隐喻——基本上已经被全世界接受并引导着我们的日常生活。我们强烈地感觉到资本主义的发展已经遇到了瓶颈。时代的闭塞感笼罩着整个社会。"资本主义的终结""后资本主义"等标语，我们对此多有耳闻，但是无论在哪一个文化圈它们都并未展现出明确的未来图景，而社会的两极分化却在扩大。在日本也逐渐形成了下层阶级。导致这种现象的深层思想原因，难道不是由于较大程度地保留了"时间就是金钱"的说法，从而不断追求 interest（此词有"利息"和"兴趣"的双重含义）吗？在意识改革或社会变革等各个方面，语言的作用往往会被轻视。

上一节提到的恩德，针对浸淫在 Time is money. 的隐喻中出现危机的现代社会，创作出了具有救赎意义的宝贵作品。[①] 其中最有名的是《毛毛》。在该作品中恩德严肃地描写了时间具有本质性的生命感，并用下面的语言来表达。

（13）Zeit ist Leben.

这里恩德提出了全新的概念隐喻。翻译成英语为 Time is life. 用日语来表达应该是"時間は命（时间就是生命）"最恰当。Leben 具有三重重大意义：①"生命、性命、生存"，②"生活、过日子"，③"人生、一生、生涯"。其中意义①是支撑②、③的基础语义，特别是"生命"是这层语义的核心。日语中的隐喻机制可以参看（14）与（15）的对应项。

（14）a. 時間は貴重だ。（时间是宝贵的。）

b. 時間を惜しむ。（珍惜时间。）

c. 時間の贈り物。（时间是馈赠。）

---

① 恩德的作品除了《毛毛》（Momo）以外，还有一部重要作品为《哈默尔恩之死的舞蹈》（Der Hamelner Totentanz）。也可参考河邑厚德＋グループ现代（2000）。

d. 時間が限られる。（时间有限。）

e. 時間を削る。（减少时间。）

（15）a. 命は貴重だ。（生命是宝贵的。）

b. 命を惜しむ。（珍惜生命。）

c. 命の贈り物。（生命是馈赠。）

d. 命が限られる。（生命有限。）

e. 命を削る。（减少生命。）

（14a‐e）的时间隐喻体现了巨大的思想转变。乍看会以为（14a）与以往的表达没什么不同。从【时间就是金钱】的概念隐喻看，（14a）也可以解释为"时间（如同金钱般）宝贵"。但是如果是在（13）的概念隐喻基础上重新解释（14a），那么这个隐喻则是接受了（15a）的原意"时间（如同生命般）宝贵"。这是释义的巨大转变，更是认识范式的转变。因此（14b‐e）也应当重新解释。

但是【时间就是生命】的概念隐喻并不易普及。随处可见的黑心企业、派遣劳动（非正式雇佣）的增多，不断发生的过劳死威胁着人们的生活。这都是由于受【时间就是金钱】这一隐喻影响的结果。20 世纪梦想的"丰富多彩的社会"到底去哪儿了？是什么造成了我们的失败？

我们还必须了解一点。时间 = 金钱的隐喻中潜藏着线性发展的思想。如果金钱与时间可以实现等价交换，那么我们就会认为只要投入更多时间就会获得更多财富。这种思想到目前为止存在一定程度的现实性，但这种现实性有潜在的三个前提条件——①取之不尽用之不竭的资源，②可以无限扩大的空间，③可以永远保持增长的人口。在此无法对这些前提条件一一展开讨论，但很明显这些条件都已碰到暗礁。因此可以说支持①～③发展的经济模式——也就是通常所说追求年增长率的经济神话——已经处在破灭边缘。这更促进了整个地球的环境恶化。

因此我们不应该提倡【时间就是金钱】的隐喻思想。社会上大多数人都充满紧张感，"加快速度""必须加速"的噪声充满了整个世界。我们被一个又一个最后期限紧逼，还要要求更高的效率。对于这样的生活，什么样的人才会感到满意呢？一部分人强烈要求以慢食代替快餐，这可能就是对上述生活的反动。慢食与慢生活相联系。对高速经济发展的追求必须让位于稳定发展。特别是对于发达国家中最早进入人口减少时代的日本来说

更是迫在眉睫的任务。我们应当脚踏实地，寻求通往基于可持续发展
（sustainability）理念的循环型社会之路。

　　循环不是直线而是圆形，这也是生命的轮回。我们在日升日落中度过
一日，在月盈月亏中度过一月，在四季循环中度过一年，在生与死的轮回
中与远古相连。圆形一直伴随着我们的生命，直线是现代的发明。【时间
就是生命】的隐喻如果成为我们今后的语言、认识、行动的基础，成为我
们思想的根基，那么我们长久以来已经忘却的来自远古的记忆就会复兴。
如果将这种思想表达得更明确些，应该说：

　　　　【时间是轮回的生命】

我强烈希望这个隐喻能够被广泛地、深入地接受。

主要参考文献

Bergson，H. 1889 *Essai sur les Données Immédiates de la Conscience*.

Casad，E. H. 2012 *From Space to Time*. Amsterdam：John Benjamins.

Evans，V. 2003 *The Structure of Time*. Amsterdam：John Benjamins.

Evans，V. 2013 *Language and Time*. Cambridge：Cambridge University Press.

Franklin，B. 1748 "Advice to a young tradesman".

Fraser，J. T. ed. 1981 *The Voices of Time：A Cooperative Survey of Man's Views of Time as Expressed by the Sciences and by the Humanities*. Amherst：University of Massachusetts Press.

Gibbs，Jr.，R. W. ed. 2008 *The Cambridge Handbook of Metaphor and Thought*. Cambridge：Cambridge University Press.

Hanks，P. and R. Giora eds. 2012 *Metaphor and Figurative Language*. London：Routledge.

Hopper，P. J. and E. C. Traugott 2003 *Grammaticalization*. Cambridge：Cambridge University Press.

河邑厚徳＋グループ現代 2000『エンデの遺言』、日本放送出版協会.

楠見孝（編）2007『メタファー研究の最前線』、ひつじ書房.

Lakoff，G. 1987 *Women，Fire，and Dangerous Things：What Categories*

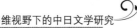
Reveal about the Mind . Chicago：University of Chicago Press.

Lakoff，G. and M. Johnson 1980 *Metaphors We Live By* . Chicago：University of Chicago Press.

Lakoff，G. and M. Johnson 1999 *Philosophy in the Flesh：The Embodied Mind and its Challenge to Western Thought* . New York：Basic Books.

Moore，K. E. 2014 *The Spatial Language of Time* . Amsterdam：John Benjamins.

Ortony，A. ed. 1993 *Metaphor and Thought* . Cambridge：Cambridge University Press.

瀬戸賢一 1995a 『空間のレトリック』、海鳴社.

瀬戸賢一 1995b 『メタファー思考』（講談社現代新書）、講談社.

瀬戸賢一 2002 『日本語のレトリック』（岩波ジュニア新書）、岩波書店.

瀬戸賢一 （編）2007 『多義ネットワーク辞典』、小学館.

瀬戸賢一 2017a 『時間の言語学』（ちくま新書）、筑摩書房.

瀬戸賢一 2017b 『よくわかるメタファー』（ちくま学芸文庫）、筑摩書房.

瀬戸賢一・山添秀剛・小田希望 2017 『認知言語学演習』（全 3 巻）、大修館書店.

Sweetser 1990 *From Etymology to Pragmatics：Metaphorical and Cultural Aspects of Semantic Structure* . Cambridge：Cambridge University Press.

テイラー，J.・瀬戸賢一 2008 『認知文法のエッセンス』、大修館書店.

渡边慧 1973 『時間の歴史』、東京図書.

渡边慧 1974 『時』、河出書房新社.

（周翔译）

悖论式嫁接：比较神话学在晚清的出现

谭　佳（中国社会科学院文学研究所）

　　与近代中国的许多知识观念及研究方法深受日本影响如出一辙，"比较神话学"出现在中国乃直接受到日本的影响。在众多的新兴领域中，比较神话学在晚清的出现，尤为鲜明地体现出传统士人在近代日本（及西方）文明的参照下，对待中国传统文化时的矛盾、甚至悖论心态。所谓"悖论式"嫁接，意指混淆不同文化语境，把对方解构自己的方式，用来作为自我证明的途径。在近代中日学界的比较神话学研究中，日本学者借对中国神话的研究来消解上古神圣性，增强日本国族凝聚力。"神话"于日本的意义，及其所带出来的问题与张力并不一定适用于中国。然而，留日学者将"神话"横向嫁接进中国文化，不仅催生出中国的"比较神话学"研究，更重要的是，借此对传统文化进行了"有色眼镜"观察和解读，把中国神话研究的重心放在批判经史传统，消解上古信仰方面。与此同时，却又希望用神话研究来强化中国的民族主义和现代思想建构。由于对比较神话学的关注较少，故而，历来对中日近现代文化研究，或者对中国神话学的研究，都少有提及上述方面。

　　需要说明的是，虽然神话学几乎无法离开比较研究，但是在严格意义上，我们仍可以从神话学的内部谱系中捋出"比较神话学"这个分支。这从麦克斯·缪勒（Max Müller）《比较神话学》，杜梅齐尔（Georges Dumézil）的"新比较神话学"，设于美国哈佛大学南亚系的"国际比较神话学学会"、世界性的比较神话学年会等方面都有体现。本文的"比较神话学"即指有针对性的、跨国别的神话比较研究，而非任何具有比较意味的神话学研究。

一 重勘"神话"的译介与文化对接

当代著名神话学家袁珂先生与马昌仪先生皆认为，1903 年，留日学生蒋观云在《新民丛报》发表了《神话、历史养成之人物》一文，这是"神话"一词的最早引进。[①] 这一说法得到了中国神话学界的普遍认同。但是，笔者重新查阅文献，认为 1897 年的《实学报》更早使用了"神话"一词。1897 年 12 月 4 日的《实学报》有这样一段：

> 盖非尼西亚国之拔以捕辣司地方，此处文法家种种之著述，为夫以洛所著非尼西亚国史中。所记神学及神话等，今皆散佚。重有油息气矮司者，著有教会史，其中所存之说，固即夫以洛之书。[②]

与此相类似的文字，还出现在 1897 年 12 月 14 日的《实学报》上：

> 1）猎行于山中。为野猪冲突所杀。因悲其死而祭之。是又拔以捕辣司之宗教。重复一说也。盖上世于埃及之哑痕辣司神话。种种自载籍得来。[③]
>
> 2）其妻即为月神。又以太阳为天神。其妻则谓地神。此非尼西亚人之神。就其详细者传说也。拔以捕辣司地方之神话。[④]

这三段文字都是由孙福保翻译《非尼西亚国史（日本经济杂志本）》，发表于《实学报》。引文中，"神话"一词都在于介绍希腊、埃及神话，尚未作用于中国文化研究。"神话"为何最早出现在翻译的日文的文献中，有其时代必然。

孙福保，字玉如，江苏吴县人，光绪二十三年（1897）三月初七，作为

---

① 袁珂：《中国神话史》，上海文艺出版社，1988，第 25 页。马昌仪：《中国神话学文论选萃》，中国广播电视出版社，1994，第 9 页。

② 吴县孙福保译《非尼西亚国史（日本经济杂志本）》，《实学报》第十一册，1897 年 12 月 4 日。

③ 吴县孙福保译《非尼西亚国史（日本经济杂志本）》，《实学报》第十一册，1897 年 12 月 14 日。

④ 同上。

第一批学员入学南洋公学。南洋大学建立于光绪二十二年（1896），于1897年首先招收师范生。二月，该校举行第一次招生考试，张榜公布"不取修缮""咨送出洋""择优奖赏""优予出身"等招生条件，有识之士舍弃科举仕途，各省应试者达数千人。第一批共录取学生40名，大多是举人廪贡监生，学生年龄多为20～30岁。孙福保三月入学，此文载于1897年12月4号，可见他入学后不久，就开始进行大量的日文翻译，该文也很有可能是在日本完成的翻译，文章与《实学报》的宗旨及风格完全吻合。丁酉年（1897）八月，王仁俊等在浙江创办《实学报》，章太炎任总撰述。在《实学报叙》中，章太炎标举"空不足持世，惟实乃可以持世"的宗旨。该报创刊宣言云："本报之设，以讲求学问，考核名实为主义，博求通议，广译各报，内以上承三圣之谕，外以周知四海之为，故名《实学报》。"该报所载的"实学"即新知识，都译自英、法、日等国外文报刊，也刊登一些国内学者的自然科学研究心得。其中，译介日本的论著是焦点。

在那个时期，有志青年赴日留学成为风尚。计1896～1911年间，留日学生总数约在二万人以上，这些人大多"头脑新洁，志气不凡"。由于日本文化深受中国传统思想浸染，以及国人接受日文比西文更容易，所以在日本的有识之士皆致力于翻译日本书籍，希望由此捷径吸取西方先进学说。日语中，"神話（しんわ）"由两个语汇构成，"神"和"話"；神しん又读作かみ，相当于西方的deity或god、話わ相当于tale和story；"神話（しんわ）"就是关于神的行事。由日文译介而来的"神话"，其实将"神話（しんわ）"与中国传统的话体文学（仙话、词话、话本、小说等文体）相对接。在对接中，孙福保翻译的"神话"仅直接使用其字面意义，并没有用来分析中国神话。"神话"对中国文化发生真正作用之功还是得归于章太炎、梁启超二人。章、梁二人将所理解的"神话"具体运用到了中国学术的改造中，并以此为基础，建构了中国现代学术的新体系。他们既是传统中国学术的终结者，又是现代中国学术的开启者。

二　比较神话学的正式出现：梁启超的研究

众所周知，1902年，梁启超发表《历史与人种之关系》一文使用"神话"。但是，很少有人提及，梁氏第一次的使用就具有鲜明的"比较"

特点。他说：

> 哈密忒于世界文明，仅有间接之关系，至沁密忒而始有直接之关系。当希腊人文未发达之始，其政治学术宗教卓然有牢笼一世之概者，厥惟亚西里亚（或译作亚述）、巴比伦、腓尼西亚诸国。沁密忒人实世界宗教之源泉也。犹太教起于是，基督教起于是，回回教起于是，希腊古代之神话其神名及其祭礼无一不自亚西里亚、腓尼西亚而来。新旧巴比伦之文学美术，影响于后代；其尤著者也，腓尼西亚之政体，纯然共和政治，为希腊所取法；其商业及航海术亦然；且以贸易之力，传播其文明，直普及于意大利，作罗马民族之先驱。故腓尼西亚国虽小，而关系于世界史者最大。若希伯来人之有摩西、耶稣两教主，其势力浸润全欧人民之脑中者，更不待论矣。故世界史正统之第二段在沁密忒人，而亚西里亚、巴比伦、希伯来为其主脑，腓尼西亚为其枢机。①

这段话已经是神话比较的使用方式，即将世界文明的起源做追溯和对比，尤其用"神话"来介绍古希腊文明开端的多元，实则是为了论述"文明"的源头和优劣问题，从而号召国人要有自己的新政、新教。仍是写于1902年的《雅典小史》，梁氏也是如此使用"神话"：

> 太古之事，不可深考，据其神话，希腊人最尊鬼神历史名荷马以前为神话时代，则西历纪元前一千七百九十五年。②

"神话时代"是一个不可深考的时代，"太古之事"与"神话时代"体现出梁氏在比较神话的视野中对中国上古的重新解释。梁氏在后来写的《太古及三代载记》（1922）、《中国历史研究法》（补编，1926）等著述中专门论述了"太古时代""神话"的含义。他在《中国历史研究法》第四章《说史料》中认为："文化是人类思想的结晶，思想的发表，最初靠语

---

① 梁启超：《新史学·历史与人种之关系》，《饮冰室合集》（第1册），中华书局，1989，第16页。
② 梁启超：《雅典小史》，《饮冰室合集》（第6册），中华书局，1989，第36页。

言，次靠神话，又次才靠文字。"①《中国历史研究法》从语言、文字、神话、宗教四个角度切入对历史叙事的梳理。梁氏将（在当时）无法考证的上古历史问题划为"神话"，并从社会心理角度思考了神话于历史的意义所在。基于此，他认为"比较神话学"就是要研究"各民族思想之渊源"，虽内容貌似荒谬，但意义不可忽视。

梁氏在1922年的《洪水》一文中分析了《列子》《楚辞》《尚书》《国语》等文献记载的洪水神话后，在《附：洪水考》中写道："古代洪水，非我国中偏灾，而世界之公患也。其最著者为犹太人之洪水神话，见基督教所传《旧约全书》之《创世纪》中。"② 这已然有"比较"的眼光。两相参照洪水情节后，他认为"初民蒙昧，不能明斯理，则以其原因归诸神秘，固所当然。惟就其神话剖析比较之，亦可见彼我民族思想之渊源，从古即有差别"。③ 梁氏认为，中国和西方先民都"畏天"、但中国古人"不言天干怒而发水，乃言得天佑而水平"，故"盖不屈服于自然，而常欲以人力抗制自然"。尤其值得注意的是，在这里，梁氏专门提道：

> 比较神话学可以察各民族思想之渊源，此类是也。凡读先秦古书，今所见为荒唐悠谬之言者，皆不可忽视，举其例于此。④

率先引进"神话"一词的梁氏，也最早为"比较神话学"做了定性和定位，以及方法论上的实践，即：比较神话学的研究内容是那些先秦古书中的"荒唐悠谬之言"，研究的目的是"察各民族思想之渊源"，其意义则是"不可忽视"。换言之，梁氏把那些类似于西方创世、开天辟地类神话的古史传说视为比较神话学的主核。本着这种观念，梁氏详细比照了诸多文献的记录，从而欲推论洪水与前此文明的关系，尤其分析了神话背后的地理环境变迁，即洪水与沙漠，与河源的关系问题。总之，梁氏就神话来研究古史，尤其是用神话来做各民族的文明溯源方，已经有了很明确的意识与诉求，虽仅偶有论及，但其开创性却不言而喻。

---

① 梁启超：《中国历史研究法》，《饮冰室合集》（第10册），中华书局，1989，第36页。
② 梁启超：《太古及三代载记·附：洪水考》，《饮冰室合集》（第8册），中华书局，1989，第19页。
③ 梁启超：《太古及三代载记·附：洪水考》，同上书，第20页。
④ 梁启超：《太古及三代载记·附：洪水考》，同上书，第26页。

三 对比较神话学的研究倾向：王国维

在对王国维或对中国神话学的研究中，很少有人提及他与比较神话学。事实上，他是少有的直接提出开设"比较神话学"科目的晚清士人。而他对"比较神话学"的关注，犹如昙花一现，这正证明了他对跨文化横向嫁接学科知识的反省之处。

1902 年，梁启超发表在《新民丛报》上的《新史学》标志着中国历史学旧时代的结束和新阶段的到来。同年，清政府颁布了由张之洞审定的《奏定学堂章程》，史称"壬寅学制"，这也是中国近代由国家颁布的第一个规定学制系统的文件。根据新学制规定，无论是小学、还是中学都设置历史课程：初等小学为"历史"，高等小学为"中国历史"，中学为"历史"，先讲中国史，次讲亚洲各国史，再讲欧洲、美洲史。另外，在大学堂（文学科大学）亦设"中国史学门"和"万国史学门"。[①] 自此，"历史学"热出现，大量新式的历史教科书也应运而生。《奏定学堂章程》的各史学门科目课程虽然没有直接冠名"比较"，但在"中国史学研究法"一科解释"研究史学之要义"时注明了：要注意"外国史可证中国史之处"。[②] 在该《章程》之《大学堂附通儒院章程》中，规定"大学堂内设分科大学堂"，按先后顺序具体分为"八科"：（1）经学科。（2）政法科。（3）文学科。（4）医科。（5）格致科。（6）农科。（7）工科。（8）商科。在这个新学制中，"经学"被提到至高无上的地位，且按"十三经"给此科设置是作为一个门类来强化。必须提及的是，这个学制完全不包含"哲学"，正是基于这点，王国维提出了尖锐批评。

1906 年，王国维尖锐批评《奏定学堂章程》"但袭日本大学之旧"，他认为"史学科"应增设"比较言语学"和"比较神话学"，并主张以西方的哲学、社会学代替经学，经学科大学并入文学科大学中。他把《奏定

---

① 舒新城编《中国近代教育史资料》（中册），人民教育出版社，1985，第 562~564 页。
② 陈元晖主编《中国近代教育史资料汇编·高等教育》，上海教育出版社，2007，第 5 页。

学堂章程》缺失"哲学"视为"根本之误"，其余的不足是"其枝叶之谬论"。① 王国维这段时期如此推崇哲学和史学，与他这个阶段崇尚西方启蒙哲学、叔本华的思想，期望在"比较"中走向中西知识合璧与通融相关。颇有意味的是，就在哲学确实取代了经学，史学革命也胜利之后，王国维却又逆此大势，否定"哲学"。1913 年，王国维再赴东瀛，他烧毁了早年自编的《静庵文集》。这个文集收录了王国维早年对哲学、美学、教育学等方面的论著。自焚书的极端行为可视为他对"哲学"的彻底告别，全面转入传统学术研究。也许，这也是我们除了《奏定经学科大学文学科大学章程书后》之外，鲜有看到王国维讨论"神话"或"比较神话学"问题的原因。无论就语言学、比较神话学还是哲学，都是王国维倚重"他者"构建自我，在经过吸收与反思之后，又扬弃"他者"，用更有姿态的气象重新走进本土文化研究。

四　对比较神话学的个案研究者：章太炎

前文已经提出，1897 年的《实学报》最早出现"神话"。不过，《实学报》上的"神话"还仅是译介词汇，译介人孙福保尚未将"神话"作用于中国文化。真正比梁启超更早使用"神话"来分析中国文化的是章太炎。章太炎认为先秦经典是史书，并且有浓厚的神话性和宗教性，进而从学理上剥离了"六经"与圣人神圣性的问题，取而代之，以神话性、宗教性来解释上古文化。学术界对章太炎神话思想的关注甚少，偶有论文提及也是聚焦他对图腾说的运用，忽略了其著作中大量与"神话"相关的语段，这不得不说是一个遗憾。笔者在拙著《神话与古史——中国现代学术的建构与认同》中对章太炎的神话学思想有详细分析②，这里仅针对与比较神话学相关的内容来介绍。

---

① 王国维：《奏定经学科大学文学科大学章程书后》，见陈元晖主编《中国近代教育史资料汇编·高等教育》，上海教育出版社，2007，第 13 页。但是，据桑兵先生研究，比较语言学早已在东京大学的规程之内，其言语学科及英、法、德等文学均设"罗孟斯语及绰托奴语比较文法"和"印度欧罗巴语比较文法"课程。参见桑兵《近代中外比较研究史管窥》，《中国社会科学》2003 年第 1 期。

② 谭佳：《神话与古史：中国现代学术的建构与认同》，社会科学文献出版社，2016 年 6 月版。

（一） 在对日本资源的借用中建构中国"神话"

章太炎最早使用"神话"是在 1897 年底至 1900 年之间，见于《訄书》中《清儒》《哀清史》等篇。很巧的是，在这些著述里，"神话"的出现极具比较神话学意味。章氏在《清儒》中说：

（1） 六艺，史也。上古以史为天官，其记录有近于神话。（《宗教学概论》曰："古者祭司皆僧侣。其祭祀率有定时，故因岁时之计算，而兴天文之观测；至于法律组织，亦因测定岁时，以施命令。是在僧侣，则为历算之根本教权；因掌历数，于是掌纪年、历史记录之属。如犹太《列王纪略》《民数纪略》并列入圣书中。日本忌部氏亦掌古记录。印度之《富兰那》，即纪年书也。且僧侣兼司教育，故学术多出其口，或称神造，则以研究天然为天然科学所自始；或因神祇以立传记，或说宇宙始终以定教旨。斯其流浸繁矣。"案：此则古史多出神官，中外一也。人言六经皆史，未知古史皆经也）学说则驳。①

（2）《诗》若《薄伽梵歌》，《书》若《富兰那》神话，下取民义，而上与九天出王。惟《乐》，犹《傞马》（吠陀歌诗）《黑邪柔》（吠陀赞诵祝词及诸密语，有黑白二邪柔）矣，鸟兽将将，天翟率舞，观其征召，而怪迂侏大可知也。②

从上述引文可见，章氏的神话观要强调：（1） 与其他文明的上古史官一样，中国上古史官所记录的文字与"神话"很相近，作史之人多记录神话。（2）《尚书》类似于《富兰那》，是上古神话色彩很重的史书。

那么，章氏为何一开始便要在一个比较的、宗教学的视野来阐释古书记录的神话呢？章氏在《訄书》中反复提到的《宗教学概论》，其作者系日本宗教学家姊崎正治（1873～1949），是日本宗教学的先驱，享有日本

---

① 章太炎：《清儒》，章炳麟著，徐复注《訄书详注》，上海古籍出版社，2000，第 133～134 页。
② 章太炎：《清儒》，章炳麟著，徐复注《訄书详注》，第 135 页。

宗教学第一人的殊荣。① 章太炎是这一时期最关注姊崎正治的中国思想家，他对中国神话的理解，基本源于姊崎正治对古史的宗教性阐释。换言之，章氏是在"比较神话"的方法论下反思古史。通过参照世界上古文明发展，章氏认为"六艺"是上古流传下来的具有浓厚神教色彩的官书，他反对用六经为后世"制法"，要求把六经当作古代历史看待，把一贯至高无上的儒家经典还原为一批据以研究古代社会发展和变革的珍贵资料，并以此来认识古代社会的发展，了解人类文明的发展进步规律。

（二）最早研究比较神话学大家——麦克思·缪勒

除了译介姊崎正治的思想并嫁接于中国上古文化，章太炎的比较神话学思想还体现在，将中国神话及语言发展与麦克思·缪勒著名的"语言疾病说"相比较。章氏在《订文》篇中借"神话"来理解文字的发展问题：

> 凡有生者，其所以生之机能，即病态所从起。故人世之有精神见象、社会见象也，必与病质偕存。马科斯牟拉以神话为言语之瘿疣，是则然矣。抑言语者本不能与外物泯合，则表象固不得已。若言雨降，风吹，略以人事表象。②

> 其推假借引申之原，精矣。然最为多病者，莫若神话。以"瑞麦来牟"为"天所来"，而训"行来"，以"笺至得子"为"嘉美之"，而造"孔"字。斯则真不失为瘿。③

马科斯牟拉即麦克斯·缪勒。章氏认为语言问题则是理解宗教的前提条件，他借缪勒的"语言疾病说"从语言学、语音的角度来排斥"神话之病"。什么是"神话之病呢"？章氏认为，"神话之病"的"病"在于因西汉今文经学与谶纬迷信相结合而产生各种荒诞说法。魏晋和宋明时期出现

---

① 姊崎正治的相关情况、明治思想史的背景，可参见姊崎正治先生誕生百年記念会编《新版わが生涯·姊崎正治先生の業績》，東京：大空社，1993；磯前順一、深澤英隆编《近代日本における知識人と宗教：姊崎正治の軌跡》，東京：東京堂，2002。转引自彭春凌《章太炎对姊崎正治宗教学思想的扬弃》，《历史研究》2012 年 4 期。

② 章太炎：《订文》（《附：正名杂义》），章炳麟著，徐复注《訄书详注》，上海古籍出版社，2000，第 394 页。

③ 章太炎：《订文》（《附：正名杂义》），同上书，第 395 页。

了玄学和理学，使东汉以来的古文经学治学方法遭到破坏。他反对推崇古法，主张把"六艺"当作古代史料看待。以文字为桥梁和中介，章氏认为表象主义无所不在的存在，宗教心理乃至形式具备普遍性。所谓"表象主义"意在批评人们对隐喻和转喻的过度信任，把语言文字当作纯粹的工具加以使用，表情达意的目的本身被遗忘，作为工具的文辞成了目的本身，成为一种赤裸裸的工具和"物"。所以，他将"表象"譬为人类的病："言语不能无病，然则文辞愈工者，病亦愈剧"。"人未有生而无病者，而病必期其少"。（《文学说例》）同时，章氏指出当代世界最为发达的语言是英语，"今英语最数，无虑六万言，言各成义，不相陵越。东、西之书契，莫繁是者，故足以表西海"。相比之下，中国语言文字的发展大为落后。所以章氏强调小学的基础性作用，追求名无真相，对语言文字的改革以及对文字的正确使用。

章氏对"神话"的理解，丝毫没有了基于希腊哲学传统的"形式"特征，而是对体裁、具体内容的强调。他通过片面的缪勒的神话学思想来重新理解以音韵、文字和训诂为内容的"小学"特征，诉诸民族国家的建构。章氏对以文字为中心的中国文化传统存有警觉之心。他从小学"假借"概念出发理解姉崎正治以表象主义为基础的宗教之普遍性。从小学六书的"假借"概念出发，通过"神话"来强调表象主义作为一种"病态"的普遍性。所以在《文学说例》中，章氏翻译了姉崎正治《宗教病理学》中相关部分。《宗教学概论》全书包括"宗教心理学""宗教伦理学""宗教社会学""宗教病理学"四大部分。除《文学说例》外，章氏在《周末学术余议》中同样援引了"宗教病理学"的内容。受《宗教学概论》影响，章氏以姉崎正治对宗教病症的分析为依据，认为屈原长期处于与神鬼交流的宗教亢进症候中，思想幻忽，根本称不上学派，仅是"宗教病态，不狂不止……神感亢进而徬徨于森林"。有学者指出，这与《宗教学概论》之《宗教病理学》部分从食欲、色欲、美感、神秘的感情四个层面依次分析宗教亢进症候的顺序完全一致，并可与姉崎正治对宗教亢进症候的描述一一对应。① 章氏对屈原的研究，其实也是一种比较神话学的阐释方式。以语言文字为线索，《訄书》中的许多篇，例如《序种姓》《族制》《方

---

① 转引自彭春凌《章太炎对姉崎正治宗教学思想的扬弃》，《历史研究》2012 年 4 期。

言》《订文》等法详尽考察了各个种族之间的差异及其各自的历史脉络，明确提出了"历史民族"的范畴。"历史民族"从根本上说，是以文化而不是以血统来定位中华民族。章氏主张以历史为根据来确认民族，有同一历史谱系的为同一民族，即"历史民族"，并将中华民族最初成立的组成分子，规定在无法更改的古老历史文献的记载中。

事实上，我们都知道汉语不是印欧语系，中国与印度、欧洲也不是一个语言源头，中国的象形文字与西方的语音文字有迥然之别。缪勒基于语音文字而论述的"神话之病"问题是否也同样适合于中国文化发展呢？对此问题，章氏的弟子胡以鲁已经有所思考。他在《国语学草创》第九编《论国语与国文之关系》中，评论章氏关于缪勒的见解为："麦克斯牟拉氏以语言之带神话意味者，谓为语言病。然则吾国象形文字，亦殆文字之病者欤？然是源于蛮人之恐怖心、宗仰心及拟人之心理，虽欲谓之病，亦自然病而已矣。"[①] 胡以鲁借（当时）文化人类学对原始文化的研究来说明"语言之病"的普世性、各文化的无差异性。这多少有为自己老师辩解之嫌。从今日视角来看，章氏和胡以鲁的结论都可以轻易推翻。然而，这个问题并非章氏考虑的重点。章氏援引世界各民族神话来证明汉族古代存在过母系制度；引用伏羲、神农、黄帝的神话传说，与加尔特亚人的传说、历史相比较，论证"中国种姓之出加尔特亚者"，运用《穆天子传》《山海经》中对于西王母的记载，论述所谓西王母即"西膜"；从中外神话文献记载出发，阐述西王母的外形。章氏曾相信拉克伯里氏（Lacouperie）的华夏民族西源说，从神话传说所留下的语言痕迹来考证迦尔底亚神话与我国神话的共同之处。"西来说"在清末曾风靡一时，不同程度上具有反清倾向的学者尤主此，例如夏曾佑、蒋观云等。

五　最早的比较神话学专著：蒋观云《中国人种考》

梁启超在1902年从"神话"谈希腊文明的多元，并由此分析中国历史的研究方法。他欲借"神话"去探究各民族渊源，建构一个统一的中华民族。作为梁启超身边的得力帮手，蒋观云是汉语知识界首次撰文专论

---

① 胡以鲁的这段话见《訄书详注》，上海古籍出版社，2000，第395页注释⑤。

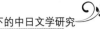

"神话"的中国学者。他对"神话"的使用与研究也是将其置于"文明"视野，通过比较各国历史和各国神话之异同，强调神话对文明进步的促进作用和对民族精神的养成作用，尤其通过神话进行人种勘测，为文明起源和国民精神追踪溯源。

蒋观云在1903年第36号《新民丛报·谈丛》，提出："一国之神话与一国之历史，皆于人心上有莫大之影响。"他说："欲改进其一国之人心者，必自先改进其能教导一国人心之书始。"① 蒋氏还直接从北欧神话与歌谣中寻找文学源头："近世欧洲文学之思潮，多受影响于北欧神话与歌谣之复活。"在蒋氏当编辑的《新民丛报》上发表了《中国人种考》。② 于笔者看来，《中国人种考》可视为国人最早的比较神话学专著。

用今天的学术史眼光考察（因为蒋氏自己不会认为他所做的是比较神话学研究），《中国人种考》广泛涉及了神话素材，比如引用《山海经》《穆天子传》中的神话故事，以及婆罗门的神话来论证"昆仑山就是喜马拉雅山"，"西王母是黄种的氏族"，强化了在清末一直流行的"汉族西来说"，对后来史学家考证华夏族的起源有着较大影响。潜明兹教授在勾勒晚清神话比较的轮廓时，曾说洪水比较的源头是：

> 可能直接或间接受到国外传播说（或流传说）的影响。这一学派继欧洲神话学派之后，出现在19世纪中叶的德国，创始人是泰·本法伊（Theodor Beney，1809~1881）。……他运用比较研究的方法，发现世界上许多民族的故事中都能找到印度故事的影响，从而认为世界各民族的民间故事都渊源于印度。③

潜明滋教授的观点强调了德国是源头，不过笔者认为，最早涉及大洪水问题的梁启超和蒋观云，更多受到日本神话学和法国人拉克伯里"西来说"的影响。蒋观云在《中国人种考》中《中国人种西来之说》一节，用了相当的篇幅介绍拉克伯里学说。他以精炼的文字对拉氏书中的核心内容和基本观点予以概括，从行文和所附图例来看，其表述主要又直接取自

---

① 转引自苑利编《二十世纪中国民俗学经典·神话卷》，社会科学文献出版社，2002，第1页。
② 蒋智由（蒋观云）：《中国人种考》，上海华通书局，1929。
③ 潜明兹：《中国神话学》，上海人民出版社，2008，第13页。

日文本《支那文明史》一书。[①] 何炳松先生曾说，清中叶以后，西方人对中国了解逐渐加深，惊异于中国悠久的历史和辉煌的文明，那些热心于中国古史的人，开始探讨中国人种的起源，提出了中国人种起源的问题。[②] 在这批人中，拉克伯里便是其中一位。他的主要著述有《早期中国文明史》（*Eariy History of Chines Civilization*）、《早期中国文明的西方起源（B. C. 2300 ~ A. D. 200 年）》（*Wesrern Origin of early Chines Civilization from 2300 B. C. to 200 A. D.*）、《早期中国文献中的巴比伦传统》（*Traditions of Babylonia in Early Chinese Documents*）。这些著作，尤其是《早期中国文明的西方起源（公元前 2300 年——公元 200 年）》和《早期中国文献中的巴比伦传统》两书的核心观点，都是主张中国人种和文明自西而来，巴比伦是其发源地。为此，拉克伯里还专门办了一份杂志《巴比伦与东方纪事》（*Babylonia and oriental Record*）来集中宣扬这一学说。拉克伯里的论著大多在 19 世纪 80 年代发表，其巴比伦说的集大成之作《早期中国文明的西方起源（公元前 2300 年——公元 200 年）》则出版于 1894 年。该书很快传至日本，特别是通过白河次郎、国府种德 1900 年出版的《支那文明史》一书，使得它在日本知识界广为流传。该书第三章《支那民族自西亚细亚来之说》集中介绍了拉克伯里学说，从文本对照来看，蒋氏的大量内容翻译或编译皆自此书。通过《支那文明史》这样的著作，拉克伯里学说很快为在日本的中国知识分子所知。梁启超、章太炎、刘师培等知名学者皆推崇此说。

可见，蒋观云在《中国人种考》中对上古神话的中西比较方法及结果，完全沿袭或者说挪移了当时的"汉学"内容，希望探索出中国人种渊源。晚清至之后的学者们都希望通过"神话"及其比较，去溯源和建构"中华民族"的历史性和渊源所在。比如留日中国学生所办的报刊当中，无论是《浙江潮》《江苏》《二十世纪之支那》，还是《民报》《国民报》《童子世界》，都对民族主义以及中华民族的含义展开了讨论。当时的晚清面临文化危机和认同危机，有识之士大都会聚焦于"民族""种族"这些新来的词汇当中，想以此对内重构一个中华认同体（尽管在具体对待清人的正统性上，态度有所分野），对外成为具有竞争力的"民族"或"种

---

① 李帆：《西方近代民族观念和"华夷之辨"的交汇》，《北京师范大学学报》2008 年第 2 期。

② 何炳松：《中国民族起源之新神话》，《东方杂志》第 26 卷第 2 号（1929 年 1 月）。

族",从而与外来文明分庭抗礼。①

但是,章太炎、梁启超、蒋观云等的民族主义诉求与格林兄弟、缪勒等西方神话学有别,后者的研究是反启蒙现代性的,让"民"和"神话"成为新的传统资源。印欧大陆的历史渊源和西方文化的"圣—俗"二分,能为这种"建构"提供文化阐释可能。但是,当这套"比较"话语被实践到中国文化时,支撑和承载中华文化发生发展的礼乐文化之神圣特质,以及圣人传统、经史传统并未进入神话学家视野。中国文化内部的"多元一统"文化格局,以及伴随其右的"夷夏之辨"也并未被充分展开和反思。中国最初的"比较神话学"是通过神话比较来指向"民族"或"人种"问题,并聚焦在所谓的"创世神话"上。在晚清,这股研究热潮的影响很大。然而,本用于增强日本国族凝聚力的日本比较神话研究,被移植到中国后,成为时人削减自己古史信仰的锋刃利器。

六 小结

戊戌变法失败后,康、梁等改良派人物纷纷亡命集结于日本,有志青年赴日留学,一时成为风尚。"光是 1906 年就有大约八千六百人前往",构成了"到那一刻为止世界史上最大规模的留学生运动",而清末中国思想文化中的日本因素"便与这一波留学运动分不开"。② 由于日本文化深受中国传统思想浸染,以及国人接受日文比西文更容易,所以在日本的有识之士皆致力于翻译日本书籍,希望以此为捷径吸取西方先进学说。正如梁启超所说:"我中国英文英语之见重既数十年,学而通之者不下数千辈,而除严又陵外,曾无一人能以其学术思想输入于中国。"他认为,中西语言文字差异太大,因而主张转而求诸日本,中日两国文字相近,"苟于中国文学既已深通,则以一年之功,可以尽读其书而无隔阂……故其效甚速也"。③ 翻译日本现成历史教科书以供国内教科之需,成为当时共识:

---

① 这方面研究可参见冯客《近代中国之种族观念》,江苏人民出版社,1999;沈松侨《我以我血荐轩辕:黄帝神话与晚清的国族建构》,《台湾社会研究季刊》第 28 期,1997 年 12 月;孙隆基《清季民族主义与黄帝崇拜之发明》,《历史研究》2000 年第 3 期;等等。

② 王汎森:《"思想资源"与"概念工具"——戊戌前后的几种日本因素》,氏著《中国近代思想与学术的系谱》,河北教育出版社,2001,第 154~155 页。

③ 梁启超:《东籍月旦》,《饮冰室合集·文集之四》(第 1 册),第 84 页。

泰西可译之书多矣，而史为要，史不胜译矣，而以日东名士所译之史为尤要。盖泰西上古、中古、近古数千年盛衰兴亡之理，史皆具焉。日本与吾国近，自明治维新汲汲之以译书为事，所译以历史为多，且其书皆足以为吾国鉴戒，故译史尤以日本所译之史为尤要。①

在 1902 年，"历史学""文明史"已然成为晚清政府、精英知识界最为关注的话题。尤其在大清钦定的学堂教育推动下，国人从日本译介了为数不少的"文明史""开化史"著作。受这些外来史学著作的影响，国人对"文明"和"历史"的理解拓展到美术、哲学、法律、宗教、风俗等领域，给人以耳目一新之感。据我国香港学者谭汝谦先生主编《中国译日本书综合目录》粗略统计，1911 年之前中国翻译出版的日本书籍仅史地类就有近 240 种，其中 1900 年之前仅十余种，而 1901～1903 年间出版的却达 120 余种。这些史学著作包括世界史、中国史、日本史、传记、专史及史学理论等各方面。② 日本在经过国粹保存运动及甲午战争后思潮的冲击，欧美已经不一定是"文明"的唯一所指，随着比较宗教学、比较文学、人种学的兴起和传入，一种"比较"意义上的"文明"用法（印度文明、巴比伦文明、希伯来文明）开始普及。

日本文明史学著作的汉译本开始在国内不断出现，如中西牛郎《支那文明史论》③、田口卯吉《中国文明小史》④、白河次郎和国府种德合著《支那文明史》⑤ 等，福泽谕吉《文明论概略》也被列入《译书汇编》"已译待刊书目"广告。⑥ 尤其是《支那文明史》汉译本出版后，更得到不少人的好评。《游学译编》广告称其"将中国四千年来所谓形而上、形而下之种种质点支配于区区小册子中，而稽其起源发达变迁进化之大势，评判之，论断之，其尤有特色者，看破中国专制政治、奴隶学术之真相，屡发卓议痛抵，诚救中国之良药也"。⑦《浙江潮》也特辟栏目介绍，谓其"史

---

① 〔日〕长谷川诚也：《欧洲历史揽要·序》，敬业学社，1902。
② 谭汝谦：《中国译日本书综合目录》，香港中文大学出版社，1980。
③ 1901 年普通学书室译本。
④ 《支那开化小史》，1902 年上海广智书局刘陶译本。
⑤ 1903 年上海竞化书局译本。
⑥ 胡逢祥：《二十世纪初日本近代史学在中国的传播和影响》，《学术月刊》1984 年第 9 期。
⑦ 《游学译编》，1902 年第一册。

眼如炬，考证精严，凡我国民四千年来文明之梗概，如政治、宗教、学术、工艺、美术等类，皆博采兼收，亦历史界中之珍本也。"① 1899 年，罗振玉在《支那通史》序中说，若以近代史学观点衡之中国旧史，"则唯司马子长氏近之，此外二十余代载籍如海，欲借以知一时之政治风俗学术，比诸石层千仞，所存疆石不过一二，其他卷帙纷纶，只为帝王将相状事实作谱系，信如斯宾塞氏'东家产猫'之喻，事非不实，其不关体要亦已甚矣"。② 直接受罗振玉思想影响的王国维，也在"文明史"方面有不少心得和造诣。正是在此大背景下，梁启超、蒋观云等才会在沐浴"文明史"新风时引进"神话"。换言之，作为一个研究领域，"比较神话学"产生于日本近代"历史学"和"文明史"风潮，与二者同源联袂而生。

作为 civilization 译语的"文明"，又被译为"开化"，是在幕末到明治初年间，引进的一种历史写作的方式。它产生并流行于明治初年大倡"文明开化"的启蒙时期，以"鼓动世道之改进，知识之开化"为宗旨，激烈批判封建史学，主张研究人类文明进步的因果关系，以取代帝王为中心的、偏重政治权力记载的旧史学，试图掌握日本社会史和文明史的沿革，为最初有系统地抓住主要问题来研究日本历史的创举，其代表人物为福泽谕吉（1834～1901）和田口卯吉（1855～1905）。③ "文明史体"有三大法则：（1）进步的观念。（2）因果律。（3）向着"文明"或"人民"的全体扩充历史的范围。"文明论"结合社会进化论，逐渐沉淀为明治时代受教育阶层的常识。这一时期有数种出自西方人之手的"中国文明论"译介到日本，成为 19 世纪末日本知识界言说"文明"的另一源头。"文明融合""人种竞争"等话题，为 19 世纪末日本国民意识的自我定位搭建了框架。

贺学君教授在《中日中国神话研究百年比较》中对百年来中日学者中国神话研究理论、方法、特长进行了历史梳理与比较。她认为总体呈互相影响共同发展态势。在早期，日本学界居于优势，很快，中国学界开始反影响；中期，交流受阻，双水分流；后期，中国学界形成全面强势。在研究方法，各有所长，正可有效互补。④ 这篇文章的被引用率很高，往往作

---

① 《浙江潮》1903 年第七期"新著绍介"。
② 罗振玉：《支那通史·序》，《罗振玉学术论著集》，上海古籍出版社，2013，第 7 页。
③ 远山茂树、佐藤进一编《日本史研究入门》，三联书店，1999，第 1～2 页。
④ 贺学君：《中日中国神话研究百年比较》，《文学评论》2001 年第 5 期。

为分析日本对中国神话学影响的论据。此文纵横捭阖，资料丰富，诚然可贵。不过也忽略了最初针对"神话"，中日双方的错位引进问题。这种"错位"体现在下列方面。

日本社会信奉神道，具有浓厚的宗教性质，并在后代形成白鸟库吉所说的"水平的大众社会"，它为日本文化提供一个自我认识的不变基础，即"从天照大神以降，在后代形成了大和魂的民族本质论"。① 当时的日本神话学者也是根据这点来立足论证日本文化如何能"脱亚"与欧美世界相抗衡。日本的中国神话学研究之目的是要消解中国古代叙事的神圣性，增强日本国族凝聚力。在日本，明治三十二年（1899），高山樗牛《古事记神话研究》首先使用了"神话"这个术语，明治三十七年（1904），留学德国的高木敏雄出版了《比较神话学》，"这部神话学的专著把欧洲的神话学说带进了日本"，"与日本学者把欧洲神话学的学说介绍到日本差不多同时，或许稍晚些时候，也很快把'神话'这个词语以及神话研究介绍到了中国"。② 他们将日本神话与周边其他民族的神话进行比较，弄清楚其中所包含的诸多要素的起源和系统。日本的中国神话研究者从中国神话的特征，中国神话是否有系统性，到研究的材料和方法上形成了自己的风格。日本的神话故事主要是在 8 世纪初，由中央政府编纂的历史书《古事记》《日本书纪》和根据当时政府命令各地区编辑的《风土记》等记录和流传的内容所构成。研究这些神话的主要资料是靠笔流传的，而不是口头传承。所以，他们采取的是一种从中国和印度古文献中探求日本民间故事起源或故事素材构成的比较研究方法。到了白鸟库吉、津田左右吉、高木敏雄、村松武雄等人在对中日神话的比较研究时，着重将日本古书中的神话传说与《山海经》《楚辞》《淮南子》等古书中的中国古代神话进行比较，把中国方面的资料简单地作为中国古代社会传承的神话而加以引用，有着浓厚的文献学的比较特征。

对比日本"神话"在其文化传统中的位置，中国文化与此差异很大，中国不存在类似于神道教之类的政治—宗教传统，没有类似于《古事记》

---

① 转引自石之瑜、叶纮麟《东京学派的汉学脉络探略：白鸟库吉的科学主张及其思想基础》，《问题与研究》第 45 卷第 5 期，2006 年 9、10 月。

② 刘锡诚：《20 世纪中国民间文艺学学术史》，河南大学出版社，2006，第 18～19 页。

《日本书纪》之类的政治—宗教圣典。① 所以当"神话"概念由日本传入中国之初，与日本可以将现成地"记纪神话"直接拿来研究不同，中国传统典籍没有与现代神话概念相应的、可以直接研究的经典。所以，如何定义（或者称作"再造"）中国神话材料，成为晚清神话学者们的当务之急。对此，陈连山教授曾有反思，他说："在浩茫的传统典籍中，他们发现了《山海经》和《天问》，被'不语怪力乱神'的儒家排斥的《山海经》、《楚辞》被定位为神话经典，儒家经传的主导地位沦丧之后，传统所忽视的'怪力乱神'内容在现代学科建设中受到重视。"②

"比较神话学"在晚清出现，绝非偶然，它正是借用日本消解中国神圣性的途径来认识自我的结果。清末民初，随着中国近现代文化转型的艰难发生，传统中国"天下观"的解体，国人自觉或不自觉地走上一条现代意义的"民族构建"之路。那么，到底"中国"或"中华"是不是一个"民族"？又如何从历史发展的角度，把中国境内各部族的起源、演变和相互关系的发展过程梳理出一个头绪，为中国努力建立一个新政治实体提供理论框架和合法性基础？③ 在这类诉求下，与日本一样，晚清士人其实将比较神话学与民族精神联系起来，在文明比较的视野中，让"神话"成为民族存在、民族独立的标志和旗号，通过建构"中华民族"及其渊源来树立新的认同和价值，希望"中国神话"成为"中华民族"的合法依据与精神源泉。然而，章、梁及蒋观云等把"神话"从日本学术中移植进中国文化时，盲目汲取到了当时的"文明史"之风和"比较"热潮，也开始对传统文化进行戴"有色眼镜"的观察和解读，在自我消解中渴望自我重塑，形成悖论式嫁接的文化生产现象。

---

① 比如《风土记》记载了凭记忆记下来的一些旧事记中的故事以及一些数代口口相传的故事。《古事记》以皇室系谱为中心，记日本开天辟地至推古天皇（约 592～628 年在位）间的传说与史事。

② 陈连山：《神怪内容对于山海经评价的影响》，《民族文学研究》2004 年第 1 期。

③ 正因如此，1928 年文化学社出版了王同龄《中国民族史》，1934 年又出版了修订版。1934 年世界书局出版了吕思勉《中国民族史》，1939 年商务印书馆出版林惠祥《中国民族史》。短短几年内连续出版对于中国民族史研究的系统专著，这充分说明当时国人对于"中华"政治实体应当如何建构，以及它的历史合法性的关注。也正是在这股潮流下，才能理解为何从 20 世纪 20 年代开始，学界对中国境内少数民族的神话研究成为热门。

三　近代以来的文学与文化

桐城派与北京大学

王达敏（中国社会科学院文学研究所）

北京大学源于东汉太学，肇基于道咸之际国门敞开以后，应运崛兴于戊戌维新的风浪之中。桐城派学行继孔孟程朱之后，文章在《左》《史》韩欧之间，一脉文心，通贯华夏数千载精神之史。巍巍上庠，皇皇巨派，在神州遭逢三千年未有之变局的大时代相遇。在超过半个世纪的历史性遇合中，桐城派为缔造北京大学的民主、科学、学术自由和兼容并包的传统作出了不朽贡献。北京大学也以其崇高地位，为桐城派的发展和现代转型提供了新机。桐城派与北京大学互相映发，互相成就，阐旧邦以辅新命，协力推进着中国的现代化事业，锻铸着中华民族的新的精神。

一　历史性相遇

桐城派与北京大学的历史性相遇，是一个漫长而曲折的故事。

桐城派与京师大学堂真正相遇，并在此牢牢生根，缘于张百熙主持学务。光绪二十七年（1901）十二月初一日，诏命恢复在庚子兵燹中停办的京师大学堂，张百熙为管学大臣。湖南学术素来远逊江南和中原，自曾国藩集团崛起，人才始如云蒸霞蔚。曾国藩为学推尊桐城，桐城之学因此而风靡三湘大地。张百熙籍贯长沙，少时就读于城南书院，得桐城派名家郭嵩焘教诲，因而对该派学者青睐有加。在他接引下，桐城派学者鱼贯进入大学堂，并分任要职。光绪二十八年（1902）正月初六日，张百熙请旨，由吴汝纶出任大学堂总教习。吴汝纶接旨后，以大学堂总教习身份东渡扶桑考察学制，受到包括天皇在内的日本朝野隆重接待，其所著《东游丛

167

录》为张百熙等拟定大学堂学制提供了直接参考。张百熙原拟举严复为副总教习，但最终奏请添派桐城派分支阳湖派学者张鹤龄任之。二月初七日，曾国藩之孙曾广铨到大学堂协助张百熙办理交涉事宜，十二月任译书局翻译科总办。三月初四日，严复被派充译书局总办。五月初一日，译书局开张，林纾及其翻译助手曾宗巩、严复长子严璩等到局任笔述。在大学堂任内，严复、林纾手不停挥，继续着其输入西学的翻译事业。同时，严复积极为张百熙整顿大学堂事务出谋划策，并手定《京师大学堂译书局章程》颁行。八月，吴汝纶弟子绍英任支应提调。光绪二十九年（1903）十一月，清廷于大学堂实施在学务大臣节制下的总监督负责制；十二月二十一日，由张百熙举荐，大理寺少卿张亨嘉受命担任大学堂总监督。隔年（1905）十月，张亨嘉聘桐城派学者郭立山任国文教员。正是由于张百熙的擘画，桐城派学者联翩登进，在大学堂传道授业解惑，为桐城之学的发展，为这座国家第一学府的现代化，创下辉煌业绩。

桐城派在京师大学堂的地位得到进一步加强，是在柯劭忞主持大学堂经科和总揽校务之后。柯劭忞是吴汝纶的女婿兼弟子，研究元史的大师，宣统元年（1909）正月充大学堂经科监督，二年（1910）八月十八日暂署大学堂总监督。柯氏在任期间，所聘经科、文科教员多为桐城派学者：宣统二年（1910）正月，林纾、郭立山、马其昶和姚永朴任经文科教员；同年十二月，陈澹然任高等科教员；三年（1911）二月，尚秉和任高等科教员。一时间，大学堂里到处弥漫着桐城之学的气息。此一时期，大学堂里，单是追随林纾学诗古文者就有：黄濬、沈觐冕、李景堃、蔡璐、姚梓芳、刘复礼、胡璧城、陈器、姚鹓雏、缪承金、唐宗郭、史霈、廖道传、胡祥麟、梁鼎元、郑训寅、郭步瀛、顾大徵、关棠、李道同、邹应宪、章撷华、王黻灿、杨绪昌、李振声、张国威、王之栋、段世徽、田世谦和刘盥训等。

桐城派在北京大学达于彬彬之盛，是在严复主持校务之时。民国元年（1912）2月25日，对桐城派学者一向礼敬的北洋政府总统袁世凯，聘请严复出任京师大学堂总监督。5月3日，袁世凯允准大学堂改名为北京大学校，任命严复担任北京大学校长。上任伊始，严复将经、文二科合并为文科，拟请桐城派学者陈三立、姚永概主持。陈三立坚辞不允，姚永概则欣然命驾，出任文科教务长。同时进入北京大学的桐城派名流尚有李景濂、吴闓生。此前已在大学堂任教的林纾、郭立山、姚永朴和尚秉和，此时仍予留任。桐城派诸家在北京大学一时誉为文栋。严复任职期间，解决了办学经费困难，抵制了教育部停办大学的乱命，在呈给教育部的《文科大学改良办法说帖》中提出了一系列改革设想。严复任职不到一年，在教育部留日派和校内少数激进的革命学生挤兑下被迫辞职。10月1日，袁世凯聘请章士钊接替严复，出任北京大学校长。章士钊籍贯湖南善化，堂兄章寿麟为曾国藩幕僚，因救兵败投水自尽的曾氏有功而受到擢用。章士钊青年时代拜读曾国藩所撰《欧阳生文集序》，对桐城派不胜向慕，"隐然以求衍其派于湖湘之责自任"。① 其终生所嗜好的柳文也是桐城派的典范。虽然章士钊因事没有到任，但让他和严复后先出掌北京大学，也可窥知桐城派学者在当时政、学两界声势之一斑。

1912 年 12 月 27 日，章士钊辞去北京大学校长职务，何燏时接任。1913 年 11 月 5 日，何燏时辞职；11 月 13 日，胡仁源接任。1916 年 12 月，胡仁源辞职；12 月 26 日，蔡元培接任。此后直到 1927 年 6 月，蔡元培实际掌校五年有半，其他时间多由蒋梦麟负责校务。在这一时段，桐城派与北京大学的关系时而稳定，时而摇荡，几位前辈林纾、姚永概、李景濂和姚永朴等先后离开北京大学。何、胡、蔡和蒋均为浙江人，均对那位有大学问的革命乡贤章太炎及其弟子情有独钟。数年间，章派学者蜂拥而至。有清一代学术以乾嘉学派为最盛，派中大部分学者以汉学反对宋学，一部分学者又以六朝骈文为正宗，否定唐宋古文。桐城派是宋学、唐宋古文的嫡传，因而与乾嘉学派之间发生了激烈而持久的汉宋之争和骈散之辨。这一争辩一直持续到晚清、民国。章太炎及其弟子学宗乾嘉，文尚魏晋，与桐城派恰好针锋相对。

五四新文化运动时期，在北京大学内外，以陈独秀、胡适和章门弟子钱玄同、鲁迅、周作人为代表的新文化派，与以林纾、章士钊和胡先骕为代表的桐城派之间，发生纷争。新文化派要求激进变革，视桐城派为谬种，桐城派希望在变革中有所保守，嫌新文化派矫枉过正。在双方纷争期间，一些桐城派学者如王景歧、何基鸿、章士钊、方孝岳、柴春霖、单丕和贺培新等入北京大学任教；桐城派学子如张厚载和李濂铿等入北京大学

---

① 邹小站：《章士钊》，团结出版社，2011，第 4 页。

就读；北京大学学子如法科的张曰辂、张若旭、吴景林、刘书钵、贾应璞，国文科的柯昌泗、马金涛、李炳瑗、陆宗达和贺翊新，土木工程科的李铖，以及马瑞徵、王双凤、李述礼、黄福墀和胡孝澜等，拜吴闿生为师，在吴氏创办的文学社内接受桐城派训练。即使在桐城谬种谥号家喻户晓的日子里，北京大学学子各尊所闻，仍有人在屋子的一角，"抑扬顿挫地念着桐城派古文"。① 在那个充满矛盾和思想自由飞扬的时代，新文化派与桐城派一起，共同渲染、烘托着时代气氛，共同塑造着北京大学囊括大典、海纳百川的精神气度。

五四新文化运动和五四运动主要由北京大学师生发起。在北京大学之外，桐城派政治家徐世昌总统给予了理解、容忍，傅增湘、章士钊和严修给予了支持。徐世昌对桐城之学高度认同，一直视自己为桐城派中一员。其外祖刘敦元籍贯桐城，为刘开族父行。他曾拜谒吴汝纶，"求为先慈作墓表，为先外祖诗稿作序"。② 就在当选民国总统前一年（1917），他说："丙戌同年多文人。贺松坡，余从之学文；柯凤荪，余从之学诗。"③ 贺涛、柯劭忞皆为北方桐城派文宗。傅增湘于光绪十七年（1891）入莲池书院，从吴汝纶授读。严修曾拜入吴汝纶之门，恒称"挚师"④，执弟子礼至恭。这些桐城派中的要人，在五四运动的惊涛骇浪中，均对北京大学师生施以援力。

在南京国民政府时代，文坛新旧并存。白话文学流行，但古典文学仍是巨大的精神存在。日本学者今关天彭经过深入研究以为，桐城派作为"清代最大的文章流派，到二十世纪三十年代仍有相当的影响力"。⑤ 1933年2月8日，西南联大文学院院长冯友兰向朱自清等表示："读新文学者实较读文言者为少。"朱自清以为，冯氏道出了一个"重要事实"。⑥ 抗战

---

① 杨振声：《回忆五四》，见《杨振声文献史料汇编》，山东人民出版社，2016，第444页。
② 徐世昌：《徐世昌日记》光绪二十五年（1899）9月15日。
③ 贺葆真：《贺葆真日记》（三）1917年2月1日，见李德龙、俞冰主编《历代日记丛钞》第133册，学苑出版社，2006，第17页。
④ 严修：《严修东游日记》，见钟叔河等主编《走向世界丛书》，岳麓书社，2016，第40，45页，47~48页。
⑤ 李杰玲：《日本学界桐城派研究述论》，见《桐城派研究前沿问题国际学术研讨会论文集》，2017，第73页。
⑥ 朱自清：《朱自清全集·日记（上）》（九），江苏教育出版社，1998，第194页。

军兴前后，古典文学成为凝聚民心、塑造国魂的重要资源。1942 年，教育部颁布《大学国文选目》，命举国大一学生一律修习，内容皆为古文。北京大学与多数高校一样，古典文学的研究与教学长期居于核心地位，桐城之学在其中仍然占有一席之地。西南联大时期，杨振声等把新文学引入大一国文教学中，由于杨氏是北京大学 1916 级学生，受过姚永朴等桐城名家化育，因此，他能将桐城派的风致和教读方式揉入新文学的教学中，而被冯友兰等称为"新桐城派"。①

在南京国民政府时代，当桐城派在北京大学中文系逐步被边缘化时，一批具有桐城派学养的学者却活跃在北京大学历史系的讲坛之上。1927 ~ 1931 年，邓之诚被聘为历史系讲师、教授。1931 ~ 1937 年、1939 年，钱穆被聘为历史系副教授、教授。1931 ~ 1932 年、1935 ~ 1936 年，柯昌泗被聘为讲师。1932 ~ 1933 年，徐中舒从史语所到历史系兼任讲师。桐城派与北京大学史学有缘：早在北洋政府时代，桐城派学者如李景濂、尚秉和、邓之诚、柯劭忞和史蟫等就已经在北京大学担任史学课程。徐中舒早年追随胡远浚研读桐城派古文。② 邓之诚的曾叔祖为姚门弟子邓廷桢，他绍继家学，"文风笔法宗桐城派而有所更张"。③ 钱穆学问根柢在桐城之学。④ 柯昌泗为柯劭忞之子、吴闿生弟子。桐城派一直有兼综文史的传统。在现代学科体系中，当桐城派的古文在文学领域难以保有其曾经的卓出地位时，其尊史的传统却使其在中国史领域焕发异彩。

进入中华人民共和国时代，桐城派逶迤数百年之后，终于到了该终局的时候。在谢幕前夕，硕果仅存的一些桐城派学者在北京大学的历史、美学、文学和印度学等学科领域，仍然于阴晴不定中耕耘着。史学家周一良、邓之诚、袁良义、王会庵和孙贯文，美学家朱光潜和宗白华，古典文学史家、散文家吴小如，印度学家、散文家季羡林，都各有成果问世。

---

① 朱自清：《朱自清全集·日记（上）》（九），江苏教育出版社，1998，第 542 页。
② 徐中舒：《我的学习之路》，见《文史知识》1987 年第 6 期，第 3 页。
③ 邸永君：《"效法先贤任重道远"系列之十三：吾师之师》，见中国社会科学网，2015 年 5 月 25 日。
④ 钱穆：《宋明理学概述》卷首，九州出版社，2009。

二 面对五四

北京大学是五四新文化运动的中心，也是五四爱国运动的发祥地。在这两场互相关联的伟大运动中，同属维新阵营的桐城派与新文化派之间出现异同。他们都主张变革，都感时忧国。但是，桐城派学者反对新文化派的激进，期待在变革中能有所保守。尽管存在分歧，但对于包括新文化派在内的北京大学师生的爱国行为，桐城派政治家以理解之同情给予了容忍，桐城派学者以仁人之心给予了支持。桐城派诸家的行为既促成了五四爱国运动目标之实现，也在共和初建的年代闪现着人性的光芒。

（一）在变革中保守

在五四新文化运动中，北京大学以陈独秀、胡适等为领袖的新文化派在民主与科学旗帜下，提倡新道德、新文学，否定旧道德、旧文学。桐城派因其在中国文化传统中所居的经典地位而受到冲击。事实上，自道咸之后，为迎接西方挑战，正是以曾国藩为代表的桐城派学者最先参与引领中国走出中世纪，面向现代世界。甲午战后，吴汝纶、严复和林纾等继武前修，努力向西方寻求真理，激进地要求变革。但随着岁月的推移，他们及其年轻的追随者主张在变革之时，能够保留传统中一部分优秀因子，以作为再造文明的基石。从思想史的角度看，桐城派这些老辈和新文化派同属维新一脉：前者先行，并泽被后者；后者循前者之辙而进，取其激进，而弃其保守。在新文化运动中，如果说新文化派属于左翼，桐城派就是与其根连、又与其相对的右翼，二者均是新文化运动的组成部分。只是，新文化派的领袖站在彻底地不妥协地反对传统的立场上，只见桐城派学者保守传统的一面，而无视其一直以来对于变革的积极追求，争论由此而起。这场争论在北京大学内外展开，参与争论者除教育总长傅增湘外，均为北大人。新文化派带领北京大学以狂飙突进方式前行，桐城派则为北京大学增添了沉着稳健的气度。在中国从传统向现代转型的时代，新文化派和桐城派相辅相成，共同丰富、深化着北京大学的精神内涵，塑造着中华民族的新的灵魂。

在新文化运动中，桐城派学者与新文化派共具进化理念，因而赞同新文化派提出的伦理、文学变革主张。但二者之间也存在严重分歧。

首先，桐城派学者反对新文化派的激进态度，主张渐进。傅增湘认为，传统中不适应现代的伦理固然应变，但当渐改，不当锐进。他说："改革救正，自有其道。以积渐整理之功，行平实通利之策，斯乃为适。凡事过于锐进，或大反乎恒情之所习，未有不立蹶者。时论纠纷，喜为抨击，设有悠悠之辞，波及全体，尤为演进新机之累。"① 方孝岳说："使今日即以白话为各种文字，以予观之，恐矫枉过正，反贻人之唾弃，急进反缓，不如姑缓其行……故吾人今日一面急宜改良道德学术，一面顺此日进之势，作极通俗易解之文字，不必全用俗字俗语，而将来合于国语，可操预券。"② 李濂镗说：胡适所提八事，"第六第七不用典、不讲对仗两款，确有矫枉过正之弊……诗用典必适当、对仗必自然则可，不用典、不讲对仗则不可"。③ 张厚载说："凡一事物之改革，必以渐，不以骤。改革过于偏激，反失社会之信仰，所谓'欲速则不达'，亦即此意。改良文学，是何等事，决无一走即到之理。"④

其次，桐城派学者反对新文化派弃旧图新，主张调和新旧，在继承传统基础上创新。章士钊以为，文明的发展建基于人类知识、经验的逐步积累之上，没有对先辈业绩的继承，就没有人类的进步；社会的进化是在新旧杂糅、从旧到新的移行中实现的，新的时代绝不会与过去时代没有关联。因此，"新机不可滞，旧德亦不可忘，挹彼注此，逐渐改善，新旧相衔，斯成调和"。⑤ 胡先骕说："人之异于物者以其有思想之历史，而前人之著作即后人之遗产也。若尽弃遗产以图赤手创业，不亦难乎？……故欲创造新文学，必浸淫于古籍，尽得其精华而遗其糟粕，乃能应时势之所趋，而创造一时之新文学。……居今日而言创造新文学，必以古文学为根基而发扬光大之，则前途当未可限量。否则，徒自苦耳。"⑥

再次，桐城派学者反对废除古文。胡适等主张言文合一，摒弃文言，以白话代之，建设"国语的文学，文学的国语"。林纾在《论古文之不宜

---

① 傅增湘：《致蔡元培》，见高平叔编《蔡元培全集》（三），中华书局，1984，第286页。
② 方孝岳：《我之改良文学观》，见《新青年》1917年第3卷第2期，第4~5页。
③ 李濂镗：《致胡先生》，见《新青年》1917年第3卷第2期。
④ 张厚载：《新文学与中国旧戏》，见《新青年》1918年第4卷第6期，第621页。
⑤ 章士钊：《新时代之青年》，见《东方杂志》1919年第16卷第11期，第161页。
⑥ 胡先骕：《中国文学改良论》，见《东方杂志》1919年第16卷第3期。

废》《论古文白话之相消长》《答大学堂校长蔡鹤卿太史书》等文中反对尽弃古文，主张文白并存，在白话风行之时，给古文留下一线生机。他认为，古文中存有中国元气；古文有时以一言而关乎国家之夷险，有时足以动人忠孝之思；古文是白话的根柢，无古文就不会有好的白话文学；科学不用古文，古文也无碍科学；古人得一称心之作殊为不易；若使今人读古人原书，必使其研习古文；今日古文已在声消烬灭之秋，不必再用力革除；欧洲文明发达，并没有废除拉丁文，日本人求新之时仍然视旧为宝。职是之故，古文应予保留。① 林纾自清末以来一直是一个文学改革家：除了翻译小说外，他曾在戊戌变法前一年（1897），采撷民间文学元素，创作《闽中新乐府》三十二首；庚子年（1900）在《杭州白话报》上发表白话道情，一纸风行；1919 年 3 月，在受到新文化派攻击奚落之时，仍然在《公言报》上开辟"劝世白话新乐府"专栏。因此，他并不是反对白话文，而是希望延古文一线于不坠，希望在变革中有所保守。

最后，桐城派学者反对废除戏曲，也反对以改革为名从根本上对戏曲加以破坏。胡适、刘半农、钱玄同、陈独秀和周作人等新文化派名流以西洋戏剧的写实为准衡，全面贬斥中国戏曲，以为中国戏曲太抽象，太脱离生活，演唱单调，脸谱离奇，舞台设备幼稚，内容无理想，文章又极恶劣不通，无一足以动人情感，在文学、美术和科学上无丝毫价值。胡适虽无意消灭戏曲，但主张"废唱用白"。张厚载时为北京大学学生，却已是蜚声菊坛的剧评家，其艺术实践和理论功力迥非寻常可比。他以匹夫之勇力战新文化派众多师长。在《我的中国旧戏观》中，他从专业角度为旧剧声辩。他以为，中国戏曲的特点是抽象而非写实；其表演自有规律；其唱功具有表达感情的力量，可以永久存在，不能废掉。② 他的这些见解经受住了历史的考验。

（二）在分歧中支持

1919 年夏季，由北京大学发动和领导的五四运动激起了国内各阶层爱

---

① 林纾：《论古文之不宜废》，见上海《民国日报》，1917 年 2 月 8 日；《畏庐三集·答大学堂校长蔡鹤卿太史书》，见《林琴南文集》，中国书店，1985 年影印，第 26～28 页；《论古文白话之相消长》，见《文艺丛报》1919 年第 1 卷第 1 期，第 7 页。

② 张厚载：《我的中国旧戏观》，见《新青年》1918 年第 5 卷第 4 期，第 343～348 页。

国之忧，也引爆了政坛固有的派系冲突和南北政争。学潮与政潮互为渗透，互相借力，使这场民运最终实现了罢免亲日派官员职务和拒签巴黎和约的目标，推动中国的现代化向深广处发展。桐城派总统徐世昌的斯文作为以及傅增湘、章士钊、严修、马其昶和姚永概的有效支持是这场运动能够取得硕果的关键因素，他们的理解、容忍、支持和仁爱在这风云激荡的大时代中熠熠生辉。

五四运动爆发当天下午，北京大学等校学生激于对亲日派的义愤，火烧曹汝霖之家，重伤章宗祥之体。学生闹够离去后，警察总监吴炳湘等才率军警赶到，逮了些掉队的学生交差。当时皖系军人段祺瑞暗持权柄，对共和体制下的基本人权，包括言论、结社和游行集会自由等，都相当尊重，对学校的学术自由和自治，也不随意干涉。因此，五四运动中，对于学生的游行及其明显的越轨行为，政府内部虽有不同声音，但总体上保持了克制。总统徐世昌和教育总长傅增湘对于学生和站在学生背后的北京大学校长蔡元培尤其给予容忍和保护。5月4日下午，得知学生游行集会，徐世昌命京师警察厅"要文明对待"。① 5月4日晚，内阁召开紧急会议，一些阁员主张将蔡元培免职查办、解散北京大学。傅增湘奋起为蔡辩白，遭到国务总理钱能训抢白："汝谓蔡鹤卿校长地位不可动摇。假如蔡鹤卿死，则又如何。"徐世昌是了解西学、带有浓重士大夫气的诗人政治家，上任伊始即以文治相号召，本质上并不主张严厉处分学生。5月6日，当被问及如何处理被捕学生时，徐云："政府对于如何处置一层，颇持慎重态度。"又云："学生此种举动，原出于爱国热忱，不惟本大总统对之颇表敬重，即政府方面对之亦极敬重。惟因其事涉及法律，只有按法律办理。"② 徐氏作为国家元首如此表态，5月7日，京师警察厅当然就将被逮学生交保释放了。

五四运动爆发后，北京大学校长蔡元培为营救学生日夜奔走。在学生5月7日获释后，蔡元培为避免学校和学生受到进一步牵连，于5月8日递交辞呈，翌日悄然离京。③ 此后两月有余，学界为挽蔡掀起巨澜。在这一事件中，桐城派诸家的表现可圈可点。5月10日，教育总长傅增湘向北

---

① 曹汝霖：《一生之回忆》，春秋杂志社，1966，第195～204页。
② 《昨日公府之游园会》，见《公言报》1919年5月7日。
③ 梁柱：《蔡元培与北京大学》，北京大学出版社，1996，第240～266页。

京大学挽蔡代表马叙伦、马寅初和李大钊等明确表态："自己诚恳挽留蔡校长"。① 5 月 14 日，徐世昌下令挽蔡："该校长殚心教育，任职有年。值兹整饬学风，妥筹善后，该校长职责所在，亟待认真擘理，挽济艰难。所请解职之处，着毋庸议。"② 在蔡元培辞职之事上，桐城派大家马其昶和王树枏没有乘便行事，格调高洁。蔡元培说："八日午后，尚有见告政府已决定更换北京大学校长，继任者为马君其昶。我想再不辞职，倘政府迫不及待，先下一令免我职，一人之不体面而犹为小事，而学生恐不免起一骚动。我之急于提出辞呈，此亦其旁因也。今我既自行辞职而继任又为年高德劭之马君，学生又何所歉然而必起骚动乎？"③ 蔡元培辞职前后，政府先后拟任命马其昶、王树枏接任北京大学校长。马其昶为张裕钊、吴汝纶弟子，曾任安徽高等学校校长、北京法政学校教务主任。王树枏为光绪十二年（1886）进士，少为曾国藩所赏，长与张裕钊、吴汝纶相切劘，后官至新疆布政使。马、王均著述丰赡，以经史文章负海内重望；同膺清史馆总纂；均与徐世昌为道义学问之交。政府欲马、王出长北京大学，明显与徐、马、王三人的桐城派背景相关。就桐城派在清代以降学坛的地位论，就马、王在南北学界的资望论，主掌北京大学，二人虽比蔡元培略逊，在当时也算上佳之选。但与后来"谋攫取北大校长之地位的"④ 胡仁源有别，马氏并没有对政府的拟命做出任何回应，王氏则坚辞不就。马、王峻拒的个中原因固然很多，但有一点可以肯定，他们与京城知识界挽蔡意见一致，希望自己不要成为蔡氏返京复任的障碍。

在五四运动中，北京大学教授、《新青年》主编陈独秀被捕案轰动一时，桐城派诸家积极参与营救。1919 年 6 月 11 日晚，陈独秀带着争取 "绝对集会言论自由权"⑤ 的传单《北京市民宣言》到北京新世界散发。这份传单由陈独秀起草、胡适英译。当陈氏正站在楼顶扬撒时，京

① 《晨报》1919 年 5 月 11 日，转引自高平叔《蔡元培年谱长编》（二），人民教育出版社，1999，第 205 页。
② 《大总统令》（1919 年 5 月 14 日），《政府公报》1919 年 5 月 15 日。
③ 《晨报》1919 年 5 月 13 日；天津《益世报》1919 年 5 月 17 日。转引自梁柱《蔡元培与北京大学》，北京大学出版社，1996，第 254 页。
④ 蔡元培：《自写年谱》，见高平叔《蔡元培年谱长编》（二），第 217 页。
⑤ 陈独秀：《北京市民宣言》，见任建树主编《陈独秀著作选编（1919～1922）》（二），上海人民出版社，2010，第 116 页。

师警察厅警察出其不意，将其揪获。6 月 22 日，章士钊致电政府代总理龚心湛说："试观古今中外，每当文网最甚之秋，正其国运衰歇之候。""陈君英姿挺秀，学贯中西"，吁恳龚氏为国惜才而救之。① 同日，他又致电北洋政要王克敏，表达了救陈的迫切心情。严修命其子严智怡携带自己的手书谒见徐世昌。严智怡代表其父以为，不能以陈独秀言论太新而裁判他，"大学为新思想发源地，无论什么思想都要拿来研究"，"借新旧思想暗潮来兴'文字狱'，实在于教育前途有碍"。严智怡之言令徐世昌"颇动容"。②

最为学界久久称誉的，是马其昶、姚永概对陈独秀的营救。作为新文化派的主将，陈独秀对桐城派剖击最力。但马、姚并未因此而衔恨。据报道，"桐城派的古文家马通伯、姚叔节诸人也不以政府为然，常常向人表白说：主张不妨各异，同是士林斯文一体，文字之狱，万不可兴。"③ 6 月 25 日，马其昶、姚永概等致函京师警察厅厅长吴炳湘云："陈君本系书生，平生激于爱国之忱，所著言论或不无迂直之处。然其学问人品亦尚为士林所推许，历年办理教育，潜心著述，在学界似亦薄奏微劳"，因而恳请吴氏"曲赐矜惜，准予保释"。④ 由于各方施以援手，陈独秀于 9 月 16 日获释。陈独秀行事一贯决绝、专断。1925 年，群众因晨报馆偏右而焚之，陈独秀赞成这一暴力行为，胡适则不能苟同。他在致陈独秀的信中说："我记得民国八年你被拘在警察厅的时候，署名营救你的人中有桐城派古文家马通伯与姚叔节。我记得那晚在桃李园请客的时候，我心中感觉一种高兴，我觉得这个黑暗社会里还有一线光明：在那个反对白话文学最激烈的空气里，居然有几个古文老辈肯出名保你，这个社会还勉强够得上一个'人的社会'，还有一点人味儿。"⑤ 胡适希望陈独秀对待不合己意之事，能有如桐城老辈似的容忍、仁爱的雅量。

① 《章行严请释陈独秀》，见强重华等主编《陈独秀被捕资料汇编》，河南人民出版社，1982，第 63～64 页。
② 涵庐：《传闻异词的陈独秀案（通信）》，见强重华等主编《陈独秀被捕资料汇编》，第 58 页。
③ 涵庐：《传闻异词的陈独秀案（通信）》，见强重华等主编《陈独秀被捕资料汇编》，第 59 页。
④ 《安徽同乡会吴传绮等函警察总监请准予保释陈独秀》，见刘苏整理《五四时期陈独秀被捕档案选编》，《北京档案史料》2009 年第 2 期。
⑤ 胡适：《致陈独秀》，见《胡适书信集》（上），北京大学出版社，1996，第 367 页。

三　建设现代学科

桐城派在漫长发展过程中，形成了深厚的博雅传统。自方苞起，桐城派学者多学贯经史子集四部，姚鼐尤以兼收义理、考据、辞章之长为鹄的。桐城派诸家进入北京大学后，荟萃中西学术，把博雅传统扩容，各依性之所近，在不同知识领域寻幽探胜，为北京大学的学科建设，为中国学术从古典向现代转型，做出了彪炳史册的贡献。他们强烈的求知渴望、严谨的治学态度和卓越的学术成果，丰富着桐城派，也有力地型塑着北京大学的科学精神。

在北京大学确立现代学制和学科建设过程中，张百熙、张之洞、吴汝纶和严复发挥了决定性作用。张之洞曾向其从舅、桐城派岭西五子之一的朱琦问学，也算是与桐城派有些瓜连。奠定京师大学堂和北京大学学科建设格局的，就是这个带有浓重桐城派色彩的精英群体。光绪二十四年（1898），张之洞在《劝学篇》中提出的中体西用观点，是其个人主张的理论概括，也是清末新潮学者的共识。二张、吴、严为北京大学设计的学制和学科建设蓝图，连同早先（1898）梁启超执笔的《总理衙门奏拟京师大学堂章程》，从头至尾贯穿着中体西用原则。吴汝纶呈给张百熙的考察报告《东游丛录》，翔实记录了日本在创立现代教育体制中取法西方、保留传统的情形。这一报告成为张百熙拟订大学堂章程的参考。光绪二十八年（1902）11月，张百熙主持制定的《钦定大学堂章程》凿破混沌，把传统的经史子集四部转化为政治科、文学科、格致科、农学科、工艺科、商务科和医术科等七科。这一章程虽经公布，却未实施。光绪二十九年（1903）11月，由张之洞、张百熙和荣庆负责起草的《奏定大学堂章程》规定，大学堂设立八个分科大学：经学科、政法科、文学科、医科、格致科、农科、工科、商科。这两个章程，无论七科、八科，均体现着兼容中西、中体西用的思想。严复早岁斥责中体西用之说，以为其割裂体用，为旧学张目。但他在1912年主持北京大学校务后，在重视西学的同时，更将经、文科合并，以加强中学的基础地位，同样没有逸出中体西用的藩篱。此外，严复长校后，在呈给蔡元培任总长的教育部的《文科大学改良办法说帖》中提出，北京大学在建设文科时，应该对东西方文学、史学、哲学和地理学"兼收并蓄，广纳众流，以成其大"。^①蔡元培任北京大学校长后，沿着严复的兼收并蓄思路，提出含蕴更为深广的兼容并包办学原则。这一原则后来成为北京大学的基本精神。

桐城系统的学者在北京大学开创了伦理学学科和逻辑学学科。在伦理学方面，张鹤龄任京师大学堂副总教习时，编纂了《伦理学讲义》和《修身伦理教育杂说讲义》。自光绪三十二年（1906）起，林纾连续三年为大学堂预科和师范班讲授伦理道德课。由于林纾能结合自己丰富的人生经验和古今故事对昔贤明训加以疏解，而且语妙天下，发人深省，课堂效果极佳。桐城派学者在北京大学开拓了逻辑学学科的新境界。宣统元年（1909），章士钊在对比中西逻辑思想的异同后，主张把 logic 译为"逻辑"，这是他对中国现代逻辑学学科的重大贡献。1917 年 11 月，他受聘担任北京大学哲学门教授，讲授逻辑学和逻辑学史，同时主持哲学门教授会。章士钊的优长在于，他能将中国的逻辑资料纳入西洋逻辑系统之中进行阐述，这使其逻辑学带上鲜明的中国色彩。1939 年夏，他以北京大学授课时的讲义为基础，撰成《逻辑指要》一书。此书是中国现代逻辑史上的名著。

桐城派学者把北京大学建成中国现代美学学科的最高学术殿堂，并开创了中国文学批评史学科。在美学方面，朱光潜籍贯桐城，少年时代在吴汝纶创立的桐城中学受到桐城之学的熏陶，研习《古文辞类纂》和《经史百家杂钞》，模拟欧阳修、归有光之文。他留英归来后，1933 年 10 月初至 1937 年抗战爆发，受聘担任北京大学西语系教授。1946 年 8 月，应北京大学校长胡适之聘，再度担任西语系教授兼主任，此后再未离开过北京大学。宗白华 1897 年出生于外祖父方守彝家，方家乃桐城派名族。1952 年下半年调入北京大学任哲学系美学教授，直至去世。朱光潜、宗白华学贯中西，均追求人生艺术化的理想，均以桐城之学为研究美学的根基。在中西比较中，朱光潜提出美是主客观的统一，宗白华则对艺术意境作了独步一时的理论开掘。他们共同将中国现代美学推向高峰。在中国文学理论批评史方面，宣统二年（1910）至 1917 年，姚永朴在京师大学堂和北京大学任教时，以讲义为基础撰成《文学研究法》一书。此书与刘勰的《文心雕龙》后先辉

① 张寄谦：《严复与北京大学》，见《近代史研究》1993 年第 5 期，第 160～161 页

映，是对桐城派理论精英的升华，也是对中国古典文章学的总结。宣统二年（1910）正月至1913年，林纾在京师大学和北京大学讲授古文辞，其讲义于1913年6月在《平报》连载；1916年在都门印书局出版时，名为《春觉斋论文》。林纾立足桐城前贤文论，把自己从中国古典文学、外国文学和古文创作实践中所得，进行提摄归纳，创造性地提出意境等理论。姚永朴和林纾的著作多次再版，是后来一切中国文学理论批评史著作之祖。

桐城系统的学者是北京大学中国史学科建设的主力，是印度学学科的创立者。就史学而论，在宏观方面，邓之诚、钱穆讲授过中国通史。在断代史方面，徐中舒的殷周史料考订，李景濂的《左传》研究，钱穆的中国上古史、秦汉史、汉魏史，邓之诚的魏晋南北朝史，柯昌泗的隋唐五代史、宋史，柯劭忞的元史，钱穆的宋元明思想史、中国近三百年学术史，构成了中国史学科的完整序列。此外，孙贯文在金石铭刻学研究领域取得的成就也斐然可观。就印度学而论，曾在中学时追随桐城派学者王崑玉学习古文创作的季羡林，1946年秋留德归来，受聘担任北京大学教授，创建东方语文系。此后数十年，他研究佛教史和中印文化关系史，发表许多原创性论著，使北京大学成为研究印度学的基地。

此外，在北京大学自然科学学科建设方面，桐城派学者胡先骕、李钜分别在植物学和药理学领域皆有出色表现。

四　承雨润而茁壮

桐城派诸家进入北京大学后，以自己的文化理想和实际行动塑造着北京大学的精神。而北京大学以其巍峨地位，聘请桐城派诸家来校主政、任教，录取桐城派学子入校就读，为桐城派的发展和现代转型提供了历史契机。桐城派新生代因承北京大学雨露之润而成长为国家栋梁，尤值得表而出之。

北京大学赋予桐城派学子铁肩担道义的社会责任感。光绪二十九年（1903），为扑击沙俄欲吞并中国领土野心，全国掀起浩荡的拒俄运动，而京师大学堂的学生正是这场运动的急先锋。由师范馆学生谷钟秀拟稿的《京师大学堂师范仕学馆学生上书管学大臣请代奏拒俄书》痛论战守，以为俄人阴险狠辣，"无一时不置我于死地"；日、俄在东北相争，中国"大祸即在眉睫"。若处置不当，必引起列强瓜分狂潮，使"二万里幅员、四万万民庶皆将奴隶牛马受压制于他国之下"，因而必须拒俄。① 谷钟秀在光绪甲午乙未之际拜吴汝纶为师，是吴门杰出弟子。他光绪二十八年（1902）考入京师大学堂师范馆，在大学堂的陶铸下，积极参与拒俄运动，成为坚定的爱国者。由他代表全体京师大学堂学生起草的这篇上书，以北方桐城派特有的铿锵激越笔法，表达了莘莘学子对于民族的责任和救国热忱。20 世纪 20 年代初，北京大学学生成立了一个名为实践社的秘密救国组织，这个组织属于国民党，接受第一次国共合作时期的李大钊领导。实践社领袖邓文辉 1927 年与李大钊等一起，牺牲于张作霖政府的绞刑架上。1924 年，北方桐城派宗师贺涛之孙、吴闿生入室弟子贺翊新考入北京大学中文系，很快秘密加入实践社，邓文辉等的遇难没有动摇他和同伴们的意志，他们继续为实现孙中山先生的三民主义而奋斗。

一些桐城派学子经过北京大学哺育，成为优秀学者。尚秉和于光绪十八年（1892）在莲池书院师事吴汝纶，二十九年（1903）成进士，次年进入京师大学堂进士馆学习，三十二年（1906）毕业考核得优等。宣统三年（1911）为大学堂国文教习。1929 年受聘于奉天萃升书院，1931 年任中国大学教授，1937 年执教于保定莲池讲学院。尚氏所著《古文讲授谈》诠释桐城之学。其《历代社会风俗事物考》是早期研究中国社会史的名著。而其易学研究尤称卓绝。吴闿生弟子陆宗达 1922 年考入北京大学国文系预科，1924 年升入本科，追随黄侃，从事语言文字学研究，后在北京大学、辅仁大学和北京师范大学等校任教，著有《说文解字通论》《训诂学方法论》等。

一些桐城派学子经过北京大学哺育，成为优秀诗人、小说家和散文家。徐志摩早岁就读开智学堂两年，成为桐城派古文家张树森最好的学生。张氏继承桐城派传统，对中国地理烂熟，对吟诵极为在行。读一句带"乎""耶"的文章，"那尾声要拖至二分钟以上"，比京剧名角龚云甫的唱腔还要好听。② 徐志摩在开智所做古文《论哥舒翰潼关之败》就颇具桐

---

① 杨天石、王学庄编《拒俄运动（1901～1905）》，中国社会科学出版社，1979，第 147～149 页。
② 吴世昌：《志摩在家乡》，见吴令华编《吴其昌文集》（五），三晋出版社，2009，第 157～158 页。

城派韵味。胡适、吴其昌称徐志摩的散文成就不在其诗歌之下，徐氏又将弟子、桐城派嫡传方玮德及其姑姑方令孺引入新月派中，这一切均与其早岁拜入张树森之门有关。徐氏 1915 年考入北京大学预科，1917～1918 年在北京大学法科就读两载，对文学产生浓厚兴趣；接着留学英美，积极参与"北大留美同学会""北大留英校友会"的活动；1924 年秋至 1925 年 3 月，任北京大学教授，讲授英美文学。1930 年应胡适之聘，到北京大学办校务。1931 年 2 月，再任北京大学英文系教授。① 徐志摩一生的成就和声望，皆与北京大学紧密相连。汪曾祺在小学毕业后的暑假，从邑中名儒韦子廉问学。韦子廉学问渊博，对桐城派钻研尤深。汪曾祺说："先生日授桐城派古文一篇，督临《多宝塔》一纸。我至今作文写字，实得力于先生之指授。"② 1939 年，汪曾祺考入西南联合大学中文系，京派风格的《大一国文》成为他走上文学道路的启蒙书。而沈从文的教诲则对其日后成为名作家产生了重大影响。在北方，自曾国藩总督直隶提倡文教后，数十年间，桐城宗风笼罩燕赵大地。在这样的文化气氛中，生活于天津的吴小如在进入北京大学前就开始学习写作桐城派一路的古文。在回忆少年学伴毕基初时，他说："最使我们感到疏远的（不，毋宁说是感到水火的），乃是他弄'新文艺'，我治'旧辞章'；他写他的新诗，我作我的'桐城派'。"在回忆任教中学的生涯时，他说："我读高中时，一度学过作文言文；此时乃从张纪方老师专门学写桐城派古文，每成一篇，即呈先父玉如公批改。"③ 吴小如转入北京大学中文系学习后，受教益最深的是俞平伯、沈从文和废名。这三位先生都是京派作家。吴小如大学毕业后，留校任教，在古典文学和京剧研究方面造诣至深。其怀人散文收入《红楼梦影》一书，篇篇可读。可以说，他既是一位优秀学者，也是一位带有桐城派浓重色彩的杰出散文家。

桐城派新生代在北京大学精神培育下，一方面继承桐城之学，另一方面吸收新的文化成果。他们为桐城派带来了活力，也在现代化道路上，与桐城派之初心渐行渐远。

---

① 曾庆瑞：《新编徐志摩年谱》，见《曾庆瑞赵暇秋文集》（十一），中国传媒大学出版社，2008，第 305～433 页。秦贤次：《徐志摩生平史事考订》，见《新文学史料》2008 年第 2 期。
② 徐强：《人间送小温：汪曾祺年谱》，广陵书社，2016，第 13～14 页。
③ 吴小如：《毕基初及其作品》《回忆中学作文教学》，见《红楼梦影》，北京大学出版社，2012，第 4、217 页。

新闻进入教科书

——《共和国教科书》的承启意义与《铁达尼号邮船遇险记》的叙事旅行

杨　早（中国社会科学院文学研究所）

吴宗济是《庚子西狩丛谈》作者吴永的儿子，赵元任的学生。2007年，吴宗济接受《中国图书商报》采访，谈自己与商务印书馆的两代交情。报道说："吴老至今还清楚地记得商务印书馆《共和国教科书》第一册第一页写的什么文字，记得第二册中从瓶子掏果子吃的小故事，以及第八册中讲的铁达尼号沉船等等。"①

《共和国教科书》初版于1912年，为"春季始业"用书，1913年为了配合民国教育部规定之三学期新学制，又出版了"秋季始业"用书。两个版本课文有所参差，以初等小学校第二册为例，"春季始业"用书共五十课，"秋季始业"用书共五十八课，课文顺序亦有不同。② 吴宗济生于1909年，他上学时用的应该是"秋季始业"用书。

但查对了两个版本的第二册，均不见吴宗济说的"从瓶子掏果子吃的小故事"。从内容来看，这篇课文应该是《共和国教科书·新国文》初等小学校春季始业用书的第三册第二十四课《勿贪多》。③

同样，在春季始业用书中，"铁达尼号沉船"也不是在第八册，而是

---

① 田丽丽、李保莉：《吴宗济：我和商务80年的交情》，《中国图书商报》2007年12月28日。转引自王涛等编《商务印书馆一百一十年》，商务印书馆，2009，第197页。

② 《春季始业国民学校共和国教科书》第二册，商务印书馆，1912；《秋季始业国民学校共和国教科书》第二册，商务印书馆，1913。

③ 课文内容是："瓶中有果，儿伸手入瓶，取之满握。拳不能出。手痛心急，大哭。母曰：'汝勿贪多，则拳可出矣'。"《春季始业国民学校共和国教科书》第二册，商务印书馆，1912。

高等小学校用书的第一册第十五、十六课，标题为《铁达尼号邮船遇险记》。究竟是 98 岁的吴宗济记忆有误，还是当年他上学使用的版本的确如此？难于索证。

不过吴宗济对《铁达尼号邮船遇险记》印象深刻是有道理的。这篇文章出现在《共和国教科书·新国文》里，确实可以称得上民初教科书的一次创举。虽然过往对《共和国教科书》的研究很少提及这篇课文，然而我们从社会史/新闻史/教育史的不同角度来考察这篇课文的叙事旅行，考察这场沉船事故是如何从一个异常复杂的大灾难，演变成一堂富含教育意义的国文课目，可以从中窥看民初新式知识分子的教育理念与启蒙心态。

"教科书之争"催生《共和国教科书》

民国元年（1912）商务、中华"教科书之争"，蒋维乔讲述较早，也最为详细，兹录如下，以便考辨：

> 是时革命声势，日增月盛，商务同人有远见者，均劝菊生，应预备一套适用于革命后之教科书。菊生向来精明强干，一切措施，罔不中肯。然圣人千虑，必有一失，彼本有保皇党臭味，提及革命，总是摇首。遂肯定的下断语，以为革命必不能成功，教科书不必改。而伯鸿却暗中预备全套适用之教科书，秘密组织书局。于民国元年，中华书局突然宣告成立，中华民国之各种教科书，同时出版。商务措手不及，其教科书仅适用于帝制时代者，遂被一律打倒。伯鸿亦脱离商务，一跃而为中华书局总经理。商务则亡羊补牢，汲汲将各书修改，时逾半载，方能勉强出版，而上风已为中华所占。[①]

胡愈之也在回忆录里批评"商务经营人"的错误决策：

---

① 蒋维乔：《创办初期之商务印书馆与中华书局》，张静庐主编《中国现代出版史料（丁编下卷）》，中华书局，1959，第 398 页。

辛亥革命发生，商务经营人对当代革命的看法，表现了保守的思想，这是和"事业已搞大了"这个物质条件有关的。同时在股东之间也发生了一些矛盾，有一部分人就出去另搞了一个中华书局（当时中华总经理陆费伯鸿原来就是商务的人），为了和商务竞争，为了反映革命的新潮流，编出了《共和教科书》（指《中华教科书》，《大清教科书》是商务出的），这时商务显得很保守，好像成了"保皇党"。还由于革命形势发展很快，中华民国成立，商务马上又编出了《国民教科书》（指民国新教科书）。①

这样，似乎坐实了"商务经营人"（主要是张元济）的决策失误。1941年陆费逵去世后，陆费执所撰《陆费伯鸿先生传略》只字不提商务，但云"辛亥武昌起义后，先生预料革命必成功，教科书应有大改革，决另创书局专营出版事业，乃集资二万五千元，与戴克敦、沈知方、陈协恭等在家秘密编辑共和教科书，工作常至午夜"。②

辛亥年任职商务的陆费逵是否向馆方建议另印教科书的"商务同人"之一？似乎没有明确的说法。而陆费逵等人"秘密编辑共和教科书"，究竟是为了躲避清政府巡捕的政治需要，还是瞒着商务印书馆的经济手段？以武昌首义之后南方各省纷纷独立的态势来看（上海光复距武昌起义仅25天），以后者的可能性较大。

张元济为代表的商务印书馆馆方，之所以没有抓住机会，继续保持商务印书馆在中小学教科书方面的垄断地位，原因相当复杂。

商务诸领袖确实热心赞同立宪运动。1906年，由股东郑孝胥邀请，张元济、夏瑞芳、高凤谦、陆尔奎、孟森、印有模、李拔可等资方重要领导与高级编辑参加上海预备立宪公会，商务印书馆重头刊物《东方杂志》更是极力赞同清末立宪运动。③

然而，说张元济或商务馆方"有保皇党臭味"，并因此不肯重新编印

① 胡愈之：《回忆商务印书馆》，《商务印书馆九十五年——我和商务印书馆》，商务印书馆，1992，第116页。
② 陆费执：《陆费伯鸿先生传略》，注云"沈知方系沈颐（朵山）之误"，《陆费逵与中华书局》，中华书局，2002，第344页。
③ 史春风：《商务印书馆与近代立宪思潮》，王涛等编《商务印书馆一百一十年》，商务印书馆，2009，第467~468页。

教科书，未必站得住脚。武昌起义之后，各地立宪党人激于清廷立宪进程迟缓，普遍与革命军采合作态度。上海立宪派与商会亦不例外，攻打制造局之役得力于商会之力甚巨。而张元济的个人态度，从他光复次日便请了一位剃头师傅来家剪辫子可见，他对清廷谈不上多么眷恋。商务印书馆更是于1911年12月8日在《申报》刊登"售书助饷广告"，将三日全部售书所得捐给军政府，又于12月15日登报征求革命史料。① 商务印书馆应该是平静地接受了革命的事实。

另一个反映商务印书馆态度的例子，是孙毓修主编的《少年杂志》，在1911年10月22日出版的1卷9册，已经刊登《辛亥八月中国革命小记》，将武昌与长沙对敌的双方称为"起义者"与"北京政府"，同时版权页也不再使用宣统纪年，而改用"辛亥年九月初一日"。其时上海尚未光复，《少年杂志》至少是在馆方默许之下采取了中立的态度。

笔者认为，商务印书馆没有动手抢编"共和教科书"的最大原因有以下几个。

一是重新编印教科书成本太高。商务印书馆已经行销数年的《最新教科书》销售甚广，"第一册出版后未及五六日，就销去四千册，以后一再重印，四个月内销售了十多万册"②，"固盛行十余年，行销至数百万册"③，如此大销量的教科书，商务印书馆备货必多，否则就会出现中华书局《中华教科书》初次发行时"各省函电纷驰，门前顾客坐索，供不应求，左支右绌"④ 的窘况。此后商务印书馆编印《共和国教科书》，与中华书局大打销量战，"计每年须损十五万"⑤，也说明了改教科书的成本相当巨大。更何况商务印书馆尚未从创始人夏瑞芳投资橡皮股票失

① 张人凤、柳和城编著《张元济年谱长编》，上海交通大学出版社，2011，第345～347页。
② 王益：《中日出版印刷文化的交流和商务印书馆》，《商务印书馆一百年》，商务印书馆，1998，第386页。
③ 蒋维乔：《编辑小学教科书之回忆》，原载《出版周刊》第156号（1935），转引自《商务印书馆九十年——我和商务印书馆》，商务印书馆，1987，第61页。
④ 陆费逵：《中华书局二十年之回顾》，原载《中华书局图书月刊》第1期，1931年8月10日，引自《陆费逵与中华书局》，中华书局，2002，第469页。
⑤ 劳祖德整理《郑孝胥日记》第三册，中华书局，1993，第1442页。

败造成的经济危机中恢复过来①，不轻易投资编印新的教科书，亦属情有可原。

二是有侥幸心理。《最新教科书》耗费了商务印书馆与张元济大量金钱、时间、心力，也在国内获得了巨大的影响力。② 如想全盘改弦更张，未免有心血浪掷之憾。而且一时间也没有凑手的人才。③ 1912 年 1 月 19 日，南京政府教育部颁布《普通教育暂行办法》，要求"凡民间通行之教科书，其中有尊崇有清朝廷及旧时官制、军制等课，并避讳、抬头字样，应由各该会局自行修改，呈送样本于本部及本省民政司、教育总会查存"。商务印书馆即于本月出版《订正初等小学用最新国文教科书》十册、《订正高等小学用最新国文教科书》八册等，并在版权页删去日人姓名。报纸广告称这些教科书为"共和适用之教科书"，表示"民国成立，政体共和，教育方针随以变动。本馆前编各种教科书叠承海内教育家采用，许为最适用之本。今以时势移易，爰根据共和国教育之宗旨，先将小学用各种教科书分别修订。凡共和国民应具之知识与夫此次革命之原委皆详细叙入，以养成完全共和国民"。④

然而仅三天后，中华书局名为《教科书革命》的广告便占据了各大报纸版面：

　　▶立国根本在乎教育，教育根本实在教科书，教育不革命，国基

---

① 商务印书馆为夏瑞芳事向日本三井洋行借资十万两，三个月借期恰到 1911 年底，张元济 12 月 30 日致原亮三郎、山本条太郎信云"现在本馆存金有限，只能凑集三万，今日由夏、印两君再行筹集，不知如何"。张人凤、柳和城编著《张元济年谱长编》，上海交通大学出版社，2011，第 348～349 页。

② "当时之参加编辑者张元济、高凤谦、蒋维乔、庄俞等，略似圆桌会议，由任何人提出一原则，共认有讨论之价值者，彼此详悉辩论，恒有为一原则讨论至半日或终日方决定者。"蒋维乔：《编辑小学教科书之回忆》，原载《出版周刊》第 156 号（1935），转引自《商务印书馆九十年——我和商务印书馆》，商务印书馆，1987，第 57 页。"往往为一课书，共同讨论，反复修改，费时恒至一二日。瑞芳恒怀疑，嫌其迟缓，及出书畅销，始为心服……商务教科书营业之盛，冠于全国"。蒋维乔：《创办初期之商务印书馆与中华书局》，张静庐主编《中国现代出版史料（丁编下卷）》，第 397 页，中华书局，1959。

③ 1912 年初，张元济曾约包天笑入编译所，并称"我们出版的小学国文教科书，年年改版，现在革命以后，又要重编了，要请阁下担任其事"。包天笑：《我在商务印书馆编译所》，《商务印书馆九十五年——我和商务印书馆》，商务印书馆，1992，第 89 页。

④ 《共和适用之教科书》，《申报》1912 年 2 月 23 日。

终无由巩固，教科书不革命，教育目的终不能达也。

▶往者异族当国，政体专制，束缚抑压，不遗余力，教科图书，钤制弥甚，自由真理，共和大义，莫由灌输，即国家界说，亦不得明。

▶幸逢武汉起义，各省回应，知人心思汉，吾道不孤，民国成立，即在目前，非有适宜之教科书，则革命最后之胜利仍不可得。

▶（一）养成中华共和国民（二）并采人道主义政治主义军国民主义（三）注重实际教育（四）融合国粹欧化。①

中华书局的广告，将"革命""立国""共和""教科书"捆绑在一起，再加上没有表达在广告里的，对商务印书馆"日资股份"的指责，也让商务印书馆的教材发行倍感压力②，中华书局的《新中华教科书》也便大行其道。③

应该说，如果没有前职员陆费逵创办中华书局咄咄相逼，商务印书馆可能还会继续推行订正版的《最新教科书》。但在举国尚新的局面下，商务印书馆必须拿出应对措施，推出一套全新的中小学教科书，这才有了《共和国教科书》。

《新国文》对《最新国文》的继承与改造

蒋维乔称，"教科书之形式、内容渐臻完善者，当推商务印书馆之《最新教科书》……凡各书局所编之教科书及学部国定之教科书，大率皆模仿此书之体裁，故在彼一时期，能完成教科书之使命者，舍《最新》

---

① 《教科书革命》，《申报》1912 年 2 月 26 日

② 商务董事会在给股东的关于清退日股的报告中说："近来竞争愈烈。如江西则登载广告，明肆攻击；湖南则有多数学界介绍'华商自办'某公司之图书；湖北审查会则以本馆有日本股，故扣其书不付审查。"汪家熔：《大变动时代的建设者：张元济传》，四川人民出版社，1985，第 155~156 页。

③ "民国元年，中华书局崛起，发行一套《新中华教科书》……因为政治的关系，很被小学教育界所采用"，吴研因：《清末以来我国小学教科书概观》，原载《同行月刊》4 卷 1~4 期，《商务印书馆九十五年——我和商务印书馆》，商务印书馆，1992，第 208 页。

外，固罔有能当之无愧者也"。① 在近代教科书出版史上，对这套教材的评价也很高："仅初、高小就有 11 门 32 种 156 册，是当时我国小学教科书课目最完备的一套课，从 1904 年一直发行到 1911 年底，发行量占全国课本份额的 80%……是我国第一套完整的中小学教科书。"② 研究者评论商务印书馆"在 1903 至 1911 年间提供了最大部分的学校教科书，并成为一个真正的'学校课本托拉斯'"。③

中华书局创办人陆费逵后来曾对《最新教科书》有所评价，说此套书"以日本明治三十七八年教科书体裁为蓝本，标名'最新'，其长处有三：一，各科完备。二，具教科书体裁。三，内容精迪。其短处亦有三：一，程度太深。二，分量太多。三，各科欠联络，前后欠衔接"。④ 陆费逵对《最新教科书》的不满应该由来有自，他 1911 年夏秋之际随张元济去北京开中央教育会，在考察北方教育时也对商务出版的《最新教科书》颇有微词。⑤

辛亥革命、民国肇立，给了教科书界一个重新洗牌的机会。民国创立不久，便有"苏省农业学堂毕业生杨鸿年徐均燨等具呈都督府，请通饬高等小学均加授农商二课，采用商务印书馆教科书"。这条呈奏背后，有没有商务印书馆的支持，不大好说，但江苏都督府回称"碍难照准"，并陈述理由为"自政体变更，各项教科书均待改订，查小学校令第十九条，小学校课业所用图书，由图书审查会采定，现诸事草创，尚未有此等完全机关，未便指定某书，不待审查，遽尔通行各校。前清辄以教育行政官之命令，强制各学校购用某项书籍，有妨教育之发达，久为通人

---

① 蒋维乔：《编辑小学教科书之回忆》，原载《出版周刊》第 156 号（1935），转引自《商务印书馆九十年——我和商务印书馆》，商务印书馆，1987，第 56 页。

② 商务印书馆：《编辑初等高等小学堂国文教科书缘起和编辑大意》，汪家熔辑注《中国出版史料（近代部分）》第二卷，湖北教育出版社，2004，第 533 页。

③ 〔法〕戴仁著《上海商务印书馆 1897~1949》，李桐实译，商务印书馆，2000，第 14 页。

④ 陆费逵：《六十年来中国之出版业与印刷业》，原载《申报月刊》1 卷 1 号，1932 年 7 月 15 日，引自《陆费逵与中华书局》，中华书局，2002，第 476 页。

⑤ "惟五年级授外国地理，用商务馆《瀛寰全志》。此书已旧，教员不知改订，一失也。教员端坐，持书顺讲，注重文字，而略于大势，二失也。学生有地图，而教员无之，且不知利用黑板，三失也。"陆费逵：《京津两月记》，吕达主编《陆费逵教育论著选》，人民教育出版社，2000，第 86 页。

所诟病"。① 江苏都督府的反应，清晰地反映出商务教科书垄断地位的动摇。

然而，作为竞争者的《中华教科书》，是否针对《最新教科书》的短处有明显的改良呢？也很难得出这样的结论。吴研因说《中华教科书》"不旋踵而就自然消灭"②，后世研究者对《中华高等小学国文教科书》的评价亦不甚高。③ 这种情况，估计与中华书局必须抢先发布教科书有极大关系。

而且商务印书馆的滞后也获得了另一个契机：南京政府教育部改革学制，将初小五年、高小四年、中学四年改为初小四年、高小三年、中学三年。因此商务印书馆的确可以乘机适应新学制，将《最新教科书》的程度调低，分量减少。

在所有的科目之中，《国文》是最难，也是最费编辑心力的。《最新国文教科书》的编者在《缘起》里也说明："本馆延请海内外通人名士研究教育问题，知国文科为最亟，乃合群力，集众智，商榷体例，搜罗材料，累月经年，始得要领"，而且，因为国文教科书没有办法模仿欧美与日本的教科书，"无成法可依附也"，因此编写难度也最高。

国文科的重要性与难度还在于：《最新国文教科书》确立的规范，是将"国文教科书"视为一种综合的教材，迥非单科教材可以比拟：

> 凡关于立身（如私德、公德及饮食、衣服、言语、动作、卫生、体操等）、居家（如孝亲、敬长、慈幼及洒扫、应对等）、处世（如交友、待人接物及爱国等），以至事物浅近之理由（如天文、地理、地文、动物、植物、矿物、生理、化学及历史、政法、武备等），与治生之所不可缺者（如农业、工业、商业及书信、帐簿、契约、钱币等），皆萃于此书。其有为吾国之特色（如开化最早，人口最多及古

---

① 《苏都督关于教育之指令》，《申报》1912 年 2 月 29 日。

② 吴研因：《清末以来我国小学教科书概观》，原载《同行月刊》4 卷 1～4 期，《商务印书馆九十五年——我和商务印书馆》，商务印书馆，1992，第 208 页。

③ "选文均为文言文，为文选型教科书，是单纯的范文汇编。教材内容无注疏和评点，无练习设计，只是个别篇目列有作者简要介绍。前后课文的内容一般不相关，文体也没有多大联系。虽然偶尔也会把内容相关的课文安排在一起，但仍不能借此断定编者是有目的地把内容或文体相关的课文安排在一起，从而形成单元的编排体例。"张雯、闫苹编《民国时期小学语文教科书评介》，语文出版社，2009，第 4 页。

圣贤之嘉言懿行等），则极力表章之；吾国之弊俗（如拘忌、迷信及缠足、鸦片等），则极力矫正之，以期社会之进步改良。①

《最新国文教科书》的内容涉及了国文、历史、修身、自然、地理、政治等科目，无怪在很长一段时间内，《国文》被视为一套教科书的门面。②

《共和国教科书》基于《最新教科书》而成，短短数月，想要彻底脱胎换骨，绝无可能。尽管编辑者吸收了不少新鲜血液（如包天笑），但大部分课文仍然因袭《最新教科书》。那么，《共和国教科书》在何种意义上能做到商务编者自称的"注意于实际上之革新，非徒变更面目，以求合于政体而已"③ 呢？我们不妨以全套《共和国教科书》中最先出版的《高等小学用共和国教科书新国文（甲种、春季始业)》（下简称《新国文》）来与《高等小学用最新国文教科书》（下简称《最新国文》）相比较，来看看前者对于后者的传承与改造。

《最新国文》高小部分共分八册，每册课文 60 篇，共 480 篇；《新国文》高小部分共分六册，每册课文 33～37 篇不等，共 216 篇。两种教材，重复的篇目 108 篇（在《新国文》里被拆为 109 篇），见下表。

序号	篇名	最新国文	新国文
1	华盛顿	八 4	一 3、4
2	狮	四 56	一 9
3	蚊	五 54	一 13
4	麦	三 40	一 19
5	稻	三 41	一 20
6	演说	一 46	一 26

---

① 《编辑初等高等小学堂国文教科书缘起》，《〈最新初等小学国文教科书〉第一册》，1904 年 4 月 8 日出版。

② "我国的小学教科书，只有国语科用书进步得最多，其余各科用书进步很少……我国的社会习惯，只重视国文国语，所以各书坊也往往只把国文国语改进，做自己的门面，其余各科用书，就不急急地改进了。"吴研因：《清末以来我国小学教科书概观》，原载《同行月刊》4 卷 1～4 期，《商务印书馆九十五年——我和商务印书馆》，商务印书馆，1992，第 208 页。

③ 《商务印书馆广告》，《申报》1912 年 4 月 11 日。

序号	篇名	最新国文	新国文
7	国语	八 56	一 27
8	因小失大	五 58	一 33
9	元之强盛	三 1、2、3	一 33
10	进步	二 40	一 34
11	男女	一 24	一 35
12	自立	二 36	二 4
13	惜时	一 48	二 7
14	人之职分	五 1	二 8
15	开矿	五 26	二 9
16	我国矿业	五 27	二 10
17	珊瑚岛	四 53	二 12
18	区寄	五 7	二 18
19	公园	一 49	二 23
20	农业	三 23	二 24
21	深耕	一 18	二 25
22	漆贾	二 17	二 26
23	空气	三 37	二 27
24	热	五 34	二 28
25	以德报怨	四 44	二 29
26	游历	五 10	二 32
27	苏彝士运河	七 10	二 33
28	上古创造之圣人	二 29	二 37
29	小儿乘轻气球	八 13	三 2、3
30	衡山	一 51	三 4
31	济南三胜	一 50	三 5
32	海市蜃楼	四 29	三 6
33	猎象	七 58	三 11
34	商鞅	二 34	三 13
35	泅水术	五 44	三 14
36	有恒	七 6	三 15
37	南丁格兰	七 39	三 18

序号	篇名	最新国文	新国文
38	红十字会	七 40	三 19
39	合群之利	一 45	三 20
40	师说	三 25	三 22
41	博爱	一 32	三 24
42	盲哑学堂（校）	一 15	三 25
43	市	五 17	三 29
44	营业之道德	七 12	三 30
45	利用万物	三 22	三 31
46	陆军	八 24	三 36
47	军舰	七 23	三 37
48	周游世界	六 1	四 1、2
49	公债	八 8	四 3
50	地方自治	六 18	四 4
51	晏安之害	一 41	四 5
52	艰难	七 5	四 6
53	鲁滨孙	五 15	四 7、8
54	分业	五 2	四 9
55	生财之本	六 10	四 10
56	节用	五 57	四 11
57	戒（酗）酒	五 55	四 13
58	郑和	四 21	四 16
59	（观）巴黎［观］油画记	六 48	四 18
60	物体之轻重	六 51	四 19
61	习惯	六 24	四 21
62	田单	六 42	四 22
63	火药	五 20	四 24
64	枪炮	五 21	四 25
65	科学之应用	六 52	四 27
66	工业之巧拙	二 31	四 28
67	秦良玉	三 45	四 29
68	灯塔	二 22	四 30

序号	篇名	最新国文	新国文
69	孔子	四 1	五 3
70	道教	五 14	五 4
71	外交	四 5	五 7
72	战争与和平	四 7	五 8
73	俾斯麦	六 22	五 10
74	汽机	八 44	五 13
75	巴律西	一 43	五 15
76	忍耐	二 37	五 15
77	善动善游	四 41	五 22
78	普人之朴素	六 23	五 23
79	实业	四 40	五 24
80	司法	三 7	五 27
81	周亚夫	三 8	五 28
82	活版	四 14	五 29
83	报纸	七 13	五 30
84	广告	七 14	五 31
85	辨志	四 4	五 32
86	费宫人	八 53	五 36
87	租税	二 13、14	六 3
88	早婚（之害）	六 25	六 4
89	核舟	六 49	六 8
90	［论］葬（论）	四 60	六 9
91	通商	四 22	六 13
92	博览会及商品陈列所	八 43	六 14
93	日之远近	八 1	六 17
94	择业	三 32	六 18
95	专利	二 32	六 19
96	制铁大王	二 55	六 20
97	托辣斯	八 41	六 21
98	军备	五 19	六 25
99	鱼雷水雷	七 24	六 26

续表

序号	篇名	最新国文	新国文
101	格白的	四 50	六 29
102	道路	八 11	六 30
103	恻隐之心	七 41	六 31
104	学生之爱国	七 38	六 32
105	大国民	八 60	六 34

说明："一 3、4"指"第一册第三、第四课"，以此类推。

《新国文》从《最新国文》中继承的课文不止表中所列，如《新国文教科书》高等小学部分第一册里的第五课《美国二缝工》，即选自《最新国文教科书》初等小学部分第九册的第二十八课；第八课《杏园中枣树》则是选自《最新国文教科书》初等小学部分第七册的第十四课。而《最新国文教科书》初等小学部分第六册的第五十五课《宽待童仆》的下半部分，则转化成了《共和国教科书·新修身》初等小学部分第六册的第十课《宽容》。

这些变动，一方面是商务印书馆面对新学制的调整，另一方面也是《新国文》编写者对"程度太深""分量太多""各科欠联络"等批评的回应。就课文内容来说，《新国文》较之《最新国文》，初小部分因为"儿童生活起居常识类""儿童游戏类""动植物等自然常识类"基本只有删减而无添加，变动的只是"地理、历史类"的少数词句，如"我朝"之类的用词；而高小部分的"博物知识"变动甚少，"中外文学知识"因为编者的变动，有部分更易，变化最大的，是"政治经济制度"。①

最明显的改变，当然是基于国体与政体更替的政治制度部分。《最新国文》高小部分第一册用了五课的篇幅，分别讲述"预备立宪""君主立宪""庆祝立宪歌"，而《新国文》的前两课，即是《国体与政体》《民国成立始末》。

然而，真正能反映《新国文》求新求变意识的，是第一册的第十五、十六课《铁达尼邮船遇险记》（一）（二）。在此之前的新式小学教材，从来没有引入如此时新的新闻报道的前例，也是同期的《新中华教科书》及

---

① 关于《共和国教科书·新国文》初小、高小部分的分类，参见陈红宇《商务版〈共和国教科书新国文〉编写研究》，贵州师范大学硕士学位论文，2016。

其他书局教科书所未有之创举。

“铁台里克号” 的叙事旅行

1912 年 4 月 14 日 23 时 40 分左右，英国体积最庞大设施最豪华的邮轮泰坦尼克号，在驶往纽约的首航途中，与一座冰山相撞，造成右舷船艏至船舯部破裂，五座水密舱进水。次日凌晨 2 时 20 分左右，泰坦尼克船体断裂成两截后沉入大西洋底。2224 名船员及乘客中，逾 1500 人丧生，生还者仅 710 人。

借助与西方通讯社的合作，万里之外的中国《申报》几乎与西方媒体同步报道了这次海难，虽然仅有 47 字：

> 有汽船两艘，俱接白星汽船铁唐里克号之无线电音，谓该船与冰山互撞，现将沉没，船中女子已入救生艇。(柏林)①

这条电讯的内容，只是白星航运公司发布的诸多版本之一。而这个版本最值得注意的是“船中女子已入救生艇”这一句话，正是这句并不太符合事实的报道，让“铁唐里克号”的沉没一进入中文世界，就呈现出了巨大灾难与道德高标的双重特性。

4 月 18 日，《申报》又综合英国路透社电等外媒报道，编译成《英国

___

① “译电”，《申报》1912 年 4 月 17 日。

大商船遭难详记》一文。有意思的是，时隔一日，Titanic 又被译成"铁台里克"。该文详列"铁台里克号"的建造费用、保险金额、所载物品，以及头等舱旅客个人行李损失情况。在述及人员伤亡时，该文重复了昨日报道的重点："十五日晚九时，该公司宣布谓，该船伤人甚众，据卡配西亚汽船报告，彼船驶抵遇灾之处，仅见小艇及该船碎木漂流水面，逆料船中搭客二千二百人，获救者不过六百七十五人，以妇孺居多。"其实在这篇报道中，事实已经出现了某些歧义，如"晚间九时钮（纽）约白星公司事务所前，群人围立如堵，及闻办事人声称，除头二等搭客外，余人安危均未得悉"。两相对照，"妇孺居多"似乎仅限于"头二等搭客"。

正如鲁珀特·马修斯指出的那样："头等舱和三等舱乘客幸存率上的差异在 1912 年时几乎没有被注意到，但这种非常不公平和不合时宜的现象很快就被人们注意到了。有人指出这些差异反映了那个糟糕的旧时代。甚至有人想努力证明在轮船沉没的时候，头等舱乘客受到了优待，而一些三等舱乘客却被锁在了下面，最终被淹死。"在 1912 年的时候，媒体报道与评论都将视线聚集于"英勇的自我牺牲和忠于职守"这种"更好时代的象征"。①

《申报》也不例外，4 月 19 日转译外电评论"铁台里克船上之办事人，异常可敬，盖当事危之际，照料妇孺登救生艇，然后船长及多数之办事员，均与船同尽"，基本上为沉船的报道定下了基调。

4 月 20 日、21 日《申报》刊载的《再纪英国大商船遇难详情》是 1912 年该报关于"铁台里克号"最详细的报道，因为摘译《字林报》等英文报纸转录的生还者回忆，远比路透社电的简明直截要生动活泼得多。下面这两段文字可谓感人至深：

> 数分钟内，见艇覆已揭去，船员静立其旁，预备卸下，于是始知必遇重大危机。楼下之搭客亦纷拥而上，船长乃发命曰：男客悉由艇旁退后，女客悉退至下层甲板。男客闻令寂静退立，或身倚铁栏，或行于甲板之上。旋见卸下之艇皆落至下层甲板，妇女皆安然入艇。惟有数妇人因不忍离其良人，坚不肯行，亦有被人在其良人之侧拖拥入

---

① 〔英〕马修斯著《沉没的真相——梦幻巨轮泰坦尼克》，贺微微、李海林译，南海出版公司，2013，第 260 页。

艇者。然并未见紊乱秩序及争先入艇之举动，亦未闻啼嘘啜泣者。夫诸人虽知顷刻之间咸将投身海内，反藉救生圈以存万一之希望，而仍能镇定如恒，不稍惊乱，亦可奇也。运载妇孺之艇既隐没于苍茫黑空之中，乃又下命令男子入艇，诸人亦安然而入。①

妇女一拥而上，男子乃退至一旁，严守先女后男之例。船员皆握手枪以防扰乱。及最后之艇离船后，大餐室内乐声大作，群奏《上帝将近尔身》之曲。②

这些画面都是后来"泰坦尼克叙事"中的经典场景，构成了表彰"自我牺牲与忠于职守"的主流公众态度。接下来的报道中，类似的事例越来越多，如"总邮政司萨米尔君接华盛顿官报，谓铁台里克号有英国邮政书记两员，美国邮政书记三员，当该船遇险之际，不顾逃生，合力搬运挂号邮件二百包至上层甲板，冀可保全此物，卒致溺死"。③

然而《申报》作为新闻媒体，还是保留了外电报道中较为复杂的叙事成分：

铁台里克号遇难时之情状，传说纷纭，莫衷一是。或谓颇为镇静，或谓秩序极乱。内有数客因争欲入艇，几将发狂。戈登夫人最后入艇，据称船上之客有欲奔跃入艇内者，为船长以手枪驱回，轰倒数人，秩序始复。艇将离船，尚有一人意图跃入，即遭击毙，堕尸艇中。

有华人六名，潜伏于救生艇底，直至诸艇升至卡配西亚号后，始经人寻出。内有二人因搭客叠坐其上，压烂而毙。④

铁台里克邮船失事一案，英国商部今日复行审问……先召该船水手研讯，据供船中杂役火夫于卸艇未经训练，故颇慌乱，又一人谓艇中并无灯火罗盘粮食，外国搭客皆争先下艇，彼尝以舵柄击之，又有开手枪阻之者。⑤

---

① 《再纪英国大商船遇难详情》，《申报》1912 年 4 月 20 日。
② 《再纪英国大商船遇难详情》（续昨），《申报》1912 年 4 月 21 日。
③ "译电"，《申报》1912 年 4 月 23 日。
④ 《再纪英国大商船遇难详情》（续昨），《申报》1912 年 4 月 21 日。
⑤ "译电"，《申报》1912 年 5 月 5 日。

后世研究者细读这些文字，可以解读出"颇为镇静"似乎限于头等舱与二等舱，而"秩序极乱"则指向三等舱与外国搭客。尤其描写两名华人"压烂而毙"，而原文不过是"压死（crushed）"，从中似乎能看出中文报纸《申报》"跟随英国人视角"的自我贬抑倾向。[①]

然而，1912年的《申报》及其读者，应该还没有质疑西方媒体与公众"种族主义想象力"的自觉。相反，在共和之声响彻全国的当口，媒体（报纸、刊物、教科书）的重要任务是"发现共和国民"，也即商务印书馆《共和国教科书》的"广告"中所说的"注重自由平等之精神，守法合群之德义，以养成共和国民之人格"。[②]

商务印书馆教科书的编者，对于"中外"的态度，很能代表当时知识者的启蒙心态。这一点从《最新国文》延至《新国文》，并无改变。《最新国文》初小部分第一册《编辑大意》曾针对"外国之事物，不合于本国习俗"的弊病，强调"本编不采古事及外国事"[③]，而《新国文》初小部分则未有此条。《最新国文》初小部分第十册第四十一课《待外国人之道》，同样也收入《新国文》初小部分第八册：

> 积国而成世界，全世界之人，独非吾类乎？吾奈何不独爱之乎？未开化之民往往以他国之人，言语服饰之不同，风俗礼貌之各异，而等之于禽兽，则以刻酷轻薄之行遇之。及交通既盛，文明大启，始知同为人类，则无论肤色若何，程度若何，皆当待之以道。……是以本国人与外国人，虽不无亲疏之别，然同为人类，则应对不可以不谨，交易不可以不信。见其迷惑而指导之，值其困穷而周救之，固无分本国外国也。

将"文明大启"视为人类历史的普遍进程，以"文明开化与否"而非种族来区分各人类社会，这种理想化的人类大同意识，正是启蒙者希望通

---

① 参见程巍《泰坦尼克号上的"中国佬"：种族主义想象力》，漓江出版社，2013。该书引述材料证明"戈登夫人回忆"纯属子虚乌有，而她乘坐的那艘救生艇尚有大量空位，却被艇上的富人强行要求驶离，而不是救援更多的遇难者。

② 《商务印书馆广告》，《申报》1912年4月11日。

③ 《编辑初等高等小学堂国文教科书缘起》，《〈最新初等小学国文教科书〉第一册》，1904年4月8日出版。

过教科书传达给中国学童乃至中国社会的。《最新国文》初小部分最后一课《无自馁》（收入《新国文》高小部分第二册，改名为《毋自馁》）反驳"黄种智力不如白种"的说法：

> 夫文明利器，我中国创之，欧人师吾成法，乃能胜吾。若以吾人之善于创造，更取欧洲成法而讲求焉，安知其必不如人乎？白种人也，黄种人也，有为者亦若是，吾何必自馁哉？

所谓"共和国民之人格"，正包含这种不卑不亢对普适的"文明"的追求。以这种观念来看待"铁台里克号沉没事件"，自然会与借助这一灾难来弘扬"自我牺牲与忠于职守"的英美主流评论达成某种意义上的"共谋"，而借此对中国国民性的批判与否定，1912 年才刚刚启其端（如批判国民性的主将之一鲁迅，此时正好在南京政府教育部任职）。

因此，当《新国文》的编者将发生才及两月的"铁台里克号"事件收入教科书时，象征着晚清以降的国民启蒙又出现了新的结合形式。按照《最新国文》初小部分第十册第四十二课《日报》（后改写收入《新国文》初小部分第七册第三十七课）的定义，新闻媒体的中介作用在于各地访事报告的见闻，"有编辑者，择要而类比之。又为之论说若批评，以明其事之关系。故无论何地之人，其成败利害之所关，可以各从其类求之"。而教科书的功用，又在于选择并改写新闻，归类举要，阐述意义，从而让"新闻—教科书"的叙事旅行构成启蒙传播的前后环节。

《铁达尼号邮船遇险记》的典范意义

不可否认，铁达尼号（Titanic 的第三个中文译名）本身"永不沉没"的体量与"海上宫殿"的美誉，沉船报道中被反复提及的"自我牺牲与忠于职守"，是它能够入选《新国文》的两个重要原因。

《铁达尼号邮船遇险记》分为两课，第一课（《新国文》高小部分第一册第十五课）写的是铁达尼号从"沙桑布敦"（今译南安普顿）出发到撞船前为止。《教授法》[①] 提示本课目的是"本课述铁达尼之规模宏敞"，"教授事项"则列明：

（1）时间分配　本课分二时。

第一时　"铁达尼者"至"以极游观之乐"。

第二时　"舟行后"至"必无意外事也"。

（2）内容提示

1. 观铁达尼规模之大，设备之周，足见英国工业发达。

2. 一船之费，至百十七万磅，约合银圆千余万元，其制船业魄力之大，可以想见。

（3）文字应用

课文为记事体，分四段。第一段八句，记铁达尼船体之大，及布置之种种周备。第二段首二句，记制船之费；次四句，记船开行之日，及航海之路线；次四句，记欲乘是船者之多。第三段首四句，记舟行时风景之佳；次四句，言竟为冰山所触沉。末段首五句，记船长得无线电得警备；次二句，虚写遇险之情形；末五句，记旅客深信是船之坚固。

铁达尼号确实是工业奇观，是西方进入工业社会后技术、资本力量均达到巅峰的象征。它的首航沉没，对于西方民众自信心也是巨大的打击。无论从人道意义上，还是从象征意义上，铁达尼号的沉没都是一出巨大的惨剧。

---

① 引自《读库·老课本丛书：共和国教科书》（高小部分教授法），新星出版社，2011。

《铁达尼号邮船遇险记（一）》极写旅客"非常愉快"与"竟为冰山所触，全船沉没"之间的反差，内中是不是含有对旅客"深信制造之坚固、设备之周至，必无意外事也"的某种反讽？我们了解两年后即爆发的第一次世界大战，很容易作如是想，然而1912年的《新国文》编写者不会有这样的先见之明，他们的用意，大抵还在于让学生能作居安思危之想。

《铁达尼号邮船遇险记（二）》目的在于"本课述遇险后之情形，使学生知临难时之处置"，其内容，基本上与《申报》的报道重点相合，如秩序井然，船长调度，乐工奏曲，邮局职员守护邮件等，内容提示为：

一、男子退后，妇孺登艇，死生存亡在呼吸间，而能穆然退让，不违船长之命令，欧人守法，可见一斑。

二、当患难之际，最忌拥挤喧哗，错杂无次。斯时举动稍一慌乱，争先避祸，则救生船虽多，亦必因争夺而致倾覆，全船之人将尽陷于惊涛骇浪中矣。

三、船长之调度有方，旅客之镇静不乱，皆由胸有定见，不肯苟且偷生也。

四、乐工奏曲，不改常度，船员之镇定可知。其沉静之态度，与我国舟车中之喧哗扰乱，毫无秩序者较，奚啻霄壤。

五、邮局职员，以死守护邮件，其舍身尽职，令人钦佩。

整篇文章凸显的就是"欧人守法"，无论是船长、职员还是乘客，其镇定、沉静，"无有出怨语者"，与之对比的是"与我国舟车中之喧哗扰乱，毫无秩序者较，奚啻霄壤"。

将铁达尼号海难"荣耀化""道德化"是轮船公司与英美新闻界联手打造的"坏事变好事"的止损策略，正如英国作家萧伯纳在1912年5月讽刺的那样：这些有关"英雄主义"的想象性描写是为了"确保这场海难不是任何人的过错，相反，它倒是英国航运的一次胜利"，"一个荣耀"。[①]

《新国文》对铁达尼号海难叙事的提纯化，一方面当然是受到《申报》

---

① 转引自程巍《泰坦尼克号上的"中国佬"：种族主义想象力》，漓江出版社，2013，第24页。

转载的西方媒体报道的影响；另一方面，编写者也是刻意将铁达尼号海难作为一面他方之镜，来照亮中国社会自身不合乎"文明开化"的阴暗面。就在铁达尼号海难的同一天，中国厦门也发生了一起沉船惨剧：

> 四月十四日下午三点钟时，双春轮由南洋直进厦口，轮未泊锚，各小艇均以竹竿钩搭上轮，争载行李，洋客中有未经阅历者，见轮入港，急欲登岸，亦即随之下艇，又且艇在轮边，不速离开，以致轮叶触击小艇，艇身被伤，所载之客约计三十余人大半沉溺，死者尚未查明，救起而命悬一息者三人，呜呼惨矣。死亡者共十九人。①

因此，无论铁达尼号海难真相若何，《新国文》对之的书写，落足点还是中国自身的弊病，其用意无非是鲁迅所谓"从别国里窃得火来，本意却在煮自己的肉的，以为倘能味道较好，庶几在咬嚼者那一面也得到较多的好处"。②

《新国文》选取铁达尼号海难作为课文的另一用意，还在于事件附带的地理、科技知识。如《铁达尼号邮船遇险记（一）》的"准备"，是"铁达尼遇险，在西经五十度十四分，北纬四十一度四十六分。授此课时，宜将沙桑布敦至纽约克之航路，绘一虚线，指是船沉没之地，以示学生"，铁达尼号沉船原因是撞上"冰山"，这也是一个自然方面的知识点。课文中提到的"电气浴室""练艺所""泅泳池""无线电报"，更是中国社会远未能享受的物质文明，对于中国普通师生而言，这也是一堂开眼界长见闻的知识课。

《铁达尼号邮船遇险记（二）》的"准备"更为科学化，课本中附了一张"冰海沉船图"，《教授法》提示：

> 书中之图，为铁达尼船唇与冰山抵触之图，船已伤重而不可救护。教授时宜告以是船之沉，由船唇先下陷而船身渐立，终至矗如塔尖，故图中之船，虽未沉没，已现尾高头陷之象。旁横画一黑线，即水平线也。

---

① 《华侨回厦之惨剧》，《申报》1912 年 4 月 21 日。

② 鲁迅：《"硬译"与"文学的阶级性"》，《二心集》，《鲁迅全集》第四卷，人民文学出版社，2005，第 214 页。

由于《申报》的报道均无照片或图画相配，因此《新国文》的插图，当是铁达尼号海难在中文语境里的首次图像化呈现。《新国文》在将铁达尼号海难叙事"提纯"的同时，也尽力提炼出海难叙事中的知识点，完成了对这一事件的知识化。加上符合"国文教科书"特点的"文字用法"，《新国文》将"铁达尼号海难"的新闻叙事整合进了自己的教学需要之中。

《新国文》之后，"铁达尼号海难"又多次出现在中国的教科书里，如中华书局 1926 年出版的《小学高级文体公民教科书》，世界书局 1934 年出版的《模范公民》等等。这些教材里的铁达尼号海难叙事，无一例外，都是承继了《新国文》的模板。但是，《新国文》附加其上的知识化色彩，都被后来者放弃了，连课文的用途，也从《国文》转移到了道德化程度更高的《公民》教科书，进一步完成了"铁达尼号海难叙事"在中国教科书里的道德化。

关于商务印书馆与"新文化运动"的关系，讨论者众多，实则二者本身有天生的亲近性："新文化运动"是以"运动"的方式推动新文化的发展，而商务印书馆作为中国最早的现代出版机构，本身就是现代传播方式的产儿。两者在中国文化转型期，都必须通过引进西方资源来获取"新文化"的合法性，而舶来的资源又不可能直接移植，必须针对本土社会的情景，对之进行变异与改写，以增大启蒙的效果，获得持续发展的动力。而教科书在传播新知识、宣传新理念方面的功效，已经成为社会共识。无论是民国采用新的度量衡，还是鼓励民众支持国货，媒体与公众都在不断地

向教科书提出要求。① 《新国文》引进新闻叙事的理念与实践，处在中国从君主制向共和制转变的节点，因此具有了非同一般的开创意义。

而商务印书馆并未因这一先例，便放任或迎合"时事"进入"教科书"的公众需求。1918年，北洋政府教育总长傅增湘曾建议商务印书馆将尚在进行中的第一次世界大战加入教科书，张元济在回信中表示："敝处修订教科书，尊意欲将欧战事加入。敝意斯时颇难措词，拟俟战局既终，再行记述。"② 有研究者赞扬商务印书馆"在白话文改革中，商务也多次不肯因为新文化的'风行'而随意贸然改编白话教科书。关注变革但不轻随俗流，保证了商务教科书的扎实质量"③，商务印书馆的这一特点，《共和国教科书》是一个很好的范例。

---

① "由教育部将比较表及密发制图说编入中小学教科书"，《民国新度量衡之概要》，《申报》1912年11月6日；"由本会呈请教育部，请于宣布编辑小学教科书宗旨时加入此意"，《灌输爱国国货之理由》，《申报》1912年11月30日。

② 张树年、张人凤编《张元济书札》，商务印书馆，1997，第1065页。

③ 毕苑：《建造常识：教科书与近代中国文化转型》，福建教育出版社，2010，第151页。

中国现代学术之梵文因缘

陈　君（中国社会科学院文学研究所）

　　自后汉以来，释教东流，经书移译，佛法大行于中土，梵文也随之成为中印两国文化交流的重要媒介。唐代高僧玄奘（602～664）和义净（635～713），跋涉万里，沟通华梵，树立起中西交通和佛经翻译史上的丰碑。唐宋以后，中原地区的译经活动渐趋消歇，但西藏地区却继之成为印度佛教新的输入地和保存地，出现了众多的译经大德。总的来看，中国古代的梵学和佛经翻译实践密不可分，达到了很高的水平，成为古代中国人引以为骄傲的成就。可惜的是，这一优良的学术传统后来没有得到很好的延续，直到晚清，梵文及梵学才重又引起中国学者的兴趣。

　　步入近现代，蹒跚前行的中华帝国遭遇到西方文明的严峻挑战，中外文化进入了一个激烈碰撞的时期。在这个亘古未有之变局中，对梵文的学习和研究成为中国现代学术的热点之一，章太炎（1869～1936）、梁启超（1873～1929）、苏曼殊（1884～1918）、冯承钧（1887～1946）、陈寅恪（1890～1969）、胡适（1891～1962）、汤用彤（1893～1964）、许地山（1894～1941）、吕澂（1896～1989）、于道泉（1901～1992）、徐梵澄（1909～2000）、季羡林（1911～2009）、金克木（1912～2000）、王森（1912～1991）、周一良（1913～2001）、吴晓铃（1914～1995）这些响亮的名字，都与梵文发生过这样或那样的关联，学者们也通过自己或多或少的梵文学习，或深或浅的梵学研究，在各自的领域做出了贡献。

　　梵学与中国现代学术关系发生、发展的历程，大致可以分为三个时期：（1）晚清民初的探索期；（2）二三十年代的繁盛期；（3）四十年代的拓展期。笔者拟先陈各期之梗概，描述人事，介绍背景，最后略论其启示意义。需要说明的是，题目中出现的"现代"一词，时间范围大致指晚清民国时期，即 19 世纪末到 20 世纪前半叶。关于 1949 年中华人民共和国成立后梵文学习和梵学研究的情况，本文暂不作讨论。

一　清末民初的探索期

中国现代学术与梵学渊源的发生，与近代中国的国家命运和世界学术潮流密切相关。

进入 19 世纪中后期，传统的以考据为中心的乾嘉学术，在西方文明的冲击下呈现出多种面向。正如王国维所言，"时势剧变，学术必变"，"道、咸以降，涂辙稍变，言经者及今文，考史者兼辽、金、元，治地理者逮四裔，务为前人所不为"。① 中国传统的士大夫在内忧外困中思索着国家前进的方向，也通过学术研究来探寻中华文明延续发展的种种可能。清朝末年今文经学经世致用的思想开始抬头，佛教在近代中国重新复兴，西北史地和域外研究逐渐兴盛，对民族语言文字愈加重视，等等，就是这些新潮流的表现。19 世纪末 20 世纪初，新资料的不断出土和发现，更为学术的新变注入了动力。王国维云："光、宣之间，我中国新出之史料凡四：一曰殷墟之甲骨，二曰汉晋之简牍，三曰六朝及有唐之卷轴，而内阁大库之元、明及国朝文书，实居其四。"② 又云："当光绪之季，我国古文字古器物大出，其荦荦大者，若安阳之甲骨，敦煌塞上之简牍，莫高窟之卷轴……而塞内外诸古国，若西夏，若突厥，若回鹘，远之若修利，若兜伕罗，若身毒，其文字器物，亦多出于我西北二垂，胥与我国闻相涉。"③ 这些新资料的出土不断催生新的学术问题，开辟新的学术领域，使中国传统学术的触角不断向外扩展。

而从国际学术环境来看，中国学者对梵文的巨大兴趣无疑受到 19 世纪以来西方学界主流的影响。19 世纪是西方学术大发现、大突破的时代，新资料的出土（如古埃及、古波斯碑铭）和发现（如梵语）促成了学术的巨大进步。埃及罗塞塔石碑（约公元前 197～前 196）在 1799 年拿破仑远征埃及时被发现，上面用象形文字（hieroglyphs）、埃及草书和希腊文三种文

---

① 王国维：《沈乙庵先生七十寿序》。
② 王国维：《库书楼记》，《王国维文存》，江苏人民出版社，2014。
③ 王国维：《罗君楚传》。

字记述了同一历史事件，促成了学者对前两种文字的破解，一门新的学科"埃及学"由此诞生。同样，在两河流域发现的大流士碑铭直接促成了"亚述学"的成立。而18世纪以来，以威廉·琼斯爵士（Sir William Jones，1746~1794）为开端，英国学者对梵语及其与印欧语言关系的研究逐渐渗透到语言学、宗教学等领域，直接促成了欧洲历史比较语言学、比较宗教学、比较神话学的发生，并对其他学科产生了重大影响。

近代中国最早对梵文发生兴趣的似是苏曼殊。苏曼殊（1884~1918），近代作家、翻译家，原名戬，字子谷，后改名玄瑛，法名博经，法号曼殊，笔名印禅。1903年苏曼殊留学日本，后又游学暹罗，他学习梵文的时间大概在1905、1906年间游历暹罗之时。1907年完成的《〈梵文典〉自序》中，苏曼殊云：

> 夫欧洲通行文字，皆原于拉丁，拉丁源于希腊。由此上溯，实本梵文。他日考古文学，唯有梵文、汉文二种耳，余无足道也。……顾汉土梵文作法，久无专书。其现存《龙藏》者，唯唐智广所选《悉昙字记》一卷，然音韵既多龃龉，至于文法，一切未详……衲早岁出家，即尝有志于此。继游暹罗，逢鞠窣磨长老，长老意思深远，殷殷以梵学相勉。衲拜受长老之旨，于今三年。只以行脚劳劳，机缘未至。嗣见西人撰述《梵文典》条例彰明。与慈恩所述"八转"、"六释"等法，默相符会。正在究心，适南方人来说，鞠窣磨长老已圆寂矣！尔时，衲唯有望西三拜而已。今衲敬成鞠窣磨长老之志而作此书。非唯佛刹圆音，尽于斯著，然沟通华梵当自此始。……岭南慧龙寺僧博经书于西湖灵隐山。

《自序》讲到梵文与印欧语系的渊源，对梵文评价甚高，认为"他日考古文学，唯有梵文、汉文二种耳，余无足道也"。序中提到的"鞠窣磨长老"，是苏曼殊梵文学习的一大激励者，至于他是否就是苏曼殊的梵文老师，尚有待详考。苏曼殊在《〈梵文典〉自序》中提到的"西人撰述《梵文典》"，当即英国人马克斯·缪勒（Friedrich Max Müller，1823~1900）及莫尼尔·威廉斯（Monier Williams，1819~1899）所编梵语文法书数种。苏曼殊对梵语文学的特点和成就推崇备至，他在《文学因缘自序》中说："衲谓文词简丽相俱者，莫若梵文，汉文次之，欧洲番书，瞠乎后矣！"四、五世纪间印度著名诗人迦梨陀婆（Kālidāsa）所作梵语诗剧名作《沙恭达罗》（*Abhijñānaśākuntala*），苏曼殊亦为之揄扬，其所译歌德《〈沙恭达纶〉颂》云："春华瑰丽，亦扬其芬；秋实盈衍，亦蕴其珍。悠悠天隅，恢恢地轮；彼美一人，沙恭达纶。"这些评价和译诗如空谷足音一般，呼唤着梵学在中国现代的复兴。

与苏曼殊同时稍后对梵文学习产生兴趣的是章太炎（1869~1936）。章太炎，名炳麟，初名学乘，字枚叔，后改名绛，号太炎，浙江余杭人。1899 年夏，东渡日本。章太炎对梵文的兴趣似乎始于 1909 年左右，他在1909 年春夏间《与宋恕》的书信中写道：

> 末底（笔者按：末底系章太炎先生自称，为其笔名之一）一意甄明小学，近欲从印度人受梵文，同识有译优波尼沙陀者。老成凋谢，后生有素心者能持故国之业，令无放失，且以西邻眇谊灌输，譬之荎菲得霜始甘，庶无功利腐臭之念，国之幸也！

信中提到的"优波尼沙陀"，梵文作 upaniṣad，即《奥义书》（*Upaniṣads*）。末底，即梵文 mati 之音译，意为智慧、觉知。章太炎所用的笔名，除"末底"外，还有"邬波索迦"。1907 年，章太炎与苏曼殊合作《儆告十方佛弟子启》《告宰官白衣启》两篇文章，文末署曰："广州比丘曼殊、杭州邬波索迦末底同白。"邬波索迦，也来自梵文，即 upāsaka 之音译，意为居士、清信士。

章太炎曾为苏曼殊《初步梵文典》撰序，又与苏曼殊共同研讨梵文，他在《与苏曼殊》的信中写道：

> 曼殊师法座：
>
> 有罗浮山宝积寺沙门名娑罗者，航海来日本，特访师于《民报》社。……末底近方托印度友人转购波俪尼八部书。书到后，当就师讲解。所著《梵文典》，娑罗亦有意付梓。是一大快。我亚洲语言文字，汉文而外，梵文及亚拉伯文最为成就，而梵文尤微妙。若得输入域中，非徒佛法之幸，即于亚洲和亲之局，亦多关系。望师壹意事此，斯为至幸。手此敬颂禅悦。
>
> 末底伴陀南
>
> （1915 年 8 月 10 日《甲寅》1 卷 8 号）

信中提到的"波俪尼八部书"即最早的梵语语法书《波你尼经》（共八章，又称《八章书》）。1907年前后，章太炎、陈独秀（1879～1942）、刘师培（1884～1919）曾发起成立"亚洲和亲会"，苏曼殊为参加者之一，章太炎所云"亚洲和亲之局"即与此有关。当时中国梵文学习风气未兴，章太炎已注意到其对于亚洲文化交流之意义，可谓卓识。由此可见，近代梵文与梵学之兴盛，佛教救国思想是一大推动。1909年春夏之际，章太炎还曾在东京开办梵文讲习班，聘请印度人密尸逻为讲师，苏曼殊任译师，最初听讲者有章太炎、周作人两人，周作人去过一两次之后，觉得太难而放弃了，只剩下章太炎一人坚持。[①] 不久因为经费不足讲习班就夭折了，此后章太炎再没有继续梵文的学习。[②]

这一时期对梵文发生兴趣的还有周作人（1885～1967）、冯承钧（1887～1946）、罗福苌（1895～1921）等。周作人，原名櫆寿（后改为奎绶），字星杓，又名启明、启孟、起孟，浙江绍兴人，留学日本期间，曾跟随章太炎学习梵文，已见前述。冯承钧字子衡，湖北汉口人，早年留学比利时、法国，通晓英文、法文、比利时文，还学习了梵文、蒙古文、越南文等多种文字，1911年回国后任教于北京大学、北京师范大学。著有《历代求法翻经录》《景教碑考》《西域地名》《元代白话碑》《成吉思汗传》《中国南洋交通史》等，译有《中国西部考古记》《西突厥史料》《西域南海史地考证译丛》《吐火罗语考》等。

罗福苌字君楚，祖籍浙江上虞，生于江苏淮安，著名学者罗振玉次子。关于罗福苌的生平事迹，王国维《罗君楚传》云：

> 君楚名福苌，浙江上虞人。祖树勋，江苏候补县丞。父振玉，学部参事官。君楚幼而通敏，年十岁，能读父书。其于绝代语释别国方言，强记悬解，盖天授也。年未冠，既博通远西诸国文学，于法朗西、日耳曼语，所造尤深。继乃治东方诸国古文字学。……梵天文字，则又我李唐之旧学也。我老师宿儒，以文字之不同，瞠目束手，

① 参见周作人《记太炎先生学梵文事》（1936年12月作），收入《秉烛谈》，河北教育出版社，2002。又参见《中印文化交流百科全书》词条"苏曼殊"（刘建撰），中国大百科全书出版社，2014，第281页。

② 参见陈四益《新发现的章太炎三通书札》，《文汇报》2014年4月4日。

无如之何。惟君楚实首治梵文，又创通西夏文字之读，将以次有事于突厥、回鹘、修利①诸文字。故海内二三巨儒，谓他日理董绝国方言，一如参事之理董国闻者，必君楚其人也。……又尝从日本榊教授亮受梵文学，二年而升其堂，凡日本所传中土古梵学书，若梁真谛《翻梵语》，唐义净《梵唐千字文》以下若干种，一一为之叙录，奥博精审，簿录家所未有也。……所著书多未就，……今可写定者，《梦轩琐录》三卷，即古梵学书序录及攻梵语之作也；《西夏国书略说》一卷；《宋史西夏传注》一卷；译沙畹、伯希和二氏所注《摩尼教经》一卷；《古外国传记辑存》一卷；《大唐西域记》所载《伽蓝名目表》一卷；《敦煌古写经原跋录存》一卷；《伦敦博物馆敦煌书目》一卷；《巴黎图书馆敦煌书目》一卷。

罗君楚少年力学，通晓法文、德文、日文、梵文、西夏文，又对突厥、回鹘、粟特诸文字感兴趣，可谓陈寅恪一般的人物。罗君楚关于梵文的研究主要是为日本所传中土古梵学书如梁真谛《翻梵语》、唐义净《梵唐千字文》等作叙录，身后结集为《梦轩琐录》三卷，王国维誉之为"奥博精审，簿录家所未有也"。这样一个精通当世欧洲语言与古代东方语言的天才，出自整理国故的名家上虞罗氏，又从王国维等巨擘游，天资聪颖、劬学著书，本来可以做出一番惊人的学术事业，可惜天不假年，仅仅27岁就去世了，实为中国现代学术之一大损失！

总的来看，这一时期苏曼殊、章太炎、罗福苌等人，对梵文产生了浓厚的兴趣，并有一定的了解和研究，尤其是从罗福苌身上，我们看到了中国学者追步世界学术潮流的决心与努力。而且他们在学术上也取得了一些成绩，如苏曼殊编纂《梵文典》、罗福苌叙录古梵学著作的《梦轩琐录》等等，但这些著作或是对西方梵文学家语法著作之模仿，或以中国传统目录学之方法整理日本所存梵学旧籍，尚不足以谓梵学研究之硕果，然筚路蓝缕，开创不易，其努力与心血亦可珍也。

与世界其他各国对梵文的重视程度相较，中国已经慢了一步。环顾美日，美国的梵文学家、比较语言学家惠特尼（William D. Whitney, 1827 ~

---

① "修利"当即窣利（粟特），于阗语作 sūlī（复数形式为 sūlya），参见荣新江《西域粟特移民聚落考》一文，载荣著《中古中国与外来文明》，三联书店，2001，第 21 ~ 26 页。

1894）50 年代从德国留学归来，已在耶鲁大学任梵文和印度学讲席教授多年。兰曼则师从惠特尼在耶鲁大学读东方语言学，1873 年取得博士学位后，赴德国跟随梵文学家鲁道夫·冯·罗特（Rudolph von Roth，1821～1895）等人学习，1876 年返美后，最初在约翰·霍普金斯大学讲授梵文，后于 1880 年接掌哈佛大学为他特别设立的梵文教席（Wales Professor of Sanskrit），直到 1925 年退休。而日本的几位梵学先驱如南条文雄（1849～1927）和高楠顺次郎（1866～1945）等，也先后从英国牛津大学马克斯·缪勒（Friedrich Max Müller，1823～1900）教授学成归来，开创了日本学者严谨而扎实的梵学与佛教研究传统。外人已着先鞭，令我奔走且不暇，岂不令人伤哉？

二　二十世纪二三十年代的繁盛期

二十世纪二三十年代，中国学者修习梵文者甚多，且成就突出，可谓一繁盛时期。探究其渊源，可以分为两条线索，一是来华之外国学者如钢和泰等在中国讲授梵文，引起中国学者之兴趣；二是中国学者远赴欧美学习梵文，学成归国，从事研究。这两条线索最终汇为一流，共同推动了中国现代学术的进步。

钢和泰（Baron Alexander von Staël-Holstein，1877～1937），俄属爱沙尼亚贵族，1903 年至牛津大学师从麦唐奈（Arthur A. Macdonell）教授研习梵文①，自 1918 年起在北京大学教授梵文，1928 年赴美国哈佛大学，不久又回到北平，直到 1937 年在北平去世。钢和泰的到来，对于推动中国梵文和佛教研究的进步以及培养学者方面都有重要贡献。钢和泰"与中国现代学术关系极深，他是梁启超、胡适和陈寅恪的朋友，是梵藏文专家黄树因、林藜光和于道泉的老师"（高山杉：《〈钢和泰年谱〉订误》）。黄树因（1898～1923）被支那内学会派遣到北平从钢和泰学习梵文事，见高振农《怀念恩师吕澂先生》转述吕澂的一段回忆："大约是 1920 年光景，我在南京金陵刻经处筹建支那内学院，当时我们派遣黄忏华居士的胞弟黄树因

---

① 参见高山杉《〈钢和泰年谱〉订误》，2008 年 5 月 25 日《东方早报·上海书评》，后收入高山杉《佛书料简》一书（浙江大学出版社，2012）。

到北京从俄国佛教学者钢和泰学习梵文，又从雍和宫喇嘛学习藏文。"① 正是受到了黄树因的影响，吕澂也走上了自学梵文和藏文的道路（高振农：《怀念恩师吕澂先生》)，凭借不凡的天才和坚韧的毅力，成为佛学研究的一代大师。

跟随钢和泰学习梵文和藏文的学者还有于道泉。1924 年，泰戈尔来华访问，于道泉担任英文翻译，回国前夕，泰戈尔将于道泉介绍给在北京大学担任梵文教授的钢和泰男爵，学习梵文和藏文。② 王邦维《哈佛燕京图书馆所藏胡适的几封英文信》③ 一文，也曾论及钢和泰、于道泉等梵藏学家事迹，可参看。梵文和佛教学者林藜光（1902～1945）"是 Sylvain Lévi 的学生，也曾经是钢和泰的助手，1933 年来到法国，1945 年在巴黎去世"。④ 此外，胡适（1891～1962）曾经从钢和泰学习过梵文，见《胡适全集》。另有学者指出，翻译和研究但丁的意大利文学专家田德望（1909～2000），可能也曾经从钢和泰学习过梵文。（高山杉：《〈钢和泰年谱〉订误》）

可见，在现代学术与梵文关系史上，钢和泰是一个关键人物，他自己的梵文研究及其培养的学生成为中国现代学术的一条重要源流。除了钢和泰以外，20 年代来华游历的佛教及梵文学者还有法国学者列维（Sylvain Lévi，1863～1935），他曾在北京大学演讲法兰西学院史略。⑤ 林藜光是列维的学生，见上文所述。30 年代则有德国学者弗里德里希·魏勒（Friedrich Weller，1889～1980），"1930 年他曾在燕京大学中印研究所工作，专攻梵文、巴利文、中国佛教史，著有《梵文、中文与东亚宗教史》"。⑥ 此外，德国犹太裔学者李华德（Walter Liebenthal，1886～1982）于 1934 年初来到中国，在北京中印研究所从事佛教和梵文研究，并在北京

---

① 转引自高山杉《吕澂的部分学术经历——从艺文美学到梵藏玄言》，《东方早报》2010 年 3 月 28 日。

② 参见王尧《特立异行，追求真理——记我所知道的先师于道泉先生》，载王尧编著《平凡而伟大的学者于道泉》，河北教育出版社，2001，第 9 页。

③ 《北京大学学报》2007 年第 2 期。

④ 《北京大学学报》2007 年第 2 期。

⑤ 参见〔俄〕钢和泰《西耳文·勒韦教授逝世》，载《国立北平图书馆月刊》，第 9 卷第 5 号（1935 年 9～10 月）。桑兵先生首先注意到这条材料，见桑兵著《国学与汉学：近代中外学界交往录》，中国人民大学出版社，2010，第 56 页。列维是法国著名的东方学家和印度学家，伯希和（Paul Pelliot，1878～1945）是他的学生。

⑥ 见李庆著《日本汉学史》第二部《成熟和迷途》，上海外语教育出版社。2004，第 37 页。

大学、燕京大学等处教授梵语，后来从事梵文研究的学者王森、吴晓铃都是他的学生。"七七事变"后，李华德转赴上海和云南，继续从事佛教研究。1946 年 8 月，李华德返回北京，研究不辍，直到 1952 年 4 月离开中国去印度。①

以上所述是国外来华学者直接影响中国的情况，还有一个源流是自国外（主要是美国）学成归来的中国学者，主要是陈寅恪（1890～1969）、汤用彤（1893～1964）、许地山（1894～1941）等。陈寅恪、汤用彤都曾从著名梵文学家、哈佛大学教授兰曼（Charles R. Lanman，1850～1941）学习过梵文。

1921 年，陈寅恪由哈佛大学转往德国柏林大学继续研习梵文、巴利文。1925 年陈寅恪回国，任清华大学国学院导师，以梵文应用于中国文史研究，并讲授与梵文、佛教有关的课程。陈寅恪归国后关于梵文与佛教的研究有不少重要成果，如《童受喻鬘论梵文残本》《三国志曹冲华佗传与佛教故事》《敦煌本唐梵对字音般若波罗蜜多心经跋》《莲花色尼出家因缘跋》等论文。总的来看，陈寅恪不仅利用梵文直接从事学术研究，而且更为重要的是，他的研究能够超出语言和宗教的范围，而达到历史和文化的高度，如其《莲花色尼出家因缘跋》，由一个很小的翻译问题揭示出中国文化的独特方面。陈寅恪的研究既深且广，连一些微细的材料也没有放过，如汉魏之间的"无涧神"崇拜。《三国志》卷一二《魏书·司马芝传》："明帝即位，赐爵关内侯。顷之，特进曹洪乳母当，与临汾公主侍者共事无涧神系狱。"关于"无涧神"，裴松之注云："无涧，山名，在洛阳东北。"以"无涧"为山名。按照陈寅恪先生的意见，"无涧"即"无间"，指地狱神，见《法华经》《俱舍论》等。周一良的《我所了解的陈寅恪先生》一文云："对曹魏宫中事无涧神事，陈先生认为无涧神就是阿鼻 Avici，即阎王爷的地狱，并由无涧神考察到曹魏时期可能已有佛教在社会上层流传。"② 梵语 Avici，巴利语作 Avīci，或译阿鼻地狱（音译），或译无间地狱（意译），梵语 vici（巴利语为 vīci）意为（时间）间隔。

---

① 见罗梅君（Mechthild Leutner）、李咯波（Roberto Liebenthal）《浪迹天涯的学术人生：李华德（1886～1982）和他的中国佛教研究》，《国际汉学研究通讯》第十三、十四期（2016.12），北京大学出版社，2017，第 299～315 页。
② 见周一良《书生本色：周一良随笔》，北京大学出版社，2009。

又如论《贤愚经》："本当时昙学等八僧听讲之笔记，今检其内容，乃一杂印度故事之书，以此推之，可知当日中央亚细亚说经，例引故事以阐经义。此风盖导源于天竺，后渐及于东方。"① 视野就跨越中亚而及于东亚。张广达曾指出，弄清《法句经》《贤愚经》《杂宝藏经》等佛教经典的传播，可以重绘中古时期东亚的文化传播地图。② 就此方面而言，陈寅恪的研究无疑是发其轫者。陈寅恪的一些研究也有推测的成分，如认为华佗之名可能与印度吠陀的译名有关系，中国古代传说中的名医岐伯也可能是印度古代神医耆婆的音译等等，姑且不论这些观点能否成立，单是这些想法就非常启人心智。另外需要提及的是，陈寅恪论天台梵剧一事③，常为研究戏剧的学者所提及和引证，其实颇有以讹传讹的嫌疑，对此高山杉有所辨析，有兴趣的读者可以参考。④

从陈寅恪自己的记述及有关钢和泰的记载来看，陈寅恪与钢和泰这两个不同来源的梵学在二三十年代的北平实现了合流，他们交往频繁，互相切磋，鼓荡学术，影响甚大，在宗教学、历史学、佛经翻译文学、戏剧学、哲学等方面都留下了显著的印迹。

汤用彤也于20年代自美学习归来，汤用彤字锡予，祖籍湖北黄梅，生于甘肃渭源，著名哲学史家、佛教史家。1917年毕业于清华学堂，1918年赴美留学，1922年获哈佛大学硕士学位。回国后历任东南大学、南开大学、中央大学、西南联大、北京大学教授。主要著作有《汉魏两晋南北朝佛教史》《隋唐佛教史稿》《印度哲学史略》等。

此外还有比较特别的许地山。许地山名赞堃，字地山，笔名落花生，祖籍广东揭阳，出生于台湾台南，现代小说家、比较宗教学学者。许地山学习梵文应该是1913～1915年在缅甸时，据说他"曾躲在仰光附近一个古庙里，跟着一个老和尚面壁钻研梵文达两年之久"。⑤ 1923年，许地山赴美入纽约哥伦比亚大学研究院哲学系，继续从事梵文研究，1924年他在《〈芝兰与茉莉〉因而想及我的祖母》一文中提到"校阅梵籍"之事："正要

---

①　陈寅恪：《〈西游记〉玄奘弟子故事之演变》，《金明馆丛稿二编》，上海古籍出版社，1980，第192页。

②　张广达：《关于唐史研究趋向的几点浅见》，《中国学术》2001年第4期。

③　卞僧慧纂《陈寅恪先生年谱长编（初稿）》卷五，中华书局，2010，第149页。

④　高山杉：《陈寅恪与天台梵本》，载高著《佛书料简》，浙江大学出版社，2012。

⑤　盛巽昌：《许地山治学二三事》，《文史杂志》1994年第3期。

到哥伦比亚的检讨室里校阅梵籍，和死和尚争虚实，……我正研究唐代佛教在西域衰灭的原因，翻起史太因（即斯坦因）在和阗所得的唐代文契，一读马令痣同母党二娘向护国寺僧虎英借钱的私契，妇人许十四典首饰契，失名人的典婢契等等，虽很有趣，但掩卷一想，恨当时的和尚只会营利，不顾转法轮，无怪回纥一入，便而扫灭无余。为释迦文担忧，本是大愚：曾不知成、住、坏、空，是一切法性？"文末还记载了写作的地点和时间："写于哥伦比亚图书馆 413 号检讨室，1924 年 2 月 10 日。"可见，许地山在他的研究中很早就留意梵文资料，并对有关梵学问题予以关注。陈明云："早在 1925 年，许地山就利用吕德斯的研究成果，在《梵剧体例及其在汉剧上底点点滴滴》一文中，对梵剧《舍利弗传》和中国古代戏剧起源的关系，作了至今看来仍具重要参考价值的细致探讨。"①

三　二十世纪四十年代的拓展期

1929 年，梁启超去世。20 世纪 30 年代初，陈寅恪的学术兴趣转向中古史研究。1937 年"卢沟桥事变"爆发，全面抗战开始。同一年，钢和泰逝世于北平。原有的北平梵文学术圈逐渐消失，中国的梵学事业面临着后继无人的危险。好在季羡林、金克木、周一良等新生力量的加入，使中国的梵学事业又翻开了新的一页。他们在国外（季羡林在德国，金克木在印度，周一良在美国）研习梵文，回国从事教学和研究工作，最终使梵文这朵异国的奇葩在中国重新生根、开花、结果。

季羡林（1911～2009）1935 年留学德国，在哥廷根大学师从瓦尔德施密特教授学习梵文和巴利文，博士论文题目是《〈大事〉颂中限定动词的变化》，1946 年回国后任北京大学东语系首任系主任。季羡林 40 年代所撰关于中古史籍"帝王相"记载的研究《三国两晋南北朝正史与印度传说》，是轰动一时的名作。他的《柳宗元〈黔之驴〉取材来源考》认为，"黔之驴"的寓言故事来源于印度古代民间故事集《五卷书》《益世嘉言集》《故事海》及巴利文的《佛本生经》，说明佛教对中国文化的影响已深入到

---

① 陈明：《印度古典戏剧研究的学术史考察》，北京大学东方文学研究中心编《东方文学研究集刊》第 1 辑（2003）。

日常生活和普通观念中，国人已不知其为外来之物。1996 年 12 月，江西教育出版社出版了二十四卷本《季羡林文集》。

金克木于 1941 年由朋友周达夫介绍到加尔各答一家中文报纸《印度日报》做编辑，由此亲身接触到印度文化，并到鹿野苑跟随隐士乔赏弥（Dharmanand Kosambi）老人诵读《波你尼经》，学习梵文和佛学。① 1946年金克木回国，任武汉大学哲学系教授，1948 年后任北京大学东语系教授。著有《梵语文学史》《印度文化论集》《比较文化论集》等，译著有《伐致呵利三百咏》《云使》《通俗天文学》《甘地论》《我的童年》《印度古诗选》《莎维德丽》等。2011 年 5 月，三联书店出版了八卷本《金克木集》。

除了自己的研究工作外，季羡林和金克木最大的贡献是为中国培养了自己的梵学研究人才。自汉末以来，梵文等西域语言逐渐输入中国，直到唐代，中国的本土学者玄奘和义净成为一代大师，译经大德历代不绝，但其中有一个很大的缺陷，就是始终未能留意梵文人才的培养，实在是吾国学术史上一大憾事！这种感慨早已有人发出，梁启超在《佛典之翻译》一文第七节之末云：

> 吾撰本章已，忽起一大疑问，曰："当时梵文何故不普及耶？"吾竟不能解答此问题。自晋迄唐数百年间，注意及此者，惟彦琮一人。其言曰："彼之梵法，大圣规模。……研若有功，解便无滞。匹于此域，固不为难。难尚须求，况其易也。或以内执人我，外惭咨问，枉令秘术，旷隔神州。静言思之，怃然流涕，向使……才去俗衣，寻教梵字，……则应五天正语，充布阎浮；三转妙音，普流震旦。人人共解，省翻译之劳；代代咸明，除疑罔之失。……"（《续高僧传》本传）琮之此论，其于我学界汙隆，信有绝大关系。前此且勿论，隋唐以降，寺刹遍地，梵僧来仪，先后接踵，国中名宿，通梵者亦正不乏。何故不以梵语沘为僧课，而乃始终乞灵于译本，致使今日国中无一梵籍，欲治此业，乃借欧师，耻莫甚焉。诘其所由，吾未能对。吾

---

① 参见金克木《〈梵竺庐集〉自序》，《书城》1997 年第 6 期。

认此为研究我国民性者应注意之一事实而已。①

梁启超所言"欧师"当包括在中国教授梵语、贡献很大的钢和泰。汤用彤也有类似的意见，他在《隋唐佛教史稿》第二章《隋唐传译之情形》论"翻译之情形"时说：

> 彦琮之《辩正论》且言及译事既甚困难，不如令人学梵语，故云："直餐梵响，何待译言；本尚亏圆，译岂纯实。"更极言学梵文之必要，云："研若有功，解便无滞。匹于此域，固不为难。……向使……才去俗衣，寻教梵字，则人人共解，省翻译之劳。"如斯所言，实为探本之论。然彦琮以后，则似无有注意及此者。即如奘师，亦仅勤译，尽日穷年，于后进学梵文，少所致力。依今日中外通译经验言之，诚当时之失算也。②

汤用彤感叹玄奘孜孜从事于译经事业，却不重视培养梵语和翻译人才，难免译经事业后继无人。由今思古，也可见培养梵语人才之重要性及其不易，如上文所述，1930 年许地山先生也有开课的机会，但因为选修的学生太少，而开课未果。陈寅恪虽然曾经开过与梵文有关的课，但主要是佛经翻译和佛经文学，而没有系统的梵语学习课程。的确，培养梵语学生不易，非短时之功，而且个人独力难支。这种状况，直到季羡林和金克木归国，才得到改变。

周一良也为梵学研究做出了贡献，他在哈佛的梵文老师克拉克（Walter E. Clark，1881～1960）是哈佛第一任梵文讲座教授兰曼的弟子。周一良深受陈寅恪佛经文学研究旨趣和方法的影响，其《汉译马鸣佛所行赞的名称和译者》一文，考察马鸣《佛所行赞》（*Buddhacarita*）的原名和汉文翻译者，成为佛传和梵语文学研究的发轫之作。后来周一良将研究重点转向日本史和魏晋南北朝史，成为著名的历史学家。其名著《魏晋南北朝史札记》也有多处论及梵文，如《耆婆与道士》《谢灵运传》《外国表文

---

① 梁启超著、陈引驰整理《佛学研究十八篇（二）》，辽宁教育出版社，1998，第 244～245 页。

② 汤用彤：《隋唐佛教史稿》，北京大学出版社，2010，第 63 页。

中梵文影响》诸条。[1]

另外，徐梵澄（1909～2000）、王森、吴晓铃在梵学研究领域的贡献也不能忘记。徐梵澄字季海，湖南长沙人，1929～1932年留学德国海德堡大学，期间曾经学习梵语。1945年，赴印度任泰戈尔国际大学教授，研究古印度哲学。1950年在瓦拉纳西继续学习梵文，译出印度教经典《薄伽梵歌》、迦里达萨《行云使者》（即迦梨陀娑《云使》）。1951年，入南印度室利阿罗频多学院（Sri Auribindo Ashram）翻译、著述、讲学。1978年底回国，任中国社会科学院世界宗教研究所研究员。

王森字森田，河北安新人。1931年入北京大学哲学系，曾选修德国学者李华德（Walter Liebenthal，1886～1982）为中文系和哲学系开设的梵文课。1935年毕业，留校任助教，1936年夏入清华大学哲学系任助教。抗日战争期间，王森羁留北平，拒绝伪职，隐于佛教团体"菩提学会"，并兼任私立中国佛学院讲师，他潜心研究梵学和藏学，为"菩提学会"对勘汉藏文佛经，著有《佛教梵文读本》（梵藏汉对照），1943年由中国佛教学院印行。[2] 王森精通梵、藏、英语，新中国成立后历任中央民族学院、中国社会科学院民族研究所和世界宗教研究所、中国藏学研究中心教授和研究员。

吴晓铃，辽宁绥中人，20世纪30年代先后就读于燕京大学、北京大学。在北京大学读书的1935～1937年间，选修德国学者李华德（Walter Liebenthal，1886～1982）的梵文课。[3] 1937年毕业后，先后在北京大学、北京神学院、燕京大学、西南联合大学任教。1942～1946年间曾任印度泰戈尔国际大学中国学院教授，期间曾学习梵文。新中国成立后任中国社会科学院文学研究所研究员。吴晓铃精通梵文，曾翻译古印度梵剧《小泥车》（十幕剧，首陀罗迦著）和《龙喜记》（五幕剧，戒日王著）。

---

① 周一良：《魏晋南北朝史札记（补订本）》，中华书局，2015年第3版，第121～122、199～200、220～221页。

② 以上有关王森先生的生平及学术贡献，参见王尧《书卷纵横崇明德　山河带砺灿晚霞——评王森先生〈西藏佛教发展史略〉》，载氏著《藏传佛教丛谈》，中国藏学出版社，2011，第202～222页。

③ 参见吴晓铃《我的第一位梵文老师——李华德博士》，《吴晓铃集》第4卷，河北教育出版社，2006，第68页。

四　现代梵学研究的启示

从晚清中国学者章太炎、苏曼殊开始学习梵文、编纂文法书，到 20 世纪二三十年代陈寅恪等将梵学知识运用于中国文史研究，取得重要成果，再到 40 年代以后梵学（或印度学）学科在中国的建立和成长，中国现代学术与梵文相关的领域成就辉煌、令人感怀，而追寻其成长的足迹，又给我们留下这样一些启示。

其一是要有学术自省的精神和开放的文化心态。中国学术传统和西方有很大不同，各有优点，西方学术长于思辨，注重分析，这是中国传统学术的弱处。而且中国古代思想传统"信而好古"，创新性不够强，在治学的范围拓展、材料利用上也有不足。一个典型的例子是，西晋时期发现了汲冢竹书，但只有杜预、束皙等几个人去研究，没有形成学术浪潮，推动学术的更大进步；又如北宋时期的金石学虽然发达，但不过考究钟鼎款识，却很少人去深究上古史的重建问题。只有到了现代，新的学术资料与新的时代思潮相互交汇、碰撞，才融会出辉煌的现代学术。

从世界历史看，亚欧大陆在很长的时间里一直是世界文明的核心地区。在先秦的"轴心时代"（Axial Age 或 Axial Era），[①] 亚洲出现了伟大的思想家老子、孔子和释迦牟尼，欧洲出现了苏格拉底、柏拉图和亚里士多德。随后罗马帝国和秦汉帝国分别崛起于欧洲和东亚，印度的孔雀王朝也统一了南亚次大陆，亚历山大、汉武帝和阿育王都是闻名世界的历史人物。之后的亚洲仍然延续了往日的光荣，中国的唐朝、宋朝、元朝、明朝、清朝，印度的莫卧儿王朝，都曾对世界历史做出过重要贡献，有的时期走在世界的前列。但在"大航海"时代之后，保守封闭的东方逐渐被甩在了后面，亚洲与欧洲的距离越来越远，这是我们不能不深思的。

中国在历史上不但注重吸收西域文化，而且曾经大胆使用外来人才。以唐代为例，在天文历算方面，印度的瞿昙（Gautama）家族和波斯李素家族，分别以其专业知识为唐朝服务。李素家族是一个入仕唐朝的波斯景

---

① "轴心时代"是德国哲学家卡尔·雅斯贝尔斯（1883～1969）在《历史的起源与目标》（The Origin and Goal of History）中提出的理论。他认为，今天世界上主要宗教背后的哲学都在大约公元前 8 世纪到公元前 2 世纪的六百年间发展起来。

教家族。瞿昙家族祖籍印度，后移居中国，家族中的瞿昙罗在高宗、武后朝长期担任太史，唐朝的《光宅历》就是由瞿昙罗修撰的，从瞿昙罗到瞿昙晏，瞿昙家族四代都在唐朝天文历算机构任职。① 历史经验证明，中国要想进步，绝对不能固步自封，妄自尊大。现代学者对这个问题也有明确的判断，胡适在1937年1月18日的日记中写道："如果有些好东西是从海外来的，又何妨去老实承认呢？"② 真正成熟而自信的民族，是不会讳言自外输入的物质和文化的，只要"不失本来民族之地位"，以我为主，兼容并包，这才是应有的"拿来主义"的态度。

其二是重视语言能力的提高。从事中国传统文化研究，很容易封闭自己的思想，研究思路受到限制。掌握了外语，也就多了一个了解外人的窗口，同时也有助于开阔眼界、更新思想、汲取新知，避免一隅之见。陈寅恪曾批评"国人治学，罕具通识"，这是多方面原因造成的，而陈寅恪获得的"通识"，与他对古典语言和现代语言的广泛学习和掌握密不可分。对西方语言工具和专业工具的掌握，一方面扩大了学术资料的来源，另一方面通过外语不断获得新鲜的学术刺激，保持思想活力。中国现代学术的成就，正是在这种交流和对话中实现的。

不专门从事梵文研究的圈外学者对梵文大概有两种不同的意见：一是直接拒斥，如熊十力；二是注意到梵文资料的价值，在研究工作中加以吸收，显示了宽广的学术视野，如杨树达（1885~1956）、余嘉锡（1883~1955）、刘文典（1889~1958）等。杨树达《〈汉刘伯平镇墓券〉跋》载："余友陈君寅恪语余云：三国时所译佛经有一种，凡梵文地狱字，皆译为泰山。以刘公幹诗及蒋济妇梦事合观之，知此说至三国时犹然，陈君所言良为审核矣。"③ 此经当即三国吴康僧会所译《六度集经》，"太（泰）山"一词在《六度集经》中共出现近四十次，均指众生六道轮回中的"地狱"。④ 汉晋间"泰山"一词多与死亡、地狱相关，如杨树达文中提及的

① 参见张惠民《唐代瞿昙家族的天文历算活动及其成就》，《陕西师范大学学报（自然科学版）》1994年第2期。又参葛承雍《唐长安印度人之研究》，载氏著《唐韵胡音与外来文明》，中华书局，2006，第123~125页。
② 《胡适全集》，安徽教育出版社，2003，第32卷，第610页。
③ 杨树达：《积微居小学金石论丛》，商务印书馆，2011，第435页。
④ 梁晓虹：《从语言上判断〈旧杂譬喻经〉非康僧会所译》，《中国语文通讯》1996年第40期，第65~91页。

"刘公幹诗"即三国魏刘桢《赠五官中郎将》的"常恐游岱宗，不复见故人"，"蒋济妇梦事"见《三国志》卷一四《魏书·蒋济传》裴注引《列异传》。类似例子还有很多，余嘉锡的《杨树达〈积微居小学金石论丛〉序》曾一一列举并予以申说。刘文典也在他的《三余札记》中提到梵文资料，如《读文选札记·上林赋》"檒檀木兰"条，案语云："《汉书·司马相如传》注（引）孟康曰：'檒檀，檀别名。'郭璞曰：'檒音逡。'后世谓之旃檀，实即梵文之 Chandana（candana）也，又简称檀。"①杨树达、余嘉锡、刘文典作为传统的小学、史学、文献学专家，在各自的研究中留意到与梵文有关的问题，的确难能可贵。

其三是保持学术交流和共同进步。学术群体和学术圈的存在，对于梵学的发展非常重要，近代以来的梵文研究，每一个阶段都隐约有一个小的学术圈子。在第一个阶段，中日两国学者交往频繁，苏曼殊、章太炎等人对梵文和梵学的兴趣，使中国学者扩大了视野，也激活了中国传统的学术思想。受苏、章这个学术圈子的影响，黄侃（1886～1935）也留意到天竺文体，他在后来所撰的《文心雕龙札记·明诗》中说："若孙（绰）、许（询）之诗，但陈要妙，情既离乎比兴，体有近于伽陀，徒以风会所趋，仿效日众，览《兰亭集》诗，诸篇共旨，所谓琴瑟专一，谁能听之。达志抒情，将复焉赖？谓之《风》、《骚》道尽，诚不诬也。"②"伽陀"即梵语gāthā（巴利语同）的音译，又作伽他、偈佗、偈，意译为讽颂、偈颂、颂等。黄侃留意到印度的颂诗"伽陀"，很可能受到苏曼殊和章太炎的影响——1909年黄侃曾与苏曼殊、章太炎同住日本东京新小川町，这一时期黄侃与苏曼殊曾一同翻译英诗，后来也多有诗歌书画之交往。③

在第二个阶段，20世纪二三十年代钢和泰与梁启超、胡适、陈寅恪、陈垣等现代学术重要人物多有交往，大概每周都要聚会一次，讨论学术问题。从中我们可以看到一个时代的学术风气，也可以看到梁启超（佛学研究）、胡适（禅宗研究）、陈寅恪（宗教与历史文化研究）、陈垣（宗教研究）与外国学者以及彼此之间的相互刺激与影响。

---

① 刘文典撰、管锡华点校《三余札记》卷三，黄山书社，1990，第132页。
② 黄侃撰《文心雕龙札记》，上海古籍出版社，2000，第30页。
③ 潘重规：《黄季刚师和苏曼殊的文字因缘》，张晖编《量守庐学记续编：黄侃的生平与学术》，三联书店，2006，第168～176页。

在第三个阶段，40 年代后期季羡林、周一良等学者周围也活跃着一个学术沙龙。季羡林《悼念周一良》一文回忆道："我曾在翠花胡同寓舍中发起了一个类似读书会一类的组织，邀请研究领域相同或相近的一些青年学者定期聚会，互通信息，讨论一些大家都有兴趣的学术问题，参加者有一良、翁独健等人。开过几次会，大家都认为有所收获。"①

"德不孤，必有邻"（《论语·里仁》），回首晚清民国以来的学术史，可以发现与梵文有关的研究并非边缘，而是有着相当大的热度。众多先行者在时代大潮的鼓动下，怀着学术报国的热忱，积极学习和钻研这一人类文化宝藏，以自己的旧学新知推动中国现代学术的前行，如章太炎对印度哲学和文化的一腔热忱，如少年天才罗君楚（福苌）对学术事业的孜孜以求，如陈寅恪游学东西各国以掌握治学之利器，都让人感动、感怀、感佩，也不断激励着后来者。他们遗惠于今人的，除了研究成果外，更重要的是一种精神，一种迎难而上的坚韧，还有敢与西方学者争一日之长的勇气。

反观历史，19 世纪与 20 世纪德国、日本、美国在经济腾飞的时代，在学术上创造了同等的辉煌——德国在印度学上的贡献，日本在佛学研究上的成就，美国在很多领域不断超越欧洲，成为新的学术中心。今日中国之经济总量，已居世界前列，但在许多学术领域尚落后于东邻日本和欧美国家。面对西方学者成果丰硕、积淀深厚的梵学研究，中国学者需要奋起直追，这是时代给我们提出的不能回避的要求。正如王国维在《罗君楚传》中所言，印度梵天文字本是我"李唐旧学"，梵学在今日中国发扬光大，乃大势所趋。

---

① 季羡林：《新纪元文存初编：季羡林自选集》，新世界出版社，2002，第116页。

从"周树人"到"鲁迅"

——以留学时代为中心

李冬木（日本·佛教大学）

一　前言

众所周知，1918 年《新青年》杂志第四卷第五号发表了一篇短篇小说，叫作《狂人日记》，从此中国现代文学有了第一篇作品，一个叫作"鲁迅"的作家也因此而诞生。鲁迅（1881～1936）的本名叫周树人，"鲁迅"是发表《狂人日记》时首次使用的笔名。也就是说，在此之前还没有作家鲁迅，而只有一个后来成为作家的叫作周树人的人。① 关于"鲁迅"诞生之后的鲁迅，迄今为止，不仅是中国现代文学当中最被热读的作家，也是一个最为热门的研究对象。关于这个"鲁迅"的解读和阐述，早已如汗牛充栋，堪称显学，我在这个方面恐怕没有更新的东西贡献给各位。我所关注的问题是，为什么会诞生鲁迅这样一位作家？除了人们已经熟知的历史背景、时代环境和个人的成长经历这些基本要素之外，我想着重探讨

---

① 本篇在中国社会科学院文学研究所与佛教大学联合举办的"全球化时代的人文学科诸项研究——当代中日、东西交流的启发"（国際シンポジウム「グローバル化時代時代における人文研究の諸相——現代における日中・東西の相互啓発のために」，2017 年 5 月 26 日，于北京鑫海锦江大酒店）国际研讨会上报告时，承蒙讲评人就"只有一个后来成为作家的叫做周树人的人"这一表述提出质疑：他在留学的时候不是用了不少笔名吗，怎么会是"'只有一个……周树人'？——让我对此重新做了思考（在此谨对讲评人致以衷心的感谢），确认这一表述与本论所采取的"把'周树人'和'鲁迅'相对区分开来"的研究方法在意思上是一致的，"周树人"和"鲁迅"是分别代表着他成为作家之前和成为作家之后的用以做出相对划分的标称概念，是大的概念，与其在这两个阶段使用的各种笔名并不处在同一层面，"周树人"是涵盖了成为"鲁迅"之前所有笔名的统称，正像"鲁迅"的名称涵盖了后来所有的笔名一样。

的是一个作家形成的内在精神机制。因此，从严格的意义上讲，我所关注的对象其实还不是"鲁迅"，至少不是人们通常所指的"鲁迅"诞生之后的那个范畴里的鲁迅，而是此前。此前还不曾有"鲁迅"，只有周树人。因此，我的课题可以界定为"从周树人到鲁迅的内在精神机制是怎样的?"或者说"周树人何以成为鲁迅?"

这是先学们留下的课题，我不过是对此做出承接。就方法论而言，也在努力学习许多先学所通行的实证研究的方法。但在问题意识和观察视角方面有所调整，那就是把"周树人"和"鲁迅"相对区分开来，不以作为作家诞生之后的那个"鲁迅"来解释此前的周树人。这样做有两点考虑，一是试图还原周树人当年所置身的历史现场，从而尽量减轻后来关于鲁迅的庞大解释对此前那一部分的历史观察方面所构成的影响；二是尽量以等身大的周树人来面对他所处的历史环境、思想文化资源和时代精神，而不是从现今的知识层面对其加以居高临下的阐释。

鲁迅发表《狂人日记》时已经 37 岁。在他作为周树人而存在的 37 年间，可大致分为三个重要阶段：第一个阶段是 18 岁以前在故乡绍兴生活并接受传统教育；第二个阶段是外出求学，包括从 18～22 岁在南京的 3 年多和此后在日本留学的 7 年多；第三个阶段是他回国以后到发表《狂人日记》为止。正像大家已经知道的那样，这三个阶段当中的各种经历，可能都对他成为一个作家产生过重要影响，不过就一个作家的知性成长而言，尤其是就一个完全不同于旧文人从而开拓出与既往文学传统迥异的新文学之路的近代作家的整个精神建构而言，1902～1909 年，即明治 35 年到 42 年在日本留学七年多的经历是一个尤其值得关注的阶段。片山智行先生 50 年前就有"原鲁迅"[1] 的提法。而"鲁迅与明治日本"也是在鲁迅研究当中不断出现的题目。随着研究的不断深入，尤其是坚实而有力的实证研究所提供的大量事实，使我越发坚信"从周树人到鲁迅"的精神奥秘大多潜藏在这个成为"鲁迅"之前的留学阶段。

例如，人们后来从鲁迅的思想内涵当中归纳出三个方面，即进化论、改造国民性和个性主义，它们都作用到鲁迅文学观的建构上，或者说构成

[1] 片山智行「近代文学の出発——〈原鲁迅〉というべきものと文学について」，東京大学文学部中国文学研究室編『近代中国思想と文学』，1967。

后者的"近代"基础。就精神源流而言，这三种思想乃至文学观的源流都不是中国"古已有之"的传统思想，而都是外来思想。汲取它们并且构建自己的精神理念需要一个过程。我到目前的看法是，这一过程，在周树人那里，基本与他留学日本的时期相重合，此后的进一步展开，应该是这一建构过程的延长和延续。因此，如果不了解它们的具体来源和在周树人当中的生成机制，那么也就很难对鲁迅后来的思想和文学有着深入的理解和把握。比如说，这些思想跟鲁迅后来所相遇的阶级论和马克思主义构成怎样的关系至今仍然是困扰学术界的问题。

我的研究就是从当年在日本留学时的周树人的具体面对开始，通过实证研究予以展开。现分述如下。

二 关于鲁迅与进化论的问题

鲁迅的进化论观念，基本形成在他作为周树人的求学时期。一般谈到这个问题时，人们会首先想到严复（1854～1921）的《天演论》（1898）。周树人首次与《天演论》相遇，是这本书出版三年之后的1901年。

1. 《地学浅释》英国雷侠儿（Charles Lyell，1797～1875）著，华蘅芳·玛高温（Mac－Gowan，Daniel，Jerome 1814－1893）合译　江南制造局刊行　1873年

2. 《天演论》严复译述，湖北沔阳卢氏慎基斋木刻板，1898年

3. 《物竞论》加藤弘之著　杨荫杭译　译书彙编社　1901年

4. 『進化新論』　石川千代松著　敬業社　1903年

5. 『進化論講話』丘浅次郎著　東京開成館　1904年

6. 『種の起源』　チャーレス□ダーウィン著　東京開成館訳　丘浅次郎校訂　東京開成館　1905年

7. 『進化と人生』丘浅次郎著　東京開成館　1906年

8. 『宇宙の謎』　エルンスト・ヘッケル著　岡上梁、高橋正熊共訳　有朋館　1906年

1909年周树人回国以后仍保持对进化论的关注，并且直到1930年逝世前也一直不断地购买日本出版的进化论方面的书籍，不过我目前所做的研究，还只是集中在他的留学时期。

上面所列的 8 种进化论书籍，不一定是周树人求学时期阅读的全部，而只是目前已知。其中 1～3 是他 1902 年去日本留学前就已经阅读到的，是受到进化论的冲击并且进一步接受进化论的知识的准备阶段，4～8 这五种，是他在日本留学期间阅读的，这是一个比较系统接受进化论知识体系的阶段。可以说这五种进化论的书，都是当时最有代表性的也是最有影响的进化论著作。

就目前关于鲁迅的知识体系而言，1～3 是体系内知识，可以在诸如鲁迅年谱、全集注释（1981；2005）和《鲁迅大辞典》（人民文学出版社，2009）等基本研究资料当中找到它们的存在，5～8 在同样的范围内则完全找不到，可以说是关于鲁迅的知识的空白。

作为专题研究，我主要把侧重点放在杨荫杭译《物竞论》和鲁迅与丘浅次郎的关系方面，相当于上述书单的 3、5、6、7。[①] 至于 4 和 8 中岛长文先生（Nakajima Osafumi，1938～ ）早在 40 年前已经做过了很好的研究，请大家参考他的研究成果。[②]

《物竞论》是周树人继《天演论》之后在中国国内读到的另一本进化论著作，在去日本之前他把这本书送给了继续在南京求学的周作人。在此后的周作人日记中，留下了他不断阅读该书的记录。鲁迅年谱提到这本书，出处在此。但《物竞论》究竟是怎样一本书，很长一段时间里，在日、中学者之间存在着以讹传讹的情形。例如，该译本原书，铃木修次（1923～1989）《日本汉语与中国》（1981，第 213～214 页）、刘柏青（1927～2016）《鲁迅与日本文学》（1985，第 49～50 页）、潘世圣《鲁迅·明治日本·漱石》

① 《关于〈物竞论〉》，佛教大学《中国言语文化研究》第一号，2001 年 7 月。「魯迅と丘浅次郎」（上、下），佛教大学『文学部論集』第 87 号，2003 年 3 月；第 88 号，2004 年 3 月。/中文版：李雅娟译《鲁迅与丘浅次郎》（上/下），《东岳论丛》2012 年第 4、7 期。「〈天演〉から〈進化〉へ―魯迅の進化論の受容とその展開を中心に―」，狭間直樹、石川禎浩編『近代東アジアにおける翻訳概念の展開』，京都大学人文科学研究所，2013 年 1 月。/中文版：《从"天演"到"进化"——以鲁迅对进化论的容受及其展开为中心》，日本京都大学中国研究系列五狭间直树石川禎浩主编《近代东亚概念的发生与传播》，社会科学文献出版社，2015。谭桂林、朱晓进：《鲁迅进化知识链当中的丘浅次郎》，杨洪承主编《文化经典和精神象征："鲁迅与 20 世纪中国"国际学术研讨会论文集》，南京师范大学，2013。
② 中島長文「藍本『人間の歴史』」（上、下），『滋賀大国文』第十六、十七号、滋賀大国文会、1978，1979 年。

（2002，第 49 页）等皆记为加藤弘之《人权新说》（鼓山楼，1882），这是不对的。原书是加藤弘之的另一本著作『強者の権利の競争』（东京哲学书院，1893）。该书主张"强者的权利即权力"，以至译者杨荫杭在序文里说不妨译成"强权论"。就内容而言，这本书在天演论之后加深了对中国读书人的刺激，对加深他们的危机认识有帮助，但无助于加深对进化论本身的理解。这是我在关于《物竞论》这篇论文里所解决的问题。[1]

更主要的工作是放在了与丘浅次郎（Oka Asajiro，1868～1944）的关系方面。这项研究不仅涉及了中日两国近代进化论传播的背景、形态以及以留学生为媒介的互动关系，还深入探讨了丘浅次郎进化论的内容、特色和历史位置，通过实证研究，坐实了他与周树人之间密切的文本关系，从而为进一步了解周树人的进化论知识结构以及他由此所获得的历史发展观和思考方法提供了新的平台和路径，揭示出进化论的知识系统的更新在周树人那里的由"天演"到"进化"的必然性。该问题还同时触及整个中国近代进化论的受容过程问题。虽然留学期间所涉及的一系列日本的进化论与此前熟读的严复《天演论》之关系，仍是接下来所要继续探讨的问题，但目前研究到达点的基本看法是，即使到后来所谓接受了"阶级论"的鲁迅时期，周树人求学时代所接受的进化论的思路，也并没那么简单的"轰毁"，因至少丘浅次郎的进化论作为一种思想方法，已经深深地渗透到了周的直面现实的现实主义当中。这是我在系列研究之后所做出的结论。

三 关于鲁迅改造国民性思想的问题

关于鲁迅的改造国民性思想，许寿裳阐释得最早。[2] 作为同时代人和亲密的朋友，许寿裳关于鲁迅和他在弘文学院所做的国民性问题讨论的回忆，无疑给《藤野先生》当中作者自述的"我的意见却变化了"[3] ——即做出弃医从文的选择，和《呐喊·自序》里的"我们的第一要著，是在改

---

① 请参照前揭论文《关于〈物竞论〉》。

② 许寿裳：《怀亡友鲁迅》（1936）、《回忆鲁迅》（1944）、《亡友鲁迅印象记 六 办杂志，译小说》（1947），参见鲁迅博物馆、鲁迅研究室、鲁迅研究月刊编《鲁迅回忆录》（专著，上中下），北京出版社，1997，第 443，487～488，226 页。

③ 收入《朝花夕拾》，《鲁迅全集》第二卷，人民文学出版社，2005，第 317 页。

变他们的精神"①，即改造国民性思想提供了权威佐证。后来北冈正子
（Kitaoka Masako，1936～　）教授经过常年细致调查研究发现，鲁迅和许
寿裳当年在弘文学院就国民性问题所作的讨论，实际是他们在学期间，校
长嘉纳治五郎（Kanou Jigorou，1860～1938）和当时同在弘文学院留学、
年长而又是"贡生"的杨度（1875～1931）关于"支那教育问题"的讨
论之"波动"的结果。② 这就为鲁迅国民性问题意识的产生提供了一个具
体的环境衔接。"国民性"问题意识，在当时有着很大的时代共有性，在
一个人思想当中，其能升华为一种理念，当然还会有很多复杂的促成要
素，例如梁启超（1873～1929）的"新民说"及其由此带动起来的思想界
与鲁迅改造国民性思想生成之关系就是一个很大的问题。不过，问题意识
和理念是一个方面，要将它们落实到操作层面，即熔铸到创作当中，就非
得有具体的现实体验和丰富的阅读不可。那么在这方面周树人读的是怎样
的书呢？这是我的问题意识。这里我打算向大家介绍两个方面的研究。

　　我首先关注到的是张梦阳先生的研究。他首先提出了"鲁迅与史
密斯"的命题（1981）③，并对鲁迅与史密斯（Arthur Henderson Smith，
1845～1932）的 Chinese characteristics（1890；1894）即《中国人气质》
（1995）展开研究④，带动起了后续研究。迄今为止，仅仅是这本书的中译
本，就出版了50种以上，而其中的95%以上是自张梦阳以后出版的。尤
其是前年，即2015年8月，在中国关于史密斯研究的推动下，日本还出版
了有史以来的第三个日译本，标题是《中国人的性格》。⑤ 该书有354条译
注，并附有长达62页的译者解说和后记，对之前的研究做了较为全面的
整理。

　　不过，我关注的问题是史密斯的英文原著到达周树人那里的中间环

---

① 收入《呐喊》，《鲁迅全集》第一卷，人民文学出版社，2005，第页。
② 北冈正子著『魯迅　日本という異文化のなかで——弘文学院入学から「退学」事件ま
　で』，「六　嘉納治五郎　第一回生に与える講話の波紋」，関西大学出版部，平成13
　〔2001〕年。关于该问题的中文译文参见李冬木译《另一种国民性的讨论——鲁迅、许
　寿裳国民性讨论之引发》，《吉林大学社会科学学报》，1998年1期。
③ 参见张梦阳《鲁迅与斯密斯的〈中国人气质〉》，《鲁迅研究资料（11）》，天津人民出版
　社，1987。
④ 参见张梦阳、王丽娟译《外国人的中国观察——中国人气质》及其所附《译后评析》，
　敦煌文艺出版社，1995。
⑤ 石井宗晧、岩崎菜子訳『中国人の性格』，中央公論新社，2015。

节。这是所谓"东方"的周树人与"西方"的史密斯相遇所必须履行的一道手续。因此，明治二十九年即 1896 年日本博文馆出版的涩江保译『支那人气質』一书就成为我探讨周树人与史密斯关系的主要研究对象。日译本与原书有着很大的不同，译者加了各种译注九百多条，并附有 25 页黑格尔关于中国的论述，同时还以完全不同的 21 张照片取代了原书的 17 张图片。因此通过日译本获得的"史密斯"及其所记述的"中国人气质"也就与原书大不相同了。关于日译本的出版背景、译者及其历史地位、其著述活动对中国的影响、该译本对此后日本人中国观的影响，尤其是与此后鲁迅的文本关系，请参照我的相关研究。①

另一项研究是关于芳贺矢一（Haga Yaichi，1867～1927）《国民性十论》（1907）的研究。芳贺矢一是日本近代国文学研究的开拓者，曾与夏目漱石（Natsume Soseki，1867～1916）同船前往欧洲留学。《国民性十论》在当时是畅销书，是首次从文化史的观点出发，以丰富的文献为根据而展开的国民性论，对整合盛行于从甲午战争到日俄战争期间的日本关于国民性的讨论发挥了重要历史作用，以致其影响一直延续至今。顺带说一句，把"国民性"用于书名，始于该书，其对将 nationality 一词转化为"国民性"这一汉字词语②，该书起到了关键性的"固化"作用。该书汉译已于 2008 年交稿，但由于众所周知的中日之间的现实性敏感问题，导致这本 110 年前的书至今仍无法出版。这是令人感到非常遗憾的。不过，我

---

① 《涩江保译〈支那人气质〉与鲁迅（上、下）——鲁迅与日本书之一》，『関西外国語大学研究論集』67 号、1998；68 号、1998。鲁迅博物馆编《鲁迅研究月刊》1999 年第 4、5 期转载。《〈支那人气质〉与鲁迅文本初探》，『関西外国語大学研究論集』69 号、1999年 2 月。《"乞食者"与"乞食"——鲁迅与〈支那人气质〉关系的一项考察》，佛教大学『文学部論集』第 89 号，2005 年 3 月。《"从仆"、"包衣"与"西崽"——鲁迅与〈支那人气质〉关系的一项考察》，佛教大学『文学部論集』第 90 号，2006 年 3 月。《鲁迅怎样"看"到的"阿金"？——兼谈鲁迅与〈支那人气质〉关系的一项考察》，《鲁迅研究月刊》2007 年第 7 期。日文版：「魯迅はどのように〈阿金〉を「見た」のか?」，『吉田富夫先生退休記念中國學論集』，汲古書院，2008。「『中国人的性格』について」，在现代中国研究会（京都）上的报告，前揭关于日译本的书评。现代中国研究会，2017年 3 月 18 日，佛教大学四条センター。

② 关于"国民性"一词的语源及其流变之研究，请参阅拙文《"国民性"一词在中国》、《"国民性"一词在日本》，佛教大学『文学部論集』第 91 号，2007 年 3 月；第 92 号，2008 年 3 月。两篇转载《山东师范大学学报》2013 年第 4 期。

为该译本写的导读，已经发表。① 正如这篇论文的标题《芳贺矢一〈国民性十论〉与周氏兄弟》所呈现的那样，该书是周氏兄弟共同的目睹书，对兄弟二人产生了不同侧面和不同程度的影响。共同影响是，通过文艺来考察国民性。相比之下，受影响更大而且更全面的是周作人（1885～1967）。《周作人日记》忠实地保留了他关于这部书的购书、读书和用书的记录。1918 年他所做的著名讲演《日本近三十年小说之发达》就是从参考这部书开始的。也可以说，他的"日本研究小店"从开张到关门，始终有这本书参与导航。这书当然是为兄的周树人向他介绍的。但周树人对该书的摄取则有所不同，除了通过文艺来考察国民性的思想方法之外，他主要受了书中有关"食人"言说的提示，使他通过《资治通鉴》所记载的事实，顿悟到"中国人尚是食人民族"，进而衍生出《狂人日记》"吃人"的主题意向。"食人"言说频繁地出现在日本明治以后文化人类学的言说当中，构成一种言说史。芳贺矢一继承了这一思想资源，并将其传递给周树人，使他在国民性问题意识的关照下，去注意并发掘本国旧有的记录，从而打造出《狂人日记》的主题和叙事内容。②

通过以上两种书再来探讨鲁迅的改造国民性思想，就会发现他对同时代思想资源的选择，有着自己独特的眼光和摄取方式，已经远远超过了作为先行者的梁启超（1873～1929）的"新民说"。梁启超主要是理念和理论的阐释，而周树人寻找的主要是对自己的思想和文艺活动实践有直接帮助的资源。因此在外部资源的选择上，他早已不囿于梁启超。他要寻求的是对本民族自身的了解，也就是他所说的手与足的沟通。③ 从这个意义上来说，《支那人气质》和《国民性十论》就提供了认识本国国民性的有效折射，是他将中国国民性客观对象化的有效参照。

如果将梁启超和鲁迅关于国民性问题的论述，放在明治思想史的背景

---

① 《芳贺矢一〈国民性十论〉与周氏兄弟》，山东社会科学院《山东社会科学》2013 年第 7 期。

② 关于鲁迅与明治时代"食人"言说问题，请参阅拙文「明治時代における"食人"言説と魯迅の《狂人日記》」，佛教大学『文学部論集』第 96 号，2012 年 3 月；中文版《明治时代的"食人"言说与鲁迅的〈狂人日记〉》，中国社会科学院文学研究所《文学评论》2012 年第 1 期。

③ 参见《俄译本〈阿 Q 正传〉序及著者自叙传略》，收《集外集》，《鲁迅全集》第 7 卷，第 83～84 页。

下来探讨，将还会有更多的发现。我准备把它们作为下一步的课题，即以梁启超和鲁迅为中心，阐释中国近代国民性意识形成发展史。

四 关于鲁迅个性主义思想的问题

与进化论和改造国民性思想相比，个性主义思想问题就更加复杂。不仅要涉及更多的"西方"思想资源，还涉及在建构思想的过程中与前两者的关系及其所处思想位置的问题。

在周树人整个求学时期里，以严复的"天演论"和梁启超的"新民说"为代表，进化论和国民性思想已至少是清末中国知识界的思想通识，周树人是在自己留学的明治文化环境当中对它们又做了进一步的追踪学习和独自的择取、思考，从而确立了他自己的关于"进化"和"国民"的理念。不过总的来说，这两点处在中国知识界"已知"的思想平台，周树人在此基础上并未走出更远。换句话说，他仍处在通识的言说环境里。打破这种状况的，是他与个性主义（或者叫个人主义）的相遇。

> 个人一语，入中国未三四年，号称识时之士，多引以为大诟，苟被其谥，与民贼同……①

个人主义思想，在他和中国思想界之间，画出的一条明确的分界线，一边叫作中国思想界，一边叫作周树人。这种思想不仅使他脱胎换骨获得"新生"，也是他在同龄人和同时代人当中孤星高悬。伊藤虎丸（Ito Tora-maru，1927～2003）将其概括为"个"的思想，并且认为是鲁迅把握到的西洋近代的神髓。② 的确，至少在我所阅读的范围内，这种思想几乎不见于和周树人同时代的中国思想界——其实，上引的"个人一语，入中国未三四年"这句话，并非中国当时思想界的现实，而是周树人借助日本关于"个人主义"讨论的思想资源所进行的自我精神操练。

提到这种思想的来源，人们自然会根据周树人在留学时期所写的论

---

① 鲁迅：《文化偏至论》，收入《坟》，《鲁迅全集》第一卷，第51页。
② 参见伊藤虎丸著『鲁迅と日本人——アジアの近代と「個」の思想』，朝日出版，1983。中译本，李冬木译《鲁迅与日本人》，河北教育出版社，2000。

文，开列出一连串的名字：黑格尔（Georg Wilhelm Friedrich Hegel，1770~1831）、叔本华（Arthur Schopenhauer，1788~1860）、施蒂纳（Max Stirner，1806~1856）、克尔凯克尔（Søren Aabye Kierkegaard，1813~1855）、尼采（Friedrich Wilhelm Nietzsche，1844~1900）以及那些摩罗诗人……按照通常的习惯把他们统称为"西方思想"或许并无大错，但之于周树人在当时的阅读实践和思想实际却未免过于笼统，不乏隔靴搔痒之感。

就拿人们论述最多的"尼采"来说吧，他遇到的究竟是怎样一个"尼采"呢？是中文的还是外文的？如果是外文的，那么是德文的？英文的？还是日文的？这些从来都是一笔糊涂账。如果不借助具体文本展开实证研究，也就很难说清楚周树人建构个人主义当中的那个尼采是怎样一种形态。这里我们可以来看一个具体的"尼采"的例子。

> 德人尼佉（Fr. Nietzsche）氏，则假察罗图斯德罗（Zarathustra）之言曰，吾行太远，孑然失其侣，返而观夫今之世，文明之邦国会，斑斓之社会矣。特其为社会也，无确固之崇信；众庶之于知识也，无作始之性质。邦国如是，奚能淹留？吾见放于父母之邦矣！聊可望者，独苗裔耳。此其深思遐瞩，见近世文明之伪与偏，又无望于今之人，不得已而念来叶者也。①

《文化偏至论》（1908）里的这段话一直被认为是鲁迅对尼采《查拉图斯特拉如是说》当中《文化之地》之章的概括，那么对比以下一段话如何？

> 十四．文化之国土　里说的是，我走得过于遥远，几乎只身一人而没了伴侣，于是又折回到现在之世来看。而现代之世实乃文化之国土，实乃带着各种色彩之社会。但这社会，聊无确实的信仰，人们的知识丝毫不具备创作的性质。我们无法滞留在这样的国土。我实乃被父母之国土所放逐。然而，唯寄托一线希望的，只有子孙的国土。
> 这是对现代文明的一个非难。【此系译文，原文见附录一】

---

① 鲁迅：《文化偏至论》，《鲁迅全集》第一卷，第50页。

續倫理學書解説

十二、自己超脱。　でいふに善惡には決して一定不變のものはない。それで、眞の創作者は、一切のものを破壊して、新に造り出すものでなければならぬ。即ち、今の善惡は道德は、よろしく超脱せらるべきものであつて、我は勢力の意志によつて、それを強めなければならぬ。

十三、偉大なる者。　については、別に改めていふべきことはない。

十四、文化の國土。　でいふのには、我はあまり遠方へゆきすぎて、殆ど自分一人で、伴侶がなくなつた、そこで又、立ち戻つて現在の世の中に來て見たが、現代の世は實に文化の國土である。種々の彩色を帶びてる社會である。しかし、その社會には少しも確かなる信仰がない。人々の知識は少しも創作的の性質を備へてゐない。かゝる國土には、我々は留まることは出來ない。我は實に父母の國土から放逐されてしまうのである。たゞ一つ望を屬することは、子孫の國土あるのみである。

これは、現代の文明に對する一の非難である、

十五、汚れざる認識。　蒼白い月の光のさしこむ樣を見ると、彼れが、實に、竊かに人

ツァラトゥストラの梗概

二三七

附録一　桑木嚴翼著『ニーチエ氏倫理説一斑』，育成会，明治三十五年八月十三日発行，第217頁。

这是桑木严翼（Kuwaki Genyoku，1874～1946）在《尼采氏伦理说一斑》（1902）一书当中对《查拉图斯特拉如是说》中"文化之国土"部分所做的概括。[①]

再来看"施蒂纳"的例子。周树人《文化偏至论》：

> 德大斯契纳尔（M. Stirner）乃先以极端之个人主义现于世。谓真之进步，在于己之足下。人必发挥自性，而脱观念世界之执持。惟此自性，即造物主。惟有此我，本属自由；既本有矣，而更外求也，是曰矛盾。自由之得以力，而力即在乎个人，亦即资财，亦即权利。故苟有外力来被，则无间出于寡人，或出于众庶，皆专制也。国家谓吾当与国民合其意志，亦一专制也。众意表现为法律，吾即受其束缚，虽曰为我之舆台，顾同是舆台耳。去之奈何？曰：在绝义务。义务废绝，而法律与偕亡矣。意盖谓凡一个人，其思想行为，必以己为中枢，亦以己为终极：即立我性为绝对之自由者也。[②]

再对比下面一段如何？

> 麦克斯·施蒂纳是基于纯粹利己主义立场之无政府主义的首倡者。他以每个人为最高唯一的实在，断言所谓人，所谓主义，毕竟皆非个人人格，而只是一种观念，一种妄想。曰，人人之理想，越是精灵化，越是神圣，就越会导致对其敬畏之情逐渐增大。然而，这对他们来说，也就因此会反过来导致自身自由的日益缩小而毫无办法。所有的这些观念，都不过是各个人心意的制造物，都不过是非实在的最大者。故自由主义所开辟的进步，其实也只是增加了迷惑，只是增进了退步。真正的进步绝不在于此等理想，而在于每个人之足下。即在于发挥一己之我性，在于使我从观念世界的支配之下完全飘脱出来。因为我性即一切之造物主。自由教给我们道，让汝自身自由！却不言明其所谓汝自身者为何物。与之相反，我性冲着我们大叫道，让汝自身甦醒！我性生来自由。故先天的自由者自

---

① 桑木厳翼著『ニーチェ氏倫理説一斑』，育成会，明治三十五年八月十三日印刷，明治三十五年八月十三日发行，第 217 页。

② 鲁迅：《文化偏至论》。

去追求自由，与妄想者和迷信者为伍狂奔，正是忘却了自己。明显之矛盾也。自由只有获得到达自由的权力之后才会获得。然而其所谓权力，决不是让人求诸于外。因为权力只存在于每个个人当中。我的权力并非谁所赋予，不是上帝，不是理性，不是自然，也不是国家所赋予。一切法律都是支配社会的权力的意志。一切国家，不论其统治的权力出于一人、出于多数或出于全体，皆为一种专制。即使我公然宣布应以自己的意志去和其他国民的集合意志保持一致，亦难免专制。是乃令我沦为国家之奴隶者也，是乃让我放弃自身之自由者也。然则将如何使我得以不陷入如此境地呢？曰，只有在我不承认任何义务时才会做到。只有当不来束缚我，而亦无可来束缚时才会做到。倘若我不再拥有任何义务，那么也就不应再承认任何法律。倘果如此，那么意欲排斥一切束缚，发挥本来面目之我，也就原本不会有承认国家之理。只有那些没有自己，丧失我性的卑陋之人，才应该自己去站在国家之下。

施蒂纳之言说乃绝对的个人主义。故他一切基于个人意志，排斥道德，谴责义务。

……（中略）……

总之，施蒂纳说，作为个人的人，是哲学从始至终对人生问题所实际给予的最后的和最真诚的解答。所谓幸福者，乃是每个个人都以自己为自己的一切意志及行为的中心和终极点时才会产生的那种东西。即，他要以我性确立人的绝对自由。① 【此系译文，原文见附录二】

这段话出自烟山专太郎（Kemuyama Sentaro，1877～1954）的《近世无政府主义》（1902）一书。这书对中国当时的无政府主义思潮，尤其是那些正在为反清制造炸弹的革命者有着巨大影响，但是没有一个人对书中的施蒂纳感兴趣，只有周树人从个人主义思想侧面注意到了他的存在，并将其原封不动地择译到自己的文章里。这种情形，和对待前面提到的桑木

---

① 原载『日本人』第百五拾七号，明治三十五年二月廿日，第 208～209 页。煙山専太郎著『近世無政府主義』，東京専門学校出版部，明治三十五年四月廿五日印刷，明治三十五年四月廿八日发行，参见第 294－302 頁。

意わりといふ。子培は當今清國第一流の史家にして、其の精
深淵博なること洪文卿(釣)、李仲約(文田)二氏に過ぐとい
ふ。近年以來、元史譯文證補を經、又那珂氏の渡來あり、元朝武親征錄は
已に文求堂の重刊を經、又那珂氏の増刊せらるべく、市村氏は祕幾李注を瀉し、而し
て今蒙文蒙史の重刊せらるべく、若し沈氏の蒙古源事證にして
渡來し、更に余が芸閣に求むる所元經世大典耶律鑄の雙溪
醉隱集等にして渡來するに至らば、元史研究の資料は盆々
豐富を加へて、其の記述する所發明する所、庶幾くはかの
ドーソン、ホウォルス、ブレットシュナイデル諸人と稍や
頡頏するを得んか、余悟に之を先輩諸氏に望み、幷せて以
て自ら勵むと云ふ。

無政府主義を論ず(横)

蚊　學　士

マクス・スチルチルは純乎たる利己主義の立脚地に立てる
無政府主義を倡唱せる者なり。彼は各個人を以て最高唯一
の實在なりとし、人間と云ひ、主義と云ふ、畢竟これベル
ゾーンにあらずして一の觀念のみ、妄想のみなりと斷言せ
り。曰、人々の理想が一層精靈的に且一層神聖となれば
なるほど、之に對する母數の情は次第に其大なるを致すべ
し。されど彼等に向ては之が爲めに己の自由の却て盆々縮
少せらるるに至るを如何せむ。すべて此等の觀念は各人心
意の製造物に過ぎず。非實在の最も大なる者に過ぎず。故
に自由主義によりて開かれたる進歩も實はこれ迷びの增加

のみ。退步の增道のみ。眞の進步は決して此等の理想にお
るに非ずして各人の足下にあり。即己の我性を發揮してか
かる觀念世界の支配より我を完全に遁脱せしむることにわ
り。何となれば我性はすべての遁物主なればなり。自由は
我々に教へて云ふ、汝自身を自由にせよと。而して其所謂
汝自身なる者の果して何者なるかを言明せざるなり。之に
反して我性は我々に向て叫で云ふ、汝自身に蘇れと。我性
は生れながらにして自由なる者なり。故に先天的に自由な
る者にして狂奔するはこれ正に己を忘らる者なり。妄想者、迷信者の間に伍し
て狂奔するはこれ正に己を忘らん者なり。明に一の矛盾な
り。自由は之に逹し得べき權力のあるわりて始めて之を將
べし。然れども其所謂權力は決して之を外に求むるを要す
べし。各個人の中に在て存すればなり。然らざれば之に非ず。
す。各個人の中に非ずればなり。神も、理性も、自然も、將た國
家も與ふる所に非ずればなり。すべて法律は社會を支配す
る權力の意志なり。すべて國家は其之を統治する權力の一
なると、多數なるとを問はず、將た全體なるとを問く
一の專制なり。假令余が余の意志を以てすべて他の人々の
國民的集合意志と合致せしむべしと公言したりし時に於て
も亦專制たるを免れず。これ余をして國家の奴隷たらしむ
る者なり。曰、余が何等の自由を放棄せしむる者なり。然らば如
何にせば此の如きの地位に陷らざらしむるを得べ
きか。曰、余が何等の自由をも照めざる時に於てのみなり。余に
何等の義務をも有せしめざる時に於てのみなり。余に
して既に何等の義務をも有せざるしならば又何等の法律を
余を束縛せず、又束縛せしむる時に於てのみなり。余に

二十四

も認むるとなかるべし。果して然らば一切の繋縛を排斥し、本来の面目を發揮せんとする我にはもとより個人の承認せらるべきの理なく、已になく、我性なき卑陋の人間のみ、獨り國家の下に立つべきとなり。

スチルナルの言説は絕對的の個人主義なり。故に彼は一切個人の意思を基として道德を排し、義務を斥けたり。此點に於ては經濟的福祉てふ社會主義的見地に立ちたる他の無政府論者の道德を推重するとは全く相反對せり。彼のクラボトキンの如き若し其「無政府黨の道德」に於て論ずるが如きを以てせば、彼はたしかに非道徳說を探る者として之が例外に立つ者なりと雖、同一共產主義に於て一の一般的道德鞏に至て比ぶべき其主張の根底に於て、之を盜品なりと存在するとを預想したり。彼が財產に向て抗議を加へ、之を公言するに至りしは、全く其正義と相並立せざる者なりと思意せるが故にあり。彼は其上己が理想せる天國の制として一の權衡の必要なるを認め、經濟生活に於て生存競爭を許すを踏踏せり。然るにスチルナルは財產は之を占有し得べき權力ある者に當然屬すべしとして、一切正義を否認し、自然淘汰を以て社會に於ける最高唯一の支配者なりとし、ブルードンが仕事は協力の成果なりと云へるに對して、最も有効なる努力は各個人の仕事にありとし、個人の仕事は唯一に利己的立腳地によりて定めらるべき者なりと公言したり。

之を要するにマクス・スチルナルは個人的人間が哲學の最

初及最終にして又實に人生の問題に向て最終最眞の解答を與ふる者なりと云ひ、所謂幸福なる者は一に各個人が己を以てすべての思意及行爲の中心及び終極點となすによりて初めて生ずる者なりとせり。彼は即我性によりて、人の絕對的自由を立せり。然れども若し弱き個性が強きものによりて歷せられ、即暴力が主我の念に打勝ちたる場合に於ては如何にせんと欲するか。彼の學說はこゝに至りて最早其以上を說明すると能はざるなり。ニチエは更に此結驗を推しひろめたり。彼は强者によりて弱者を歷せんと欲す。强者の募人的支配を欲す。即權力意思を高めて之を世界の根本原理たらしめんと欲す。而も彼は此と異りて更に個人ショーペンハウエルにあり。彼の主張の本づく所は主義を否認せず、寧ろ卻て之を以て世界に於ける唯一の重要動と見做し、ショーペンハウエルの意思說と、ダーウィンの生物進化論とを調味して一の世界進化論を搆成し、權力意志を以て創造的の原理とし、これが所謂適者生存、優勝劣敗等の作用によりて常に弱き者、卑しき者を壓服し、漸次秀越せる强き個人を得るに至るべき所以と說きたり。是に於てか個人主義は自然主義と合致して自然主義的個人主義なる者を生せり。

ニチエは又民主政及社會主義を斥け、自我のみを主として一切基督教を否認し、眞の文化の意味は天才を作り、創作的の人を作るにありとし、人性の發展に於ける道德的進行は自然の進みにすぎずとなせり。されば彼が倫理說の箇想とする所は即ダーウヰンの進化論にあり。彼は動物的本

無政府主義を論す

二十五

附录二　日本人第百五拾七号，明治三十五年二月廿日，第 208209 页。(2)

严翼的尼采的情形完全一样。关于以上所涉及的观点和内容，请参阅我的相关研究。①

这就说明在建构个人主义思想的过程中，周树人也履行了同他建构进化论思想和国民性思想一样的手续，即借助日本的语言环境和出版物走向"西方"。那么如果再说到他的文学观，这种情况恐怕就会更加突出和明显。

五　关于鲁迅文学观的建构问题

周树人的文学观，主要体现在他作于 1907 年、连载于翌年在东京发行的中国留学生杂志《河南》第二、三期上的《摩罗诗力说》当中。这篇文章旨在阐述诗歌之力，即文学的力量，着重介绍了以拜伦为首的"立意在反抗，旨归在动作"的所谓恶魔派诗人的事迹和作品，希望中国也能出现这样的诗人和文学，以获得作为"人"的"新生"。这篇文章后来不仅被认为是写作《狂人日记》的鲁迅的文学起点，而且也是中国近代文学的精神起点。

文中介绍了四国的八位诗人，以作为"摩罗宗"的代表。他们是拜伦（George Gordon Byron，1788～1824）、雪莱（Percy Bysshe Shelley，1792～1822）、普希金（Алекса́ндр Серге́евич Пу́шкин，1799～1837）、莱蒙托夫（Михаил Юрьевич Лермонтов；1814～1841）、密茨凯维支（Adam Mickiewicz，1798～1855）、斯洛伐支奇（Juliusz Słowacki，1809～1849）、克拉旬斯奇（Zygmunt Krasiński，1812～1859）、裴多菲（Petöfi Sándor，1823～1849）。这些诗人均有材料来源。北冈正子教授 2015 年出版了她历时近四十年、长达 650 页的调查巨著《摩罗诗力说材源考》，基本查清了《摩罗诗力说》的核心内容的材源主要来自 11 本书和若干篇文章，其中日文书 7 本，英文书 4 本。我在此基础上又增加了可以视为材源的另外一本，即斋

① 参见拙文《留学生周树人周边的"尼采"及其周边》，初载张钊贻主编《尼采与华文文学论文集》，新加坡八方文化创作室，2013 年 11 月。山东社会科学院《东岳论丛》2014 年第 3 期转载；《留学生周树人"个人"语境中的"斯契纳尔"——兼谈"蚊学士"、烟山专太郎》，初载山东社会科学院《东岳论丛》2015 年第 6 期，后集入吕周聚、赵京华、黄侨生主编《世界视野中的鲁迅国际学术讨论会论文集》，2016 年 1 月，第 78～105 页。

藤信策（Saito Sinsaku，1878～1909）的《艺术与人生》（1907）[①]，去年我已经在这里的国际研讨会上向各位做了介绍。[②] 这一发现，不仅证明周树人是通过东方的斋藤信策而和西方的易卜生（Henrik Johan Ibsen，1828～1906）相遇，还找到了他们之间更深刻的联系。

斋藤信策不仅是周树人同时代人，年龄与周树人也很接近，不过只活了 31 岁。作为英年早逝的文艺批评家，斋藤信策在短暂的写作生涯里一共留下了 207 篇文章，公开发表过的有 100 篇，有 104 篇文章收录在他的两本文集当中，一本是上面提到的《艺术与人生》，是他生前自己编辑出版的，收文 32 篇；另一本是他死后由他的朋友整理出版的，书名可直译为《哲人何处有?》[③]，除了与前一本重复篇目，另收文 72 篇。

读斋藤信策，最明显的感受是在他与周树人之间的"共有"之多。虽然先学们早已就此有所提示，例如伊藤虎丸先生（1980，1983）[④]、刘柏青先生（1985）[⑤]。中岛长文先生（1938～ ）甚至还进一步指出："在主张确立作为个的人之言说当中，和鲁迅的文章最显现亲近性的，也还是斋藤野之人的（文章）"[⑥]，但如果不是具体阅读，这一点是很难体会到的。个人、个性、精神、心灵、超人、天才、诗人、哲人、意力之人、精神界之战士、真的人……他们不仅在相同的精神层面上拥有着这些表达"个人"的概念，更在此基础上共有着以个人之确立为前提的近代文学观。那么，斋藤信策是怎样一个人呢？这是下一步我想做的工作。我打算对斋藤信策及其周边的文本进行全面梳理，以全面呈现这位已经被遗忘了的文艺评论家的原貌，从而在文本层面厘清周树人与他的精神联系。

---

① 齋藤信策『藝術と人生』，昭文堂，明治四十（1907）年六月。
② 《"国家与诗人"言说当中的"人"与"文学"的建构——论留学生周树人文学观的形成》，中国社会科学院文学研究所、日本学术界协会联合举办"文学·思想·中日关系"国际讨论会，Xinhai Jinjiang Hotel，2016 年 7 月 30 日星期六。
③ 姉崎正治、小山鼎浦编纂『哲人何处にありや』，博文馆，大正二（1913）年。
④ 伊藤虎丸、松永正義「明治三〇年代文学と魯迅——ナショナリズムをめぐって——」，日本文学协会编集刊行『日本文学』1980 年 6 月号，第 32～47 页。这一研究成果经整理，内容反映在伊藤虎丸『魯迅と日本人——アジアの近代と「個」の思想』，朝日出版，1983，第 36～39 页。李冬木译《鲁迅与日本人》，河北教育出版社，2000，第 14～16 页。
⑤ 刘柏青：《鲁迅与日本文学》，吉林大学出版社，1985，第 52～60，67～72 页。
⑥ 中岛长文『ふくろうの声魯迅の近代』，平凡社，2001。第 20 页。

六 结束语

如果说，周树人在留学期间与西方思想的相遇，是周树人后来羽化为鲁迅的知性构成的关键，那么从上面的情况来看，他并非一步直抵西方，而是借助了他当时留学的日本明治 30 年代的文化环境，大而言之，是和明治 30 年代共有时代精神；小而言之，是阅读了这种时代精神所孕育的精神产品——出版物。从这个意义上或许也不妨说，"鲁迅的西学主要来自东方"。而且甚至还可以说，这也是周树人在日本留学那个时代中国汲取西学的基本路径和形态。因此，我有一个基本的看法，那就是研究日本，尤其是研究明治日本，对中国而言也就并非是对他者的研究，而是对自身研究的不可或缺的一部分。这也是我把周树人置于明治文化的背景下看待他如何成为鲁迅的缘由所在。这项工作刚刚开始。

2017 年 5 月 1 日星期一　草稿于京都紫野
2017 年 6 月 12 日星期一　修改于京都紫野

无尽苦难中的忧悲与爱愿

——论史铁生的文学心魂与宗教情感

李建军（中国社会科学院文学研究所）

> 伟大的艺术作品像风暴一般，涤荡我们的心灵，掀开感知之门，用巨大的改变力量，给我们的信念结构带来影响。我们试图记录伟大作品带来的冲击，重造自己受到震撼的信念居所。
>
> ——乔治·斯坦纳：《托尔斯泰或陀思妥耶夫斯基》

文学常常产生于心灵孤独、忧伤、痛苦、绝望甚至愤怒的时刻，但它本质上是爱、信念和希望的结晶。没有对人类和世界的爱的态度，没有对生活的理想主义热情，就不会产生真正意义上的文学。一个冷漠的自我中心主义的作家，一个对人类和生活完全丧失爱意和信心的人，也许仍然会有发泄和写作的冲动，也有可能写出颇受市场欢迎的畅销书，但却很难写出真正伟大的作品。

在中国当代作家中，史铁生无疑是最具爱的情怀和能力的作家，也是最具理想主义精神的作家。面对他者和生活，他的内心充满深沉的忧悲情怀和博大的爱愿精神。他具有"匡正"现实生活和建构理想生活的文化自觉，试图通过写作积极地影响人们的"心魂"和内心生活，教会人们如何有尊严地面对苦难与死亡，如何积极地与世界和他人保持爱的关系。所以，他虽然多以自我的苦难体验为叙写内容，但却超越了个人经验的狭隘性，表达了对人类命运的深刻理解和深切关怀，——就像他评价一部作品时所说的那样，通过对"不尽苦难的不尽发问"，"使人的心魂趋向神圣，使人对生命取了崭新的态度，使人崇尚慈爱的理想"。①

---

① 史铁生：《对话练习》，时代文艺出版社，2000，第221页。

他像虔诚的"信者"那样探索宗教问题，又像睿智的哲人那样喜好思辨；他是一个清醒的现实主义者，敢于直面沉重、苦难的人生，又是一个纯粹的理想主义者，坚定、执著地探索精神生活向上前行的路径；他尊重"传统文学"的经验和成就，却又有突破小说叙事成规的先锋精神，敢于将长篇小说发展为结构复杂的"往事与随想"①；他是一个全面意义上的作家，既是小说家和散文作家，又是一个真正意义上的抒情诗人，——在他那里，散文和小说的分野，纪实和虚构的边界，其实并不很分明，而他作品的成功之处，恰在于，散文里有小说的魅力，小说中有散文的自由，而朴实内敛、打动人心的抒情性，则是他几乎所有作品的共同特点。他将冷静与热情、尖锐与温和、严肃与幽默统一起来，显示出一种极为独特的文学气质和写作风格。

一

一个知识分子，他的文化气质和文化性格，他的思维方式和行为方式，多多少少总会受到时代风气和社会环境的影响。一个时代的精神如果是理性、健全的，是客观的和向上的，那么，知识分子就很容易受其影响，具有同样健康的性格和积极的精神状态；一个时代的精神如果恰好相反，是非理性、不健全的，是主观的和向下的，那么，知识分子就更有可能成为一个盲从的人，成为一个缺乏个性、独立精神和批判能力的人。在

---

① 结构过于复杂，可读性不够强，是史铁生两部长篇小说的经常被谈及的问题，也是一个让他很纠结的问题："反正有时候没法照顾读者。我觉得最痛苦的是我想达到那个效果，没达到，或者是我的能力压根就达不到。"（史铁生等：《史铁生的日子》，凤凰出版社，2011，第97页）关于《务虚笔记》，史铁生在一封信中说："如果有人说它既不是小说，也不是散文，也不是诗，也不是报告文学，我觉得也没有什么不对。因为实在不知道它是什么，才勉强叫它做小说。"（史铁生等：《史铁生的日子》，第262页）其实，如果将他的长篇小说当做"思想录"和"印象记"性质的长篇散文作品来读，而不再费力追寻情节发展的逻辑线索，不再试图还原人物形象的生成脉络，那么，他的"非小说化"叙事所带来的复杂性和阅读难度，就不再是什么问题了。事实上，史铁生的长篇小说就是别样形式的"笔记"，就是用来表达自己和人物的思想和印象的手段和载体。他的重点不在塑造人物，也不在叙写情节；其中的人物虽然模糊，情节性也不强，但思想和印象是明晰的。他的长篇小说，一开始就存在命名不确的问题，因为，它们的特点不在虚构性，不在情节性，而在写实色彩很强的思想性和印象性，所以，依照曾经流行一时的"新XX"的命名策略，它们完全可以被称为"新形态随想录"。

极为不利的条件下，只有那些特别优秀的知识分子，才能摆脱时代和环境对自己的消极影响，成为自己时代的清醒的分析师和冷静的批判者。

就精神生活的外部环境和时代条件来看，史铁生实在说不上幸运。他从小就生活在气氛紧张而缺乏理性的"斗争时代"。充满自信和豪情，是这个时代最明显的特点，只是，那自信里，更多的是盲目，那豪情里，更多的是冲动。这个时代的思维习惯，具有独断而教条的特点，而其行为模式，则具有极端和狭隘的性质；它把盲从当作美德，把仇恨当作力量。它鼓励、纵容人的攻击本能和好斗天性，试图将"运动"凝定为日常的生活状态，试图将"斗争"凝固为绝对的生活原则。

就是在这样一个患有多动症的混乱无序的时代，就是在这样一个无爱的甚至无缘无故地仇恨人和伤害人的时代，史铁生度过了人生历程中最关键的阶段。他在自传性很强的小说《奶奶的星》中说："海棠树的叶子落光了，没有星星。世界好像变了一个样子。每个人的童年都有一个严肃的结尾，大约都是突然面对了一个严峻的事实，再不能睡一宿觉就把它忘掉，事后你发现童年不复存在了。"① 小说中，"我"最爱的奶奶，被当作"地主"赶出北京、送回农村老家去了；"我"为此松了一口气，因为，"那些天听说了好几起打死人的事了"。② 正是因为这些"严峻的事实"，清醒的反思开始了，灵魂的觉醒开始了："不断地把人打倒，人倒不断地明白了许多事情。打人也是为革命，骂人也是为革命，光吃不干也是为革命，横行霸道、仗势欺人乃至行凶放火也是为革命。只要说是为革命，干什么就都有理。理随即也就不值钱。"③ "童年不复存在了"，但精神上的成年阶段开始了，——史铁生的思想成熟了，人格发展了。他克服了时代对自己的消极影响，超越了冷酷无情、颠顸自负的"斗争哲学"，并一再引用马丁·路德·金的话提醒人们："切莫用仇恨的苦酒来缓解渴望自由的干渴。"④ 在他的身上，你看不到一丝一毫"红卫兵"和"造反派"的凶暴和戾气；面对他人和世界，他的内心没有一星半点的恶意和敌意。他终其一生，都保持着理性而宽容的生活态度，都按照可靠的逻辑和基本的常

① 史铁生：《我的遥远的清平湾》，北京十月文艺出版社，1985，第176页。
② 史铁生：《我的遥远的清平湾》，第175页。
③ 史铁生：《我的遥远的清平湾》，第176页。
④ 史铁生等：《史铁生的日子》，第51页。

识来思考和写作，从未被那些看似"悲壮"的狂热所迷惑，从未被那些看似"正义"的风潮所裹挟。他超越了时代的局限，成了一个能正确地思考、判断和写作的知识分子。

始于 20 世纪 80 年代末期的"转型时代"，将"经济建设"当作生活的"中心"，人们的兴趣和热情，因此被吸引到了对金钱的渴望和物质生活方面，进而逐渐形成一种"新的意识"和"后现代时尚"。当代文学显然极大地受到了新的社会时尚的影响。许多作品推波助澜，将"实用主义"合理化，将"享乐主义"浪漫化。然而，在史铁生的笔下，你看不到普遍存在的"后现代时尚"，诸如模棱两可的相对主义、缺乏理想的虚无主义、缺乏热情的混世主义、唯利是图的拜物教倾向等等。他对一切下行和后退的生活理念，对一切降低人类的尊严和道德水准的主张，都非常警惕。例如，"生命的唯一要求是活着"，是一句似乎很深刻的话，也是某些先锋作家挂在嘴上的"流口常谈"。但是，史铁生想了好久之后，却"怎么也不能同意"。在他看来，"当生命二字指示为人的时候，要求就多了，岂止活着就够？说理想、追求都是身外之物——这个身，必只是生理之身，但生理之身是不写作的，没有理想和追求，也看不出何为身外之物。一旦看出身外与身内，生命就不单单是活着了。……而爱作为理想，本来就不止于现实，甚至具有反抗现实的意味，正如诗，有诗人说过：'诗是对生活的匡正'"。[①] 史铁生具有"匡正"生活的自觉意识和使命感。他无法认同那种过于实际的生活态度。仅仅满足于吃喝拉撒睡的动物主义生活方式，在他看来，那只是"生理之身"的生活。所以，他反复强调理想的意义和爱的价值。对我们这个时代来讲，史铁生的写作和思想的意义，就突出地体现在这一点上——始终为理想和信仰的价值辩护，始终站在理想主义的高度，来思考和探索苦难、生死、爱愿和拯救等重要的问题。

当然，面对自己的遭遇和残酷的现实，史铁生也有过愤懑和不平，也有过愿望和颓唐。在自己的文学创作的探索期（1978～1982），史铁生曾写了《午餐半小时》《我们的角落》两篇情绪低落、略带幽怨的作品。前一篇写的是"八个半人"的小工作间午餐半小时的生活情景：日常的近乎

---

① 史铁生：《对话练习》，第 320 页。诺贝尔文学奖得主、墨西哥诗人帕斯说"诗是对生活的匡正"，史铁生特别喜欢这句话，曾在自己的文章中多次引用，并在《无病之病》中评价说："我相信这是对诗性最恰切的总结。"（史铁生：《对话练习》，第 365 页）

无聊的对话里，反映出底层人对社会生活中存在的等级差别和贫富悬殊的不满，揭示了卑微的人们庸俗的生活态度和庸常的生活愿望，也反映出底层人艰辛而无助的生活现状，整体上呈现出一种灰暗的色调和悲观的情绪。[①]《我们的角落》写的是三个病退的残疾青年，在一个非正式的"生产组"的劳动生活、内心的苦恼，以及他们与困退回来的姑娘王雪之间的友谊。这篇小说写于1980年，后改名为《没有太阳的角落》，1997年收入《当代作家选集丛书·史铁生》的时候，删掉了后半部分过于冗杂、低沉的叙述。

然而，无论面对多么严重的挫折和苦难，史铁生最终总能动心忍性，从容面对，不仅表现出非凡的意志品质，而且还能经常地表现出高品质的幽默感，——他的幽默感，近乎完美地表现在他的中篇小说《关于詹姆士的报告文学》[②]和《好运设计》《私人大事排行榜》《游戏·平等·墓地》等散文作品中。他有很强的自省意识，能对自己的过错真诚地忏悔，例如，表现在《合欢树》《我与地坛》《相逢何必曾相识》《"文革"记愧》等作品里的愧疚之情和自责之意，就特别令人感动和尊敬。

二

人类所有的文化成就，都决定于一种被许多思想家称为"主动性"的力量。如果人们屈从于压抑性的制约力量，如果人们不能摆脱思维和行动上的被动性，那么，我们便无法创造出任何有价值的文化。

史铁生的写作，几乎从一开始就属于自觉的主动的写作。这种积极的主动性，首先体现在他对主宰性的写作理念和规约模式的超越。他没有

---

① 史铁生并不讳言这些作品中的"悲观情绪"，但他拒绝接受"调子低了一点"的批评。他认为"悲观"并不是一种消极的情绪，因为，"悲观其实就是看到永恒的困境，没有一个圆满的没有矛盾的状态等着你，你休想。……你能面对困境，承认突围是永恒的，这难道是悲观吗？"（《史铁生的日子》，第172页）

② 在这部风格独特而且最合小说规范的小说中，一个个充满"黑色幽默"色彩的细节和故事，包含着融温暖与感伤、反讽与同情、犀利与柔软为一体的复杂况味和多种元素，深刻地批判了荒谬的"文革"时代对爱和信仰的毁灭，对人性的戕害，对个体人格的扭曲。小说结尾的一段"悼词"，虽然写的是日常生活中一个情景，但却有着催人泪下的力量，也包含着作者对人物的深切的同情（史铁生：《原罪·宿命》，人民文学出版社，2008，第50页）。

"偶像"意识。他不相信也不崇拜任何庸俗意义上的"神",所以,对"自吹自擂好说瞎话,声称万能,其实扯淡"的"第一种神",他没有好感,对"喜欢恶作剧,玩弄偶然性,让人找不着北"的"第二种神"①,他同样深恶痛绝。他怀疑那种把"立场"当作一切的冷冰冰的写作模式,认为"立场和观点绝然不同,观点是个人思想的自由,立场则是集体对思想的强制"②;他强调"态度"的意义:"美,其实就是人对世界、对生命的一种态度。……感动我们的其实是发现者的态度,其实是再发现时我们所持的态度。"③ 在写作上,他所选择的态度,忠实于自己的"记忆"和"印象",忠实于个人的真实经验和真实思想;他把诚实地表达真实经验的文学,当作矫正被"简化"的"历史"的可靠手段。他向自己提出了这样一个问题:"文学所追求的真实是什么?"他认真思考之后的结论是:"历史难免是一部御制经典,文学要弥补它,所以,它看重的是那些心魂。历史惯以时间为序,勾画空间中的真实,艺术不满足于这样的简化,所以去看这人间戏剧深处的复杂,在被普遍所遗漏的地方去询问独具的心流。"④

史铁生拒绝一切由他者预设的主题,拒绝一切由别人设计出来的教条的写作方式。他发现了"不现实"其实是一种"好品质":"比如艺术,我想应该是脱离实际的。模仿实际不会有好艺术,好的艺术都难免是实际之外的追寻。"⑤ 他看到了"深入生活"在逻辑上的漏洞,所以,提出了"深入思考生活"的观点,强调艺术对生活的内在真相的发现和揭示:"说艺术源于生活,或者说文学也是生活,甚至说它们不要凌驾于生活之上,这些话都不宜挑剔到近于浪费。……艺术或文学,不要做成生活(哪怕是苦难生活)的侍从或帮腔,要像侦探,从任何流畅的秩序里听见磕磕绊绊的声音,在任何熟悉的地方看见陌生。"⑥ 他反复强调"心魂"的意义,因为,在他看来,写作的成败最终决定于内在的"心魂",而不是外在的"生活"。

他还清醒地发现了这样一个严重的问题,那就是,如果过度地强调

---

① 史铁生:《病隙碎笔》,陕西师范大学出版社,2006,第12页。
② 史铁生:《对话练习》,第112页。
③ 史铁生:《对话练习》,第239页。
④ 史铁生:《我与地坛》,人民文学出版社,2008,第46页。
⑤ 史铁生:《对话练习》,第141页。
⑥ 史铁生:《对话练习》,第279~280页。

"艺术"对"生活"和"实际"的依赖，就会使"心魂萎缩"，会消解"对实际生活的怀疑"，甚至会限制写作的"自由"："粉饰生活的行为，倒更会推崇实际，拒斥心魂。因为，心魂才是自由的起点和凭证，是对不自由的洞察与抗议，它当然对粉饰不利。所以要强调艺术的不能与现实同流。艺术，乃'于无声处'之'惊雷'，是实际之外的崭新发生。"① 我认为，这段话，对于理解史铁生的文学思想来讲，具有至关重要的意义。因为，它包含着深刻的真理性内容：文学就是在"心魂"的不那么讲"实际"的自由活动中，通过洞察生活的真相，发出抗议的声音，从而有效地"匡正"生活。难怪史铁生要强调文学的"务虚"性，难怪他要把自己的第一部长篇小说命名为《务虚笔记》，也难怪他在《务虚笔记》里这样回答"写作何用"的问题："写作，就是为了生命的重量不被轻轻抹去。让过去和未来沉沉地存在，肩上和心里感觉到它们的质量，甚至压迫，甚至刺痛。现在才能存在。现在才能往来于过去和未来，成为梦想。"② 他的写作从最初开始，便围绕自己的经验，尤其是自己的主观情绪和主观印象展开，从而使自己的写作成为一种与人的"心魂"和"心流"相关的写作。

三

史铁生的非凡之处，不仅表现在他对僵硬的文学观念和写作模式的自觉超越上，不仅表现在他对写作自由的深刻理解上，而且还表现在他对文学与宗教关系的独到见解上，尤其表现在他对爱愿情感的深刻体验和完美叙写上。

文学与宗教都是与人的困境和拯救密切相关的精神现象。如果文学仅仅局限于此岸，仅仅停留在生活的外部表象上，而缺乏理想主义的视野，缺乏宗教和神性的照临，那它就很难抵达精神的高度和思想的深度。

史铁生无疑属于那种既有此岸的人文理想，又有彼岸的宗教情怀的作家。他站在现实的人文主义的立场，强调对人的人格尊严和基本权利的保护，但他也强调用神性来"监督"人性，强调人性对神性的依赖："神即

---

① 史铁生：《病隙碎笔》，第102页。
② 史铁生：《务虚笔记》，上海文艺出版社，1996，第459页。

现世的监督，即神性对人性的监督，神又是来世的，是神性对人性的召唤。这一个监督和一个召唤，则保证着现世的美好，和引导着希望的永在，人于生于死才更有趣些。"① 像许多伟大的作家一样，他对文学艺术与宗教的共生关系，也深信不疑："我一直这么看：好的宗教必进入艺术境界，好的艺术必源于宗教精神。"② 他说自己写作的理由，就是"为了不至于自杀"，而他对"纯文学"的理解和界定，则显然具有宗教学和人类学的视野："纯文学是面对着人本的困境。譬如对死亡的默想、对生命的沉思，譬如人的欲望和人实现欲望的能力之间的永恒差距，譬如宇宙终归要毁灭，那么人的挣扎奋斗意义何在等等，这些都是与生俱来的问题，不因社会制度的异同而有无。因此，它是超越着制度和阶级，在探索一条全人类的路。"③ 因为内蕴着普遍同情与终极关怀的文学精神和宗教情怀，所以，史铁生的文学理念，显然已经不是一般意义上的"纯文学"观，而是具有宗教持念和宗教情怀的文学思想。

如果说，有的时候，关于"宗教—文学"问题，他的表达还不够直接和明确，那么，他在 1995 年 6 月 10 日写给 DL 的信中，他关于"宗教—文学"的"持念"，就表达得非常显豁了："灵魂用不着我们创造，那是上帝的创造，我们的创造是接近那片东西，也可以说就是接近上帝。尤其当我们发现这接近是永无止境的距离时，真正的写作才可能发生。"④ 这显然是一种谦卑的写作，它承认自己的"创造"的有限性，所以，它从不狂妄自大，从不把自己的写作当作任性的不受约束的行为，而是将它当作怀着虔诚之心接近上帝的精神之旅。

四

对人生苦难的敏感和同情，是史铁生文学写作的情感基调；如何面对和超越苦难，则是他反复探索的主题。这一情调和主题，贯穿在他的几乎所有重要的作品里，尤其反映在他才华横溢的绽放期（1982～1990）和硕

---

① 史铁生：《史铁生的日子》，第 267 页。
② 史铁生：《对话练习》，第 340 页。
③ 史铁生：《对话练习》，第 436 页。
④ 史铁生：《对话练习》，第 193 页。

果累累的成熟期（1990～2010）的代表性作品里，例如《我与地坛》、长篇随笔《病隙碎笔》、两部长篇小说《务虚笔记》《我的丁一之旅》以及大量其他样式的散文、随笔和小说作品里。

人生而渴念幸福，却无所不在苦难之中。苦难是人生的底色。众生皆苦，这是佛教的基本理念；人来世间就是"受苦"的，这是陕北人的理解。陕北人甚至干脆就把底层的劳动者称作"受苦人"。在陕北"插队"期间，尤其是在后来被病苦折磨的日子里，史铁生体验到了"受苦"的滋味，也看到了"苦难"的真面目。他最终明白了这样一个道理：人不可能"征服"所有的苦难，也别想一劳永逸地战胜苦难："'人定胜天'是一句言过其实的鼓励，'人被抛到这个世界上来的'才是实情。生而为人，终难免苦弱无助，你便是多么英勇无敌，多么厚学博闻，多么风流倜傥，世界还是要以其巨大的神秘置你于无知无能的地位。"① 所以，任何人都不要试图扮演救世主；人所能做的，就是既不"逃避苦难"，也不"放弃希望"。

像一切有信仰的人一样，史铁生不仅把苦难看作人的一种普遍境遇，而且倾向于积极地看待它。在他看来，苦难乃是人类与生俱来的"宿命"。他在给友人李健鸣的一封信中说："我越来越相信，人生是苦海，是惩罚，是原罪。对惩罚之地的最恰当的态度，是把它看成锤炼之地。"② 又在另一封信中说："无缘无故地受苦，才是人的根本处境。"③ 但是，人类无须抱怨，更不必畏惧。因为，苦难就是生活的本质，正是因为有了苦难，人类的生活才有了向上的动力，人才能真正认识自己，认识自己的有限性和无限性。在《我与地坛》里，他这样表达了对苦难的本质与意义的理解："假如世界上没有了苦难，世界还能够存在么？……就算我们连丑陋，连愚昧和卑鄙和一切我们所不喜欢的事物和行为，也都可以统统消灭掉，所有的人都一样健康、漂亮、聪慧、高尚，结果会怎样呢？怕是人间的剧目就全要收场了，一个失去差别的世界将是一条死水，是一块没有感觉没有肥力的沙漠。"④ 这里，史铁生揭示了一个关于苦难的深刻的辩证法：没有苦难，就没有幸福，苦难是为了证明爱和幸福而存在的。史铁生显然切切

---

① 史铁生：《对话练习》，第 277 页。
② 史铁生：《对话练习》，第 142 页。
③ 史铁生：《对话练习》，第 131 页。
④ 史铁生：《对话练习》，第 34～35 页。

实实地感受并认识到了这个辩证法的真理性，所以，他才在《足球内外》中这样强调："看来苦难并不完全是坏东西。爱，并不大可能在福乐的竞争中牢固，只可能在苦难的基础上生长。当然应该庆幸那苦难时光的短暂，但是否可以使那苦难中的情怀长久呢？"他接着说道："长久地听见那苦难（它确实没有走远），长久地听见那苦难中的情怀，长久地以此来维护激情也维护爱意，我自己以为这就是宗教精神的本意。"① 在《说死说活》中，他同样强调了"幸福"与"苦难"的依存关系："没有痛苦和磨难你就不能强烈地感受到幸福，对了。那只是舒适和平庸，不是好运不是幸福，这下对了。"②

一切就这样无可改变地决定了。苦难将成为无法逃避的境遇。那么，如何才能最终超越苦难呢？人们该靠着什么拯救自己呢？

没有谁可以单凭一己之力战胜苦难。对抗苦难是人类的群体性的伟大行动。我们必须依赖他者。我们不能只为了自己而对抗苦难，——如果没有对他者的关注和关怀，没有对于他者的同情和付出，那么，我们就仍然是苦难的卑微的奴隶。战胜苦难最伟大的力量是爱，是对他者和世界的爱。史铁生说："我想，每个人都是生存在与别人的关系之中，世界由这关系构成，意义呢，藉此关系显现。"③ 在写于 1994 年 5 月 24 日的《无答之问或无果之行》中，史铁生说过这样一段话，彻底否定了人可以"孤立"地自我拯救的任何可能性："还有一种意见，认为：说到底人只可拯救自己，不能拯救他人，因而爱的问题可以取消。我很相信'说到底人只可拯救自己'，但怎样拯救自己呢？人不可能孤立地拯救自己，和把自己拯救到一个与世隔绝的地方去。世上如果只有一个人，或者只有一个生命，拯救也就大可不必。拯救，恰是在万物众生的缘缘相系之中才能成立。或者说，福乐逍遥可以独享，拯救则从来是对众生（或曰人类）苦乐福患的关注。孤立一人的随生随灭，细细想去，原不可能有生命意义的提出。因而爱的问题取消，也就是拯救的取消。"④ 在人们的生存越来越原子化、越来越个人主义的时代，史铁生所揭示的真理，闪烁着照亮人心的灿

---

① 史铁生：《对话练习》，第 120 页。
② 史铁生：《对话练习》，第 97 页。
③ 史铁生：《对话练习》，第 382 页。
④ 史铁生：《对话练习》，第 230 页。

烂光芒，具有指点迷津的启蒙作用。

超越了利己主义狭隘性的爱愿和利他精神，甚至在史铁生早期的小说中，就已成为一个重要的潜性主题。《我的遥远的清平湾》之所以打动了那么多读者的心，之所以今天读来仍然让人感动不已，就在于它的内里，包含着作者自己对陕北"受苦人"的博大的爱意和慈悲，就在于它抒情性地赞美了人与人之间、生命与生命之间互助的关系和互爱的精神。

史铁生的"缘缘相系"的情感，甚至表现在对动物尤其是对牛的态度上。如果说，人与人之间痛痒相关，只有通过建构爱的关系，才能战胜和超越苦难，那么，动物之间也离不开这样的爱的法则。《我的遥远的清平湾》里的老黑牛，就像有德之人一样有爱心，有责任感，有牺牲精神："据说，有一年除夕夜里，家家都在窑里喝米酒，吃油馍，破老汉忽然听见牛叫、狼嗥。他想起了一头出生不久的牛不老，赶紧跑到牛棚。好家伙，就见这黑牛把一只狼顶在墙旮旯里，黑牛的脸被狼抓得流着血，但它一动不动，把犄角牢牢地插进了狼的肚子。"然而，老黑牛的利他精神，还有更加日常亲切、感人至深的表现呢："我至今还记得这么件事：有天夜里，我几次起来给牛添草，都发现老黑牛站着，不卧下。别的牛都累得早早地卧下睡了，只有它喘着粗气，站着。我以为它病了。走进牛棚，摸摸它的耳朵，这才发现，在它肚皮底下卧着一只牛不老。小牛犊正睡得香，响着均匀的鼾声。牛棚很窄，各有各的'床位'，如果老黑牛卧下，就会把小牛犊压坏。我把小牛犊赶开（它睡的是'自由床位'），老黑牛'噗通'一声卧倒了。它看着我，我看着它。它一定是感激我了，它不知道谁应该感激它。"① 这里包含着伟大的启示：就连牛这样的动物，似乎也懂得战胜苦难的秘密，似乎也明白忍耐、吃苦和牺牲，对于自己和他者的意义，似乎也明白，只有"缘缘相系"的慈悲，才能给苦难的生命带来安详和幸福。

五

苦难吁求着爱，也点燃着爱。正像苦难是史铁生覃思深虑的问题一

---

① 史铁生：《命若琴弦》，第117页。

样，爱则是他的文学写作的母题，是他谈论最多的一个话题。他的许多散文，不用说，都是表达爱的情感和思想的，而他的包括两部长篇小说在内的许多小说作品，也同样把"爱"作为叙事的内容和主题。在中国作家中，像他这样叙述"爱"和谈论"爱"的，几乎绝无仅有。

爱和爱愿，是史铁生时时谈及的具有灵魂意义的话题，是他展开叙事的稳定的精神基础。他区别了"虚误"和"务虚"的不同：前者的典型是"连年的文打武斗"，后者则是对"爱的追寻"和对意义的追问。他说："在'俗人'成为雅号的时刻，倒是值得冒被挖苦的风险，作一回'雅士'的勾当。"① 他所说的"'雅士'的勾当"，就是勇敢地强调理想和爱的价值和意义。在一个缺乏宗教传统和爱的习惯的文化环境里，在一个倾向于将写作的焦点集中在技巧形式和身体欲望的叙事语境里，他的这种清醒而执著的伦理精神，就显得特别难能可贵。

汤因比说："我相信圣灵和道是爱的同义语。我相信爱是超越的存在，而且如果生物圈和人类居住者灭绝了，爱仍然存在并起作用。"② 在英国的莎士比亚研究专家海伦·加德纳看来，爱是莎士比亚戏剧中"占有特殊的核心地位的东西"："莎士比亚把'仁慈、怜悯、和平和爱'当做'人性的真实写照'在戏剧中加以渲染，由此而产生的美感不断涌现，且一点也不牵强附会和矫揉造作，而在短暂的时刻和精炼的语言里自然而本能地表现出来。"③ 关于爱，史铁生也有着同样的态度和认识。在他看来，文学就是"灵魂的事"。深邃而博大的"灵魂"不同于宽泛意义上的"精神"。它是一种更内在、更纯粹的精神现象；它与神性是相通的："神，乃有限此岸向着无限彼岸的眺望，乃相对价值向着绝对之善的投奔，乃孤苦的个人对广博之爱的渴盼与祈祷。"④ 而灵魂的本质则是爱愿。在与上引文字相隔不远的地方，他接着说道："比如希特勒，你不能说他没有精神，由仇恨鼓舞起来的那股干劲儿也是一种精神力量，但你可以说他丧失了灵魂。灵魂，必当牵系着博大的爱愿。"

史铁生对于爱的情感的思考，是极其深刻的。在他的理解中，"爱"

---

① 史铁生：《对话练习》，第367页。
② 汤因比：《一个历史学家的宗教观》，四川人民出版社，1990，第344页。
③ 海伦·加德纳：《宗教与文学》，四川人民出版社，1998，第81页。
④ 史铁生：《病隙碎笔》，第147页。

不是一种简单的情感，而是一种充满信仰色彩的愿望和行动。为了表达自己对"爱"的独特理解，他把"爱"由单音字扩展为双音词"爱愿"。在史铁生的阐释中，爱愿就是仁爱，就是接近怜惜和慈爱的一种情感，——它"一向是包含了怜爱的，正如苦弱的上帝之于苦弱的人间"。紧接着，史铁生还揭示了爱愿与性爱的本质区别：它不仅不同于性爱，而且高于性爱："在荷尔蒙的激励下，昆虫也有昂扬的行动；这类行动，只是被动地服从优胜劣汰的法则，最多是肉身短暂的娱乐。而怜爱，则是通向仁爱和博爱的起点啊。"① 史铁生发现了爱愿的力量，认识到了"爱的重要"。他说："困境不可能没有，最终能抵挡它的是人间的爱愿。……人生的困境不可能全数消灭，这样的认识才算得上勇敢，这勇敢才使人有了一种智慧，即不再寄希望于命运的全面优待，而是倚重了人间的爱愿。爱愿，并不只是物质的捐赠，重要的是心灵的相互沟通、了解，相互精神的支持、信任，一同探讨我们的问题。"显然，爱愿不是简单和狭隘意义上的精神现象：它不是"爱欲"（Eros），更不是"性力"（Libido），甚至不是寻常意义上的"爱"（Love）；它是一种更宽阔、更宏博、更深沉的爱，似乎只是能以一个组合词的形式来表达（例如 Love‑will）。对"爱愿"意义的阐释和强调，无疑是史铁生对中国文学伦理精神建构的重大贡献。

六

史铁生从佛教那里理解了"慈悲"，从基督教那里理解了"爱"。② "爱愿"加"慈悲"，就是他的情怀，就是他的宗教。

史铁生毕竟是东方人。他对佛有着更为亲切的感觉，对佛的精神，也有着极为深刻的理解。在写于 1994 年 2 月 2 日的《神位　官位　心位》一文中，他说："佛，本不是一职官位，本不是寨主或君王，不是有求必应的神明，也不是可卜凶吉的算命先生。佛仅仅是信心，是理想，是困境

---

① 史铁生：《病隙碎笔》，第 165 页。
② 他说："人生下来有两个处境，一个你怎么活，这个我觉得是基督的精神，一个是你对死怎么看，那你得看重佛的智慧。"（《史铁生的日子》，第 158 页）

中的一种思悟，是苦难里心魂的一条救路。"① 在《无答之问或无果之行》中，史铁生这样阐释了佛的伟大："佛的伟大，恰在于他面对这差别与矛盾以及由之而生的人间苦难，苦心孤诣沉思默想；在于他了悟之后并不放弃这个人间，依然心系众生，执著而艰难地行愿；在于有一人未度他便不能安枕的博爱胸怀。"② 佛意味着同情和悲悯，接近佛即意味着把无情之心，变成有情之心："我想，最要重视的当是佛的忧悲。常所谓'我佛慈悲'，我以为即是说，那是慈爱的理想同时还是忧悲的处境。我不信佛能灭一切苦难，佛因苦难而产生，佛因苦难而成立，佛是苦难不尽中的一种信心，抽去苦难佛便不在了。佛并不能灭一切苦难，即是佛之忧悲的处境。佛并不能灭一切苦难，信心可还成立么？还成立！落空的必定是贿赂的图谋，依然还在的就是信心。信心不指向现实的酬报，信心也不依据他人的证词，信心仅仅是自己的信心，是属于自己的面对苦难的心态和思路。这信心除了保证一种慈爱的理想之外什么都不保证，除了给我们一个方向和一条路程之外，并不给我们任何结果。"③ 史铁生对佛是"苦难不尽中的一种信心"的理解，对由此"信心"而来的对"慈爱的理想"的阐释，都是得道之语，具有照亮人心的思想光芒。

乌纳穆诺说："怜悯是人类精神爱的本质，是爱自觉其所以为爱的本质，并且使之脱离动物的、而成为理性人的本质。爱就是怜悯，并且，爱越深，怜悯也越深。"④ 史铁生无疑也是这样理解爱的本质的，只不过，他更喜欢用"慈悲"来表达。其实，怜悯与慈悲在本质上是一回事，所不同的是，前者更多地属于基督教的话语谱系，而后者则更多地属于佛教的话语谱系。在《我与地坛》里，他就将慈悲当做"信者"必须信奉的"持念"："丑弱的人和圆满的神之间，是信者永远的路。这样我听见，那犹豫的音乐是提醒着一件事：此岸永远是残缺的，否则彼岸就要坍塌。这大约就是佛之慈悲的那一个'悲'字吧。慈呢，便是在这一条无尽无休的路上行走，所要有的持念。"⑤ 他曾反复强调"悲"的意义。在致学者杨晓敏的

---

① 史铁生：《对话练习》，第218页。
② 史铁生：《对话练习》，第225页。
③ 史铁生：《对话练习》，第219页。
④ 乌纳穆诺：《生命的悲剧意识》，北方文艺出版社，1987，第90页。
⑤ 史铁生：《我与地坛》，第59页。

信中，他说过这样一段话："其实这个'悲'字很要紧，它充分说明了佛在爱莫能助时的情绪，倘真能'有求必应'又何悲之有？人类在绝境或迷途上，爱而悲，悲而爱，互相牵着手在眼见无路的地方为了活而舍死朝前走，这便是佛及一切神灵的诞生，这便是宗教精神的引出，也便是艺术之根吧。"① 他把佛的心系众生的"慈悲"深化为"忧悲"。"忧"比"慈"更沉重，但也更深沉；"忧悲"更能体现佛的温柔的博爱情怀。对"忧悲"的深刻体悟和阐发，无疑是他的一大贡献。

在史铁生的理解中，充满爱愿的精神之旅，是一个没有终点的过程，而神和佛也意味着无休止的行动，也是没有完成时态的。所以，他对"人人皆可成佛"的阐释，就像他对"爱愿"的诠释一样："佛并不是一个实体，佛的本义是觉悟，是一个动词，是行为，而不是绝顶的一处宝座。这样，'人人皆可成佛'就可以理解了，'成'不再是一个终点，理想中那个完美的状态与人有着永恒的距离，人皆可朝向神圣无止步地开步了。谁要是把自己挂起来，摆出一副伟大的完成态，则无论是光芒万丈，还是淡泊逍遥，都像是搔首弄姿。'烦恼即菩提'，我信，那是关心，也是拯救。'一切佛法唯在行愿'，我信，那是无终的理想之路。"② 在一个对"伟大的完成态"无限迷恋的时代来讲，对那些过度自大和自信的"拯救者"来讲，史铁生的思想，具有指示方向的意义。

史铁生对宗教精神和爱的理想，有着极为深刻的理解。在他看来，任何时代都不能没有理想主义之光的照亮，都不能没有梦想："有那样的梦想，现实就不再那么绝望，不至于一味地实际成经济动物。"而理想主义的本质就是爱，正像爱的本质就是理想主义一样："爱是一种理想或梦想，不仅仅是一种实际，这样，当爱的实际并不美满之时，喜欢实际的中国人才不至于全面地倒向实际，而放弃缭绕于心魂的爱的梦想。"③ 没有这种理想主义的爱，就什么都谈不到："一个更美好的世界，不管是人间还是天堂，都必经由万苦不辞的爱的理想，这才是上帝或佛祖或一切宗教精神的要求。"④ 在中国当代作家中，还没有一个人像史铁生那样，因为看到了表

---

① 史铁生：《对话练习》，第 339 页。
② 史铁生：《对话练习》，第 222 页。
③ 史铁生：《对话练习》，第 141 页。
④ 史铁生：《对话练习》，第 142 页。

象之下的危机，因为看到了繁华背后的困境，所以特别强调"爱的理想"，特别强调"梦想"和"理想"对于"市场经济时代"人们的内心生活的意义。

作为一个拥有坚定信仰的人，史铁生是镇定而慈悲的乐观主义者。他的作品所表现出来的热情、信心和力量，标志着我们时代文学在精神追求上所达到的高度。随着时间的流逝，他的价值会越来越凸显，就像早晨的太阳会越升越高一样，就像奔赴大海的江河会越流越宽一样。

文学与语言教育

——2017 年度佛教大学英美学科新生意识调查分析

松本真治（日本·佛教大学）

一 序言

我们为何从事外国文学研究？是为文学，还是为外语？当然也可以说两方面都有。外国文学对于本国文学抑或用母语创作的文学有所贡献，这一点应当是事实。正如鲁迅所言，"旧文学衰颓时，因为摄取民间文学或外国文学而起一个新的转变"[①]，日本文豪夏目漱石先于东京大学（当时为"帝国大学"，后改称"东京帝国大学"）学习英国文学，后留学英国，回国后成为东京大学英文科第一位日本人讲师。后来他成为作家，据说"英文学对漱石的文学养成产生了很大贡献"。[②]诺贝尔文学奖得主大江健三郎及有望诺奖的村上春树也受英美文学的影响。但是，有研究指出，日本大学的英国文学研究并不都以文学为目的，相较而言，大学更为重视英语技能的习得或是英语教师的养成。[③]近年来日本英语教育的目标从阅读文学作品变成交流技能的习得，在这个意义上英国文学研究的存在意义越来越模糊。另外，从以文学为目的的英国文学研究的角度来说，随着 20 世纪后期文化研究的兴起，局限于文学内部的研究也变得意义模糊。此外，在当代，电影这一媒体也不可忽视。英国和美国很多大学都设有电影研究的学位课程，虽说日本的大学这种情况极少，尽管如此，对于日本的大学生来说，电影毫无疑问要比文学人气高得多。所以说，英国文学研究及英国文学本身在各个方面都走到了分叉口。

当代的英语教育研究推崇实证型的研究方法，因此，如果要将英[国]文学研究与英语教育相关联，需要借助某种理论工具。自 2007 年起，报告人围绕英美文学以及用英美文学展开英语教学的问题，对佛教大学英美学科新生做了问卷调查。过去，日本的大学曾普遍将文学作品作为英语教学的教材，但现在英美文学在大学通常不受重视，还有部分学生和老师认为英美文学并非学习和教授语言的合适教材。这一状况在英语类学科也大致相同。与学习英美文学相比，英语专业的学生更重视提升英语的交际技能，他们对文学普遍不太感兴趣。本报告将介绍以 2017 年度佛教大学英美学科新生为对象展开的关于英美文学和英语教育的调查问卷的分析结果，并联系过去的调查结果进行说明。

二　调查目的

（1）调查大学英语专业学生是否认为学习英美文学能够提高英语能力。有学者认为文学不仅对于外语习得，对异文化理解和全人教育都有所助益。

（2）调查英语专业学生对于是否应该像以前一样学习英美文学这一问题的看法。佛教大学文学部英美学科开设于 1975 年，开设的目的是教学英美文学，并非提升英语能力。但在当代社会，比起英美文学的研究能力，英语的交流能力更受到重视。鉴于此种现状，佛教大学英美学科几次改编教学课程，使得目前的课程更侧重语言而非文学。

（3）调查英美学科新生对于英美文学所具有的一般知识。《英国文学入门》和《美国文学入门》是佛教大学英美学科新生的必修科目。

（4）调查英语专业学生在日语及英语方面的读书习惯。

三　分析

问题（1）"你认为应该学习英美文学吗？"

约有 68% 的学生认为应该学习英美文学，约 4% 认为无此必要。约 28% 的人回答"不好说"，列举的理由有"不具备英美文学的相关知识""英美文学对于我们没有必要而且无用"等。

问题（2）"你读英文时需要日语译文吗？"

85% 以上的学生回答阅读英文时需要日文译文。理由有"想将自己的解读和日译文对照，借此确认自己的理解程度""无独立阅读英文的能力"等。

问题（3）"读英文的时候你会尽量做到直读直解而不翻译成日语吗?"

约50%的学生读英文时会努力直读直解而不借助日译。另有约30%的学生回答不译成日语无法理解原文。

问题（4）"你喜欢文学（不论日本还是外国）吗?"

约30%的学生回答喜欢，另有30%以上的学生回答不喜欢，约38%回答"不好说"，理由是"很少读文学作品""对文学不关心，没有兴趣"等。

问题（5）"你喜欢看电影吗?"

电影是英语课上受欢迎的教材之一。与文学不同，有85%以上的学生回答喜欢电影。这一点我们很容易就推测到了。

问题（6）"你喜欢不带日语字幕的英文原声电影吗?"

但是，仅有约20%的学生回答喜欢，约35%回答不喜欢。另有约40%回答"不好说"。

问题（7）"你认为学习英语时阅读训练有必要吗?"

约95%的学生认为阅读理解对于学习英语是必要的。

问题（8）"你喜欢英文书吗?"

尽管如此，仅有约35%的学生回答喜欢，约40%的人回答"不好说"。

问题（9）"你会在课外阅读英文读物吗?"

约50%的学生除课堂练习以外不读英文。理由有"课外没有机会读英文""身边没有英文书"等。仅有不到5%的学生课外也会自主阅读英文，另外约45%的学生回答有时会读。

问题（10）"你会看英文网页和 email 吗?"

约60%的学生回答没有看过。理由有"几乎没有机会接触英文网页"等，还有一人回答"害怕看英文网页会感染病毒"。仅有约占3%的2名学生会经常看英文网页和 email，约35%回答有时会看。

问题（11）"你想阅读课外英文读物吗?"

约80%的学生或多或少都想在课外自主阅读英文。约7%的学生回答无此想法。不去自主地学习，又如何能够提升英语能力呢?

问题（12）"你认为阅读英文文学能够促进英语习得吗?"

90%以上的学生认为阅读英美文学能够促进英语学习。"能够提高阅读理解能力""阅读英美文学能够获取知识，学习文化"，学生这样指出。

回答没有帮助的学生一位也没有。

问题（13）"你认为英美文学的基础知识对于英美学科的学生是必要的吗？"

约70%的学生认为英美文学的基础知识对于英美学科的学生是必要的。约28%回答"不好说"，理由有"不知道英美文学是什么""不知道对自己是否必要"等。约1.5%也即只有一人回答"觉得不太必要"，其理由是"即便没有英美文学方面的知识，去到国外能够正常交流就不用愁"。

问题（14）"如果读的话你想读何种英文读物？"（可多选）

小说似乎最受欢迎，约61.8%的学生选择了小说。诗歌虽然不像小说那般在大学广受学生和教师青睐，但有16.2%的学生表示对诗歌感兴趣。"历史"在学生当中似乎不太受欢迎，仅有5.9%回答想读"历史"。对网页和email感兴趣的学生比例也较低，分别为20.6%和14.7%。

问题（15）"请就以下英美作家和作品选择相应选项'知道/听说过/不知道'"

学生们对于英美作家作品似乎不太熟悉。不过唯一例外的是，几乎所有学生都回答知道，或至少听说过莎士比亚。莎士比亚的《哈姆雷特》和《罗密欧与朱丽叶》以及乔纳森·斯威夫特的《格列佛游记》在学生之间广为人知。莎士比亚的《威尼斯商人》、查尔斯·狄更斯的《圣诞颂歌》以及美国作家海明威也相对较为人知。出乎意料的是，73.5%的学生回答不知道塞林格的《麦田里的守望者》。这部作品借着名作家村上春树的翻译在日本广为人知。另有76.5%的学生回答不知道《飘》，但是《飘》的电影版在日本曾经非常著名。截至2014年，不知道《飘》的学生比例每年都在40%以下，2015年度和2016年度则分别上升至52%和59.5%。

四　结语

（1）报告人从2007年度开始展开这项问卷调查，每年的调查结果基本一致。几乎不存在统计学上的有意差。因此，可以说佛教大学英美学科的每一届新生对于英美文学以及用英美文学展开的英语教育都有着基本一致的看法。

（2）英美学科新生并非片面地认为英美文学对于自己没有必要或者无

用。他们认为英美文学无论作为知识还是学习英语的工具都是必要的。

（3）学生们对于英美文学方面的知识掌握得很少，有些学生甚至完全空白。他们对于是否应该阅读英美文学感到很惶惑，就如哈姆雷特般"该读，或不读，这是个问题"。教师应该考虑的是如何将英美文学介绍给新生并让他们养成阅读文学的习惯。这牵涉好几方面的问题，这里我仅指出两点：一是语言能力的问题。学生们不喜欢无日语字幕的英文原声电影，与此相同，他们也不会一开始就喜欢阅读原版英美文学作品。因此，我们可以借助一些浅近的英语教材，或者让他们阅读日译本。还可以利用影视版。二是有必要让学生养成读书的习惯，包括阅读日语书籍。比起读书，学生们将更多的时间花在听音乐、看电影等事情上面。进一步说，他们似乎不懂得如何享受读书尤其是文学的乐趣。这是我们日本普遍存在的教育问题之一。听说现在的小学和中学，作为课堂教学的一部分，老师会利用15分钟或30分钟等一定的时间让学生进行日语阅读。

（4）报告人的意思并非说英美文学是中小学和大学英语课上应该学习的唯一内容，而是想说一旦习惯了英美文学，学生们应该就会知道其乐趣所在。在此，我就不引用英美文学作品了，我想借用著名美国电影《卡萨布兰卡》中的台词来结束我的报告。诸位学生，如果不学英美文学，你一定会后悔的，后悔"不在今日，不在明日。不过很快，直至生命终结"（If you students do not study English literature, I am sure you will regret it, "maybe not today, maybe not tomorrow, but soon and for the rest of your life"）。谢谢大家的聆听。

参考文献

①宇佐美太市：《〈日本英文学研究〉考》，《外国语学部纪要》第9号（关西大学外国语学部，2013年10月），95～116页。

②山内久明：《漱石与英文学》，《讲座夏目漱石·第5卷（漱石的智力空间）》三好行雄等编（有斐阁，1982年），1～26页。

③鲁迅：《门外文谈》《且介亭杂文》（1934年），《鲁迅全集8——且介亭杂文·且介亭杂文二集·且介亭杂文末编》今村与志雄译（学习研究社，1984年），99～130页。

资料：2017 年度问卷统计

调查时间：2017 年 4 月 12 日

答卷人数：68 人（2017 年度英美学科入学人数 71 人）

问题（1）你认为应该学习英美文学吗？

认为	比较认为	不好说	不太认为	不认为
16	30	19	2	1
23.5%	44.1%	27.9%	2.9%	1.5%

问题（2）你读英文时需要日语译文吗？

认为	比较认为	不好说	不太认为	不认为
20	39	8	1	0
29.4%	57.4%	11.8%	1.5%	0.0%

问题（3）读英文的时候你会尽量做到直读直解而不翻译成日语吗？

认为	比较认为	不好说	不太认为	不认为
9	24	14	16	5
13.2%	35.3%	20.6%	23.5%	7.4%

问题（4）你喜欢文学（不论日本的还是外国的）吗？

喜欢	比较喜欢	不好说	不太喜欢	不喜欢
12	8	26	14	8
17.6%	11.8%	38.2%	20.6%	11.8%

问题（5）你喜欢看电影吗？

喜欢	比较喜欢	不好说	不太喜欢	不喜欢
41	18	6	3	0
60.3%	26.5%	8.8%	4.4%	0.0%

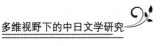

问题（6）你喜欢不带日语字幕的英文原声电影吗？

喜欢	比较喜欢	不好说	不太喜欢	不喜欢
4	10	30	17	7
5.9%	14.7%	44.1%	25.0%	10.3%

问题（7）你认为学习英语时阅读训练有必要吗？

认为	比较认为	不好说	不太认为	不认为
50	15	3	0	0
73.5%	22.1%	4.4%	0.0%	0.0%

问题（8）你喜欢英文书吗？

喜欢	比较喜欢	不好说	不太喜欢	不喜欢
6	18	28	11	5
8.8%	26.5%	41.2%	16.2%	7.4%

问题（9）你会在课外阅读英文读物吗？

经常读	有时读	不读
3	31	34
4.4%	45.6%	50.0%

问题（10）你会看英文网页和 email 吗？

经常读	有时读	不读
2	24	42
2.9%	35.3%	61.8%

问题（11）你想阅读课外英文读物吗？

认为	比较认为	不好说	不太认为	不认为
21	34	8	4	1
30.9%	50.0%	11.8%	5.9%	1.5%

问题（12）你认为阅读英文文学能够促进英语习得吗？

认为	比较认为	不好说	不太认为	不认为
44	19	5	0	0
64.7%	27.9%	7.4%	0.0%	0.0%

问题（13）你认为英美文学的基础知识对于英美学科的学生是必要的吗？

认为	比较认为	不好说	不太认为	不认为
25	23	19	1	0
36.8%	33.8%	27.9%	1.5%	0.0%

问题（14）如果读的话你想读何种英文读物？（可多选）

小说	诗	报纸	杂志	非虚构
42	11	27	29	15
61.8%	16.2%	39.7%	42.6%	22.1%

历史	reader	TOEIC/英检等	网页	email
4	31	23	14	10
5.9%	45.6%	33.8%	20.6%	14.7%

＊reader：浅显易懂的英文读本

＊英检：日本英语检测协会实施的"实用英语技能检测"

问题（15）请就以下英美作家和作品选择相应选项"知道/听说过/不知道"

D 作家/作品	知道	听说过	不知道
乔叟 Chaucer	3	8	54
	4.4%	11.8%	79.4%
威廉·莎士比亚 William Shakespeare	42	25	1
	61.8%	36.8%	1.5%

续表

D 作家/作品	知道	听说过	不知道
约翰·弥尔顿 John Milton	5	13	47
	7.4%	19.1%	69.1%
简·奥斯汀 Jane Austen	1	5	59
	1.5%	7.4%	86.8%
威廉·华兹华斯 William Wordsworth	1	2	62
	1.5%	2.9%	91.2%
S. T. 柯勒律治 S. T. Coleridge	0	4	61
	0.0%	5.9%	89.7%
拜伦勋爵 Lord Byron	5	5	55
	7.4%	7.4%	80.9%
查尔斯·狄更斯 Charles Dickens	6	7	52
	8.8%	10.3%	76.5%
勃朗特姐妹 Bronte Sisters	1	2	62
	1.5%	2.9%	91.2%
托马斯·哈迪 Thomas Hardy	2	3	60
	2.9%	4.4%	88.2%
奥斯卡·王尔德 Oscar Wilde	4	12	49
	5.9%	17.6%	72.1%
D. H. 劳伦斯 D. H. Lawrence	2	7	56
	2.9%	10.3%	82.4%
詹姆斯·乔伊斯 James Joyce	1	6	58
	1.5%	8.8%	85.3%
T. S. 艾略特 T. S. Eliot	0	8	57
	0.0%	11.8%	83.8%
威廉·巴特勒·叶芝 W. B. Yeats	2	0	63
	2.9%	0.0%	92.6%
格雷厄姆·格林 Graham Greene	0	0	65
	0.0%	0.0%	95.6%
萨默塞特·毛姆 Somerset Maugham	1	0	64
	1.5%	0.0%	94.1%

D 作家/作品	知道	听说过	不知道
约瑟夫·康拉德 Joseph Conrad	0 0.0%	4 5.9%	61 89.7%
乔治·奥威尔 George Orwell	2 2.9%	6 8.8%	56 82.4%
乔治·伯纳·萧 George Bernard Shaw	1 1.5%	8 11.8%	55 80.9%
E. M. 福斯特 E. M. Forster	0 0.0%	6 8.8%	58 85.3%
弗吉尼亚·伍尔夫 Virginia Woolf	0 0.0%	0 0.0%	65 95.6%
埃德加·爱伦·坡 Edgar Allan Poe	8 11.8%	17 25.0%	41 60.3%
马克·吐温 Mark Twain	0 0.0%	3 4.4%	62 91.2%
赫尔曼·梅尔维尔 Herman Melville	0 0.0%	3 4.4%	62 91.2%
罗伯特·弗罗斯特 Robert Frost	2 2.9%	6 8.8%	57 83.8%
亨利·詹姆斯 Henry James	5 7.4%	18 26.5%	44 64.7%
F. S. 菲茨杰拉德 F. S. Fitzgerald	0 0.0%	1 1.5%	64 94.1%
威廉·福克纳 William Faulkner	0 0.0%	6 8.8%	59 86.8%
厄内斯特·海明威 Ernest Hemingway	16 23.5%	26 38.2%	25 36.8%
欧·亨利 O. Henry	2 2.9%	13 19.1%	51 75.0%
ジョン・スタインベック John Steinbeck	0 0.0%	3 4.4%	62 91.2%

D 作家/作品	知道	听说过	不知道
田纳西·威廉姆斯 *Tennessee Williams*	2 2.9%	8 11.8%	55 80.9%
亚瑟·米勒 *Arthur Miller*	2 2.9%	5 7.4%	58 85.3%
索尔·贝娄 *Saul Bellow*	0 0.0%	0 0.0%	65 95.6%
J. D. 塞林格 *J. D. Salinger*	2 2.9%	1 1.5%	62 91.2%
约翰·厄普代克 *John Updike*	0 0.0%	0 0.0%	65 95.6%
《哈姆雷特》 *Hamlet*	19 27.9%	33 48.5%	14 20.6%
《麦克白》 *Macbeth*	10 14.7%	10 14.7%	46 67.6%
《李尔王》 *King Lear*	3 4.4%	7 10.3%	55 80.9%
《奥赛罗》 *Othello*	3 4.4%	16 23.5%	46 67.6%
《罗密欧与朱丽叶》 *Romeo and Juliet*	56 82.4%	11 16.2%	1 1.5%
《威尼斯商人》 *The Merchant of Venice*	16 23.5%	15 22.1%	36 52.9%
《傲慢与偏见》 *Pride and Prejudice*	0 0.0%	5 7.4%	60 88.2%
《雾都孤儿》 *Oliver Twist*	0 0.0%	8 11.8%	57 83.8%
《圣诞颂歌》 *A Christmas Carol*	8 11.8%	29 42.6%	29 42.6%
《荒原》 *The Waste Land*	3 4.4%	9 13.2%	52 76.5%

D 作家/作品	知道	听说过	不知道
《简·爱》	0	0	65
Jane Eyre	0.0%	0.0%	95.6%
《呼啸山庄》	1	5	58
Wuthering Heights	1.5%	7.4%	85.3%
《格列佛游记》	37	26	3
Gulliver's Travels	54.4%	38.2%	4.4%
《道林·格雷的画像》	0	6	59
The Picture of Dorian Gray	0.0%	8.8%	86.8%
《德伯家的苔丝》	0	1	64
Tess of the D'Urbervilles	0.0%	1.5%	94.1%
《查泰莱夫人的情人》	2	4	59
Lady Chatterley's Lover	2.9%	5.9%	86.8%
《黑暗之心》	1	2	62
Heart of Darkness	1.5%	2.9%	91.2%
《月亮与六便士》	0	0	65
The Moon and Sixpence	0.0%	0.0%	95.6%
《尤利西斯》	0	0	65
Ulysses	0.0%	0.0%	95.6%
《印度之路》	0	2	63
A Passage to India	0.0%	2.9%	92.6%
《达洛维夫人》	0	1	64
Mrs. Dalloway	0.0%	1.5%	94.1%
《第三人》	0	3	62
The Third Man	0.0%	4.4%	91.2%
《愤怒的葡萄》	0	5	60
The Grapes of Wrath	0.0%	7.4%	88.2%
《窈窕淑女》	4	8	52
My Fair Lady（Pygmalion）	5.9%	11.8%	76.5%
《白鲸》	8	14	43
Moby – Dick	11.8%	20.6%	63.2%

D 作家/作品	知道	听说过	不知道
《莫格街凶杀案》 "The Murders in the Rue Morgue"	0 0.0%	5 7.4%	60 88.2%
《老人与海》 *The Old Man and the Sea*	4 5.9%	6 8.8%	55 80.9%
《永别了，武器》 *A Farewell to Arms*	1 1.5%	7 10.3%	57 83.8%
《哈克贝利·费恩历险记》 *Adventures of Huckleberry Finn*	0 0.0%	1 1.5%	64 94.1%
《麦琪的礼物》 "The Gift of the Magi"	3 4.4%	10 14.7%	53 77.9%
《最后一片叶子》 "The Last Leaf"	1 1.5%	1 1.5%	63 92.6%
《黛西·米勒》 *Daisy Miller*	0 0.0%	1 1.5%	64 94.1%
《喧哗与骚动》 *The Sound and the Fury*	0 0.0%	1 1.5%	64 94.1%
《人鼠之间》 *Of Mice and Men*	1 1.5%	3 4.4%	60 88.2%
《了不起的盖茨比》 *The Great Gatsby*	2 2.9%	2 2.9%	61 89.7%
《丧钟为谁而鸣》 *For Whom the Bell Tolls*	1 1.5%	5 7.4%	59 86.8%
《玻璃动物园》 *The Glass Menagerie*	0 0.0%	1 1.5%	61 89.7%
《推销员之死》 *Death of a Salesman*	0 0.0%	0 0.0%	65 95.6%
《麦田里的守望者》 *The Catcher in the Rye*	3 4.4%	12 17.6%	50 73.5%
《飘》 *Gone with the Wind*	5 7.4%	9 13.2%	52 76.5%

Cf. 2008 –2012 及 2014～2017 年度（答卷总人数：721 人）

作家/作品	不知道
威廉·莎士比亚	1.9%
欧内斯特·海明威	39.9%
奥斯卡·王尔德	71.0%
埃德加·爱伦·坡	72.3%
约翰·弥尔顿	72.5%
欧·亨利	73.8%
亨利·詹姆斯	77.3%
乔叟	79.1%
查尔斯·狄更斯	82.1%
D. H. 劳伦斯	83.1%
亚瑟·米勒	84.0%
拜伦勋爵	85.7%
乔治·伯纳·萧	86.3%
乔治·奥威尔	87.0%
田纳西·威廉姆斯	87.0%
T. S. 艾略特	87.2%
威廉·福克纳	87.5%
詹姆斯·乔伊斯	89.6%
罗伯特·弗罗斯特	90.0%
简·奥斯汀	90.2%
威廉·华兹华斯	90.8%
勃朗特姐妹	90.8%
托马斯·哈迪	91.4%
赫尔曼·梅尔维尔	92.9%
J. D. 塞林格	93.5%
约瑟夫·康拉德	93.9%
弗吉尼亚·伍尔夫	93.9%
E. M. 福斯特	94.0%
马克·吐温	94.0%
F. S. 菲茨杰拉德	94.2%
约翰·斯坦贝克	95.0%

续表

作家/作品	不知道
S. T. 柯勒律治	96.1%
W. B. 叶芝	96.5%
格雷厄姆·格林	96.5%
索尔·贝娄	97.1%
萨默塞特·毛姆	97.2%
约翰·厄普代克	97.8%
《罗密欧与朱丽叶》	1.0%
《格列佛游记》	9.2%
《哈姆雷特》	17.8%
《威尼斯商人》	38.1%
《圣诞颂歌》	38.3%
《飘》	38.8%
《麦田里的守望者》	61.3%
《李尔王》	63.0%
《老人与海》	71.7%
《麦克白》	72.0%
《奥赛罗》	76.1%
《窈窕淑女》	76.1%
《丧钟为谁而鸣》	78.9%
《玻璃动物园》	78.9%
《雾都孤儿》	80.6%
《白鲸》	82.0%
《荒原》	82.5%
《呼啸山庄》	83.2%
《查泰莱夫人的情人》	85.9%
《永别了，武器》	88.9%
《傲慢与偏见》	89.3%
《麦琪的礼物》	89.7%
《第三人》	90.0%
《了不起的盖茨比》	90.8%
《人鼠之间》	91.0%

续表

作家/作品	不知道
《莫格街凶杀案》	91.3%
《哈克贝利·费恩历险记》	92.5%
《最后一片叶子》	92.5%
《愤怒的葡萄》	93.2%
《道林·格雷的画像》	93.6%
《印度之路》	93.9%
《达洛维夫人》	95.1%
《黑暗之心》	96.1%
《黛西·米勒》	96.3%
《简·爱》	96.5%
《推销员之死》	96.5%
《月亮与六便士》	96.8%
《尤利西斯》	96.8%
《德伯家的苔丝》	97.1%
《喧哗与骚动》	97.6%

（颜淑兰译）

四　中日比较研究

中日古代"日记"之比较

——以《御堂关白记》与秦汉时期的"日记"为例

西川利文（日本·佛教大学）

绪　言

据说，具有文学性的日记（日记文学），在日本始于 10 世纪的纪贯之所写《土佐日记》等，在中国则始于 12 世纪陆游的《入蜀记》等。[①]

但本文不着眼于日记的"文学性"，而将"日记"定义为类似于我们今天在"手帐"上记录计划安排和当天所发生事情以及相应评价，在带日期的书写材料（纸、简牍等）上连续记入的像备忘录似的东西。[②]

为了知晓那些"日记"在当时以何种形式写下，本文将"日记"手稿作为分析重点，而非写本或印刷本。其中具有代表性的是藤原道长（966～1027）的《御堂关白记》，它于 2013 年被列入世界记忆遗产名录。下文首

---

① 〔日〕冈本不二明：《宋代日记的成立及其背景——以欧阳修〈于役志〉和黄庭坚〈宜州家乘〉为例——》（《冈山大学文学部纪要》18，1992。收录于《唐宋小说与社会》汲古书院，2003）。

② 针对日记的特点可以参照以下研究：冈本不二明的论文、陈左高《中国日记史略》（上海翻译出版公司，1990）、〔日〕大栉敦弘《日记前史——秦汉时代的"日记"资料》（《东亚的海域交流和日本传统文化的形成——聚焦宁波的跨学科研究——》（平成 17～21 年度文部科学省科学研究费补助金·特定领域研究　研究成果报告书第 2 卷、领域代表·小岛毅），2010）、〔日〕仓本一宏《日记诉说的古代史》〔收录于：仓本编《对日本人来说，日记为何？》（通过日记阅读日本史 1）临川书店，2016〕。

先分析这个"日记"。

一 《御堂关白记》及其源流

藤原道长的《御堂关白记》，作为了解从 10 世纪末到 11 世纪初（998～1021）平安贵族之日常的史料，非常珍贵。当时的掌权者自己写的手稿留存下来，作为"世界上最早的手稿日记"值得特书一笔。[①]

据说，其手稿原本将每年一分为二，每半年的分别记入上下两卷；到镰仓时代摄关家分为近卫家和九条家时，两家对半平分了手稿。近卫家（阳明文库）残存有 14 卷，每卷有半年的记录。

手稿之所以重要，在于可以明确看到原汁原味的部分，而这些在写本等复印本上不能体现出来。例如，《御堂关白记》长保二年（1000）正月十日的条目，在手稿中，记录的中间有一大段用墨涂抹的末梢部分。在古写本中，涂墨的部分被省略掉，前后的文本连在一起。这个末梢部分是关于他的长女——彰子立后的记载。那段之后，记有立后的仪式先例和择日等相关内容。但当时的一条天皇在立后一事上逡巡，一时中止，藤原应是认为这部分内容不适宜，故抹消掉。[②]

无法希求手稿之外的写本等忠实地再现原貌，况且也不能排除误抄的危险。从这个意义上来说，这样的手稿（原本）存留下来，可以明确当时书写的原貌，非常重要。因此，虽然道长以前的"日记"也存留下来，但《御堂关白记》却作为"最早的"手稿而被收入世界记忆遗产名录。

根据存留的手稿可知，藤原道长写"日记"所用的书写材料是数十枚料纸连续相贴形成书卷的历。这种历是载有每天的干支和凶吉等历注的所谓"具注历"。纵横的卦线加以区隔，日期之间有数行的空白部分（"间明"），日记就写在这里。由道长的祖父——藤原师辅（909～960）的《九条殿遗诫》可知，当时的"日记"很多是采取这种形式记入的所

---

① 《御堂关白记》，有手稿照片版：〔日〕阳明文库编《御堂关白记》一·二（思文阁出版，1983）、译本有：〔日〕仓本一宏《藤原道长〈御堂関白记〉》上·中·下〔讲谈社学术文库〕讲谈社，2009）等。另，若想知其概要，可参照〔日〕仓本一宏《阅读藤原道长之〈御堂関白记〉》（讲谈社，2013）等。

② 就这一点可参照注仓本一宏《阅读藤原道长之〈御堂関白记〉》。

谓"历记"。①

而在具注历的空白部分（"间明"）记事的习惯做法在日本可以追溯到奈良时代。正仓院文书的"天平十八年（748）具注历"（正集 8 卷以及续集 14 卷）虽然没有划分日期的卦线，但历注下有空白，上有 10 条记载。这可以称作是 8 世纪中期的"日记"。② 此外，还有二十几件具注历（漆纸文书、木简）的出土资料为人所知（历注之外无其他记载），其中最古老的是奈良石神遗迹（2002 ~ 2003 年出土）的 689 年的木简。③

这种具注历在中国也确认存在。根据西泽宥综的集成可知，在敦煌地区从北魏（450）到北宋（993）有 45 件具注历，年代集中在唐朝后半段至五代（808 ~ 959）。④ 但这些具注历的空白部分（"间明"）除历注外均未见其他记事内容。但这是处于唐朝边境的敦煌地区之文物，冈本不二明认为这个时期在中国有"日记"形成的可能性。⑤

目前 9、10 世纪的"日记"手稿存在与否不能确认，但可以结合远溯及公元前 3 ~ 前 1 世纪之秦汉时期的出土资料来考察"日记"的源流。接下来结合相应既有研究探讨之。

二 秦汉时期的"日记"⑥

之所以能往秦汉时期追溯"日记"源流，有赖于在历中写有行动记录的被称为"元延二年日记"的竹简群。其属于 1993 年出土于江苏省连云

---

① 《九条殿遗诫》上说，备忘录似的记录写在具注历 = "历记"上，重要内容写在别项记录 = "别记"上。具体可参照注〔日〕仓本一宏《日记诉说的古代史》。

② "天平十八年具注历"是 2 月 7 日至 3 月 29 日之间的断简，2 月 7 日至 13 日的收在《正仓院文书》正集 8 卷，2 月 14 日至 3 月 29 日的收在其续集 14 卷中。添写内容的，前者有两处，后者有八处。《正仓院文书》中除此之外没有添写内容。已知有具注历的还有：天平 21 年（749）〔正集 8 卷 2 月 6 日 ~ 4 月 16 日〕和天平胜宝 8 年（756）〔正集 8 卷及续集 14 卷。3 月 4 日 ~ 4 月 18 日（正集）、历的开头部分·正月 1 日 ~ 26 日（续集）〕。

③ 具体可参照〔日〕细井浩志《为学习日本史的"古代历"入门》（吉川弘文馆，2014）；还可参照〔日〕汤浅吉美《历和天文学的古代中世史》（吉川弘文馆，2009）。

④ 西泽宥综：《敦煌历学综论—敦煌具注历日集成—》上·中·下（私家版，2004 ~ 2006）。

⑤ 参照注⑥本不二明的论文。

⑥ 从此以下，参考大栉的论文和高村武幸《关于秦汉地方官吏的"日记"》（收录于《汉代地方官吏与地域社会》汲古书院，2008），并结合最新动向进行介绍。

港市尹湾村的尹湾汉墓简牍。出土这些简牍的尹湾 6 号汉墓主人是在西汉成帝时期的公元前 10 年代担任东海郡属吏（郡功曹等）的师饶。①

这一竹简群（简的编号：1～76 号）的单简长 22.5～23 ㎝、宽 0.3～0.4 ㎝。缀合断简可以复原出 56 枚：表示月份的简（2 枚）、标有日期的简（53 枚）以及一枚显示年号"●元延二年"（公元前 11 年）的。将一年分为正月开始的奇数月（这一年中均是大月）与二月开始的偶数月（这一年中均是小月），分 6 栏（即各 6 个月）以表示月份的竹简排在开头，之后有表示日期和各月干支的竹简。将之复原可知缺少了 6 天（大月的朔日、18 日、24 日、28 日以及小月的 5 日和 22 日）的。

在竹简的日期和次月干支之间的空白部分（"间明"）上简单记录了墓主的活动（186 条）。该墓主是地方官府的属吏，其活动被看作是"公务"②。但是，即使不算表示他在家（休假）的"宿家"之记录，单从他长期待在被认为是私人空间的"南春宅"（地处与东海郡相邻的楚国）这一点考虑，能否将竹简内容全部称作"公务"也让人略觉踌躇。无论如何，从这些记录可以明确一个事实：当时的属吏们可以穿越郡之界限，在相当大的范围内活动。

与"元延二年日记"类似的记录，在发现尹湾汉简的同年（1993）于湖北省荆州市周家台 30 号秦墓出土③、被命名为"秦始皇三十四年（公元前 213）历谱"的这一竹简群，单简长 29.3～29.6cm、宽 0.5～0.7 ㎝，比"元延二年日记"的简要长。因处于秦始皇时期，故使用以十月为岁首的"颛顼历"，前半部分是十月开始的偶数月，后半是十一月开始的奇数月，各简分为 6 栏。标有月份的竹简作为朔日的，共有 30 枚竹简（30 天份），其中小月的第三十枚竹简上不写干支（此外，偶数月的 4 日和 30 日的欠缺）。

---

① 就尹湾汉简的基本内容，可参考连云港市博物馆、东海县博物馆、中国社会科学院简帛研究中心、中国文物研究所编《尹湾汉墓简牍》（中华书局，1997）；张显成、周群丽《尹湾汉墓简牍校理》（天津古籍出版社，2011）。就"元延二年日记"，可参考高村武幸的论文以及蔡万进《尹湾汉墓简牍论考》（台湾古籍出版，2002）所收录的《〈元延二年日记〉校释》、《〈元延二年日记〉所反映的事实与制度论考》、《〈元延二年日记〉文书渊源探索》。

② 参考高村武幸的论文。

③ 就周家台 30 号秦墓及其出土简牍，可以参考湖北省荆州市周梁玉桥遗址博物馆编《关沮秦汉墓简牍》（中华书局，2001）。

因这一年有闰月,最后加上了题为"后九月大"的闰月简 6 枚,这一部分将一枚简分成 5 栏作为五天的,各栏的日期横着(自右往左)排列。上面写有 53 条记录,均是与"公务"相关的,应可视作与"元延二年日记"之"日记"形式相同的记录。①

这两份"日记"时隔两百余年,尽管如此,记录形式一样。不同点在于,"元延二年日记"先有隶书字体写下的、与具注历相关的节气(春分、秋分、夏至、冬至、立冬等)和三伏(头伏、中伏、后伏)等内容;与此相对,"秦始皇三十四年历谱"除干支以外看不到类似历注的记载。

作为与"秦始皇三十四年历谱"同时代的"日记"而备受关注的是湖南大学岳麓书院所藏对应秦始皇二十七年(公元前 220)、三十四年(公元前 213)、三十五年(公元前 212)的三种历。② 这三种历由竹简构成,由于不是通过正式考古挖掘而得,其出土情况不明。简的长宽和历的构成(含历注)与"秦始皇三十四年历谱"相同。③ 值得注意的一点是表题简上自称"质日"(秦三十五年是"私质日")。自此以后,中国的研究者中间,有将同样形式的历称为"质日"的倾向,但我对此不能认同(后述)。

这三种"日记"载有与其他"日记"同样主要被看作公务的活动记录(二十七年的有 24 条,三十四年的有 29 条,三十五年的有 34 条)。

---

① 关于此,可参考高村武幸的论文以及彭锦华《周家台 30 号秦墓竹简"秦始皇三十四年历谱"释文与考释》(《文物》1999 年第 6 期)、赵平安《周家台 30 号秦墓竹简"始皇三十四年历谱"的定名及其性质——谈谈秦汉时期的一种随葬竹书"记"》(长沙市文物考古研究所编《长沙三国吴简暨百年来简帛发现与研究国际学术研讨会论文集》,中华书局,2005)、李忠林《周家台秦简历谱试析》(《中国科技史杂志》2009 年第 3 期)等。

② 朱汉民、陈松长主编《岳麓书院藏秦简 壹》(上海辞书出版社,2010)。基本内容参考陈松长等《岳麓书院藏秦简的整理与研究》(中西书局,2014)所收《岳麓秦简的整理报告 六 岳麓书院藏秦简(壹)、(贰)的释文和简注》(上编)、《岳麓秦简综述》(陈松长执笔、下编第一章)、《岳麓秦简〈质日〉篇的研究》(苏俊林执笔、下编第二章)。

③ 二十七年和三十四年的历均长约 27cm、宽约 0.6cm,三十五年的长约 30cm、宽约 0.5cm。历也是分为从十月开始的偶数月和十一月开始的奇数月。只有三十四年的闰月"后九月"与"秦始皇三十四年历谱"一样加了 6 枚简。但均无历注。另,三十四年的历与岳麓秦简中同年的相对照,则发现两者在月份大小和日期干支上有出入。

但三十四年和三十五年的记事中有"腾""爽"这样的被视为表示非记录人的第三者之名,对此,解说不一。①

此外,还有一份秦始皇时期的"日记"受人瞩目:北京大学 2010 年收藏的秦始皇三十一年(公元前 216)和三十三年(公元前 214)的两种历。这也不是通过正式考古挖掘获得的,且还未公开其全部内容。参考报告得知,虽与周家台、岳麓书院的形式相同,但有十二直等历注。②

这一历注被用到何种程度不得而知,如果具注历的形式整备、其上写有活动记录,就说明与《御堂关白记》相通的"日记"在公元前 3 世纪已经形成。只是由于该历具体内容不明,就此打住,转而考察更可以明确称为"日记"的例子。

在发现睡虎地秦简的湖北省云梦县睡虎地 11 号秦墓附近,2006 年发掘睡虎地 77 号汉墓时出土了历,这是继秦始皇时代四五十年之后的西汉文帝时期的物品。发掘简报称,从该墓出土了 10 组历(长 26~31cm,通过简的上下两处编缀),均是一组一年,每组第一枚简上写有"某年质日",是西汉文帝前元十年(公元前 170)至后元七年(公元前 157)的文物。③由发掘简报所载照片,虽不能确认"质日"表题简的存在,但可以确认各枚简分为 6 栏,有表示月份和日期的简。此外,还可确认一些空栏("间明")处有与尹湾汉简同样的记载,但无历注。

此外,还有其上没有记录、不能称为"日记",但被鉴定为文帝前元十二年(公元前 168)之历的物物——香港中文大学文物馆所藏简牍中的

---

① 参考陈伟(森和·工藤元男译)《岳麓书院秦简〈质日〉初步研究》(《中国出土资料研究》16,2012)。

② 就北京大学所藏秦简可参考《文物》2012 年第 6 期所刊载的北京大学出土文献研究所《北京大学藏秦简牍室内发掘清理简报》、北京大学出土文献研究所《北京大学藏秦简牍概述》、陈侃理《北大秦简中的方术书》。
　　据《北京大学藏秦简牍概述》介绍,简牍群中的竹简,分类到 0 卷的是三十一年历谱(77 枚,长 27.1~27.5 cm、宽 0.6~0.8 cm),分类到 5 卷的是三十三年历谱(66 枚,长 30~30.2 cm、宽 0.6~0.8 cm)。《概述》第 72 页上载有三十三年历谱奇数月的表记简(5~021)照片。

③ 可参考湖北省文物考古研究所、云梦县博物馆《湖北云梦睡虎地 M77 发掘简报》(《江汉考古》2008 年第 4 期)。另可参照〔日〕高村武幸编《睡虎地 77 号汉墓简牍文书·簿籍类释文案》(《三重大史学》13,2013)。

竹简"干支表"（编号：95～119）。此亦非正式考古发掘所得，出土地等不明。据末永高康的复原，与76号简"日夜表"合起来为半年的历。① 末永将此定为"质日"，但竹简本身上没有标明，且该历之上干支之外无其他历注。

文帝之后80年左右的武帝后元二年（公元前87）的历，于2002年从山东省日照市海曲汉墓（M106）出土。从该墓出土39枚竹简，单简长约23.5cm、宽0.6cm。根据其中34枚可以复原历。所有的简都分为6栏，也有表示偶数月的简（记有朔日的干支和月份的大小）。发掘报告等将此定为"视日"，但这并非竹简本身上的记录。这个历上虽然没有"日记"那样的活动记录，但可见节气（春分、夏至、立冬、冬至）和显示刑德的"德"之所在的"居室""居堂""居廷""居巷""居术""居郭门"这样的历注记载，具备具注历的要素。② 这也是与同为武帝时期之历的"七年视日"共通的要素。

"七年视日"是1972年从山东省临沂市银雀山2号汉墓出土的，包括长69cm、宽1cm的大长竹简——上书"七年视日"的表题简，只表示月份、标明12个月份之大小的竹简和30天带日期的竹简30枚，共计32枚。③ 这里的"七年"指武帝即位第七年的"元光元年"（公元前134年），"视日"是其本身带的名字，但就如何释读之，有各种各样的说法，现在定为"视日"。④

这个历上有节气、三伏、反支等历注。此外一枚简分为十二等分形成

---

① 〔日〕末永高康：《〈香港中文大学文物馆藏简牍〉干支表篇（文帝十二年质日）复元》（《中国研究集刊》58号，2014）。另外还有报告可参照陈松长编著《香港中文大学文物馆藏简牍》（香港中文大学文物馆，2001）。
　　"干支表"之简长22～23 cm、没有表示日期的记载，干支分记为6段。"日夜表"上标有正月、三月、五月、七月、九月共5个大月（缺少11月）。合起来是半年的历（参照末永论文）。

② 山东省文物考古研究所：《山东日照海曲西汉墓（M106）发掘简报》（《文物》2010年第1期）；刘绍刚、郑同修：《日照海曲简〈汉武帝后元二年视日〉研究》（《出土文献研究》9辑，2010）。

③ 基本报告可参考罗福颐《临沂汉简概述》（《文物》1974年第2期），以及陈久金、陈美东《临沂出土汉初古历初探》（《文物》1974年第3期）。另，释文可参考吴九龙《银雀山汉简释文》（文物出版社，1985）。

④ 关于这一点，可参考〔日〕工藤元男《具注历的渊源—"日书"·"视日"·"质日"—》（《东洋史研究》72～2，2013）。

十二个月的一览表，这与前述简牍不同。实际上，从现在已知的汉代历法（"编册式年历谱"）来看，汉武帝以后，可以一览 12 个月份的占主流。而且可以看出，以汉武帝时期为界，历向着具注历的方向发展（北大秦简除外）。以下选取出土比较完好的汉武帝之后的历来考察。①

首先，1990 年出土的敦煌清水沟汉代烽燧遗址的历，由 4 日至 30 日的 27 枚木简构成，各枚简长 36 厘米～37 厘米、宽 0.6 厘米～1.3 厘米，有缀丝残留，保存着册书的形式。该历被视为宣帝地节元年（公元前 69）的文物。上面可见节气、三伏、十二直（只有"建"）这些历注。②

其次，有早年罗振玉、王国维在《流沙坠简》（1914 年刊）中涉及的、敦煌出土的"元康三年（公元前 63）历谱"和"神爵三年（公元前 59）历谱"（均出土于 T6b）。两者均是汉宣帝时期的历，前者之上记有节气和十二直（只有"建"），后者之上记有节气。神爵三年有闰月（闰十二月），这一部分写在简的背面。③ 可以确认，像这样分为 12 个月的历，一直延续到公元 2 世纪中叶的东汉桓帝时期，其中很多带有节气等历注。④

这种历中，也有载有记录、具有日记形式的。从高村武幸考察的居延汉简⑤来说，大湾（A35）出土的可能是王莽时期地皇元年（20）的简（503.5）和甲渠塞第四燧出土的年代不详的简（EPS4T2.9）。从该例可知，像"元延二年日记"这样的以 6 个月为构成单位的具有"日记"功能，而后世以 12 个月为构成单位的也不能说只有"历"的功能。

此外，近年为人所知的例子有肩水金关出土的元始六年＝居摄元年（6 年）的历。由《肩水金关（贰）》披露，木简长 23.3～23.5 ㎝、宽

① 关于 20 世纪发现的汉代历之集成及其形式分类，可参考〔日〕吉村昌之《在出土简牍资料中的历谱之集成》（富谷至编《边境出土木简研究》朋友书店，2003）。
② 敦煌市博物馆：《敦煌清水沟汉代烽燧遗址出土文物调查及汉简考释》，以及殷光明《敦煌清水沟汉代烽燧遗址出土〈历谱〉述考》（均刊于《简帛研究》2，1996）。
③ 罗振玉·王国维：《流沙坠简》（中华书局，1993）。另可参照甘肃省文物考古研究所编《敦煌汉简》上·下（中华书局，1991）。
④ 参考吉村昌之的论文。
⑤ 参考高村武幸的论文。

1.2 ~ 1.5 cm。包括一枚其上分为 12 月份的简、记有某日干支的日期简共 11 天的，以及写有"□元始六年曆（历）日　居摄元年·大岁在寅"的表题简。日期简上有节气和十二直（只有"建"）的相关记录，此外还有的简上有"小时""血忌""月杀"等表示与各月对应关系的历注。①

这里需要注意的一点是，该历自称"曆（历）日"。工藤元男分析了各种历，以岳麓秦简那样的相当于"日记"的自称"质日"、汉武帝元光元年那样的加了历注的历自称"视日"为前提，指出"日记"称为"质日"，像具注历发展的带有历注的历称为"视日"。②但现在已经知道存在自称"曆（历）日"而与"视日"相近的历。如此一来，应当有必要对邓文宽提出的观点进行再评价：他从文献等记载出发，提出"历日"是其原本的名称。③

"元延二年日记"带有简略的历注，同时具有工藤分类中的"视日"的特点。从这个意义上来说，并不是所谓以历注为中心的乃"视日"，以活动记录为中心的乃"质日"。再者，自称"历日"的历之存在得以确认。因此，三者应是由于时期、地域的不同或者出于使用历之人的不同想法造成其命名方式不同。恐怕像李零那样④，将"视日""质日"看作功能相同的东西最为妥当。即，可以认为"视日""质日"以及"历日"终归是指同一事物。

出土的编缀式历当中，有表题简的是绝少数，而且在时间上也不规律，因此没有必要勉强设定划分功能的名称。⑤径将空白部分写有个人活动记录的称为"日记"，有其他历注但只有历谱功能的称为历，如此，以

---

① 甘肃简牍保护研究中心等：《肩水金关汉简（贰）》（中西书局，2012）。本文参考的是程少轩《肩水金关"元始六年（居摄元年）曆日"复元》（《出土文献》5，2014），何茂活《肩水金关出土〈汉居摄元年历谱〉缀合与考释》（《考古与文物》2015 年第 2 期），以及杨小亮《西汉〈居摄元年历日〉缀合复原研究》（《文物》2015 年第 3 期）。

② 参考工藤元男的论文。

③ 邓文宽：《出土秦汉简牍"历日"正名》（《文物》2003 年第 4 期）。

④ 李零：《视日·日书和叶书——三种简帛文献的区别和定名》（《文物》2008 年第 12 期）。

⑤ 从出土情况来看，似可说统一前后的秦至西汉文帝时期，使用"质日"这一称呼的可能性高。

简单的称呼避免不必要的先入为主的观念，也是个可行的方案。①

综上，中国在历（具注历）上写有个人行动记录，可被看作"日记"的史料，最迟也可溯及大一统的秦朝（公元前3世纪末）。当时的书写材料不是纸张而是竹简、木简等非常有限的书写空间，所记内容极其简略，只能书写备忘录程度的内容。这种风格的"日记"在三国时代以后如何被继承尚未充分研究，但到了唐代，留有书写空间（"间明"）的具注历很多，出现了可以记"日记"的东西。笔者推测这又传到日本，形成了《御堂关白记》这样的贵族"日记"。

三　历与阴阳道以及术数文化

那么，为何在历上写个人活动记录？作为常识，我们知道具注历标示每日凶吉，与占卜密切相关。在其上记写活动记录显然是意识到活动与历注之间的关联。具体例子在道长的《御堂关白记》中切实体现出来。例如

---

① 在本文的准备阶段，我也曾设想，像尹湾"元延二年日记"这样以6个月为单位的历有"日记"功能，而将12个月制成一览表的只是单纯的历。但如本文所提及的居延汉简之例那样，似可看作"日记"的12月一览制的历上在空白部分写有记事。因此得以确认，不能根据历的形式来划分。而且，从照片上看，12个月一览制的历上也有足够的记事空间（"间明"）。

再介绍三个与正文所介绍的形式不同但写有类似"日记"的事例。首先介绍里耶秦简中最近公开了双面照片的简牍（9~2287ab），这枚宽幅（长22.5 cm、宽4.8 cm）木简横向书写，正面写有"四月己巳（=24日）"至六月"丙午（=2日）"，背面写有六月"丁未（=3日）"至七月"甲申（=10日）"的记录。自其起始日4月24日开始至翌月5月17日（壬辰）左右，写有活动记录。（里耶秦简博物馆·出土文献与中国古代文明研究协同创新中心、中国人民大学中心编著《里耶秦简博物馆藏秦简》〔中西书局，2016〕）。这个记录不是一整年的，而且从一月的中间开始，用作何种目的尚不得而知，但可以说与本文分析的"日记"类似。

其次，1980年从江苏邗江胡场五号汉墓出土有题为"日记牍"的木牍（高村武幸的文章也论及此）。它有"日记"之名，但不是利用历的，采取的形式是需要记录的日期则记下并写上记事，正如"备忘录"一般。针对其特点有各种说法，但不是本文所说的这种"日记"。有关于此，可参考下列文献：扬州博物馆、邗江图书馆（执笔：王勤金、吴炜、房宁、张容生）《江苏邗江胡场五号汉墓》（《文物》，1981年第11期），〔日〕山田胜芳《弋射与两个新发现——未央宫三号建筑遗址和扬州场五号汉墓——》（《历史》78，1992），黄盛璋《邗江胡场汉墓所谓"文告牍"与告地策谜再揭》（《文博》，1996年第5期），王子今《胡场汉牍研究》〔西北大学文博院编《考古文物研究——西北大学考古专业成立四十周年文集（1956~1996）》三秦出版社，1996〕，梁勇《江苏邗江胡场五号汉墓木牍·铜印及相关问题再考》（《东南文化》，2011年第2期），田天《江苏邗江胡场五号汉墓木牍的再认识》（《出土文献》3辑，2012）等。

与这个"日记牍"同样，不是历的形式而只记录事件发生之日，如备忘录的文物还有居延汉简EPT59.262（高村武幸的论文也论及此）。这也不是本文研究的"日记"类型。

本文开头介绍的长保二年（1000）正月十日条目的末梢部分中可以看到著名"阴阳师"安倍清明的名字，道长当时向他询问行事之凶吉。

而中国方面，也可推定秦汉时期的"日记"与占卜的关联。例如，包括《元延二年日记》在内的尹湾汉简中，有题为"神龟占""六甲占雨""博局占""刑德行时""行道吉凶"等与占卜相关的简牍。此外，周家台30号秦墓中，同"日书"这一与占卜相关的书一起作为副葬品的，还有被视为用于占卜的、称为"算筹"的占卜道具。工藤认为，历和这些占卜相关的工具并用，以占卜每日凶吉。[1]

可见，在日本和中国，古代的历与占卜及基于此的活动紧密关联。这在日本发展为独特的"阴阳道"[2]，但笔者认为构成其根基的是中国传来的"术数文化"。

安倍清明出现在前述《御堂关白记》的公元1000年左右之时，并未就任阴阳师之官职。据山下克明介绍，这一时期日本独特的阴阳道思想出现了，涉及此的人被称为"阴阳师"。[3] 下文将确认阴阳道成立之前业已存在的、作为官职的阴阳师受命执掌何事、与历、占卜有何种关联。试将其与中国官僚制度相比较，以阐明本文所说的"术数文化"。

在律令制下的古代日本，在阴阳寮这一掌管历法、天体观测以及国家层面的各种占卜的机构中，阴阳师负责占筮、占地相，历博士负责制作历，天文博士负责观测天体运行，漏刻博士负责管理时间。[4]

在中国唐代找寻与之相应的机构，可知相当于阴阳寮的有两个：一个是太史局，这里有为首的掌管天文、历数的太史令、管理历的司历（以及保章正）、

---

[1] 可参考工藤元男的论文以及他的著作《占卜与中国古代社会——从发现的古文献看》（东方书店，2011）。

[2] 以下有关日本阴阳道的内容，参考〔日〕山下克明的《平安时期的宗教文化和阴阳道》（岩田书院，1996）、《阴阳道之发现》（NHK books，2010）和《平安时代阴阳道史研究》（思文阁出版，2015）等一系列著作。就中日之间的比较，可参考〔日〕斋藤励著、水口干记解说《王朝时代的阴阳道》（名著刊行会，2007）。

[3] 参考山下克明的考证。

[4] 《令义解》卷一职员令·阴阳寮："头一人（掌天文、历数、风云气色、有异密封奏闻。）……阴阳师六人（掌占筮相地）。阴阳博士一人（掌教阴阳生等）。阴阳生十人（掌习阴阳）。历博士一人（掌造历及教历生等）。历生十人（掌习历）。天文博士一人（掌候天文、气色、有异密封及教天文生等）。天文生十人（掌习候天文、气色）。漏刻博士二人（掌率守辰丁、伺漏刻之节）。守辰丁廿人（掌伺漏刻之节、以时击钟鼓）。使部廿人、直丁二人。"

进行天体观测的灵台郎、管理时间的挈壶正·司辰等。① 第二个是太常寺管辖下的太卜署，其长官太卜令执掌卜筮之法，这与阴阳寮的阴阳师相对应。②

在唐代中国，相当于律令制下的日本之阴阳寮的机构分为太史局和太常寺两大部门。而在那之前，至少在本文重点研究的秦汉时期，那些机构则同属于太常这一个大机构。在记录西汉时期官僚机构的《汉书·百官公卿表》中，执掌国家礼仪的奉常（＝太常）之下的属官共有"太乐·太祝·太宰·太史·太卜·太医六令丞"。③ 在有关东汉时期的史料中确认各官所执掌事务，可知太史令执掌天体观测和历的管理以及卜筮，太卜令的职务合并在太史令这里④，这可说明太史令和太卜令关系之近。这两者又可追溯到《周礼》的大卜和大史，均是执掌国家礼仪的春官大宗伯的属官。如此，日本古代律令制度下的阴阳寮之原型可以追溯到中国秦汉时期的官僚机构。

那么，负责历、占卜还有时间管理的部署，为何统筹在一处？这恐怕是因为担当的这些职务都归类于中国古代的"术数（或称数术）"概念。现在从汉代图书目录——《汉书·艺文志》中可以确认，汇集"占卜之书"的"术数略"中收录了"天文""历谱""五行""蓍龟""杂占""形法"。"天文""历谱"两者应可归类于天体观测·历，后四者应可归类于占卜。⑤ 即

① 《唐六典》卷10 秘书省·太史局："太史令掌观察天文、稽定历数。凡日月星辰之变、风云气色之异、率其属而占候焉。……司历掌国之历法、造历以颁于四方。……灵台郎掌观天文之变而占候之。……挈壶正·司辰掌知漏刻。"

② 《唐六典》卷14 太常寺·太卜署："太卜令掌卜筮之法、以占邦家动用之事。"

③ 《汉书》卷19 百官公卿表上："奉常、秦官。掌宗庙礼仪、有丞。景帝中六年更名太常。属官有太乐、太祝、太宰、太史、太卜、太医六令丞。"

④ 《续汉书》志25·百官志2："太常、卿一人、中二千石。本注曰，掌礼仪祭祀、每祭祀、先奏其礼仪。及行事、常赞天子。……太史令一人、六百石。本注曰，掌天时、星历。凡岁将终、奏新年历。凡国祭祀、丧、娶之事、掌奏良日及时节禁忌。凡国有瑞应、灾异、掌记之。……有太卜令、六百石、后省并太史。"

⑤ 《汉书》卷30 艺文志："……至成帝时，以书颇散亡，使谒者陈农求遗书于天下。诏光禄大夫刘向校经传诸子诗赋，步兵校尉任宏校兵书，太史令尹咸校数术（师古曰：'占卜之书。'），侍医李柱国校方技。每一书已，向辄条其篇目，撮其指意，录而奏之。会向卒、哀帝复使向子侍中奉车都尉歆卒父业。歆于是总群书而奏其七略、故有辑略、有六艺略、有诸子略、有诗赋略、有兵书略、有术数略、有方技略。今删其要、以备篇籍。……天文者、序二十八宿、步五星日月、以纪吉凶之象、圣王所以参政也。……历谱者、序四时之位、正分至之节、会日月五星之辰、以考寒暑杀生之实。……五行者、五常之形气也。……蓍龟者、圣人之所用也。书曰'女则有大疑、谋及卜筮'。易曰'定天下之吉凶、成天下之亹亹者、莫善于蓍龟。'……杂占者、纪百事之象、候善恶之征。……形法者、大举九州之势以立城郭室舍形、人及六畜骨法之度数、器物之形容以求其声气贵贱吉凶。"

负责历、占卜还有时间管理的部署可以统括在"术数"这一概念之中。

查《汉书·艺文志》的术数略之概述，曰所谓术数，"皆明堂义和史卜之职也。史官之废久矣，其书既不能具，虽有其书而无其人"。即术数乃古代"明堂义和史卜"这一"史官"的职务内容，其职废，虽有相关书籍但不得其人。是否不得其人，暂且搁置不议，负责历、占卜还有时间管理的被视为"史官"这一点值得注意。即术数专家曾是涵盖"（太）史"和"（太）卜"的"史官"。

与这一"史官"相关的汉代律令文献有张家山汉简《二年律令》中的《史律》。该文献一般被说成是有关培养书记官之"史"的律文。但据笔者分析，包含在《史律》中的培养对象是"史""卜""祝"，与太常管辖下的"太史·太卜·太祝"相关联。即《史律》的确是培养"史官"的规定，却是与术数相关的"史官"，而非一般书记官意义上的史官。①

综上，日本古代的阴阳寮和中国唐代的太史局、太卜署，其渊源在于秦汉时期太常（奉常）之中执掌术数相关职务的太史·太卜，这些官员可以说是术数文化的管理者。

在中国，担当术数相关职务的一贯被赋予太史·太卜之称，在日本则被称为阴阳寮。笔者认为原因在于"史"的概念从术数相关人员变为了历史官。其背景有，在魏晋南北朝的图书分类中，"史部"从"经部"独立出来。有术数部门"史官"传统的唐代中国，认为称为"史"的太史为术数之官。但在言及"史官"则只有历史官认知的古代日本则未能直接接受中国的官职名称，而冠之以与术数密切相关的"阴阳"。虽名为"阴阳"，但阴阳寮并非直接与阴阳五行思想相关。

---

① 可参照拙稿《关于张家山汉简〈史律〉中的任用规定》（《文学部论集（佛教大学）》93，2009）、《关于张家山汉简·史律中的〈史书〉》（《鹰陵史学》36，2010）、《汉代的〈史书〉》［《历史学部论集（佛教大学）》6，2016），以及《中国古代的〈史书〉》（佛教大学历史学部编《历史学邀约》世界思想社，2016］。
有关术数的著作，还可参照〔日〕川原秀城《中国的科学思想—两汉天学考》（创文社，1996），李零《中国方术正考》（中华书局，2006），以及刘乐贤《简帛数术文献探论（增订版）》（中国人民大学出版社，2012）等。

小　结

　　本文以手稿为中心比较了中日"日记"文化，指出其共通点是，在历（具注历）上记写每天的活动记录等备忘录，在其基底层面上，有共通的"术数文化"——根据历来占卜每日凶吉。

　　如此，对于"阴阳道"这一从以"术数文化"为背景设置的"阴阳寮"派生出来的思想，认为该词在中国没有，所以其为日本独特之物的认识亟须一定的反省。即，在日本获得独特发展的"阴阳道"，其基底之中俨然存在中国自古发展出来的"术数文化"。

　　〔附记〕本文是基于佛教大学"教育职员研修规程"研修（2015年度，一般·长期）成果的一部分。

（张秀阁译）

官僚出仕、 晋升制度的比较史研究

——以平安时代与唐宋的五位、五品以上的官僚为中心

佐古爱己（日本·佛教大学）

引 言

以律令制为代表，古代日本从中国引进了许多文化、制度，建立了国家。其中当然包括国家的统治机构和官僚制度。但是，律令制的传承，并未完全按照引进时的模式进行，而是有所取舍和修改。

本报告将以官僚体制，特别是出仕和晋升制度为主进行探讨。日本古代的律令官僚制，基本上是模仿中国的机制：选拔人才后授予官阶，以每年的业绩考核成绩为基础晋升官员，这就是"考课、成选制"。因此，出仕（指首次封授官职）与晋升的基本原则，从表面上看是以个人的德性和能力高下为基准的德行才用主义。

但是，众所周知，日本并未引进科举制度，在很多方面统治阶层都是世袭的，这种制度的显著特征是便于官位的代际延续。荫位制就是这样的制度之一。

荫位制本是自中国引进的制度，但是日本的荫位制与中国相比有很大的不同。本文将着眼于这种出仕、晋升制度在中日两国的不同点，对其后的变化以及给予后世的影响进行讨论，据此来说明两国在官僚制度、政治形态，以及对理想官僚形象的追求上的不同。在进入具体的讨论之前，首先对表示官僚身份地位的日本官阶制度进行介绍。

一 日本的官位制度

日本律令制下的官僚（官人）身份，是以官职与位阶也称为官位来表

示的。这与中国的官职本身就带有品级的官品制不同。也就是说，日本的官人，人的级别（等级）以位阶来表示，位阶表示官人与天皇的距离，并反映着官人在朝堂的座次。

另外，官职还表示职务（官位）。官职本身并没有等级之分，而是与位阶相连来表示地位。官职与位阶的对应关系被称为官位相当制。例如，正、从一位为太政大臣等官职，是根据位阶授予相应官职的。日本这种官僚体系与官位制度，在《大宝令》（701）中完全确立。由此，五位以上的官职，在经济和社会地位上都享受相当高的恩惠，被称为"贵族"，与六位以下的下级官人之间存在着巨大的等级差异，以五位为界，两者完全是彼此隔绝的世界，见【表1】、【表2】。

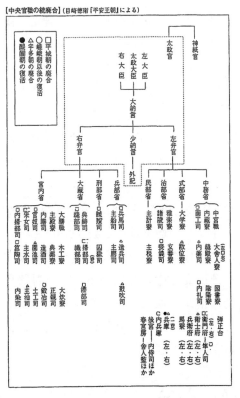

【中央官職の統廃合】（目崎徳衛『平安王朝』による）

□平城朝の廃合
○嵯峨朝以後の復活
△宇多朝の廃合
●醍醐朝の復活

【表1】平安時代における中央官制 …唐の官制は【表5】参照

（参考）隋・唐代と日本の律令編目（一部）の名称
※ □で囲んでいる条文が、主に、官位や官僚の出身・昇進に関わる編目。

開皇令	開元令	大宝令	養老令
官品令	官品令	官位令	官位令
職員令	職員令	官員令	職員令
選挙令	選挙令	選任令	選叙令
考課令	考課令	考仕令	考課令
戸令	戸令	戸令	戸令
田令	田令	田令	田令
賦役令	賦役令	賦役令	賦役令

【表2】官位相当表　　　※五位以上が「貴族」

官位相当表

各段官位令により作成。（　）は主要な令外官。掲げたのは主要な官職のみ。一品＝大政大臣、一品＝左右大臣、二品＝大納言・大納言卿・大

位	神祇官	太政官	中務省	武部・治部・民部・兵部・刑部・大蔵・宮内省	中宮・大膳・京・修理・大舎人・図書（職監寮）・（職監寮）・	大膳・7 左右馬寮（兵庫寮＋8）	小膳・12 （内匠寮＋13）（兵庫寮＋14）	大膳・15 中膳・7 内兵庫 16 02・18	小膳・17 02・18 内兵庫	注進司 注進司・19	衛門府・衛士府 左右兵衛府	左右近衛府 左右兵衛府・16	大宰府	国司	家令
正一位		太政大臣													
従一位		左右大臣 右大臣													
正二位		右大臣													
従二位															
正三位		（中納言・1）	卿										帥		
従三位		左右大弁		皇太子傅											
正四位上															
下	伯	左右中弁		（春宮大夫）（修理大夫）											
従四位上		左右少弁	大輔	（大膳・左右京・6・防衛大夫）		頭						大弐・29			1.品～切1位 家令
下				防衛大判事										大守	2.品家家令
正五位上	大副	少納言	少輔	亮	頭							少弐			
下	少副	左右大史	大監物	皇太子学士				大忠				大監			
従五位上	大祐	大監物	大丞	中宮・左京・右京亮 （修理少進）大炊頭	助・明法博士		大忠		正			少監			1.品～1位大従令 正3位家令
下	少祐	中監物	少丞	中宮・春宮少進 （修理大少進）・判官 大膳大夫判官				内臓助博士				大判事			2.品～1位従位 役3位少従令
正六位上		大外記・3	大録	大判	大允・助教（文章博士＋9） 明経博士＋10）	内蔵・天文・暦博士				内蔵大主典		大典 大工			3.品家令 4.品家令
下		少外記・2 中内記	少録 中内記	大判事・左右衛・断獄 少判事	少允・左右京少進 防衛少進・11	允・暦博士						巡察判官 主神			
従六位上		大内記	大属	大判	助教・算博士 判神博士 陰陽博士						（判官）	大判事・22			
下		少内記	大疏	大属・左右京・断獄 少疏	内蔵少属・典鑰 典膳			正				兵庫少判・23		博士	
正七位上			大主鈴 大蔵丞	少判	大疏 鍛冶正 呪禁博士										
下		少内記・1 大内記 少主鈴	治部大解部 刑部大解部	陰陽允 典膳	少疏 鍛冶佑 呪禁博士					（博士）					
従七位上			少録	中務・大輔・左右 左・中弁・左右大録	内膳少主典・典鑰 呪禁師 鋳銭師							少典・医師 呪禁師	少進 医師		
下		少内記	大録	中務・春宮少疏 大蔵少属・大属 大属	大疏			佑				膳部少属・典鑰		大目	
正八位上	大史		少属 治部大解部	少判	家政少主典・典厨 呪禁師 鋳銭師							少典・鼓吹	大工監工		3.品家令
下			少録	治部大解部 刑部少解部	宮蔵大主典							兵庫大志・鼓吹・24	大国博目		
従八位上	少史	大内記	大主典	大令 主神主政文部		令史 大令史 鋳銭令史		右				衛門大志	上国博目		1.品～位少博史 2.品少令史
下		少内記	少主典	少令		令史 令史 諸文部						兵庫少志・医生	中国史		2.品令史
大初位上				大令 主典主政所部		令史 大伴部 諸文部							下国目		
下				少令		令史 内膳令部									3.品～位2少史 含令
少初位上															
下															3.品少2史

二　出仕与荫位制度

律令官僚制中进入官僚体系被称为出仕。在日本主要有两种出仕途径。一种是进入大学的途径，另一种是舍人途径。但是，根据祖父和父亲的位阶，仕人的身份实际上有三种，即①荫子孙，②位子，③白丁。

根据日本的令的规定，有资格进入大学的仕人有五位以上的子孙（荫子孙）与东西史部之子，八位以上之子（位子）中如有志愿入学，仅限13岁以上、16岁以下的聪慧者。并且，进入大学、希望出仕之人在大学寮的考试中及第之后，被送至太政官处，进行秀才、明经、进士、明法等考试，合格者根据成绩被授予位阶。

另一种舍人途径指的是，五位以上的子孙（荫子孙）年满21岁，未任官职，性识聪敏，仪容端正者可选任为内舍人（天皇的近侍舍人），未任用为内舍人者可任用为大舍人、东宫舍人或中宫舍人。并且，内六位以下、八位以上仕人的嫡子、也就是位子年满21岁，如果未任官职，可参加国司举办的考试，成绩上等者将被任用为大舍人，下等者为使部。

虽然具备以上两种出仕途径，但是荫子孙即使进入大学，只要年满21岁，便可自动编入舍人序列出仕。由于存在这样的出仕方式，荫子孙很少进入大学。可以说，对荫子孙来说，大学只具有教养养成的意义。

也就是说，如【表3】所示，日本的荫位制中，如果父亲为一位，那么嫡子就可直接被授予五位的高位。而唐朝一品之子只能被授予正七品下，与此相比日本可以说是非常优待了。由此，从大宝令制定之时起，便规定了荫子孙，和秀才以下的官人录用考试中及第者相比，可以被授予更高的位阶。而且，根据平安初期的延历14年（795）10月8日的太政官符，一旦荫子孙年满21岁，无须等待舍人的业务评定，便可立即（与此前的经历无关）授予荫位，此时荫子孙更容易达到五位以上的位阶。

由此可见，日本古代官人的产生机制是特定阶层中不断进行再生产，官僚制度具有明显的世袭特征。

相对而言在唐令中，五品以上的子孙有两种出仕途径，一种是进入学馆或国子学以下的学校，另一种是补任为三卫。详细的情况由于时间关系不再细说，但需要注意，子孙入学的学校根据父亲和祖父的官阶而有所不

【表3】日・唐の蔭位

◎日・唐の蔭階構成表

唐

官僚	子	孫	曾孫
一品	正七品上	正七品下	従七品上
二品	正七品下	従七品上	従七品下
正三品	従七品上	従七品下	正八品上
従三品	従七品下	正八品上	正八品下
正四品	正八品上	正八品下	
従四品	正八品下	従八品上	
正五品	従八品上	従八品下	
従五品	従八品下	ナシ	

日本

官僚	嫡子	庶子	嫡孫	庶孫
一位	従五位下	正六位下	正六位上	従六位下
二位	正五位下	正六位上	従六位上	従六位下
三位	従六位上	従六位下	従六位下	正七位上
正四位	正七位下	従七位上		
従四位	従七位上	従七位下		
正五位	正八位下	従八位上		
従五位	従八位上	従八位下		

同。但是，唐令并没有日本那种年满21岁自动从大学途径转向舍人途径的规定，如果由于学习成绩不佳等原因退学，五品以上的子孙可以受到恩典，移至三卫途径进入仕途。并且，中唐以后，贡举出身者的地位上升，即使是五品以上的子孙，通常也需参加贡举考试，并根据成绩封官，贡举成为最普遍的出仕途径。

由此可见，与日本相比唐代的萌位恩典较低，且有更尊重科举出身的倾向。但是即便在这种制度中，唐代的科举考试也是以对中央"贵族"家族有利的方式运作，具有较强的贵族主义特征。与此相对，宋代的科举则明显向地方扩散，在官员选用中机会均等、实力主义原则得到体现和发展。并且，科举合格者即进士科合格者因有资格从而可以达到高等官僚的最高点，恩荫出身者等非进士科合格者则因无资格而成为低等官僚，晋升速度和官职都有很大差距。由此可知，在中国到了宋代，官僚体制特别是官僚的选用（出仕）与晋升中，建立起便于贯彻德行才用主义原则的机制，认証官僚体制的完善与进步（见【表4】、【表5】、【表6】）。

品階	散官		勲	爵	職事官（各部門の最上位官を掲示）
	文散官	武散官			
正一品				王	(三師三公)
従一品	開府儀同三司	驃騎大将軍		嗣王・郡王・国公	太子三師
正二品	特　進	輔国大将軍	上柱国	開国郡公	(尚書令)
従二品	光禄大夫	鎮国大将軍	柱　国	開国県公	尚書僕射　都督(上)
正三品	金紫光禄大夫	冠軍大将軍	上護軍		尚書　門下侍中　中書令　卿　大将軍(禁軍)
従三品	銀青光禄大夫	雲麾将軍	護　軍	開国県侯	散騎常侍　監　御史大夫　傅(親王)　国子祭酒　刺史(上)
正四品上	正議大夫	忠武将軍	上軽車都尉	開国県伯	折衝都尉(上)
正四品下	通議大夫	壮武将軍			
従四品上	太中大夫	宣威将軍	軽車都尉		内侍
従四品下	中大夫	明威将軍			
正五品上	中散大夫	定遠将軍	上騎都尉	開国県子	県令(上)
正五品下	朝議大夫	寧遠将軍			
従五品上	朝請大夫	游騎将軍	騎都尉	開国県男	
従五品下	朝散大夫	游撃将軍			
正六品上	朝議郎	昭武校尉	驍騎尉		
正六品下	承議郎	昭武副尉			
従六品上	奉議郎	振威校尉	飛騎尉		
従六品下	通直郎	振威副尉			
正七品上	朝請郎	致果校尉	雲騎尉		
正七品下	宣徳郎	致果副尉			
従七品上	朝散郎	翊麾校尉	武騎尉		
従七品下	宣義郎	翊麾副尉			
正八品上	給事郎	宣節校尉			
正八品下	徴事郎	宣節副尉			
従八品上	承奉郎	禦侮校尉			
従八品下	承務郎	禦侮副尉			
正九品上	儒林郎	仁勇校尉			
正九品下	登仕郎	仁勇副尉			
従九品上	文林郎	陪戎校尉			
従九品下	将仕郎	陪戎副尉			
			流外官（胥吏）		

【表4】唐代の官品制（九品制）

60 九品制の官僚ピラミッド　唐代の官僚システムは一品から九品までの九品制をとり、一品、二品は皇族および政界長老クラス、宰相は三品クラスから出た。五品以上が勅任官で、六品以下の認証官との間に大きな段差があった。さらに全官僚は散官と職事官、封爵と勲官という4種の体系の中に位置づけられ、壮大なピラミッドを形成していた

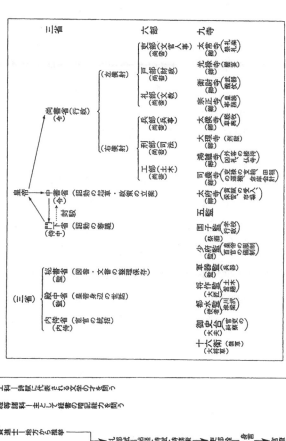

⇓【表5】唐の中央官制

⇦【表6】科挙制度

61 唐三省六部・中央官制表

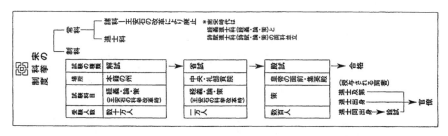

三　晋升方法

接下来我们看一下日本官人的晋升方法。律令制官人，每年都要接受业务评定（"考课"），将一定年数的成绩综合起来进行叙位（"成选"），这就是所谓"考课成选"的晋升方法。此处以被称为内长上的中央诸司、大宰府、国司等四等官、品官序列见【表7】。

内长上即现在所谓"正式"的国家公务员。举例来说，内长上必须有240天以上的上日（出勤天数）作为接受业务评定的必要前提，满足这一标准的内长上可以对其一整年的业务进行评定，评定级别分为上上至下下九个等级。并且，具有中中以上评定资格的年数（令制规定为六年，后缩短至四年）的内长上，可成为叙位的对象，这就是升迁制度的实施方法。

另外，业务评定标准有两个，分别为"四善"和"最"，前者为内长上通用的四个德行标准，后者为各官职职务的完成情况，以这两项标准为基础进行综合评价。这样律令制下的官人晋升，就形成了以德行才用主义为基础的制度（见【表8】）。

但是，令的规定中，五位以上的业绩评价并不需要机械地按照上述标准进行，其评价结果仅上奏给天皇。也就是说，五位以上的叙位，是由天皇直接决定（敕授）的，因此天皇或者其近臣可以任意决定官员升迁。

四　平安时代以后的变化

日本与唐代相比，以令的规定为基础的荫位制和敕授制中可以看出，最初五位以上在出仕和晋升方面都受到高度恩典，具有身份的再生产和与天皇的亲疏关系密切相关的倾向。这一倾向随着时代的发展迅速强化。

最能体现这一特征的事件，是9世纪末藤原基经的三子（时平、仲平、忠平）的直叙。三子16岁行元服礼后，皆被立即破格授予正五位下的位阶。三子的叙位已经远远超出荫位制的规定，并且是在没有内舍人等实际业绩情况下的叙位，可以说完全违反了令的规定。

以此为先例，此后摄政、关白、太政大臣等"有功公卿子孙"嫡妻之子叙正五位下，庶子叙从五位上成为惯例，并在圆融朝（10世纪后半叶）

【表7】 勤務形態による四区分と選限年数

区分	令制の選限	格制の選限	対象ポスト
内長上	六年	四年	中央の諸官庁・地方大宰府・諸国司などの四等官、および品官、蔭…
内分番	八年	六年	中央・地方の史生、掌類、トネリ一般、兵衛、伴部、使部などの子孫・位子の留省。およびこれに准ずる帳内・資人。国家試験合格者の留省、留省資人、散位六位以下、蔭…
外長上	一〇年	八年	郡司の四等官、軍団の大・少毅、国博士・医師など。
外散位	一二年	一〇年	地方の国衙に籍をおき、交替勤務する散位。

【表8】 勤務評価＝点数と九段階評価

獲得した善・最	点数	評価
四善プラス最	5	上上
四善 / 三善プラス最	4	上中
三善 / 二善プラス最	3	上下
二善 / 一善プラス最	2	中上
一善 / 最	1	中中

中下	上上	下中	下下
職事粗ラ理リ、善・愨聞ユルコトナシ。	愛憎情ニ任セ、処断理ニ乖ク。	公ニ背キテ私ニ向カイ、職務廃闕ス。	官ニ居テ詔イ詐ル、及ビ貪濁状アリ。

制度化。早于圆融朝的延喜十三年（913）正月七日，赠太政大臣正一位藤原时平的次子藤原显忠，16岁时以"东宫御给"叙爵。在这种元服礼后的叙位常例，或叫作临时叙位仪中，以"东宫御给"叙爵的惯例，自10世纪中叶的村上朝以后，扩大到参议（三位或四位，为议政官中最下等的职位）以上位阶之子。

所谓院宫御给，也被称为年爵，指由上皇或三宫（太皇、太后宫、皇太后宫、皇后宫）等亲族以及侍奉皇族的院司、宫司等近臣推举之人享有被叙爵的权利（授予从五位下的位阶）。年爵制形成于9世纪中叶，当时叙爵已相当普遍，后来年爵制相当于叙爵至更高的位阶。12世纪中叶可以以院宫御给叙爵至三位以上的上阶（见【表9】）。此外还有很多种晋升方

【表 9】平安後期～鎌倉中期（11 世紀末～13 世紀半ば）の加階の昇進事由

※年労＝年功序列的昇進事由の割合が減少し、年爵などの、院宮との人格的関係によって佐由される昇進事由が、12 世紀半ば以降では半数を超えるようになる。

〔表1〕 加階事由の変遷

正月恒例叙位・加叙（正月5日・7日）年	加階総数	年爵関連叙位			功（含譲）	辞官職	年労	策	治国	その他/不明	典拠	年爵関連叙位の割合（％）	年労叙位の割合（％）
		年爵（含未給）	臨時	勤賞（含譲・旧賞）									
嘉保元(1094)	17	2	0	0	0	0	8	2	3	2	中	12	47
永長元(1096)	17	2	0	4	0	0	2	2	2	5	中	35	12
康和元(1099)	12	0	0	1	0	0	7	2	1	1	本	8	58
康和5(1103)	13	2	1	0	0	0	4	1	3	2	本	23	31
康治元(1142)	28	5	2	2	1	0	9	3	0	6	本	32	32
康治2(1143)	17	3	0	2	0	0	5	3	2	2	本	29	29
久安2(1146)	11	6	0	0	0	0	2	0	0	3	本	55	18
仁平2(1152)	13	4	0	0	0	0	4	2	1	2	私	31	31
仁平3(1153)	14	5	0	1	0	0	5	0	1	2	私	43	36
久寿元(1154)	15	5	0	1	0	0	3	2	0	4	兵	40	20
久寿2(1155)	15	6	0	0	0	0	5	0	1	3	兵	40	33
保元元(1156)	20	3	0	0	0	2	6	5	0	4	私・山・兵	15	40
保元3(1158)	22	2	2	5	0	0	8	3	0	2	兵	41	36
応保元(1161)	15	3	1	1	0	0	6	2	0	2	私	33	40
長寛元(1163)	21	8	0	5	0	0	7	1	0	0	私	62	33
永万元(1165)＊	17	6	0	2	0	0	2	0	0	5	私・山	47	12
仁安2(1167)	20	7	1	1	0	0	6	1	0	2	私・兵	45	30
仁安3(1168)	26	7	2	1	0	0	5	5	0	6	私・兵	38	19
承安3(1173)	29	6	2	5	1	0	0	4	0	11	私	45	0
治承2(1178)	17	5	0	1	0	0	2	1	0	2	私・山・玉	71	12
治承3(1179)	18	5	5	1	0	0	2	0	0	2	私・山・玉	61	11
治承4(1180)＊＊	16	4	4	3	0	0	0	1	0	4・	山・吉	69	0
文治5(1189)	34	4	7	4	0	0	5	0	1	5	私	41	20
正治元(1199)	25	4	4	2	0	0	6	0	2	2	明	48	25
正治2(1200)	6	2	2	0	2	1	3	0	0	5	明	40	0
建仁3(1203)	34	8	10	1	0	0	3	0	3	9	明	59	9
元久元(1204)	34	11	8	2	1	0	2	2	0	7	明	62	6
承元元(1207)	37	9	1	0	0	0	2	0	0	25	明	27	5
建保3(1215)	31	10	0	1	0	1	3カ	3	1	10	明	35	10カ
建保4(1216)	53	13	15	6	5	2	1	2	1	8	明	64	2
嘉禄2(1226)	38	6	6	2	0	0	0カ	2	0	20	明	37	0カ
寛喜2(1230)	33	5	7	0	0	2	5	5	0	8	明・民	36	15
仁治元(1240)	18	3	1	2	0	1	1	0	4	6	平	33	0
仁治3(1242)	45	9	16	0	0	0	3	2	0	7	経	56	18
寛元2(1244)	25	7	6	0	0	0	3	1	0	7	平	52	12
寛元3(1245)	21	4	6	0	0	0	4	1	1	5	平	48	19

(注) 加階事由に関しては『公卿補任』なども参考にした。
＊永万1(1165)年7月25日、＊＊治承4(1180)年4月21日は御即位叙位。
[典拠略称一覧]（以下、表5まで同じ）
公：『公卿補任』、御：『御堂関白記』、権：『権記』、小：『小右記』、春：『春記』、左：『左経記』、水：『水左記』、本：『本朝世紀』、後二：『後二条師通記』、殿：『殿暦』、中：『中右記』、長：『長秋記』、台：『台記』、山：『山槐記』、兵：『兵範記』、玉：『玉葉』、吉：『吉記』、明：『明月記』、定：『定長卿記』、経：『経光卿叙位執筆記』、私：『私要抄』
勤務評価基準「善」は、全ての官僚に共通する儒教的な徳目をいい、①徳義聞こゆることあり。②清慎顕著。
③公称すべし。④恪勤怠ることなし。の四つ。「四善」と総称。
「最」は、ポストの職務を十全に果たしたか否かの査定。よって、職務ごとに内容は異なる。例えば、人事を
扱う式部省の官僚の「最」は、「人物を銓衡し、才能を擢んで尽くす。式部の最となせ」であった。

法，特别是平安中期以后，看重与天皇的亲密程度、与天皇和院宫的亲疏关系的晋升制度逐渐确立。另外，有些具有晋升权利的贵族，会放弃自己的晋升，来换取儿子的晋升。

除上述基于与天皇或领主（拥有年爵权利之人）的亲疏关系的晋升方法之外，在 9 世纪末还出现了另外一种晋升方法。这就是被称为年劳制的晋升制度，在五位以上的敕授中，可以凭官职的在职年数机械地进行相应的升迁。也就是说，这种晋升制度的特点是，实质上并不需要天皇的准许。并且，由于年劳制的晋升条件中规定了每个官职的在职年数，因此对于官职之间的晋升有利有弊。其结果，高位阶、高官职的荫子可以就任有利升迁的职位，形成了固定的升迁途径。这导致在中世、近世的公家社会中，形成了"公达（近世称为堂上）—诸大夫（地下）—侍"这样的身份阶层。

最后，我们需要思考一下上述晋升制度的变化有哪些意义。在令制中，相对位于律令国家顶端位置的天皇，官僚由官司（役所）进行业绩评价，位阶可以说是他们根据自己的成绩得到的实际利益。但是，在年爵制中，决定叙任的实权掌握在领主即院宫手中，晋升的直接理由就是好好侍奉领主。

可以说，对于侍奉天皇以及诸院宫和贵族官人的人，位阶依据人身关系（主从关系、亲属关系等）授予侍奉者，恩赏性质很强。并且，有些情况下自身的升迁权利还可以在父子、兄弟以及舅婿之间让渡。也就是说，可以从与自身侍奉等价的叙位，转变到在贵族之"家"的单位中，这被看作是可以共享的恩典。

五　结语——背景与影响

古代日本的官僚制度在以天皇为中心的中央集权律令制国家确立的条件下，对中国的官制有诸多模仿。但是，在官僚的出仕和晋升制度方面，日本并未引进科举制，与中国相比，荫位的恩典程度更高，从这些不同点可以看出日本的官僚制具有明显的世袭特点。进入平安时代之后，晋升制度发生变化，世袭更得到加强。在晋升中重视与天皇和院宫的亲近程度，由此形成了特权阶级。这种便于身份再生产的晋升体制逐渐形成并得到巩固。可以说这种现象与幼帝的出生和摄关政治、院政等政治形态的出现紧密相关，由于篇幅所限不再过多展开论述。

相对而言在中国，从唐代到宋代，通过录用官员考试（科举）制度的改革，削弱了世袭贵族做官的优先权，发展了易于体现德行才用主义的官僚体制，并使得皇帝的君主独裁制得以贯彻。由此可见，在几乎相同的时代，中日两国的官僚制度却向着不同的方向发展。

另一个值得注意的现象，是对做官的要求，以及官僚与学问的关系。在中国，宋代将科举制集中在进士一科，因此那些深谙儒家道德并能以此齐家治国之人成为官僚，其余掌握了法律、财务等专业知识从事专门业务的人则成为等级较低的"胥吏"。

日本则不然，如前所述，五位以上的子弟很少主动进入大学学习。当然，经书或汉诗文等汉学素养对贵族来说是不可或缺的，但是日本的贵族、下级官僚，几乎都会走上与父辈祖辈相同的仕途，祖辈、父辈平时写下的"日记"，就成为朝廷日常活动、职务、宫廷礼仪的备忘录，因此受到重视。也就是说，贵族和下级官僚在各自家中传阅的"日记"，从中得到的知识被看作"实学"，最受重视。

此次只是粗线条的分析，从中国的唐宋和日本平安时代官僚出仕和晋升制度的不同，可以了解到国家的政治形态、对于影响国家政治的官僚有怎样的教养要求，在两国有何不同。今后将进行更细致的探讨，也将尝试分析这种官僚制度对后世社会的影响。

主要参考文献、表格出处

池田温「律令官制の形成」（『岩波講座　世界歴史5　東アジア世界の形成』岩波書店、1970）

尾崎陽美「慶雲三年格における「貢挙」と蔭位制」（『ヒストリア』165、1999）

尾上陽介「年爵制度の変遷とその本質」（『東京大学史料編纂所研究紀要』4、1993）

倉本一宏「議政官組織の構成原理」（『日本古代国家成立期の政権構造』吉川弘文館、1997。初出は1987）

氣賀澤　保規『中国の歴史06　絢爛たる世界帝国』（講談社、2005）

小島毅『中国の歴史07　中国思想と宗教の奔流』（講談社、2005）

坂上康俊『日本の歴史05　律令国家の転換と「日本」』（講談社、

2001）

田原光泰「蔭位授与制度の再検討」（『日本歴史』619、1999）

玉井力『平安時代の貴族と天皇』（岩波書店、2000）

仁藤敦史「蔭位授与制度の変遷について―慶雲3年格を中心にして」（『歴史学研究』592、1989）

野村忠夫『増訂版　律令官人制の研究』（吉川弘文館、1978。原版は1967）

野村忠夫『官人制論』（雄山閣、1975）

野村忠夫『古代官僚の世界―その構造と勤務評定・昇進―』（塙書房、1969）

平田茂樹『世界史リブレット9　科挙と官僚制』（山川出版社、1997）

古瀬奈津子「官人出身法からみた日唐官僚制の特質」（池田温編『日中律令制の諸相』東方書店、2002）

宮崎市定『科挙史』（平凡社東洋文庫、1987）

吉川真司「律令官人制の再編」（『律令官僚制の研究』塙書房、1998、初版为1989）

佐古愛己『平安貴族社会の秩序と昇進』（思文閣出版、2012）

其他均出自『岩波　日本史辞典』（岩波書店、1999）

（周翔译）

祇园祭中的中国

八木透（日本·佛教大学）

说起祇园祭，不论规模还是知名度都是日本代表性的城市祭典。京都祇园祭拥有一千多年的历史，颇具国际特色。后文将介绍到的矛、山就是用产自欧洲、波斯、印度、伊拉克、朝鲜等世界各国的装饰品精心装饰的。其中与祇园祭的山矛关系最为紧密的国家，要数邻国中国。本报告将通过具体事例介绍中国对祇园祭的影响。

首先大致介绍一下祇园祭的历史及其民俗意义。祇园祭过去叫"祇园御灵会"。人们相信，死于非命、对人世还有迷恋、含恨而去的死者的灵魂会散播瘟疫，"御灵会"就是汇集凶灵，把它们驱逐到城外而不让其造成灾难的祭典。

在平安时代，平安京每年流行的瘟疫实际上是由于食物中毒或因集中暴雨导致河川泛滥造成的，但当时的人们将其原因归结为怨魂作祟。因此御灵会必须于初春到出梅（梅雨期结束）期间、洪水频发的时期举行。祇园御灵会最初较为简单朴素，后为取悦疫神渐渐变得华美，最终发展为如今豪华的山矛、祇园杂子（乐器伴奏）以及各种各样的艺能。另外，御灵信仰产生了各式各样的伴有"风流"的艺能。所谓风流是指祭典中出现的精心设计的山车、杂子物、歌舞，等等。祇园祭的山矛和种种艺能可谓风流之代表。

关于祇园御灵会的起源，相传是在 10 世纪末到 11 世纪初，祭祀印度祇园精舍的守护神牛头天王的祇园社成立，大约同一时期祇园御灵会成为其例行节日活动已固定下来。不过那时还没有今天的矛和山。矛和山可谓当今祇园祭的主角，它们最早出现于 14 世纪末南北朝时代到室町时代期间。

在日本，牛头天王是具有代表性的疫神。祇园社的三驾神舆便由牛头天王家族乘坐。平安京的人们每年特意将祇园社的祭神——牛头天王疫神邀请到自己的生活区域附近并加以祭祀。本来就处于瘟疫蔓延的时期，却召唤代表性疫神牛头天王的理由是什么呢？大概是要利用牛头天王拥有的强大力量击退在平安京散播瘟疫的怨灵。换言之，雇用拥有超强能量的牛头天王为保镖，以对抗各种怨灵。如此一来，祇园御灵会的核心就是三驾神舆了。不过时境变迁，不久山矛就代替神舆成为祭典的核心。

"矛"原本叫"风流杂子物"，意为随着笛子、大鼓的伴奏跳的一种欢快的歌舞，这种艺能是在装饰了的"剑矛"等原始武器的周围表演歌舞。由住在京都下京的富裕商人提供经济上的支持。"山"并非像矛那种外形的武器，它是一种精心设计的布景道具，目的是吸引观众的眼球。之所以叫"山"，是因为它用常绿树木真松作装饰，由此制作出中国及日本的物语、传说中的场面，进行表演。直至今日，"山"中仍包括活动人偶等，那其实是"山"原本就有的形式，好比现在迪斯尼乐园每晚举行的华美游行一样。"矛"和"山"一直以来拥有迪士尼游行那般的超高人气。

这些"矛"和"山"原本是祇园御灵会神舆渡御的产物，起引导神舆的作用。不过不久华丽的"山矛"比神舆更吸引人的目光，前者也变得越来越华美。由于所谓"风流"就是指能够取悦观众，令人惊喜的东西，因此也难怪"山矛"会发展成为巨大华丽之物了。"山矛"原本是严肃的祭神仪式神舆的先导游行队伍，不久逐渐从中独立出来，发展为不出现神舆，仅举行山矛巡行。换言之，祇园御灵会的主客颠倒了。不用说，这与京都下京为中心的"町众"的成熟与富裕有关。从中可窥视其发展历程：从祇园社的祭神仪式中独立出来，发展为以町众为中心的祇园祭。

到了室町时代中期，"山矛"发展得越发壮大，已具有了"矛""山""伞""船"等多种多样的固定形式。现在祇园祭的33座山矛中，2座"伞矛"（绫伞矛和四条伞矛）、"船"中的"船矛"、"大船矛"就是从那时流传至今的。后来"山矛"变得更为巨大，有了更多装饰物。应仁之乱（爆发于15世纪）之前的史料记录了58座山矛的名字。其中多为"长刀矛"、"鸡矛"等，与现在的名字相同，可见在大约550年前山矛就已与如今祇园祭差别不大，游行于京都大路。

下面介绍从祇园祭的山矛中可看出的中国影响。现在祇园祭的33座矛与山中的9座明显受到了中国的影响。这占全部山矛的大约30%。下面具体介绍受到了中国怎样的影响。

祇园祭的矛和山多以故事为主题。具体为从室町时代到江户时代初期，即从 15 世纪到 17 世纪，在平安京广为人知的故事。与中国有关的故事中，当时具有人气的故事之一是儒教讲究孝敬父母的"二十四孝"——中国选取了 24 位孝敬父母的人物编写而成的书籍，以作为后世典范。它传到日本后，为江户时代的净琉璃、御伽草子等各种艺能所广泛吸收。

以"二十四孝"为主题的山有 2 座，分别是"孟宗山"和"郭巨山"。前者的主人公孟宗幼年丧父，还赡养着年迈的母亲。母亲患病后想吃各种各样的东西，在一个下雪的冬日，母亲想吃竹笋。孟宗来到竹林，但下雪的季节没有竹笋。孟宗一边流着泪祈求上天一边挖雪。雪顿时融化，土地里长出了竹笋。孟宗大喜，采摘竹笋带回给母亲吃。不久母亲的病痊愈了，得以享尽天年，寿终正寝。"孟宗山"又名"笋山"，乘坐山车的孟宗人偶身穿唐人服饰，头戴斗笠，右手捧着上面盖着雪的竹笋，左手肩扛锄头，挺身而立。

"郭巨山"的主人公是郭巨，虽家境贫寒，但和母亲、妻子生活很幸福。儿子出生后长至 3 岁，郭母疼爱孙子，常将自己不多的食物分给孙子吃。郭巨对妻子说："我们家贫寒，连母亲吃的都不够，更不可能分给孙子了。孩子可以再生，但母亲只有一位，把这个孩子埋了，好好照顾母亲吧。"妻子虽悲痛，也只有听从，去将 3 岁的儿子埋掉。郭巨流着泪刨地挖土，挖到一个黄金釜，釜上写着"上天赐予孝敬父母的郭巨"。郭巨与妻大喜，与孩子一同回家，从此更加孝顺母亲。"郭巨山"别名"挖釜山"，山车上乘坐着郭巨和儿子两人的人偶。

除了二十四孝以外，还有很多山车的主题源自中国故事。比如"伯牙山"又名"琴破山"，讲的是在中国周朝著名琴师伯牙与其友人钟子期的故事。伯牙听闻钟子期的死讯，毁坏了琴弦。乘坐山车的人偶伯牙手持斧头，在其身前放着一台琴。

"鲤山"上乘坐着跳动的大鲤鱼，这是源自中国的故事"鲤鱼跳龙门"，表现了跳过"龙门"成为龙的鲤鱼之英姿。根据传说，"鲤山"能使人出人头地，飞黄腾达，因此具有很高人气。

"白乐天山"的主题为唐代诗人白乐天向道林禅师请教佛法大意。道林禅师身穿紫色绸缎，头戴蓝色罗纱帽，手持念珠和拂尘，坐在松树枝上。另一边白乐天身穿中国绸缎制成的白底狩猎服，头戴唐冠，持笏而立。相传这座山车的盖布是根据中国清代的汉服裁剪制成的。

矛中也有4座是基于中国故事。"函谷矛"的主题是在公元前中国战国时代，齐国孟尝君利用鸡鸣逃出函谷关的故事。矛头的月亮及山脉代表了山中关口，在装饰矛的真木（支柱）即"天王座"上，坐着孟尝君的人偶，其下可见公鸡与母鸡。

"鸡矛"的主题源于中国唐尧时期天下太平，用于诉讼的谏鼓经久不用，生出苔藓，连鸡都住在里面的故事。三角形矛头中的圆形代表谏鼓中装着鸡蛋，这也被视为"鸡矛"这一名字的象征。

据说"菊水矛"是根据町内的古井"菊水井"命名的。"菊水"无疑源自中国"菊慈童"的故事，这一点从真木的"天王座"上祭祀着彭祖像也可知。菊慈童是中国周朝的仙童，因容貌美丽受到大王宠爱。然而他16岁时因犯罪被流放至南阳郡后，饮菊之甘露，化名彭祖，变为不老不死之身。这个故事被日本能乐的台本"谣曲"所吸收，成为日本家喻户晓的故事。另外，日本继承了重阳节供奉"菊酒"的习俗，现在在日本的部分地区还有9月重阳节供奉并畅饮菊酒的习惯。"菊水矛"在幕末元治元年的战火中被烧毁，在88年后，即战后昭和二十七年（1952）得以重建。稚童人偶菊慈童饮菊之甘露，保长寿，身穿能乐装束翩翩起舞。

"船矛"的船头上乘坐着鹢这一中国想象中的水鸟。鹢是一种白色大鸟，因耐风可翱翔高空，因此在中国船头多以其形装饰。

除了山矛以外，最后介绍在祇园祭中不可或缺的粽子，它能够驱除厄运，众所周知是中国自古以来的传统食物。在祇园祭中粽子并不作为食物出现，是一种将竹叶和茅草卷起来的护身符，这很明显是从中国传来的。

综上所述，相信大家已经清楚祇园祭受到中国影响的程度。平安京代表性的祭祀仪式祇园祭在室町时代得以定形，且出现了山、矛。在那个时代，住在平安京的人们对于以儒教思想基础上的"二十四孝"为首的中国文物抱有浓厚的兴趣。祇园祭作为日本代表性的城市祭典，充满了超出想象的众多中国形象，这是日本与中国在悠久的历史中建立起的深厚羁绊，可以说正是"两国紧密联系"的象征。

（姚怡然译）

船 矛

鸡 矛　　　　　　　　　孟宗山

郭巨山

伯牙山

鲤　山

白乐天山

函谷矛

芦刈山

菊水矛

日本文学的近代化与中国*

——以《小说神髓》的影响为中心

坂井健（日本·佛教大学）

思考日本的近代化与中国这一问题时，不可避免地要探讨坪内逍遥的《小说神髓》对中国的新文学产生的影响。因为《小说神髓》作为写实主义的文学理论对日本文学的近代化作用之大毋庸赘述，日本写实主义对中国新文学的影响也是为大家所熟知的。

但是，《小说神髓》的哪一点，如何，影响了谁等个别而且具体的问题，目前还不明确。在本文中我想探究一下《小说神髓》对中国新文学运动的中坚人物产生的影响。

根据何德功氏的考察，在中国最早提及坪内逍遥的是黄庆澄的《东游日记》。[1] 1884年他留学日本时，在日记中写道，"坪内雄藏、高田早苗、棚桥一郎、吉冈太郎等，皆学士也"。不过，这是有人问他当时认识的日本学者中，"现在的名人是谁"时的回答，我认为他只是在介绍人名而已。

明确提到坪内逍遥、《小说神髓》的名字，论及其影响的最早的文章则是鲁迅的弟弟周作人的《日本近三十年小说之发达》（1918年，但在北京大学的演讲是在1916年）。其中，周作人的论述中有下面一段：

> 坪内逍遥首先发起、他根据西洋的学理、仿了一部《小说神髓》指示小说的作法，又自己仿了一部小说，名叫《一读三叹当世书生气质》，

---

* 本稿为佛教大学平成二十八年度教育职员研修、研究课题"坪内逍遥与近代文学——以《小说神髓》为中心"的研究成果的一部分。

[1] 何德功：《中日启蒙文学论》，东方出版社，1995。

于明治十九年（1886）先后刊行。这两种书的出版，可算是日本小说史上一大事，因为以后小说发达，差不多都从这两部书而起的。

《小说神髓》分上下两卷，上卷说小说原理；下卷教创作的法则，他先说明艺术的意义，随后断定小说在艺术中心的位置，次述小说的变迁和种类。辨明、Novel 同 Roman 的区别排斥从前的劝善惩恶说，提倡写实主义。他说。

小说主脑，人情也。世态风俗次之。人情者，人间之情态，所谓百八烦恼是也。

穿人情之奥，著之于书，此小说之务也。顾写人情而徒写其皮相，亦未得谓真小说。故小说家当如心理学者，以学理为基本，假作人物，而对于假作之人物，亦当视之如世界之生人。若描写其感情，不当以一己意匠，逞意造作，唯当以傍观态度，如实模写，始为得之。

做了这些介绍以后，周作人又介绍了对二叶亭四迷的影响，继续对日本的近代文学史进行了说明。

通过上面的论述，我们可以明确，周作人已经认识到《小说神髓》对日本文学产生了巨大的影响，尤其是关键要像心理学家那样，即使是虚构的人物，也当作实际人物刻画。"人情"也就是人的心理这样的主张，他也认为是很重要的。

周作人用下面一句话结束了演讲："目下所欠第一切要的书，就是一部小说是什么东西的《小说神髓》。"

谢六逸在《日本文学史》（北新书房、1929 年）中也非常详细地介绍了《小说神髓》，同时评价说，《小说神髓》使日本文学脱离了"戏作文学"领域，走向了近代小说的领域。他还评价说《小说神髓》揭示了小说的原理，这从全世界文学来看都是非常领先的，他的这一评价可以说与周作人要寻求介绍小说是什么的《小说神髓》之类的书籍的主张前后呼应。

那么，在周作人以前，看不到《小说神髓》对中国的影响吗？答案是否定的。

现在学界普遍认为，在中国文学的近代化过程中发挥了巨大作用的梁启超，受到了日本政治小说的较大影响。一般认为逍遥的《小说神髓》与政治小说处在对立的立场上，所以并未考虑《小说神髓》对梁启超的影响。但是，我们在谈论梁启超受政治小说影响时，这里的"政治小说"是指已经受到《小说神髓》影响的"政治小说"。因此，《小说神髓》对梁启超的影响也是一个不可忽视的问题。

何德功氏论及梁启超的《论小说与群治之关系》（《新小说》，1902），提出了以下观点：

> 《小说神髓》发表之时，政治小说正风靡文坛。一八八五年八月，逍遥为了改变政治小说劝善惩恶的文学观念和直接把长编议论放入小说的欠点，在《自由灯》上发表了《论小说及〈书生气质〉之主意》一文，提出了《小说神髓》的主要论点。梁启超在介绍政治小说发展概况时曾提到过《自由灯》。梁启超到日本时是一八九八年，那时日本近代文学已经形成。坪内逍遥作为划时代的小说改良家地位早已奠定，虽然他没有提到坪内逍遥的文章，也没有说到坪内逍遥的名字。但是，他既然要搞小说界革命，就不可能不留意日本小说改良的先驱者坪内逍遥的贡献。因此，梁启超的小说为文学之最上乘，很可能受到逍遥"小说是艺术"的主张的启发。这一点，我们也可以通过二者的理论对比得出结论。①

何氏在上述论述中，认为梁启超的小说才是文学的最高样式的主张与逍遥的主张存在共通点，并由此推论梁启超极有可能受到了《小说神髓》的影响。另外，在这篇文章中，他还谈及梁启超将小说分为"写实派""理想派"进行论述，在此我并未引用原文，何氏根据梁启超并未采用欧洲文学史家所用的写实主义浪漫主义等词语，而是采用了"写实派""理想派"等词语这一点，指出这些词来自没理想论争，主张这就是起因于日本文学界的影响的证据。

另外，何氏还指出，梁启超"认为理想派小说是'寻常人游于他境界，而变换其常触受之空气者也'，写实派小说能'和盘托出，彻底发露'，人们'行之不知，习之不察'之事，使人'拍案叫绝，善哉善哉，如是如是'，这无疑说出了现实主义和浪漫主义的某些主要特性"。尽管事实如此，但这仅停留在一般论的水平。

---

① 何德功：《中日启蒙文学论》，东方出版社，1995。

稍晚于何德功氏，斋藤希史氏也在探讨《小说神髓》对梁启超产生间接影响的可能性时，论及《论小说与群治之关系》，提出了下面的观点。其论文并没有特别的注记，所以应该没有受到何氏的影响。

> 让读者伸展开想象的翅膀，置身于与现在迥然不同的境遇中。代替读者表达他在现在的境遇中无法表达的事情。梁启超将这两条作为"文章之真谛""笔舌之能事"，认为只有小说才能实现。因此，他说"小说为文学之最上乘也"。毋庸置疑，这超越了单纯的通俗小说论。已经不是在与四部之书之间的关系中进行讨论，而是进入了从"文章"的本质来看的讨论中。基于此，将小说种类大致分为"理想派小说""写实派小说"的观点，正与坪内逍遥所说的"Romance""Novel"相对应，可以想象这是他通过什么途径借用了日本的文学理论。①

文中的"四部之书"，是指由论说教训的"经"，陈述事实的"史"，阐述思想的"子"，文艺作品集的"集"构成的文学分类理论，这里意在说明梁启超提出的小说不属于其中任何一类的论断。

斋藤氏的论调并没有积极肯定《小说神髓》的影响，而是认为，梁启超通过独自思索小说的存在，提出了与《小说神髓》相同的观点，使用了《小说神髓》中的小说的分类。

受到两位学者的论述的影响的寇振锋氏，其论调略有改变。

> 坪内逍遥在《小说神髓》上卷《小说的种类》中，将"假作物语"分为"奇异谭（Romance）""寻常谭（小说）"。这种分法与后面要论述的尾崎行雄的"Novel"与"Romance"的分法相同。

另外，在《小说神髓》下卷的《主人公的设置》中，他继续说道：

> 创作主人公的方式有两种流派。一谓现实派，一谓理想派。所谓现实派就是指将现实存在的人设定为主人公。将现实存在的人设定为主人公是指，以充溢于现在社会中的人的性质为根本，创作架空的人

---

① 斋藤希史：《汉文学的近代》（名古屋大学出版会，2005），但是该部分最早刊发在《文学观念形成期的梁启超》，狭间直树编《共同研究　梁启超》，三弥书房，1999。

物。……所谓理想派则与之不同，是以人类社会中应该存在的人的性质为基础创作架空的人物。①

坪内逍遥从设定主人公的角度分为现实派和理想派。这最终是指小说的分类。我认为，梁启超的现实派小说与理想派小说的分类方法，很有可能受到了坪内逍遥的影响。

另外，也可以推测其受到了尾崎行雄的影响。尾崎行雄于 1886 年为《雪中梅》作的《雪中梅序》中，指出：

> 同为小说，进一步区分的话可分为 Novel Romance 两大类。Novel 谓何者。以人情为根本，构造新奇可喜的言行，加以润饰，而不流于荒诞不经者，则是也。Romance 谓何者。忽为惊天动地之奇谈，忽为拔山倒海之言行，巧妙连缀，敢不忌流于荒诞不经者，则是也。如此书属 Novel 之类者，构思峻拔，措辞奇警，虽固非寻常小说之所企及，一言一行悉占根底于世间实在之实态，绝无涉空漠荒唐者。盖政治小说中最适切时事者乎。

尾崎行雄将小说分为理想派与现实派，同时将《雪中梅》归为写实派小说。

寇氏认为，梁启超的"写实派""理想派"的两分法受到了《小说神髓》的影响。

但是，他指出的《小说神髓》中"现实派""理想派"的区别，说到底也只是关于主人公造型的区别。"现实派"中存在人物原型，"理想派"是作者根据想象创作的人物，所以尽管用词是相同的，但是在内容上并不与梁启超的"写实派""理想派"的区别成对应关系。

尾崎行雄的分类当然也是根据《小说神髓》做出的论述，所以我们可以确定其直接或间接地受到了《小说神髓》的影响。尾崎行雄说《雪中梅》是描写现实中可能存在的事情的近代小说"Novel"，但他并未用"写实派""理想派"这样的用语。而且，尾崎的分类是在小说设定方面的分

---

① 寇振锋：《清末政治小说理论对明治小说理论的接受》，《言语文化论集》三〇卷一号，名古屋大学言语文化部，2008。

类，仅是说明 Romance 容忍荒诞无稽的设定，而 Novel 是基于现实的设定，并未论及"写实派""理想派"的小说的魅力的差异。

综上所述，我对何氏所提出的"（梁启超）小说为文章之最高样式的主张受到了《小说神髓》的影响"这一观点深表赞同。另外，也同意其"理想派"与"现实派"的区别与没理想论争有关联这一认识。但是在没理想论争中"自然派"的说法比"写实派"使用得多。

梁启超文中没有出现浪漫主义这样的西方文学史上的用语，所以这种区别并不是由西洋文学史的区别导致的，而是像何氏指出的，确实是受到了明治三十年左右的日本文坛的影响。

另外，如斋藤氏所说，梁启超的小说"理想派小说"与"写实派小说"的分类，正与逍遥在《小说神髓》中提出的"Romance"与"Novel"的分类方式相对应，事实虽然如此，但在《小说神髓》中分类并没有用"写实派"与"理想派"这样的词语。从这一点我们可以推断，梁启超并没有受到《小说神髓》的直接影响，而是如斋藤氏所说，是通过某种途径借用了日本的文学评论。

再者，如寇氏所言，就算梁启超受到了《小说神髓》的直接影响，其与寇氏论证部分的对应关系也比较薄弱。虽然能确认其经由尾崎行雄受到了影响，但梁启超涉及"写实派"与"理想派"的小说的魅力的差异的理论也与之有所不同。

本论欲在先行研究的引导下，重新考察与《论小说与群治之关系》的关系。

《论小说与群治之关系》中的问题点是下面的部分。

> 欲新一国之民，不可不先新一国之小说。故欲新道德，必新小说。欲新宗教，必新小说。欲新政治，必新小说。欲新风俗，必新小说。欲新学艺，必新小说。乃至欲新人心欲新人格，必新小说。何以故小说有不可思议之力支配人道故。
>
> 吾今且发一问，人类之普通性。何以嗜他书不如其嗜小说。答者必曰，以其浅而易解故，以其乐多趣故，是固然。虽然，未足以尽其情也，文之浅而易解者，不必小说。寻常妇孺之函札，官样之文牍。亦非有艰深难读者存也。顾谁则嗜是不宁惟是。彼高才赡学之士，能注虫鱼

草木。彼其视渊古之文，与平易之文，应无所择。而何以独小说，是第一说有所未尽也。小说之以赏心乐事为目的者固多。然此等顾不甚为世所重。其最受欢迎者，则必其可惊可愕可悲可感。读之而生出无量噩梦抹出无量眼泪者也。夫使以欲乐故而嗜此也。而何为偏取此反比例之物而自苦也，是第二说有所未尽也。吾冥思之，穷鞠之。殆有两因凡人之性。常非能以现境界而自满足者也。而此蠢蠢躯壳其所能触能受之境界又顽狭短局而至有限也。故常欲于其直接以触以受之外而间接有所受。所谓身外之身世界外之世界也。此等识想，不独利根众生生有之，即钝根众生亦有焉，而导其根器。使日趋于钝日趋于利者，其力量无限大于小说。小说者，常导人游于他境界，而变换其常触常受之空气者也，此其一。人之恒情于其所怀抱之想象所经阅之境界，往往有行之不知习矣。不察者无论为哀为乐为怨为怒为恋为骇为忧为惭，常若知其然而不知其所以。然欲摹写其情状，而心不能自喻，口不能自宣，草（原文如此）不能自传。有人焉和盘托出，彻底而发露之则拍案叫绝，曰善哉善哉如是如是。所谓"夫子言之于我心戚戚焉"感人之深莫此为甚，此其二。此二者实文章之真谛，笔舌之能事。苟能批此窾导此窍。则无论为何等之文，皆足以移入。而诸文之中极其妙而神其技者莫小说。若故曰，小说为文学之最上乘也。由前之说则理想派小说尚焉，由后之说则写实派小说尚焉。小说种目虽多未有能出此两派范围外者也。

梁启超在文章中说，要革新社会，必须先要革新小说，因为小说有不可思议的力量，可以支配人道。然后对于"为何世人不喜欢读书，唯独喜读小说"这一疑问，摆出了以前的两种观点，并提出了质疑。第一种观点是"浅显易懂说"。对于此观点，梁启超提出反论，说浅显易懂的并非仅有小说。第二种观点是"赏心说"。对于此观点，梁启超提出，因为小说是想象的世界，所以读小说会有悲伤和哭泣的时候，不仅不会开心，反而会难过。进而，他提出小说具有不可思议的力量使人们嗜读的两个原因。第一个原因是人类无法满足于自己现在所处的狭隘的现实世界，期待着去经历别的完全不同的世界，向往着身外之身，世界之外的世界。所以，人类无论贤愚，都可以通过与生俱来的想象力，得到新的体验。第二个原因是，人们日常生活中的所感所喜所怒所悲，即使想原原本本地表达出来，也有难以言喻的时候。但小说有时候就能准确恰当地表达出来。小说为文章之最高样式，前者为"理想派小说"，后者为"写实派小说"。

如前所述，何氏认为，这部分文章中小说为文章之最优形式的观点与《小说神髓》的主张一致，理想派小说与写实派小说等用语与没理想论争有关联，他以此为依据论证了《小说神髓》的间接影响。斋藤氏以"理想派小说"与"写实派小说"的分类与"Romance"与"Novel"的分类方式相对应为依据论述了《小说神髓》的间接影响。寇氏指出了"现实派""理想派"等与《小说神髓》中用语的类似，提出了梁启超通过尾崎行雄受到《小说神髓》的影响的观点。那么，除此之外我们还能有什么发现呢？

逍遥在《小说神髓》中对 Romance 与 Novel 的差异的论述如下所示：

> Romance 是将构思放在荒唐无稽的事物上，以奇想成篇，根本不顾是否与一般的社会事理相矛盾。至于小说，即 novel 则不然，它是以写世间的人情与风俗为主旨的，以一般世间可能有的事实为素材，来进行构思的。[①]

这一部分与尾崎行雄的分类法非常契合，从这个意义上说，很明显尾崎行雄的言论来自这一部分，但这仅仅是在小说的设定上面的分类，与梁启超涉及"理想派小说"与"写实派小说"的魅力的差异的理论并没有对应关系。

我发现，梁启超的论述与上面所引用段落之前逍遥在《小说神髓》中引用的菊池大麓的《修辞及华文》的以下内容相对应。

> 如描绘有关建功立业，鼓舞意志的故事，又如描绘于千钧一发之际脱出虎口，或遭逢重大水火变故，令人为之捏一把汗的情景，或描绘使人为之惋惜痛恨，招人断肠之思的情节，或描绘初则历尽艰辛，终于享受康乐的，男女悲叹离合的情话等等，所有这些，都使读者感到惊心动魄，产生离开现实，进入梦境一般的感觉。此类写作技巧的确可以说达到变幻百出之妙的最好手段。而族于此类诗文的各种形式，以及从中古的小说发展到近来的人情故事的情况等，虽然都需要加以精细的阐释，但这些都是应起在文学史中加以深入讨论的重大问

---

① 《小说神髓》，刘振瀛译，人民文学出版社，1991。

题，这里无暇细述。而现今此类著作——作为现代风格，为时尚所推崇的作品，其特点都在于它使事物本质和人物的生动形象更加切合人生的实际，使读者在胸中对世上万物之消长，人的日常生活的情伪得到深刻的认识，使之不再产生有悖于事实的想法。因此，此类作品中所表现的男女行动、事件，由于其细节风采写得栩栩如生，从而使读者产生亲临目睹这些人情世态之感。同时，如果一旦这些细节描绘与读者经历过的同类事实相符合时，读者就会为此立即感到快慰，产生将其作为自己鉴戒的想法。只要作品能成为人世的极大乐趣，同时又不悖于真理，那么不管它属于哪类文字，都会获得最高的地位。①

前半部分说打动读者的内心，使其脱离现实世界进入梦幻世界的小说，就是"Romance"。后半部分说原原本本地摹写现实世界与日常生活，使读者产生与真实的人生接轨的感觉，当这种感觉与读者过往的经历一致时，读者就会产生畅快的感觉，这样的小说就是"Novel"。这一部分内容与梁启超的观点可谓殊途同归。在对 Novel 的说明中，梁启超对人的情感使用了"摹写其情状"这一表达方式。梁启超使用了"模"的异体字"摹"，"模"与"摹"为同字。"摹写"就是临摹描写的意思，在《小说神髓》中是重要的概念。另外，虽然文章脉络有所不同，但梁启超的文章与《小说神髓》一样，都将小说比喻为"器"（道具）。正如先行研究指出的，考虑到两者对于小说是文学的最高样式这一共通的主张，我们不难想象《小说神髓》早就存在于梁启超的观念里了。

可见，梁启超把小说分为"理想派小说""写实派小说"，以及对不同小说的魅力的差异的论述，这些都如何氏所提出的，不能单纯地从浪漫主义与现实主义的差异这种一般论来说明，而是可以依据《小说神髓》的这一部分进行说明。

（吕天雯译）

---

① 《小说神髓》，刘振瀛译，人民文学出版社，1991。

近代中日印刷技术交流史初探

杨　韬（日本·佛教大学）

前　言

关于中国的印刷技术史研究，大致可分为两类来考虑。第一类，主要将古代至近代以前设定为考察时期，而其基本的研究方向是整理分析起源于中国的印刷术如何由东洋（中国）向西洋（欧洲等地区）传播的。代表性研究成果包括 Carter（1955），张秀民（1958）等。第二类，主要将焦点聚集在清末至民国时期，其基本的研究方向是探讨随着西洋新技术的导入中国的近代印刷业有了哪些变化，出现了怎样的新格局。代表性的研究成果包括苏精（2000，2014），Reed（2004），Zhang（2007）等。纵观以上的各项研究，特别是有关中国近代以降的印刷技术发展史，可看到对于中国与西洋之间的文化交流（特别是西洋传教士所起的中介作用）这一块，已做出了具体详尽的考察。但是，对于邻国日本的影响，以及中日两国之间的交流状况，基本上都尚未进入研究者的视野。由此也造成相关研究成果的匮乏与不足。[①] 笔者目前试图就近代中日两国之间的印刷技术交流史做一些基础性的实证研究，尽可能地发掘新史料，尝试填补这一研究空白。在本文中，主要通过分析考察清末至民国时期的中日印刷技术史的相关人物的动态，并结合当时的印刷技术大环境的社会历史背景，从多角度来探讨印刷技术知识结构的建构特征和倾向。以下，通过数个事例，

[①]　关于这一点，不仅中国国内，包括以东亚诸国为对象的印刷史研究领域都甚少提起。相对来说较近发表的郭平兴、张志强（2016）也未提及。

具体从三个方面来做出初步的实证性考察。第一，印刷技术专业书籍和教科书类的日本影响因素。第二，在华日资印刷产业及相关日本人印刷技师的具体情况。第三，中国派往日本的印刷技术研修生的具体情况。此外，清末以降日本政府主导的对华出口贸易中也包含印刷器械。但由于其属于国家或政府间行为，与民间经济文化交流之间存在些许不同面相，故计划另起他稿具体考察，在此仅局限于人员往来的交流，不做深入探讨。①

一 印刷技术专业书籍和教科书类的日本影响因素

笔者在拙著（2015）中曾对近代中国，特别是上海的出版印刷环境做了一些考察，并认为近代中国（上海）的新闻传播学知识结构是在受到外来影响（特别是日本和美国）下形成的。例如，美国的新闻传播学理论通过经由日本继而进入了中国。当时，大量以日文撰写的新闻传播学专业书籍和教科书被翻译成中文，在中国广为阅读。同时，许多赴日留学生也在回国后从事了新闻报刊记者等相关职业。② 这样的结构是近代中国出版印刷业共同的特征，本文中论述的印刷技术史也不例外。当然，也存在一些不同点。例如，如果限定在印刷技术的交流事实上，就笔者目前的调查结果来看可推测当时中国派往日本的以研修生为主，留学生很少。在日本接受印刷技术培养的机构也以日本大型印刷企业及工厂为主，学校等教育机构为辅。基本上可以认为，与其说是印刷技术理论的学习，不如说是吸收印刷厂现场的技术及个人职业经验的交换交流。

以下，先从印刷技术专业书籍和教科书类的日本影响因素来看。清末至民国期间出版了不少有关印刷业界及印刷技术的专业书籍和教科书，其概要可整理成为表1。

---

① 例如，有关大正2年（1913）日本对华出口印刷器械类的情况可参考日本外务省外交史料馆所藏「支那方面ヘ印刷機械類輸出二関シ調査ノ件」（レファレンスコード：B11091504800）等。

② 参见楊韜（2015），43页。

表1　民国时期出版的印刷技术专业书籍和教科书一览

	书名	编者/作者/译者	出版社	出版年
1	近代印刷术	贺圣鼎、赖彦子著	商务印书馆	1933
2	印刷术	金溟若编著，应成一校订	正中书局	1943
3	中国印刷术源流史	〔美〕卡特著/刘麟生译	商务印书馆	1938
4	活板印刷术	〔日〕宫崎荣太郎等编/苏士清译述	国立四川造纸印刷科职业学校出版部	1942
5	印刷艺术（第1集）	八路军印刷厂编	？	1942
6	印刷的故事	沈子复著	永祥印书馆	1945
7	印刷技术手册	华北新华书店第一印刷厂厂务委员会编	？	1948
8	印刷术概论	姚竹天编	竹天新宋铜模铸字所	？
9	印刷概况	俞复述	中华书局	？
10	印刷墨	陆鼎藩编，喻飞生校（日本《印刷术讲座》抄译）	商务印书馆	1938
11	油墨及墨水制造法	〔日〕黑龙慎三郎著/李克农译，王永榜校	商务印书馆	1939
12	油墨制造法	马克清编	国立四川造纸印刷职业学校	1943
13	花边铅字样本	财务部印刷局编	？	1923
14	注音符号印刷体式	教育部国语统一筹备委员会	？	1935
15	明体集成铜模样本	大普公司编	大普公司	？
16	照相制版术	沈达编	山西工业专门学校	1930
17	最新照像制版术	〔日〕镰田弥寿次著/马克清译	国立四川造纸印刷职业学校	1945
18	报纸印刷术	章光梅编	申报新闻函授学校	1940
19	凸版印刷制版术	关汉勋编著	商务印书馆	1948
20	影写版	唐之雄编著	中华印刷厂出版部	1935
21	实用珂璐版制法	〔美〕威尔逊著/佘小宋译	商务印书馆	1938
22	平板印刷术	马克清编著	国立四川造纸印刷职业学校	1941
23	凹版印刷术	苏士清编译/原编辑者〔日〕矢野道也、伊东亮次	东北银行工业处研究室	1949
24	现代制版术	？	？	？

资料来源：据北京图书馆编《民国时期总书目（1911~1949）农业科学·工业技术·交通运输》（书目文献出版社，1993），314~316页编写。不明之处用"？"标识。

　　从表1可以看出，在民国时期出版的印刷技术专业书籍和教科书总计

24 册当中，有 5 册是从日本出的专业书籍翻译或抄译而来，占全体的比例不少。而相关的作者及编者，如宫崎荣太郎、黑龙慎三郎、镰田弥寿次、矢野道也、伊东亮次都是日本国内的知名印刷技术专家。表 1 中所列宫崎荣太郎的背景详情和所编著作的出版年月等虽然尚未得以确认，但宫崎荣太郎所执笔撰写的印刷技术类论文在日本著名印刷专业杂志，例如 1919 年的《日本印刷界》及 1931 年前后的《印刷杂志》各期上都可找到。黑龙慎三郎的背景详情虽然也尚未能得以确认，但其所著的多本印刷专业书籍都可在日本国立国会图书馆藏书中找到。① 目前笔者已经确认的有以下一些。镰田弥寿次，出生于 1883 年，死于 1977 年，是日本明治昭和时期的写真学者。他曾担任东京美术学校教授，东京写真短期大学校长。② 表 1 中所列出的《最新照像制版术》是镰田弥寿次于 1929 年出版的著作。③ 矢野道也，出生于 1876 年，死于 1946 年，是日本明治昭和时期的印刷学者，1900 年进入日本内阁印刷局工作，曾担任印刷部长，研究所所长。其间还在东京高等工业学校和东京美术学校等高校担任印刷技术和色彩学等科目的教学任务。1928 年，矢野道也提倡并创立了日本印刷学会。④ 伊东亮次出生于 1887 年，死于 1964 年，是日本明治昭和时期的印刷工学者。他曾担任千叶大学教授，日本印刷学会会长等。⑤ 从以上宫崎荣太郎、黑龙慎三郎、镰田弥寿次、矢野道也、伊东亮次等的人物经历可知，他们作为近代日本国内屈指可数的印刷技术专家，撰写了大量的专业论文和书籍，培养了大量的印刷界人才。他们的这些著作也可谓代表了当时日本最新印刷技术所呈现出来的完整知识结构和极高的水准。而这样的知识体系和技术研究成果经过翻译和介绍，进一步被近代中国的印刷界所接受和利用，形成了印刷技术知识的流动、循环及继承。

二 在华日资印刷产业及相关日本人印刷技师

以下就在华的日资印刷产业及相关日本人印刷技师的情况，通过部分

---

① 例如，黑龙慎三郎所著『インキと印刷』于 1924 年由东京インキ株式会社出版发行。
② 可参考日外アソシエーツ编集部编『新订增补　人物レファレンス事典』547 页。
③ 原书名为『最新写真製版術』，1929 年由博文馆出版。
④ 可参考稻冈胜监修『出版文化人物事典—江户从近现代·出版人 1600 人』408 页。
⑤ 可参考日外アソシエーツ编集部编『新订增补　人物レファレンス事典』197 页。

事例来做一个简单的介绍。

从最初的修文书局开始，清末以降在中国开办的日资印刷企业可以说相当多。仅以上海为例，据1928年的统计，在当时上海的29家印刷企业中日资企业就有10家，占全体的三分之一（参见表2）。自然，伴随着这样多的印刷企业在中国开展业务，很多的日本人印刷技师也来到中国，并逐步扎根于中国，开始了长期性的印刷技术开发及生产工作。

表2　上海的印刷企业一览（1928）

	印刷企业名称	资本区别
1	上海印刷株式会社	A
2	精版印刷株式会社	A
3	芦泽印刷所	A
4	藤井印刷所	A
5	青山印刷所	A
6	中和印刷所	A
7	开新社	A
8	作新社	A
9	水尾印刷所	A
10	申江堂	A
11	Kelly&Walsh Priuting Office	B
12	Unioa Printing Co.	B
13	Union Printing&Service Agency.	B
14	North China Daily News&Herald Ltd.	B
15	China Press，Inc.	B
16	The Shanghai Times	B
17	Shanghai Mercury Ltd.	B
18	商务印书馆	C
19	商务印刷公司	C
20	中华书店	C
21	中华印刷馆	C
22	上海印务公司	C
23	大中华印刷局	C
24	中国印刷厂	C

	印刷企业名称	资本区别
25	中国印刷公司	C
26	日新印刷公司	C
27	亚洲印书馆	C
28	华洋印刷公司	C
29	精益印务局	C

资料来源：据山崎九市编《上海一览》（至诚堂新闻铺，1928）283～285 页，笔者所编。

补注：笔者推测，"Priuting"应为"Printing"，"Unioa"应为"Union"，属于原书中的印刷错误。此外，为了一目了然，将资本区别分别标记为 A 外资（日本），B 外资（日本以外），C 中资。

通过笔者目前所进行的初步调查，关于清末民国期在中国（上海）从事印刷业的日本人，可以得到比较确凿证据的有以下 16 人。前田乙吉、大野茂雄、和田满太郎、三品福三郎、角田成秋、木村今朝男、杉江房造、长尾槇太郎、小谷重、加藤驹二、小林荣居、芦泽多美次（芦泽民治）、地原正利、木本胜太郎、小平元、大泽让。这些人虽然都是出于各种各样的原因或事由来到中国，但他们其后大都先在中国的日资印刷企业或本地的中资印刷企业工作，在积累了一定的经验及人脉后开始独立创业。以下，仅以芦泽民治为例来具体说明。

芦泽民治，出生于日本静冈县沼津市，少年时期就赴东京开始在博文馆印刷所①工作，并在那里学习了大量的印刷技术，也积累了丰富的生产现场经验。明治 35 年（1902）12 月，芦泽民治被由宫地贯道在上海经营的作新社印刷所（即后来的上海日日新闻社）招聘为工厂厂长，来到了上海。芦泽民治在作新社印刷所工作了大约 10 年，于明治 45 年（1912）退职独立，随后开设了芦泽印刷所。芦泽印刷所后来成了在华日资印刷企业中最大规模的企业。芦泽印刷所拥有当时同类日资印刷企业中最先进的设备。到 30 年代中期，拥有大约 300 坪大的工厂厂房（其中大约 260 坪为两层的大楼），拥有以印刷机为主的机械设备 12 台，使用 10.5 马力的动力，

---

① 日本最早的民间印刷企业是 1876 年创设的秀英舍，即现在的大日本印刷公司。而 1887 年创设的博文馆原本将印刷业务委托给了秀英舍，但随着业务的增多于 1897 年设立了博文馆印刷所。博文馆印刷所后来与精美堂合并成为现在的共同印刷公司。可参考凸版印刷株式会社印刷博物志编撰委员会编《印刷博物誌》477 页。

雇员超过 92 人。① 在当时，芦泽印刷所广告也频繁地出现在中文及外文各大报上。

三　中国派往日本的印刷技术研修生

清末以降，商务印书馆和中华书局等中国的大型出版企业均积极吸收外国的先进技术，不断改良印刷设备，提高生产力。例如，出版界名人张元济、王云五、陆费逵等都极其重视印刷技术的改良。例如，商务印书馆的张元济曾为了改善排字工人的劳动强度，于 1923 年提出新式排字机的方案。② 而王云五也堪称印刷专家，曾撰写出版了专业书籍《近代印刷术》。中华书局创办人陆费逵曾赴日本考察观摩，发觉日本的凸版印刷株式会社非常重视印制证券，遂果断引进平版及凹版机器。③ 以下，就清末以降中国派往日本的印刷技术研修生的情况，通过具体事例从个别人物的层面来考察。

通过笔者目前所进行的初步调查，确认了有以下 5 人曾赴日研修。王肇鋐，沈逢吉，孙含英，黄子秀，郁厚培。④ 这五人之中，当属沈逢吉名声最旺。沈逢吉受民国初期的中华民国财政部的派遣赴日，在凸版印刷株式会社进行技术研修，接受了细贝为次郎的指导。关于当时的情况，凸版印刷株式会社的社史中有如下记录：当时凸版印刷株式会社的取缔役（董事），同时也担任技师长的细贝为次郎是 Chiossone⑤ 门下的优秀弟子，曾赴当时的朝鲜总督府印刷局进行雕刻技术的指导。大正 4 年（中华民国 4 年，1915），中国财政部印刷局派遣来了两名雕刻部部员沈逢吉和孙含英。细贝为次郎在三年内教了他们包括雕刻、制版、印刷等有价证券的生产方法。⑥

---

① 上海興信所編『中華全国　中日実業家興信禄（上海の部）』，843 页。

② 商务印书馆编《商务印书馆九十五年：我和商务印书馆》，第 29 页。

③ 庄玉惜（2010），第 71 页。

④ 这 5 人的名字虽散见于印刷史相关出版物上，但具体的生年，籍贯等人物背景资料尚未得到确认。

⑤ Chiossone，Edoardo（1833 – 1898），明治初期向日本传授了纸币印刷技术的意大利人。1875 年应日本政府邀请任职于印刷局，之后 17 年间主要担任凹版和凸版的雕刻，同时培育了一批弟子。可参考凸版印刷学会编『増補版　印刷事典』，115 页。

⑥ 凸版印刷株式会社社史编集委员会编『凸版印刷株式会社六拾年史』，第 66 页。

图1　杂志『日本印刷界』上刊登的沈逢吉投书

资料来源：日本国立国会图书馆所藏『日本印刷界』第72号（1915）

　　沈逢吉非常勤勉，在赴日期间心无旁骛专心学习吸收最新的印刷技术。而以细贝为次郎为首的日本人印刷技师们也尽可能地满足了他的求知欲望。日后，沈逢吉向日本印刷界的专业技术杂志投书（请参考图1）叙述如下："从初学雕刻至今，一边与日本人一起工作，一边接受了他们的诸多教诲。如果说我现在能够稍有雕刻的能力，那都是承日本人所赐。"[1] 表达了他的谢意。附带提一下，细贝为次郎作为当时日本首屈一指的印刷技师，为普及印刷技术做出了大量的努力。据说他除了指导照顾来自中国的研修生，还指导了当时流亡日本的俄国人尼古拉斯·尼也达西克夫斯基。[2] 沈逢吉回国后，成为著名的雕版印刷技术者。1922年，中华书局筹设雕刻课，聘请沈逢吉担任技师兼主任，培养了多名雕版印刷技术人员。[3]

---

[1]　沈逢吉（1915），第44～45页。

[2]　该人物的生年等不详，笔者仅尝试根据日文文献中的名字读法（"ニコライ・ニエダシコフスキー"）暂定中译名为"尼古拉斯·尼也达西克夫斯基"。

[3]　庄玉惜（2010），第71页。

四 结语

以上通过几个具体的事例，从三个方面来对近代中日印刷技术交流的实际情况做了初步的考察，可以得出以下的结论：第一，在近代中国的印刷技术知识结构的建构和形成上，日本起到了不可忽视的作用。镰田弥寿次和矢野道也等日本印刷界专家的著作被翻译介绍到中国，他们的技术研究成果被中国印刷界所接受和利用，形成了印刷技术知识的流动循环及继承。第二，清末以降，大量的日本人来到中国开办企业从事印刷业务。日资印刷企业不仅成为整个中国印刷业的一部分，也直接或间接地影响到中国印刷业界的大环境，加速了人与人，物与物，技术与技术等多方面的交流。第三，沈逢吉和孙含英等从中国派往日本的印刷技术研修生，在日本国内一流的印刷企业内接受了系统性的学习，特别是通过在印刷工厂的实践得到了宝贵的现场生产作业经验。而后他们将当时日本最先进的印刷技术带回中国，为其后中国的印刷业发展提供了重要的技术基础，并培养了接班人。

本文还只是对于近代中日印刷技术交流史做了一个初步的探讨，还有很多尚未解决的课题以待进一步深入考察。例如，关于赴日学习和交流的中国全体人员情况，还需要进一步确认，包括东京工业学校或东京美术学校的印刷专业是否曾有中国人在籍等。而赴日中国人印刷技术研修生们在日本的经历和回国后的境遇，也有待进一步跟踪调查。特别是由于日本发动侵华战争导致20世纪30年代以后中日关系陷入最坏的局面，在这样的大背景下，他们对于日本的认识又有怎样的变化，也需要加以考察。此外，同样是对于来自西洋的印刷技术等，中国和日本在认识、接受、利用的过程中，又有怎样的异同点，包括对于外来文明的感受、态度等等，也是需要加以留意和关注的。

参考文献

（中文）

北京图书馆编《民国时期总书目（1911～1949）农业科学·工业技术·交通运输》，书目文献出版社，1993。

郭平兴、张志强：《论中国印刷史的现状及其重构的基点》，《河南大学学报（社会科学版）》2016 年第 2 期，第 144～149 页。

商务印书馆编《商务印书馆九十五年：我和商务印书馆》，商务印书馆，1992。

苏精：《马里逊与中文印刷出版》，台湾学生书局，2000。

苏精：《铸以代刻：传教士与中文印刷变局》，台湾大学出版中心，2014。

王云五：《近代印刷术》，台湾商务印书馆，1973。

张秀民：《中国印刷术的发明及其影响》，人民出版社，1958。

庄玉惜：《印刷的故事：中华商务的历史与传承》，香港三联书店，2010。

（日文）

稲岡勝監修『出版文化人物事典—江戸から近現代・出版人 1600 人』（日外アソシエーツ株式会社、2013）。

鎌田彌壽治『最新写真製版術』（博文館、1929）。

黒瀧槇三郎『インキと印刷』（東京インキ株式会社、1924）。

上海興信所編『中華全国　中日実業家興信禄（上海の部）』（上海興信所、1936）。

沈逢吉「日本印刷業者への希望」『日本印刷界』第 72 号、1915 年。

日本印刷学会編『増補版　印刷事典』（財団法人印刷局朝陽会、1987 年）。

凸版印刷株式会社社史編集委員会編『凸版印刷株式会社六拾年史』（凸版印刷株式会社、1961）。

凸版印刷株式会社印刷博物誌編纂委員会編『印刷博物誌』（凸版印刷株式会社、2001）。

日外アソシエーツ編集部編『新訂増補　人物レファレンス事典』（日外アソシエーツ株式会社、2010）。

山崎九市編『上海一覧』（至誠堂新聞舗、1928）。

楊韜『近代中国における知識人・メディア・ナショナリズム：鄒韜奮と生活書店をめぐって』（汲古書院、2015）。

（英文）

Carter, Thomas Francis. *The Invention of Printing in China and Its Spread westward*. Revised by L. Carrington Goodrich. New York: Ronald Press, 1955.

Reed, Christopher. *Gutenberg in Shanghai: Chinese Print Capitalism*, 1876 – 1937. Honolulu: University of Hawaii Press, 2004.

Zhang, Xiantao. *The Origins of the Modern Chinese Press: the Influence of the Protestant Missionary Press in Late Qing China*. New York: Routledge, 2007.

新时期初的"日本文学热"

赵稀方（中国社会科学院文学研究所）

一

中国"新时期"初出现"日本文学热"，并非偶然，而有其内在的历史原因。

在人们的印象中，"文革"时期的中国是完全封闭于世界的。其实不然，中国与美国、日本这两个最为重要的国家的战略伙伴关系，都开始于"文革"时期。特别需要提到的是 1972 年，这一年尼克松访华，田中角荣访华。尼克松访华只是中美接触的开始，田中角荣访华却带来了实质性的中日建交。中日建交这一重要历史事件促进了中日文学的交流，这就给 20 世纪 70 年代以来中国的外国文学翻译格局带来了变化。

"文革"以来，我国的外国文学翻译基本停止，而到 70 年代以后，翻译出版方面有所松动，开始有为数很少的外国文学作品翻译进来，所译多是苏联革命经典和第三世界文学。1972 年人民文学出版社出版了《越南南方短篇小说集》《老挝短篇小说选》和《柬埔寨通讯集》，1973 年人民文学出版社出版了高尔基的《母亲》、绥拉菲摩维奇的《铁流》，1975 年人民文学出版社出版了《巴勒斯坦战斗诗集》、《朝鲜短篇小说选集》和埃及的法耶斯·哈拉瓦的《代表团万岁》，1975 年人民文学出版社出版了高尔基的《人间》，广东人民出版社出版了法捷耶夫的《青年近卫军》，1976 年人民文学出版社出版了尼·奥斯特洛夫斯基的《钢铁是怎样炼成的》等。1972 年中日建交后，我国增加了对于日本文学的翻译引进，这就打破了既有的翻译出版格局。

1973 年人民文学出版社出版了小林多喜二的《沼尾村》《蟹工船》及

《在外地主》三部作品，1974 年上海人民出版社出版了《故乡——日本的五个电影剧本》，1975 年人民文学出版社出版了松本清张的《日本改造法案——北一辉之死》、有吉佐和子《恍惚的人》、小松左京《日本沉没》三部著作；1976 年人民文学出版社出版了电影剧本《沙器》和《望乡》，五味川纯平的《虚构的大义——一个关东军士兵的日记》，堺屋太一的《油断》，上海人民出版社出版了户川猪佐武《党人山脉》。另外值得一提的是，在1971～1973 年间，我国内部出版了日本著名作家三岛由纪夫的《忧国》和《丰饶之海》四卷（《春雪》《奔马》《晓寺》和《天人五衰》），这些书的出版虽然是供批判之用的，但还是成了我国读者了解三岛由纪夫的起点。由于当时出版的外国文学作品为数很少，日本文学作品占据了相当的比例。在1977 年出版的翻译外国文学作品中（"名著重印"除外），既非革命经典也非第三世界文学的日本文学有中田润一郎的《从序幕中开始》，户川猪佐武的《角福火山》《吉田学校》，城山三郎的《官僚们的夏天》，有吉佐和子的《有吉佐和子小说选》，井上靖的《井上靖小说选》，夏崛正元的《北方的墓标》，在区区十几部作品中几乎占据了一半，令人注目。

正是在这一基础上，日本文学翻译出版在新时期才得以率先发展。国内文坛对于《古事记》《源氏物语》《万叶集》等日本古典名著及川端康成、夏目漱石、芥川龙之介、井上靖等现代作家作品的翻译出版都成绩斐然，再加上日本通俗小说及电影电视的引进，在当时俨然形成了日本文化的热潮。

在谈及新时期话语实践的时候，人们现在越来越注意到翻译的功能，但注目较多的是新时期的"西学东渐"，如人道主义和现代主义等等，未尝充分注意到当时颇具影响的日本文学。本文试图以森村诚一和川端康成为例，具体解读"新时期"文化构造中的日本文学。

二

凭借原有的根基，中国文学在新时期除出版日本文学名著外，还大胆引进日本当代流行小说。其中最为轰动的是森村诚一的《人性的证明》，1979 年江苏人民出版社一次印刷就高达 45 万册，相当惊人，加之于电影《人证》的放映，使它在中国几乎人所皆知。《人性的证明》说的是一个怎样的故事？何以在新时期初的中国大受欢迎呢？

　　小说的女主角八杉恭子在二战后美军进驻日本时与美国黑人士兵威尔逊相爱，并生下儿子约翰尼。不久，一家被迫分离的时刻终于来临了。威尔逊接到了回国命令，但他们尚未正式结婚，当时美军只允许正式妻子随他们回本国。而八杉恭子娘家是八尾的名门望族，他们是绝不会允许她同外国人，特别是与黑人结婚的。不得已，威尔逊只认领了约翰尼，带着他走了。八杉恭子决定花时间说服父母，征得同意后，再去追赶威尔逊父子。就在她难以向父母启齿的时候，有人给她介绍了具有较高地位的郡阳平，婚事在双方家庭间顺利地完成了。在美国过得穷困潦倒的威尔逊及其儿子约翰尼却十分想念八杉恭子，尤其是约翰尼，深深地怀念妈妈。在离开日本时，八杉恭子一家曾去雾积旅行，她后来将包括"草帽歌"在内的《西条八十诗集》作为雾积的纪念赠送给了威尔逊。去雾积时约翰尼刚满两岁，但牢牢记住了妈妈当时给他解说的西条八十的"草帽歌"，它成为对母亲的回忆而印在了孩子的心中。西条八十写的草帽诗，咏诵的是他自己对雾积的回忆，这正符合约翰尼的心境，它成了母亲和童年的象征。为了能见到八杉恭子，威尔逊用自己那风烛残年般的躯体撞车，换取了一笔赔偿费，约翰尼就用这笔钱来到日本。然而，此时的八杉恭子已经不同从前，她是执政党少壮派首脑人物郡阳平的太太，本人又是日本著名的家庭问题评论家，电视报刊的红人，她不愿意见约翰尼，担心黑人私生子的出现会毁掉她目前的一切。八杉恭子竭力劝约翰尼回美国去，但约翰尼不愿意，八杉恭子感到被逼上了绝路，于是在清水谷公园亲手杀了约翰尼。

　　中国读者所感兴趣的地方，并不在这罪恶本身，而在作为罪恶化身的八杉恭子身上所体现出的人性。东京的刑警栋居等人在侦察此案时，始终找不到确凿的证据，在走投无路的时候，栋居决定"赌人性"，"她有没有人性呢？不，她有没有连低等动物都有的母性呢？""我要和她赌一次，看一看她还有没有人性"。在八杉恭子矢志抵赖时，栋居突然拿出了约翰尼珍藏多年的陈旧的草帽和西条八十的诗集，并深情地诉说孩子对于母亲的思念，这是全文最打动人的精彩之处：

　　　　"八杉先生，还记得这本诗集吗？这是约翰尼同草帽一起带到日本来的，说起来这已是他的遗物了，说不定这也是您给他买的呢。后面的诗就请您自己念念吧，多好的一首诗啊。只要躯体里还有血液流淌的人，或者是有儿女的父母，或者是有父母的儿女，谁都会被这感人肺腑的诗而深深打动的。您能不能念啊，要是不能念的话，我帮您念吧。"

"——妈妈。我喜欢那草帽。

一阵清风却把它吹跑，

您可知那时那刻我是多么惋惜。

——妈妈，那时对面来了位年轻的采药郎中，

打着玄青的绑腿和手背套。

他不辞辛劳帮我去找，

无奈谷深草高，

他也无法拿到。

——妈妈，您是否真的记得那顶草帽？

那路边盛开的野百合。

想必早该枯萎。

当秋天的灰雾把山岗笼罩。

草帽下也许每晚都有蟋蟀歌唱？

——妈妈，我想今宵肯定会像这儿一样。

那条幽谷也飞雪飘摇。

我那只闪亮的意大利草帽

和我写在背面的名字。

将要静静地、凄凉地被积雪埋掉……"

八杉恭子的嘴唇"微微地哆嗦，面色越发苍白"，终于发出了呜咽。她终于招供："我，我每时每刻都没忘记那个儿子啊。"八杉恭子失去了一切，他的地位、丈夫和孩子，但小说中写道："不过，她在丧失了一切之后，仍保留下了一件珍贵的东西，而这只有一位刑警明白，那就是人性。"如前所述，小说《人性的证明》与电影《人证》在中国面世的 70 年代末，正是新时期为"人性论"，人道主义申诉的当口。1949 年以来，特别是"文革"以来，"人性"一直被看成是可怕的东西，主流话语强调的是"阶级性"和阶级斗争，结果酿成了"文革"的惨祸，由此人道主义才成了新时期初首当其冲的话题。森村诚一这部小说通过八杉恭子这样一个十恶不赦的人的良心发现，证明了人性的存在，这无疑契合了中国新时期的

追求人性、人道主义的潮流。雨果的《九三年》之所以在新时期获得巨大反响，正是因为这部小说描写了共和国的凶恶敌人朗德纳克侯爵在被捕前从大火里救了三个儿童，从而显示了"魔鬼身上的上帝"，宣扬了"在绝对正确的革命上，还有一个绝对正确的人道主义"的思想。张笑天的小说《离离原上草》也正通过杜玉凤与苏岩、申公秋的遭遇，试图揭示不同的阶级队伍中的人具有共同的性。与雨果等古典小说相比，日本当代推理小说《人性的证明》显然更为可读，并且，它又通过电影这一大众媒介进行了传播，它在中国产生了巨大的影响是可以想象的。

小说中的主要人物之一栋居的经历，颇能引起中国读者的共鸣。栋居因为自从母亲出走、父亲被杀等特殊经历，丧失了对于人性的信心，"栋居很不相信人类，取而代之的是憎恨。人这种动物，无论是谁，如果追究到底，都可以还原为'丑恶'这个元素。无论戴着多么高尚的道德家、德高望重的圣人的面具，夸夸其谈什么友情和自我牺牲，在其心中的某个角落里都隐藏着明哲保身的如意算盘"。他之所当警察，目的是为了报复人类，他对于八杉恭子一案的卖命侦破的背后，是他自己被母亲遗弃的背景。然而，他在"赌人性"的时候，还是获胜了，八杉恭子证明了人性的存在，"是八杉恭子为了证明自己还有人性，才丧失一切的。栋居在八杉恭子供认后，知道了自己内心的矛盾，并为之愕然。他从不相信人，而且这种想法根深蒂固。但是，他在无法获得确凿证据的情况下，同八杉恭子进行较量时，却赌她的人性。栋居的这种做法，则正说明他心底里还是依然相信人的"。

栋居的这一经历，与饱受"文革"之苦从而丧失了对于人的信心的国人有相类之处。赵振开（北岛）《波动》中的女主人公肖凌父母先后死于"文革"红卫兵之后，自己又被隔离专政和下放，这种遭遇使她对于一切都不再信任，愤激地否定一切。肖凌的遭遇在"文革"后的中国颇有代表性。但国人终于还是保持了自己的忠诚，在新时期"归来者"——50年代被打成右派，新时期复出的作家如王蒙、丛维熙、张贤亮等——的歌中，为祖国母亲殉难是一种基调。他们在过去蒙受了巨大的冤屈，经历了难以想象的苦难，但他们含垢忍辱，无怨无悔。王蒙的小说《布礼》中的钟亦成年轻时被开除出党，打成右派，下放农村改造，二十多年间经历了痛苦的折磨，但他对于党始终忠诚不渝，他甚至认为："中国如果需要枪毙一批右派，如果需要枪毙我，我引颈受戮，绝无怨言。"在他们看来，母亲再委屈自己，仍然还是母亲，不能背叛，这一观念在丛维熙的小说《雪落黄河静无声》中体现得十分明显，小说中的范汉儒说："别的错误都能犯了再改，唯独对于祖国，它对我们至高无上，我们对它不能有一次不忠……"这正像《人性的证明》中约翰尼对于八杉恭子的至死不渝。约翰尼想不到他的热爱的母亲会刺杀他，在那刀尖浅浅地刺进他胸口时，约翰尼忽然醒悟了，他对八杉恭子说："妈妈，我是你的累赘吧？……"为让妈妈卸去累赘，约翰尼抓住刺到一半的刀柄，猛劲深深地捅了进去，并叫妈妈快逃："妈妈，在你逃到安全地方前，我是绝对不会死去的，快跑啊！"在最后时刻，他还在想着保护自己的妈妈。他挣扎着走向皇家饭店，"在他最后绝望的瞳孔中模模糊糊地映出了一顶草帽，那是顶由华丽的彩灯镶嵌的、漂浮在夜空中的草帽"。他仍然相信母亲，以为母亲在那儿等着自己，他的身后流下了斑斑血迹。在经过了"文革"的国人看来，《人性的证明》中约翰尼对于母亲的爱隐约具有一种象征意义，在中国，子女与母亲的关系历史是个体与祖国以至个体与党的关系的隐喻。八杉恭子最终的悔悟，也让国人松了一口气，它验证了人性的存在，也验证了子女的忠诚信念的价值。

新时期中国对于《人性的证明》的接受，存在着明显的误读，它忽略了这部日本文学作品中的强烈的意识形态色彩。这部小说写的是"二战"后的日本现实，反映的是美国对于日本的战争遗害。它的确证明了人性，但证明的是日本人的人性，反证的是美国人的无人性，从而将日本塑造成了战争的受害者的角色。在中国放映的经过剪辑加工的电影《人证》，以《草帽歌》作为反复出现主题曲，竭力渲染人性的苏醒的悲歌。在电影中，小说的另一重要角色栋居仅仅被处理为贯穿故事的线索，栋居首先是破案的刑警，其次他本人具有从小被母亲遗弃的经历，因而他对于八杉恭子的人性的追索也掺杂着他的个人期待。但栋居与其父亲的关系及其由此引发出的政治含义却被忽略了。栋居与之相依为命的父亲，死在美国大兵的脚下。小说在这里竭力渲染作为战胜国的美国在日本的罪恶和作为战败国日本的屈辱。小说中的"日本意识"的确是十分明显的，它将昔日的自己放在战争受害者的角度上，处处不忘对于美国的抨击。这一点却被新时期的中国漠视了，我们从人道主义的语境中接受了这部作品，电影也被剪辑成了一曲"普遍人性"的故事，却忽视了中国才是日本的受害者，而美国是第二次世界大战中的中国同盟国。

　　在我看来，作为推理小说的《人性的证明》之所在能在中国大行其道，除了其"人性的旗帜"之外，另外还有小说形式本身的原因。1949 年以来，新中国禁止通俗小说①，而主流小说越来越概念化、八股化，到了"文革"，许多小说已经成为主题的演绎，全无艺术魅力而言。与严肃文学相比，通俗小说不在乎作品的社会意义，却注重故事性的经营，注重故事的吸引力。整体上说，通俗小说的结构是程式化的，但对于封闭了几十年、没有接触过这些作品的中国读者而言，它们却是十分新鲜的。由此，在新时期思想的禁锢放开以后，通俗小说伴随着世界名著同时来到中国。如柯南道尔的《福尔摩斯探案集》、克里斯蒂的《东方快车上的谋杀案》《尼罗河上的惨案》等小说都较早地进入了中国，广为流行。国内还出现了以登载外国通俗小说为主的刊物《译林》，此刊当时曾因全文刊载《尼罗河上的惨案》而受到批评，但这些小说的流行终究势不可挡。森村诚一是日本当代最知名的推理小说家，据《朝日新闻》1978 年 5 月报道，森村诚一在日本大约拥有二千万观众，1977 年森村诚一的收入首屈一指，达到六亿二千多万日元，超过了原来最为畅销的推理小说家松本清张。森村诚一推理小说的特点是，既注重社会揭露，又注重揭示所谓的"人性"，这就给中国文坛造成了错觉。将《人性的证明》作为严肃文学来对待，评论也主要着眼于它的社会批判方面。其实，揭露批判的作品很多，《人性的证明》的魅力在于它的推理侦探的小说方式，它在缜密的推理中展开惊心动魄却又跌宕起伏的故事，牢牢吸引着读者，而它又有着与通常推理侦探小说不同的地方，即注意营造一种抒情的气氛，展示亲情及人物心理的空间。这种叙事方式，在读惯了假大空"文革"作品的中国读者那里，无疑是充满吸引力的。

三

　　真正在审美艺术的层面上予以新时期文学震撼的，是川端康成的作品。

　　在新时期初社会问题小说的冲击之后，作家们日益感到艺术形式和技巧的匮乏。高行健感慨地说："如果一部小说有十篇文学评论，这十篇都

―――――――――――

　　①　仅有少量的晚清武侠小说如《三侠五义》等一度重印出版。

以十分之八、九的篇幅来谈作品的思想性，余下之一、二，笼统地提一提艺术技巧之得失，还不如用八、九篇来谈思想性，一两篇来谈艺术。这对小说家的帮助一定更为有益。"① 这段话引起了文坛的强烈共鸣，叶君健专门引出了这段话，评论说："在这样一个文学大国中居然至今没有形成研究文学技巧的风气，居然至今不把文学技巧当做一门重要的、专门的学问，居然至今还没有出几本（其实最起码也应该几十本）探讨文学技巧专著，这不是咄咄怪事吗？"在 1980 年《文艺报》召开的一次会议上，李陀明确地提出："当前文学创新的焦点是形式问题。"

外国古典名著在中国的效应主要是思想上的人道主义，成为新时期文学借鉴资源的苏联解冻文学的影响也主要在社会改革的内容上。在文学形式上最早给新时期文坛带来刺激的，是西方"现代派"作品。现代主义作品之进入中国，紧随于外国古典名著之后，在 1978 和 1979 两年的《外国文艺》期刊上，已经刊载有海明威、福克纳、萨特、罗伯格里耶、博尔赫斯等人的作品。袁可嘉《外国现代派作品选》的"前言"对于外国现代派形式技巧的分析，让人们大开眼界。高行健《现代小说技巧初探》这样一本十分简单的启蒙读物，居然在中国作家中间引起了轰动。

但实事求是地说，对于新时期的中国文坛来说，这些西方现代、后现代作品委实过于陌生了，一时还难以消化，于是有了较易理解的"东方现代派"作家川端康成的红火。作为日本首位诺贝尔奖获得者，川端康成的成就即在于西方现代与东方传统的融合上。出人意料的是，川端康成这样一个世界级的作家在新时期之前基本上没有介绍。川端康成的早期优秀之作《伊豆的歌女》早在 1926 年就面世了，但此时他还不太为人所知，等到他的代表作《雪国》发表的 30 年代，中国已是左翼文学的天下，唯美虚无的川端康成也未得到重视，而川端康成获诺贝尔文学奖的 1968 年则是中国的"文革"期间，不可能有所反应。川端康成就这样与中国一而再、再而三地失之交臂。值得庆幸的是，新时期对于川端康成的翻译介绍相当及时，而且选择也非常精到。

最早进入中国的川端康成的小说便是《伊豆的歌女》和《水月》，发表于 1978 年第 1 期《外国文艺》上。首先介绍《伊豆的歌女》到中国，

---

① 高行健：《现代小说技巧初探》，花城出版社，1981。

这一选择是很有眼光的，如果首先介绍川端康成前期的"新感觉派"小说，那么他很可能会被淹没在新时期初古怪的"现代派"作品洪流中。《伊豆的歌女》是川端康成前期从新感觉派转向传统的尝试，是他前期最为可读的小说。小说中的"我"是一个忧郁、厌世的学生，在去伊豆的旅行途中，遇见一行流动演出的乡村歌女。"我"为他们的漂泊旅情所打动，同时又爱慕这其中的一个年少的歌女，于是追随着他们同行。但这并不是一种色欲之爱，而是对于这个少女的自然本性和风尘际遇的怜惜，在这种同情中，"我"的悲哀的心也得到了荡涤。在看到她洗沐时的裸体时，我首先感到的是纯净，"她赤身裸体，连块毛巾也没有。这就是那歌女。我眺望着她雪白的身子，它像一棵小桐树似的，伸长了双腿，我感到有一股清泉洗净了身心，深深地叹了口气，嗤嗤地笑了起来。"而在歌女议论"我"是个"好人"的时候，"我"的内心尤为感动，"这句话听来单纯而又爽快，是幼稚地顺口流露出感情的声音。我自己能天真地感到我是一个好人了。我心情愉快地抬起眼来眺望着爽朗的群山。眼睑里微微觉得痛。我这个二十岁的人，一再严肃地反省到自己由于孤儿根性养成的怪脾气，我正因为受不了那种令人窒息的忧郁感，这才走上伊豆的旅程。因此，听见有人从社会的一般意义上说我是个好人，真是说不出的感谢。"日本式的纤细朦胧的内在感觉的呈现，再加上清丽的文字，令川端康成在新时期中国文坛别开生面。

《伊豆的歌女》还只是川端康成前期的尝试之作，这篇小说后，他又走了完全遁入传统的弯路，而直到1935年的《雪国》，川端康成的艺术个性才完全成熟起来。幸运的是，《雪国》又是中国翻译家首先翻译出版的川端康成的作品。据叶渭渠回忆，在翻译出版《雪国》的时候，有人认为这是一部描写妓女的黄色小说，故受到反对，后来此书在省新闻出版局局长承担责任的情况下才得以出版。但为了淡化《雪国》，而将书名列为《古都·雪国》，将时间在后成就也不如《雪国》的《古都》放在前面，这一现象曾引起日本学者的惊奇。尽管有此曲折，《雪国》还是较早地与中国读者见面了。其实，在1981年9月叶渭渠、唐月梅翻译的《古都·雪国》的出版之前两个月，已经有老翻译家侍桁翻译的《雪国》在上海译文出版社单独出版。川端康成的代表作《雪国》的两个译本的同时问世，是川端康成大规模正式登陆中国的开始，也是后来旷日持久的"川端康成热"的起点。

《雪国》可以说是《伊豆的歌女》的深入，二者都是写男主人公与歌女的关系，如果说《伊豆的歌女》是青春期的序曲，那么《雪国》则已经是中年人的心绪，《伊豆的歌女》中的"我"仅仅停留在对于少女的幻想上，《雪国》中的三岛则已既有妻室而又与歌女驹子已经有肉体的关系。《伊豆的歌女》与《雪国》仍有着一脉的主题，隐藏于日本式的"好色"的后面的对于生命的沉思和哀叹，在这一方面《雪国》较之《伊豆的歌女》已经深沉得多，而在叙述上则也更加丰满。岛村来到原始的山区雪国闲居，是为了卸去生命的平庸，"唤回对自然和自己容易失去的真挚感情"。"溪中多石，流水的潺潺声，给人以甜美圆润的感觉。从杉树透缝的地方，可以望见对面山上的皱襞已经阴沉下来"。在这世外桃源里，他与年轻的少女驹子间产生了一种温馨的情感，"他俩之间已经交融着一种与未唤艺妓之前迥然不同的情感。岛村明白，自己从一开头就是想找这个女子，可自己偏偏和平常一样拐弯抹角，不免讨厌起自己来。与此同时，越发觉得这个女子格外的美了。从刚才她站在杉树背后喊他之后，他感到这个女子的倩影是多么袅娜多姿啊"。年轻美貌的驹子有着不幸的经历，她对岛村也一往情深。然而，这已经不可能是一个男欢女爱的故事，对于岛村来说，一切都是徒然，他一方面爱恋着驹子，另一方面又冷眼旁观着，觉得这种情感是单纯的，却是徒劳的。驹子"自己没有显露出落寞的样子，然而在岛村的眼里，却成了难以想象的哀愁。如果一味沉溺在这种思绪里，连岛村自己恐怕也要陷入缥缈的感伤之中，以为生存本身就是一种徒劳"。然而，这种爱虽然徒劳，但驹子的热情却正激起了他在寒冷中对于生的热度，"尽管驹子是爱他的，但他自己有一种空虚感，总把她的爱情看作是一种美的徒劳。即使那样，驹子对生存的渴望反而像赤裸的肌肤一样，触到了他的身上。他可怜驹子，也可怜自己"。《雪国》致力于对于成年男人面对女性时的微妙心理的开掘，并将这种描写又与自然景色穿插融合，而叙述中又深深地渗透着一种忧生伤世的调子。

这川端康成式的情调，在中国虽然新鲜而富于魅力，却难以得到理论上的承认。唐月梅发表于 1979 年第 3 期《世界文学》的川端康成"小传"，是目前知道的较早的介绍川端康成的文字，此文对于川端康成的概括是："概括起来，川端创作的特点，是以虚无思想为基础，追求一种

'颓废的美',他的作品是由虚幻、哀愁和颓废三个因素罗织构成,以病态、失意、孤独、衰老和死亡,来反映没落的心理和颓废的生活。"1981年,叶渭渠在《国外社会科学》第 5 期上发表了《川端康成创作的艺术特色》一文,全面论述川端康成的文学创作,为引进川端康成呼吁,但此文在基调上仍然无改变,文章认为:"从川端的创作经历来看,从宿命论到虚无主义,到诉诸感官刺激,来作为逃避现实、摆脱精神苦闷的渊薮,这既是他生活经历造成的,同时也是他长期脱离社会和人民的必然结果,反映了战后一个时期日本社会的动荡以及英国颓废文化的影响,使日本社会中的一部分人产生了一种畸形的心理状态。可以说,川端的作品有明朗、抒情的一面,也有虚无、颓废的另一面,尤其后期某些作品消极因素表现得更严重,这无疑是应该否定的。"但我们应当注意的是,叶渭渠的文章的题目是"川端康成创作的艺术特色",他以为川端康成作品的思想并不足道,其成就主要在于艺术。20 世纪 80 年代以来,新时期文坛对于川端康成作品思想格调的评论颇有分歧,但对其艺术上的成就却一致赞赏。叶渭渠对于川端康成的思想评价或有不得已之处,但其艺术体验和分析却十分细腻独到,成为后来者的榜样:

> 作者在《伊豆的舞女》中对于"我"的朦胧的爱恋所表现的心理状态,更是刻画得细致入微,真切准确,带有浓厚的抒情性。
>
> 川端还充分调动日本文学传统中的"四季感"的艺术手段,以景托情,创造出一种特殊的气氛,将人物的感情突现出来。《雪国》和《古都》就把自然写成一个伴随着感情的旋律,使人物的感情和自然的美融合得天衣无缝,造成一种优美的意境。《雪国》对雪夜景物和银河下雪中火灾现场的记述,对雪国初夏、晚秋、初冬的季节转换、景物变化的描绘,以及对镜中人物的虚幻感觉的着笔,都移入人物的感情世界,以托出岛村的哀愁,驹子和叶子的纯洁。有关旭日东升时映照着山上积雪的镜中的驹子那段描述,更是显出驹子"无法形容的纯洁的美",而且注入了驹子昂扬的感情……
>
> 川端在不少作品中,还借鉴了"意识流"的创作手法。他根据联想来描写人物的意识流动,使联想范围扩大到心理世界中去;同时又保持着日本文学传统中的坚实、严谨和工整的格调,抓住了根本性的

意识，用理智加以制约，使自由联想不是任意驰骋，而是有层次地展开；使意识跳跃，但不是杂乱无章，而是有条不紊地行进；联想与意识相互结合，彼此协调。《雪国》用两面镜子作为跳板，把岛村诱入回想世界，他从夕阳映照下的火车玻璃窗中偶然窥见叶子的脸庞，于是揭开故事的序幕，引起了扑朔迷离的回忆。到了雪国，他从白昼化妆镜照出的皑皑白雪里，看见驹子通红的脸，又勾起对映在火车玻璃窗上的叶子的脸的回想。岛村同驹子的关系无法维持，快要离开雪国，故事本可结束，但突然加进一个"雪中火灾现场"，利用火的破坏力，把现实又带回梦幻世界，这时再次出现镜中人物与景物的流动，增加了意识流动的新鲜感。作者借助联想，进一步唤起岛村对驹子和叶子的爱恋之情，而驹子和叶子的内心世界又常常是在岛村的意识流动中表现出来的。岛村的憧憬流动于镜面上，而镜子却是属于遥远的世界。这表明驹子和叶子都是好色的岛村的感觉所产生的一种幻觉。这种联想的跳跃与严密的结构，使故事的发展时而从现实世界转到梦幻，时而又从梦幻回到现实世界，使作品既有现实感，又有虚幻感，既实又虚，虚实结合，给人一种朦胧的感觉。

这种纯粹而精彩的艺术分析，在新时期初的中国文坛上是少见的。前面我们说过，由于文学政治化的传统，新时期文学极感艺术分析的缺乏，故有高行健、叶君健、李陀等人的呼吁，川端康成作品超常的感觉力和语言的美感恰恰迎合了中国文坛的需要，推动了新时期文学的审美转折。

川端康成对于中国文坛的艺术刺激，还直接表现在对于创作的推动上。王小鹰是在"文革"期间就开始发表小说的，那时候对于创作的要求是图解政治理念，她被编辑反复要求在小说里增加阶级斗争，修改了八次才得以通过，这样的小说自然不足观。到了1980年，她初次接触川端康成，"顿时像中了邪一般"被迷住了，"看腻了'文革'中那些十全十美假大空的'英雄'人物，川端作品中纯真少女的哀伤、幽怨、爱情愈显得可亲可近，令人爱怜；厌烦了'三突出'作品千篇一律的结构套路，川端作品的清新自然真让人耳目为之一新。川端的作品中那种古典风格的美，遣词造句的精巧都让人尽情感受着艺术的无穷滋味。特别是川端并不以故事情节取胜，只着重对人物的感情和内心的描写，心理与客观、动与静、景与物、景与人的描写是那样地和谐统一，对我有很大的启发，触动了我的创作灵感"。在停笔三四年后，王小鹰在川端康成的感召下又开始写作了。这段时间她的创作，可以说是对于川端康成的亦步亦趋的追随。据王小鹰说，她的创作在三个层次上学习川端康成，"我将那时的作品分为三类：一类是只学川端取材的方法，以真情写引起自己感触的身边的凡人凡事，单纯清新自然，比如《翠绿的信笺》《别》《闪亮、闪亮、小星星》《净秋》等等；另一类是刻意效仿川端风格的，细腻、忧郁，有着淡淡的哀愁，却也很空洞，如《前巷深、后巷深》，写得很精美却有无病呻吟的倾向；还有一类我自以为是写得比较成功的，像《相思鸟》《雾重重》《新嫁娘的镜子》等，艺术上学川端，追求完美而内容也较为充实"。在那很长一段时间里，王小鹰沉溺在川端风格中流连忘返，"这在我前3部小说集中都多少有所反映"。①

莫言也曾自述，自己的创作是经过了川端康成的启迪以后才得到飞跃的。莫言自新时期的1979年开始写作，而直到1984年才接触到川端康成作品，他没有亦步亦趋地模仿川端康成，而是在川端康成的启发下找到了属于自己的世界，于是能有较大的成就。川端康成对于莫言的作用，也是让他摆脱文学的政治化效应，而走向文学审美。莫言说："在我刚开始创作时，中国的当代文学正处在所谓的'伤痕文学'后期，几乎所有的作品，都在控诉'文化大革命'的罪恶。这时的中国文学，还负载着很多政治任务，并没有取得独立的品格。我摹仿着当时流行的作品，写了一些今天看起来应该烧掉的作品。只有当我意识到文学必须摆脱为政治服务的魔影时，我才写出了比较完全意义上的文学作品。"使莫言觉悟的，是对于川端康成《雪国》的阅读。《雪国》中既无重要题材，也无中心故事，有的是对于生活的毛茸茸的生活感，这让莫言感到前所未有的奇异。当驹子在冬天的早晨离开岛村的屋子时，小说有这样描写：

> 她面对着枕旁的梳妆台照了照镜子。"天到底亮了。我要回去了。"岛村朝她望去，突然缩了缩脖子。镜子里白花花闪烁着的原来是雪。在镜中的雪里现出了女子通红的脸颊。这是一种无法形容的纯

---

① 王小鹰：《从川端康成到托尔斯泰》，《外国文学评论》1988年第3期。

洁的美。也许是旭日东升了，镜中的雪愈发耀眼，活像燃烧的火焰。浮现在雪上的女子的头发，也闪烁着紫色的光，更增添了乌亮的色泽。大概为了避免积雪，顺着客栈的墙临时挖了一条小沟，将浴池溢出的热水引到大门口，汇成一个浅浅的水潭。一只壮硕的黑色秋田狗蹲在那里的一块踏石上，久久地舔着热水。

读到这里，莫言再也按捺不住了，连一只狗都可以如此质朴地进入小说，他明白了什么是真正的文学，"我的觉悟得之于阅读，那是十五年前冬天里的一个深夜，当我从川端康成的《雪国》里读到'一只壮硕的黑色秋田狗蹲在那里的一块踏石上，久久地舔着热水'这样一个句子时，一幅生动的画面栩栩如生地出现在我的眼前，我感到像被心仪已久的姑娘抚摸了一下似的，激动无比。我明白了什么是小说，我知道了我应该写什么，也知道了应该怎样写。在此之前，我一直在为写什么和怎样写发愁，既找不到适合自己的故事，更发不出自己的声音。川端康成小说中的这样一句话，如同暗夜中的灯塔，照亮了我前进的道路"。莫言已经顾不上把《雪国》读完，他放下川端康成，抓起了自己的笔，写出了这样的句子："高密东北乡原产白色温驯的大狗，绵延数代之后，很难再见一匹纯种。"这是他的小说中第一次出现"高密东北乡"这个字眼，"也是在我的小说中第一次出现关于'纯种'的概念"。这篇小说就是后来赢得过台湾联合文学奖并被翻译成多种外文的《白狗与秋千架》。从此之后，莫言将他的小说之家安在了"高密东北乡"这样一个他用之不竭的生活源泉之上。

"一只壮硕的黑色秋田狗蹲在那里的一块踏石上，久久地舔着热水"，这仅仅是一句普通的文学描写，它之所以产生了改变莫言创作道路的力量，是因为它让停留在题材先验，主题先行阶段的中国作家感到了文学的真正对象和审美品质，"我一直找不到创作的素材。我遵循着教科书里的教导，到农村、工厂里去体验生活，但归来后还是感到没有什么东西好写。川端康成的秋田狗唤醒了我：原来狗也可以进入文学，原来热水也可以进入文学！从此之后，我再也不必为找不到小说素材而发愁了"。莫言对此有一理论总结："每一个作家都必然地生活在一定的社会政治环境中，要想写出完全与政治无关的作品也是不可能的。但好的作家，总是千方百计地使自己的作品具有更加广泛和普遍的意义，总是使自己的作品能被更多的人接受和理解。好的作家虽然写的很可能只是他的故乡那块巴掌大小的地方，很可能只是那块巴掌大小的地方上的人和事，但由于他动笔之前就意识到了那块巴掌大的地方是世界的一个不可缺少的组成部分，那块巴掌大的地方上发生的事情是世界历史的一个片段，所以，他的作品就具有了走向世界，被全人类理解和接受的可能性。"① 这里，莫言已经化用了美国现代主义作家福克纳对他的影响，福克纳给莫言的影响是他将目光始终盯在他像邮票一样大的家乡里，应该说莫言是经过了川端康成才到达福克纳的，川端康成首先告诉他什么是文学的真正对象。

余华在读川端康成的时候，只是一个普通读者，还没有开始创作。据余华回忆，"1982 年在浙江宁波甬江江畔一座破旧公寓里，我最初读到川端康成的作品，是他的《伊豆的歌女》，那次偶然的阅读，导致我一年以后正式开始的写作，和一直持续到一九八六年春天的对于川端康成的忠贞不渝。那段时间我阅读了译为汉语的所有川端作品。他的作品我都是购买双份，一份保藏起来，另一份放在枕边阅读。后来他的作品集出版时不断重复，但只要一本书中有一个短篇我藏书里没有，购买时我就毫不犹豫"。② 川端康成在余华的阅读经验中提供了一个完全不同的天空，让他感受到了审美的魅力，从而发现了写作的形式，这让他走上创作的道路。让余华感受最深的，是川端康成生机勃勃的感觉力和描写的精美，这使余华发现了作为一个作家的独特目光。当然，在余华后来遇到卡夫卡之后，真正感受到西方现代主义意识的时候，他已经能够对于川端康成"过于沉湎在自然的景色与少女肌肤的光泽之中"表示不满了。

在谈到外国文学对自己影响时，王小鹰称自己是"从川端康成到托尔斯泰"，余华则称自己是从川端康成到卡夫卡，莫言则是从川端康成走到福克纳，姑且不论这些作家是否走到了托尔斯泰、卡夫卡、福克纳，川端康成之为中介则是无疑的。这种中介作用主要表现在，川端康成启动了新时期作家的审美眼光，使其从政治化、社会化的写作中逃脱出来。

---

① 莫言：《我变成了小说的奴隶——在日本京都大学的讲演稿》，（日）《新华侨》1999 年末合并号。

② 余华：《川端康成与卡夫卡》，《外国文学评论》1990 年第 2 期。

中日学者眼中的《桃太郎》

乌日古木勒（中国社会科学院文学研究所）

一 中国学者眼中的《桃太郎》

笔者目前看到的中国学界研究《桃太郎》的论文 23 篇，译文 1 篇，其中从文化史与跨文化交流的视角研究日本民间故事《桃太郎》的论文 9 篇；研究日本作家芥川龙之介根据日本民间故事《桃太郎》改写的作品《桃太郎》的论文 7 篇。

（一）中日文化交流视野下的《桃太郎》

宋协毅的论文《〈桃太郎〉故事新探——从文化史与跨文化交际的视角出发》通过对桃太郎的故事与《西游记》的比较研究，分析桃太郎与孙悟空特异诞生母题的相似性与人物个性的相异性，探讨了《西游记》对《桃太郎》故事的影响。并且对桃太郎的故事进行了文化史与跨文化交流层面的分析，大胆推测桃太郎的故事是中国的古代桃文化与土家族的民间传说传入日本之后逐渐交叉形成的。我国土家族有一则族源传说与日本桃太郎的诞生极其相似。传说中土家族远祖婆不能生育，她吃了河里漂来的八个桃子和一朵桃花，就生了八个儿子和一个女儿，后来繁衍成了土家族。随着从远古时代的桃崇拜、桃的驱邪作用、桃文化所具有的性意识和土家族文化的影响，形成了《桃太郎》故事的原型。后来桃太郎的故事被军国主义利用，被改写，成了宣传侵略战争的思想武器。①

---

① 宋协毅：《〈桃太郎〉故事新探——从文化史与跨文化交际的视角出发》，《日语学习与研究》2004 年第 1 期，第 60 ~ 63 页。

　　韩若冰在论文《日本民间童话故事"桃太郎"的文化解读》中指出，日本《桃太郎》故事的原型很可能就是我国土家族族源传说。桃具有多产的意喻和辟邪的作用。因此，桃太郎故事的原始母题在于生育，具有祈福多子的意义。作者认为，关于桃太郎出生方式由"回春说"变成"果生说"是为了儿童教育的便利。桃太郎作为生育崇拜的故事，象征成年人以桃禳灾避邪，祈求安产、多子的美好愿望，同时，包含着"女阴崇拜"习俗。当这个故事由成年人讲给儿童听的时候，生育的意义就被淡化了。故事的母题也就由生育的意义转移到针对少年儿童成长教育上了。①

　　所谓"回春型"，即老奶奶将河里漂来的桃子带回家后与老爷爷一起吃下去，俩人都返老回春，生下了桃太郎；而"果生型"，即老奶奶将桃子切开时，从桃子里跳出一个小男孩——桃太郎。据日本民俗学家研究，在江户时代前期的文献中，桃太郎的出生多为"回春说"。明治之后，桃太郎的出生形式之所以出现由"回春说"向"果生说"转变这种现象，主要是为了适应故事的对象开始由成年人向儿童的转变，考虑了儿童的教育作用。

　　作者认为，作为桃之精灵的桃太郎去讨伐鬼岛上的鬼魅，无疑是传统驱鬼逐疫"大傩"民俗活动在民间故事中的反映。故事中桃太郎要去打鬼的年龄正好是日本人认为孩子已经成熟的年龄。"魔鬼"在桃太郎故事中，可以理解为日本男孩成年礼中必然经历的困难的具象化。桃太郎讨伐鬼岛时带领的几个部下（狗、猴子和山鸡）则体现了传统朴素的集体主义意识。因此，桃太郎讨伐鬼岛的故事原型体现了日本男孩成年仪式民俗。后来，《桃太郎》的故事被军国主义利用，原始的象征意义被异化，成了煽动日本人发动对外侵略战争，鼓舞士气的工具。

　　作者从民俗文化与跨文化交流的视角探讨日本民间故事《桃太郎》原型及其象征意义，对国内学界认识日本民间故事《桃太郎》的民俗文化价值提供了参考。但没有关注到日本著名民俗学家关敬吾早已提出了桃太郎的民间故事体现了成年仪式民俗的观点。关敬吾在论文《关于日本民间故事的社会性研究》中提出了，日本民间故事《桃太郎》反映了成年仪式民

---

① 韩若冰：《日本民间童话故事"桃太郎"的文化解读》，《民俗研究》2008 年第 2 期，第 231～237 页。

俗的观点。①

马丹丹在硕士学位论文《桃太郎故事的产生与桃驱魔文化》中概述柳田国男和关敬吾等日本著名民俗学家对桃太郎故事的研究成果，为中国学界认识《桃太郎》故事的研究提供了参考。本文通过对桃太郎的不同时期的三个文本，即江户时代最古老的赤本《桃太郎》故事的文本、岩谷小波改写的桃太郎文本和明治二十年的《寻常小学读本》中载入的《桃太郎》故事文本的比较研究，梳理桃太郎故事的情节结构形成过程。通过比较上述三个文本，总结和分析《桃太郎》故事的要素和结构，在此基础上对《桃太郎》故事的三个文本的情节结构进行比较研究，考察《桃太郎》故事的产生与桃驱魔文化的关系。通过探讨《桃太郎》故事产生的桃文化背景，提出了《桃太郎》故事反映了日本桃驱魔文化的观点。② 本文通过考察《桃太郎》故事反映的桃驱邪除魔文化与中日共通的关于桃的民俗文化，探析桃驱邪除魔文化在日本民间广为流传，成了桃太郎民间故事形成的桃文化背景。作者依据文献记载，考证了中国桃驱魔文化比日本桃驱魔文化的记载早，并指出日本桃驱魔文化受到了中国桃文化的影响。本文为中国学界深入认识日本民间故事《桃太郎》提供了重要参考。

魏雅榕的论文《桃太郎故事与孙悟空故事新探——通过故事比较研究文化表象下的文化内核》，通过对日本传统的桃文化和桃太郎的故事与中国的孙悟空故事的比较研究，探讨了中日两国在相同或类似的文化表象下的不同文化内核。③ 本文通过分析日本人塑造的桃太郎性格与中国人塑造的孙悟空性格的表象特征，透视这两个人物身上反映的日本国民性格与中国国民性格。以桃太郎为代表的尚武的日本人海洋性格与以孙悟空为代表的尚文的中国人大陆性格。中日都是崇尚集体主义的民族，但是日本具有在协同合作基础上突出个人主义的民族性格特征；中国则有突出个人能力但以集体主义为最高利益的民族性格特征。

王秀文的论文《论中日"桃"文化的性象征》④、方志娟的论文《浅

---

① 〔日〕关敬吾：《关敬吾著作集1：民间故事的社会性》，同朋舍，1980，第134页。
② 马丹丹：《桃太郎故事的产生与桃驱魔文化》，外交学院2011级硕士学位论文，第35页。
③ 魏雅榕：《桃太郎故事与孙悟空故事新探——通过故事比较研究文化表象下的文化内核》，《湖北广播电视大学学报》，2014年第2期。
④ 王秀文：《论中日"桃"文化的性象征》，《外国问题研究》1997年第4期，第25~29页。

议日本的桃信仰》①、刘立善的论文《日本"桃"文化史》②、刘晓峰的论文《中国桃信仰民俗在日本的传播与影响》③ 和蔡春华的论文《民间故事中的日本——说说桃太郎和蟹猴大战》④ 中从桃信仰民俗的视角研究日本民间故事《桃太郎》，并指出《桃太郎》是中国桃驱邪除魔文化传入日本之后形成的观点。

（二）对芥川龙之介小说《桃太郎》的评价

张应林在《芥川龙之介对〈桃太郎〉故事的改写》中指出，芥川的小说《桃太郎》基本套用了原故事的结构，但完全改变了《桃太郎》民间故事的象征意义，体现在以下几个方面。

（1）小说开头增加了原故事没有的"神鸟"意象，桃太郎是从神鸟啄掉的果实里诞生。神鸟象征天皇。芥川对原故事开头的改写不仅批判了侵略者们行为的非正义性，还把讽刺的矛头指向了天皇。（2）民间故事中桃太郎是被歌颂的英雄少年。然而，在芥川笔下的桃太郎是不讨人喜欢的，与随从关系不和谐的形象。（3）芥川描写的鬼们热爱和平，鬼岛是一片美丽的天然乐土。芥川把《桃太郎》故事中善恶关系特意作了颠倒处理。这不仅说明了桃太郎征伐鬼岛的行为是野蛮的侵略，也表现了作者对人性的思考。（4）芥川对鬼岛的孩子们充满了同情。（5）芥川对原故事的结尾作了改写，表达了他对日本军国主义未来走向的忧虑。⑤

作者通过分析日本作家芥川龙之介在小说《桃太郎》中对民间故事《桃太郎》的象征意义的重新建构，高度评价了芥川龙之介站在正义的立场上敢于创造批判日本当时军国主义思想的作品的勇气、觉悟和责任心。

李慧婷在《芥川文学中的反战意识——以〈将军〉〈桃太郎〉等6作品为中心》中，通过芥川龙之介中国旅行后所写的《桃太郎》等作品的分析，探讨其反战意识及其反战思想与中国旅行的关系。本文第四章概述了

---

① 方志娟：《浅议日本的桃信仰》，《学术探讨》，2011。

② 刘立善：《日本"桃"文化史》，《日语知识》2012 年第 8 期，第 41 ~ 44 页。

③ 刘晓峰：《中国桃信仰民俗在日本的传播与影响》，《广西民族大学学报》2011 年第 33 卷第 3 期，第 91 ~ 94 页。

④ 蔡春华：《民间故事中的日本——说说桃太郎和蟹猴大战》，《中华读书报》2007 年 4 月 4 日，第 018 版。

⑤ 张应林：《芥川龙之介对〈桃太郎〉故事的改写》，《怀化学院学报》2007 年第 1 期。

《桃太郎》的故事在不同时代的改变以及被军国主义利用，成了日本侵略战争的思想武器的过程。作者从以下三个方面分析了芥川的反对侵略战争的思想。

首先，芥川的小说《桃太郎》中对鬼的描述与民间故事相反，芥川把鬼描写成被侵略的受害者。其次，把桃太郎和随从描写成了为利益相结合的侵略他人的团伙。再次，芥川塑造了不愿意靠自己的劳动谋生，而为了掠夺财宝征伐鬼岛的桃太郎的形象。①

杜文倩在《论作家文学对民间童话的创造性继承与建构——以芥川龙之介的〈桃太郎〉为例》中指出，《桃太郎》的民间故事引起众多日本作家的关注和改写。在持续被改写的过程中，桃太郎的叙述母题一再演变，原始的象征意义被层层剥离被置换为与时代相契合的现实意义，甚至成为武士道精神和军国主义的代言者。然而，芥川龙之介创作的小说《桃太郎》其颠覆性改写与当时的日本政治背景大相悖离，不啻大正文坛的一枚重磅炸弹。这篇小说以民间故事原型为基础，对原有的人物形象、主题思想、文本内涵等予以新创，赋予民间故事以全新的社会功能，成为日本文学中极度大胆又富于个性的存在。②

芥川小说《桃太郎》以日本民间故事《桃太郎》为底本，创造性地塑造了与传统的民间人物勤劳、勇敢、正直的形象完全不同的懒惰、贪婪、邪恶、凶残的桃太郎形象。小说中桃太郎侵略鬼岛完全是出自贪婪和懒惰。作者指出，芥川一方面沿袭与传承《桃太郎》的民间故事的诞生——成人——寻宝三段式叙事模式；另一方面在人物刻画、情节安排和思想内涵方面，改编与重新建构，赋予桃太郎的故事新的寓意。芥川的创作给文人作家提供了传承民间文学的一个成功范例。

赵铭在《试论芥川龙之介〈桃太郎〉中的反军国主义思想》③ 和林啸轩在《战天皇制禁忌的〈桃太郎〉》④ 中，研究芥川龙之介创作的小说《桃太

---

① 李慧婷：《芥川文学中的反战意识——以〈将军〉〈桃太郎〉等6作品为中心》，华中师范大学硕士学位论文，2014，第37～41页。
② 杜文倩：《论作家文学对民间童话的创造性传承与建构——以芥川龙之介的〈桃太郎〉为例》，《民俗研究》2013年第3期，第144～149页。
③ 赵铭：《试论芥川龙之介〈桃太郎〉中的反军国主义思想》，《安徽文学》2011年第1期。
④ 林啸轩：《战天皇制禁忌的〈桃太郎〉》，《解放军外国语学院学报》第34卷第2期，第115～118页。

郎》对原故事的巧妙改写和艺术表现手法，探析作品背后的隐喻意义，指出作品中对日本军国主义的批判，并探讨作家反军国主义思想的形成因素。

林岚和吴静的《近代中国文化人对一个日本作家的影响——评芥川龙之介的小说〈桃太郎〉》① 和邱稚芬的论文《章炳麟对日本作家芥川龙之介创作之影响》② 中论述了中国近代思想家章太炎对日本作家芥川龙之介的深刻影响。作者认为，小说的创作动机，或者说芥川对民间故事《桃太郎》的精神实质的认识直接来自于中国近代思想家章太炎。

（三）多重视野下的《桃太郎》

秦刚在《"漫画电影"中的桃太郎——对外战争的动画光影》中，通过分析第二次世界大战前制作的《日本第一桃太郎》《空中桃太郎》《海中桃太郎》《绘本1936年》《桃太郎之海鹫》《桃太郎海之神兵》等以日本民间故事桃太郎为主人公的六部动画电影，论述了这些动画片采用日本民间故事《桃太郎》的战争题材，并夸大桃太郎的神力，把桃太郎塑造成具有上天入地、战无不胜本领的好战英雄。动画片的制作者们利用日本人家喻户晓的桃太郎的故事，塑造了日本军神形象，对日本民众灌输军国主义思想，并煽动日本民众积极参与战争。本文选取战前日本拍摄的以桃太郎为主人公的"漫画电影"作为分析对象，从中探寻这些作品的创编与各时期日本的对外关系、他者想象等外部因素及社会心理的对应关系。③

李常清的《"桃太郎"在各时代的讲授方式探析》一文，通过分析《桃太郎》故事在室町末到江户初期、明治时期、大正时期、昭和时期以后等不同历史时期的讲授方式的不同，指出室町末到江户初期的桃太郎朴素而又粗犷，没有后世以各种形式追加的桃太郎讨伐鬼之理由。对桃太郎的描写"力大无穷"的一面尤为凸显；到了明治时期，有些作品继承了前一时期朴素的一面，也有作品反映了当时的民族主义风潮；大正时期，受大正自由主义的影响，出现了以童心主义为宗旨，充满牧歌情调的作品。

① 林岚、吴静：《近代中国文化人对一个日本作家的影响——评芥川龙之介的小说〈桃太郎〉》，《东北师大学报》1998年第6期，第66~69页。
② 邱稚芬：《章炳麟对日本作家芥川龙之介创作之影响》，《中山大学学报》（社会科学版）1999年第1期，第69~73页。
③ 秦刚：《"漫画电影"中的桃太郎——对外战争的动画光影》，《日语学习与研究》2016年第3期，20页。

其代表作有楠山正雄的《桃太郎》。该版本中桃太郎被描写成了一个对珍奇事物充满强烈好奇心，童心十足的孩子。实际上，桃太郎对珍奇事物的好奇心象征着当时日本积极吸收欧美文化的大正自由主义。而进入昭和时期，桃太郎曾一度被刻画成侵略者之子，侵略者们试图把当时的侵略思想和排他思想正当化。和日本的侵略思想相结合创作出的《桃太郎》作品群中佐藤红绿的《桃太郎远征记》颇具代表性。作者通过概述和分析日本民间故事《桃太郎》在不同时代的被改写、被重新解释的过程，阐释了《桃太郎》故事在不同语境下所起的不同社会功能。①

李广、高山达雄的《从"樱花魂"到"桃太郎精神"——日本昭和初期小学国语课程价值取向剖析》，研究了被选入日本昭和初期小学国语教科书第一册中的两篇课文《樱花》与《桃太郎》的价值取向和社会功能。作者认为，《桃太郎》一课旨在塑造学生的"爱心""勇气""孝行"与"海外发展"的品格与精神。这两篇课文在日本国语教育史上具有重要的地位和深远的影响，其课程价值取向具有浓重的军国主义思想色彩。本文对日本昭和初期小学国语课程价值取向中的军国主义思想进行了深入的剖析，无论是对日本还是对中国都具有重要的历史与现实意义。②

梁爱露在《从文化内涵的角度看〈浦岛太郎〉和〈桃太郎〉故事》中比较《浦岛太郎》和《桃太郎》故事的文化内涵，认为不同时代不同背景下形成的《桃太郎》和《浦岛太郎》故事，表面上看起来没有任何关联，如果仔细推敲我们不难发现这两个故事都是借助神仙的力量，表达了人们在不同时期的不同愿望，也反映出人们对美好事物的向往。③

张暄在《桃太郎的传人——日本国民特性探究》中深入分析日本民间故事《桃太郎》的主题，认为日本人的桃太郎的精神信念，向我们揭示如下的国民特性：①尚武与对外扩张；②强者崇拜和现实主义的生存态度；③恃强凌弱的两面性；④以小为美、以小为上，日本凭着以弱胜强，以小搏大这种精神信念，在适当的时机可以创造奇迹，滥用这种信念，则会造

---

① 李常清：《"桃太郎"在各时代的讲授方式探析》，《周口师范学院学报》第31卷第4期，第56～58页。

② 李广、高山达雄：《从"樱花魂"到"桃太郎精神"——日本昭和初期小学国语课程价值取向剖析》，《外国中小学教育》2008年第10期，第53～57页。

③ 梁爱露：《从文化内涵的角度看〈浦岛太郎〉和〈桃太郎〉故事》，《高校讲坛》2010年第31期，第568～569页。

成灾难。历史充分证明了这一点。①

贾平在《中日"怪异儿"故事比较——以中国〈豆团〉、〈枣孩〉与日本〈桃太郎〉为例》中，通过比较中国"怪异儿"故事《豆团》《枣孩》与日本"怪异儿"故事《桃太郎》的异同，探究民间故事的共同性，以及故事背后隐藏的两国文化的特色。它们在叙事技巧、叙事心理、听众接受方面有一致性；在故事所体现的道德诉求、时代及文化背景方面有着鲜明的差异性。②

王晓丽、李留芳在《桃太郎与日本国民印证》中对《桃太郎》的故事进行了文化史以及跨文化交际方面的挖掘。对"桃太郎"的原型及故事所反映出来的日本文化做了探讨，首先探讨了日本喜欢小巧玲珑的缩小意识；其次探讨了日本人尚礼好斗且爱敛财的性格；最后探讨了日本人能够从容面对失败，并迅速战胜困难的优秀品质。另外，夏宇继译介了日本民俗学家伊藤清司的论文《桃太郎的故乡》。③

总结上述内容，中国学界主要从文化史与中日文化交流的视角研究《桃太郎》的故事，并提出《桃太郎》的民间故事是中国桃驱邪文化和中国土家族族源传说传入日本之后形成的观点。中国学界通过研究芥川龙之介根据日本民间故事《桃太郎》改写的小说《桃太郎》，指出芥川龙之介作品虽然套用了原故事的结构，但完全改变了《桃太郎》民间故事的主题和象征意义，体现了作者反对军国主义的立场，并且称赞和高度评价他对日本侵略战争的尖锐批判。

二 日本学者眼中的《桃太郎》

笔者想概述柳田国男、关敬吾和野村纯一等日本代表性民俗学家对《桃太郎》的研究成果和主要观点。日本民俗学界公认柳田国男《桃太郎》研究开启了日本民间故事真正意义上的民俗学研究。

---

① 张暄：《桃太郎的传人——日本国民特性探究》，《消费导刊》，2006，第146～148页。
② 贾平：《中日"怪异儿"故事比较——以中国〈豆团〉、〈枣孩〉与日本〈桃太郎〉为例》，《湖北民族学院学报》2005年第2期，35～38页。
③ 伊藤清司：《桃太郎的故乡》，夏宇继译，《民族文学研究》1992年第1期。

（一） 柳田国男眼中的《桃太郎》

柳田国男选择从江户时代到近代作为童话故事被改编的《桃太郎》为研究对象，追溯其原型，并与类似的日本民间故事进行多层次多角度的比较研究，指出作为童话的《桃太郎》故事寻求妻子的母题脱落。并提出民间故事不是独立的、固定化的东西，而是随着社会历史的发展而不断发生变异的观点。他通过比较研究，指出了日本五大著名民间故事之间的相互影响和相互重叠关系。柳田国男从日本人民间信仰的角度阐释和论述《桃太郎》故事的起源和发展。并提出了"小小人"的概念。《桃太郎》《瓜子姬》《一寸法师》和《力太郎》等日本著名民间故事的主人公都是作为特异诞生的小小人登场。"小小人"通常指无子女的夫妇通过向神灵求子，神灵赐给具有神性的孩子。关于桃子的象征意义柳田采取了与他前后的研究者很大不同的立场。柳田关注过去的研究者们，即江户时代的著名小说家曲亭马琴在这一民间故事中有关桃子的象征意义，柳田虽然认可桃子的独特性，但并不那么重视其意义，而强调"小小人"的主题表示几则民间故事之间的关联，在《桃太郎》的故事中明显的构成核心部分。并且把这个主题与日本宗教信仰体系相关联。总之，柳田的解读是这则民间故事随着日本人迁移生活圈，得到了发展。柳田说，桃太郎从桃子诞生情节反映了关于人与神界接触的民间信仰。

柳田国男为了寻求《桃太郎》故事的原型，从日本全国各地采集了《桃太郎》故事的几百个异文，其中包含桃太郎娶妻母题的异文屈指可数。后来，经野村纯一的考察，被判断为这几则异文是《桃太郎》与其他民间故事的混杂。那么，柳田为什么主张桃太郎为了寻求妻子而出征呢？从柳田著作《民间故事的采集手册》的排列中能够找到该问题的答案。柳田把《桃太郎》的故事排在最前面。柳田把《桃太郎》的故事作为祖型故事，从诞生开始，经历儿童时代，面对人生所带来的各种难题，得到伙伴动物的协助，迎接结婚生子的幸福大团圆。这种排列暗示这些民间故事不仅仅是为了娱乐，而是反映了有关人生的深刻思想。①

---

① Ronald A. Morse，赤坂宪雄编《世界の中の柳田国男》，菅原克也监译，伊藤由纪、中井真木译，藤原书店，2012，第 198～207 页。

柳田国男认为，从河里飘来的桃子里诞生小男孩，并给他起名为桃太郎的民间故事在其他临近的民族中没有发现，因此，《桃太郎》是以日本固有信仰为根源形成的民间故事。① 柳田国男认为，桃太郎从河里漂来的桃子里诞生这一母题与日本人祖先信仰有关。远离海的日本山地民众具有在高山和山峰上迎接和祭祀神灵的习俗。所以，相信沿着山涧水流，存在接近人间的精灵。②

柳田国男推测，《桃太郎》的故事不仅是征伐鬼，获得财宝的故事，而是通过征伐鬼获得配偶，成家立业，过上幸福生活的故事。柳田国男认为，《桃太郎》的故事中娶妻的母题脱落。从日本全国各地搜集到的《桃太郎》故事的众多文本中有几则桃太郎娶妻母题的文本。柳田国男把此类的故事文本当作《桃太郎》的原型。

笔者认为，野村纯一的著作《新桃太郎的诞生》和外国学者亨利写的一篇论文《乡土研究与柳田民俗学中的桃太郎塑像》对柳田国男桃太郎研究进行了较好的评述。

野村纯一说，日本人尽管人人皆知《桃太郎》的故事，但真正懂它的人极少。日本学界对《桃太郎》的故事采取敬而远之的态度。他认为，关于《桃太郎》故事的常识和共同的观念实际极其暧昧含糊。③ 野村纯一认为，日本真正意义上的民间故事研究始于柳田国男的《桃太郎的诞生》。他在《新桃太郎的诞生》中高度评价柳田国男关于《桃太郎》的起源和发展研究的同时，对柳田国男选定的《桃太郎》故事标准文本以及对《桃太郎》故事结构的推测和故事起源的论述提出了质疑。野村纯一认为，柳田国男为揭示日本人的国民性而选择民间故事作为研究对象，并按照自己的构想建构了理想的桃太郎形象。他认为，柳田国男对日本各地区《桃太郎》故事异文的考察略微不够，并过分重视"小小人"的理念，即桃太郎从桃子里异常诞生母题，忽略了关于《桃太郎》诞生的另一种说法，即老奶奶吃了河里漂来的桃子，返老回春怀孕生桃太郎的"回春型"母题。然而，实际看江户时期的画卷，"回春型"诞生图案占绝大多数。④

---

① 〔日〕柳田国男：《柳田国男全集 10》，筑摩书房 1990 年，第 31 页。
② 〔日〕柳田国男：《柳田国男全集 10》，筑摩书房，1990，第 33 页。
③ 〔日〕野村纯一：《新桃太郎の诞生》，吉川弘文馆，2000，第 2 页。
④ 〔日〕野村纯一：《新桃太郎の诞生》，吉川弘文馆，2000，第 5 页。

西方学者亨利在《乡土研究与柳田民俗学中的桃太郎塑像》中说，柳田国男把桃太郎的故事当作日本国家认同和文化认同的民间故事来进行研究，对此故事倾注了极大的关注。柳田之前的日本民俗学者则仅仅把桃太郎当作代表地域文化的传说来阐释和研究。这篇文章高度评价了民间故事研究在柳田国男民俗学思想中的重要地位，认为对《桃太郎》的研究意味着柳田民俗学理论基础的形成。柳田国男强调日本民间故事与欧洲民间故事的比较研究和日本不同地区、不同时代民间故事的比较研究，可以说柳田国男对《桃太郎》的研究开创了日本民间故事的比较研究方法。

（二）关敬吾眼中的《桃太郎》

关敬吾质疑《桃太郎》故事是否像柳田国男认为的那样以诞生问题作为中心理念。关敬吾在《桃太郎的乡土》中探讨桃太郎的乡土究竟在何处，并能够追溯到什么时代。关敬吾认为，不应该把桃太郎的故事看作单个的母题来分析，而应该当作整体来比较研究。桃太郎从桃子里诞生只是诞生母题，而不是桃太郎的故事。[①] 显然，关敬吾在批评柳田国男的过于注重桃太郎的诞生母题的研究视角和方法。

关敬吾认为，构成《桃太郎》故事的母题主要有三个：（1）主人公特异诞生。（2）主人公神奇的伙伴。（3）解救姑娘并与她结婚。[②] 关敬吾很重视柳田国男根本不重视的"神奇的伙伴"这一母题，并探究这个复合型民间故事的原型。他推定日本《桃太郎》的故事是以第二母题为核心的《力太郎》型故事中派生出来而又独立了的故事，特别是在海外找到了类似的故事。于是，他便做出《桃太郎》的原型并不是在日本产生的，而是从海外传来的"归化民间故事"。关敬吾认为，《桃太郎》故事类型最古老的记录当属公元前7世纪的希腊英雄传说《阿耳戈船的英雄们》。他认为，与这个传说类似的故事，在以小亚细亚为中心的世界各地均有分布，东部的土耳其，印度以及东南亚诸岛都可见到。经由中国、朝鲜半岛传到日本，这是流传路线之一，传入时期要比《古事记》和《日本书纪》的成书还早。关敬吾认为，《古事记》和《日本书纪》中的《神武东征》就是

---

① 〔日〕关敬吾：《关敬吾著作集4：日本昔话の比较研究》，同朋舍，1980，第209～210页。
② 〔日〕关敬吾：《关敬吾著作集4：日本昔话の比较研究》，同朋舍，1980，第212～214页。

《阿耳戈船的英雄们》故事的类型，并将《桃太郎》故事与《神武东征》传说进行比较，判定《神武东征》是《桃太郎》的类型。① 对关敬吾的观点，日本民俗学界持赞成和反对态度的人都有。伊藤清司认为，最大的问题是缺乏客观性的比较资料。

关敬吾说，以《桃太郎》和《一寸法师》为代表的民间故事在日本广为流传的同时，在世界其他民族中此类民间故事也广为流传。他认为，从众多《桃太郎》故事的异文分析，《桃太郎》不是通过征伐鬼完成婚姻大事的故事，而是体现了成年仪式中考验年轻人的勇气和胆量的民间故事。②

（三）野村纯一眼中的《桃太郎》

野村纯一在《新桃太郎的诞生》中探讨日本各地区流传的《桃太郎》故事文本，并且分析了把民间故事作为旅游资源利用的日本远野市对《桃太郎》故事的造型、塑造、建构以及实际效果。他认为，远野市建构"民间故事路"吸引旅客的构想和尝试都很好。既有创新又有经济效益。但对是否充分发挥预期的作用存在质疑。③ 野村纯一深入分析主题为"我们在等待"的远野市"民间故事路"上的《桃太郎》故事的雕塑，中间有个很大的桃子，左右两旁有骑着狗的猴子和野鸡三只动物，目不转睛地守护着即将来临的决定性的瞬间。他认为，基于《桃太郎》故事的这个雕塑是目前表示最卓越力量的作品。雕刻者的手法是象征性的，大胆的、格调高的，周围表现出宁静的氛围的好作品。该作品的意义在于突破传统，力图开拓独特的世界。该作品的想法非常有趣。我们把这些动物理解为主人公的随从还是把主人公从危难中解救的"援助者们"。可以说，"三个伙伴"的认识，桃太郎故事的理解和解释徘徊在两个决定性的岔路。在这幅作品中，主人公出生前赋予三只动物"我们在等待"的物理性的时间和位置实际担负着非常重要的意义。④ 雕刻者对《桃太郎》民间故事赋予了新意和想象空间。

伊藤清司比较《桃太郎》故事与中国的桃太郎类型的故事《枣孩儿》

---

① 〔日〕关敬吾：《关敬吾著作集4：日本昔话的比较研究》，同朋舍，1980，220～225页。
② 〔日〕关敬吾：《关敬吾著作集1：民间故事的社会性》，同朋舍，1980，第127～128页。
③ 〔日〕野村纯一：《新桃太郎の诞生》，吉川弘文馆，2000，第22～35页。
④ 〔日〕野村纯一：《新桃太郎の诞生》，吉川弘文馆，2000，第22～24页。

《苹果郎》《八兄弟》《金龙报仇》和《桃李哥和魔法师的女儿》等，提出中国也有从桃里出现的"小小人"的故事的观点。并且指出，中国自古以来把桃视为仙果，相信它有驱邪除魔的功能，把桃作为传宗接代的一种象征而加以崇尚。因此，把中国大陆称为关于桃中诞生的神童故事的发源地，将中国视为《桃太郎》的故乡。伊藤清司的观点与中国学者相通。

当柳田国男力图把《桃太郎》作为代表日本人的民间故事来研究时，日本有些乡土研究者试图把《桃太郎》的民间故事作为地方传说来推广。在今天的日本与桃太郎的故事相结合的著名的地方之一是冈山市。在冈山市火车站前引人注目的地方摆放着桃太郎的青铜像。该地方学者难波金之助和志田义秀考证桃太郎是《古事记》中登场的传说性人物，并探讨桃太郎与冈山市的关系。

日本一些地方学者力图把《桃太郎》的故事作为传说，把桃太郎与地方历史联系起来。他们试图把桃太郎的故事与地名相结合，并且利用《桃太郎》的故事发展当地的旅游业。而柳田国男把《桃太郎》的故事作为日本国家的象征，超越地域文化，从国家和民族的高度阐释和分析。这是柳田国男与地方学者们的分歧。

三 中日学者眼中《桃太郎》的区别

民间故事不是单纯地说给儿童听的故事。看似简单的民间故事寓意深刻，所起的社会功能也巨大。以成年仪式民俗为原型的日本民间故事《桃太郎》在日本流传过程中，受到日本各个时代作家和文人的广泛关注，不断地被改写，改变原初的主题和象征意义，赋予新的寓意，赋予全新的社会功能。由于中日两国学者们的学术立场、研究视角和关注点的不同，他们对《桃太郎》故事的研究存在较大区别。尤其是柳田国男对《桃太郎》故事的研究与中国学者们的研究存在很大差异。

（一）学术立场不同

中日学者从各自民族国家和历史文化认同出发，探讨日本民间故事《桃太郎》的起源问题，提出了不同的观点。柳田国男把《桃太郎》作为国家认同和文化认同来关注和研究，力图建构理想的桃太郎形象。他首先把关注点集中于桃太郎的诞生问题，并与《瓜子姬》《一寸法师》和《开花爷爷》等日本其他特异诞生型民间故事进行比较，提出从河里漂来的桃和瓜里特异诞生型的民间故事与日本人祖灵信仰有关的观点。柳田国男认为，在《桃太郎》和《瓜子姬》的故事中，吸引听众的情节不是从河里漂来的桃子和瓜的体积大，而是非人类生的小男孩或小女孩诞生后迅速成长。远离海的日本山地民众有着在高山或山峰上迎接和祭祀祖先神灵的习俗。他们相信山涧水流存在接近人间的精灵。此类民间故事中特异诞生的主人公异常小是对神灵的尊崇和认可。

柳田国男尽管提到《桃太郎》的故事中狗指挥猫、猫驱使老鼠找回丢失的宝物的情节与《西游记》中唐僧在具备一半人性的孙悟空、猪八戒和沙和尚等的协助下经历各种危险的考验完成取经任务的情节相比较，并指出主人公接受动物的援助，完成极其艰难的事情的情节不仅仅局限于日本民族的传承。但他没有进一步深入、细致地比较研究《桃太郎》和《西游记》等类似的民间故事文本。柳田国男的《桃太郎》研究主要是一国民俗学思想基础上的起源探讨。柳田国男从一国民俗学的立场出发，断定《桃太郎》是在日本形成和发展的民间故事。

中国学者们站在中日文化交流和影响比较的学术立场上，探讨《桃太郎》的起源问题，提出了《桃太郎》是在中国桃驱邪除魔文化和中国土家族族源传说的影响下形成的观点。

（二）研究视角和关注点不同

中国学者们的关注点主要聚焦于以下三个问题：（1）中国桃驱邪除魔文化和土家族族源传说对日本民间故事《桃太郎》的影响；（2）民间故事《桃太郎》被军国主义利用，成了军国主义的思想武器；（3）对芥川龙之介根据《桃太郎》故事改写的小说《桃太郎》给予高度评价。

相比之下，日本学者更加关注《桃太郎》民间故事本身及其文化内涵的研究。关敬吾对《桃太郎》故事的原型进行探讨，指出《桃太郎》是主人公特异诞生、迅速成长之后，去鬼岛征伐鬼，凯旋的故事。他认为《桃太郎》故事中的桃太郎征伐鬼的情节象征克服成年仪式当中的各种难题考验。关敬吾认为，《桃太郎》的原型体现了成年仪式民俗。

笔者认同关敬吾的日本民间故事《桃太郎》原型反映了成年仪式民俗

这一观点。《桃太郎》中桃太郎从桃子里诞生之后，吃一口长一节，吃两口长两节，很快就长成一个力气过人，教一会十的聪明伶俐的孩子这一情节与蒙古族史诗中英雄诞生后，一天一张羊皮裹不住，两天两张羊皮裹不住，三天三张羊皮裹不住，迅速长大成人的情节很相似。《桃太郎》中桃太郎长大成人之后，去鬼岛讨伐鬼，获得很多宝物，凯旋的情节象征故事主人公通过危险的考验，完成成年仪式民俗。蒙古族也有一部分反映成年仪式民俗的史诗。此类蒙古史诗中主人公迅速长大成人，不顾父母亲的劝说，去遥远的他乡寻找有婚约的姑娘，通过摔跤、射箭和赛马好汉三项比赛或征服凶猛的公牛、公驼等动物，娶妻返回家乡。《桃太郎》的迅速成长后，去鬼岛征伐鬼的情节结构与反映成年仪式民俗的蒙古史诗很相似。

野村纯一探讨不同时代不同地区桃太郎故事的特征，并关注当代日本人生活中对桃太郎故事的运用及其重新塑造和阐释。

伊藤清司的观点与中国学界相通，他以比较民俗学的视角研究《桃太郎》的故事与中国类似的民间故事，提出桃太郎的故乡在中国的观点。

编后记

中国社会科学院文学研究所与日本佛教大学的学术合作始于 2016 年底。2016 年 11 月 1 日，佛教大学田中典彦校长、中原健二副校长、李冬木教授一行访问文学所，与时任所党委书记刘跃进研究员、所长陆建德研究员等进行了会谈，双方签署了三年的合作交流协议，以期在不断加深对彼此研究领域了解的基础上，推进共同研究的步伐。

基于该项协议，2017 年文学所与佛教大学确定了一个共同的研究主题，即"全球化时代的人文学科诸相研究——当代中日、东西交流的启发"，双方各自承办了一次学术研讨会。

第一次会议于 2017 年 5 月 25 日～28 日在北京召开，由田中典彦校长、中原健二副校长等 10 位学者组成的佛教大学代表团来到北京，与文学所研究者聚集一堂，就佛教与中日文化的关系、中日古代"日记"比较研究、中国古代礼乐制度、近现代中日文化交流等多个议题进行了深入探讨。佛教大学的与会代表是日本汉学研究和佛教研究等领域的资深学者，其成果体现了佛教大学乃至日本当下学术研究的发展方向和水平。文学所方面参会的更多是中青年学者，在中国古代文学、比较文学、宗教美术、中国近现代史等研究领域均有建树。第二次会议于 2017 年 11 月 30 日至 12 月 4 日在京都召开，文学所刘跃进所长带领本所各研究室多名学术骨干参加了会议。在第一次会议的基础上，双方学者进一步就中日文学、历史、文化、思想等方面的议题进行了进一步的切磋与交流。

两次会议中，双方与会代表都提交了高质量的学术论文，这本论文集就是由会议论文选编而成。作为文学所与佛教大学合作交流第一年度的阶段性成果，这本论文集见证了双方的真诚合作，也将为后续的合作研究奠定良好的基础。

本论文集的编辑工作由刘跃进、董炳月、李超、颜淑兰承担。

中国社会科学院文学研究所

2018 年 10 月 18 日

图书在版编目（CIP）数据

多维视野下的中日文学研究／中国社会科学院文学
研究所编 . -- 北京：社会科学文献出版社，2018.11
ISBN 978 - 7 - 5201 - 3536 - 8

Ⅰ.①多…　Ⅱ.①中…　Ⅲ.①中国文学 – 文学研究②
文学研究 – 日本　Ⅳ.①I206②I313.06

中国版本图书馆 CIP 数据核字（2018）第 219443 号

多维视野下的中日文学研究

编　　者／中国社会科学院文学研究所

出 版 人／谢寿光
项目统筹／宋月华　张倩郢
责任编辑／周志宽

出　　版／社会科学文献出版社·人文分社　（010）59367215
　　　　　地址：北京市北三环中路甲 29 号院华龙大厦　邮编：100029
　　　　　网址：www.ssap.com.cn
发　　行／市场营销中心（010）59367081　59367083
印　　装／三河市东方印刷有限公司

规　　格／开　本：787mm×1092mm　1/16
　　　　　印　张：23　字　数：372 千字
版　　次／2018 年 11 月第 1 版　2018 年 11 月第 1 次印刷
书　　号／ISBN 978 - 7 - 5201 - 3536 - 8
定　　价／138.00 元

本书如有印装质量问题，请与读者服务中心（010 - 59367028）联系